寓真诗三百首笺注

李蹊 笺注

中国文史出版社

图书在版编目 (CIP) 数据

寓真诗三百首笺注 / 李蹊笺注 . –– 北京：中国文史出版社，2024.5
ISBN 978-7-5205-4633-1

Ⅰ . ①寓… Ⅱ . ①李… Ⅲ . ①诗集－中国－当代 Ⅳ . ① I227

中国国家版本馆 CIP 数据核字 (2024) 第 053461 号

出 品 人：彭远国
责任编辑：秦千里

出版发行：中国文史出版社
社 址：北京市海淀区西八里庄路 69 号院 邮编：100142
电 话：010-81136606 81136602 81136603（发行部）
传 真：010-81136655
印 装：山西基因包装印刷科技股份有限公司
经 销：全国新华书店
开 本：32 开
印 张：15.25
字 数：307 千字
版 次：2024 年 12 月北京第 1 版
印 次：2024 年 12 月第 1 次印刷
定 价：80.00 元

目　录

前言 ……………………………………………………… 1

卷一　五言绝句四十首 ………………………………… 1

夜　思 ……………………………………………………… 3

自　励 ……………………………………………………… 3

碰　壁 ……………………………………………………… 4

自　嘲 ……………………………………………………… 4

校　园 ……………………………………………………… 5

雁塔留别 ………………………………………………… 6

海　滨 ……………………………………………………… 6

晚　景 ……………………………………………………… 7

述　趣 ……………………………………………………… 8

夜　色 ……………………………………………………… 8

晚　雨 ……………………………………………………… 9

秋　歌 …………………………………………………… 10

格言一 …………………………………………………… 11

格言二 …………………………………………………… 11

独　处 …………………………………………………… 12

皱　纹 ……………………………………… 14

偶　作 ……………………………………… 15

暮　思 ……………………………………… 16

春　节 ……………………………………… 17

阅览有感·读诗 ……………………………… 18

读古文 ……………………………………… 19

读《诗经》 ………………………………… 19

读《庄子》 ………………………………… 20

读《文心雕龙》 …………………………… 21

读杜诗 ……………………………………… 22

读纳兰 ……………………………………… 23

读《聊斋》 ………………………………… 24

读弘一传 …………………………………… 25

诗　法 ……………………………………… 26

静　秋 ……………………………………… 27

友　秋 ……………………………………… 28

闻　雁 ……………………………………… 29

听　雪 ……………………………………… 29

整　理 ……………………………………… 30

暮　行 ……………………………………… 31

清　夜 ……………………………………… 31

看　海 ……………………………………… 32

桃叶渡 ……………………………………… 33

茅　山 ……………………………………… 35

新　春 ……………………………………… 36

卷二　七言绝句六十首 ………………………… 39

　携友莲花池　二首选一 ………………………… 41

　小恙有感　二首选一 …………………………… 42

　打夯有感 ………………………………………… 42

　题高中毕业小照 ………………………………… 43

　友　谊 …………………………………………… 44

　周末舞会停办 …………………………………… 45

　寓乐山凌云寺　三首选一 ……………………… 46

　峨嵋四清纪事　七首选一 ……………………… 47

　丙午纪事　三首选一 …………………………… 48

　远　行 …………………………………………… 49

　渡　海 …………………………………………… 50

　村　姑 …………………………………………… 51

　秋　田 …………………………………………… 52

　怀　远 …………………………………………… 53

　春游漫咏　四首其一 …………………………… 54

　春游漫咏　其二 ………………………………… 56

　春游漫咏　其三 ………………………………… 58

　春游漫咏　其四 ………………………………… 59

　山之梦 …………………………………………… 60

　月　出 …………………………………………… 62

　晓　行 …………………………………………… 64

　下　山 …………………………………………… 65

　问　路 …………………………………………… 66

　野　树 …………………………………………… 68

辉县百泉湖 ·· 69

开封包公祠 ·· 70

合肥包公墓园 ······································ 72

下　乡 ··· 73

老牛湾 ··· 74

梯　田 ··· 75

山　野 ··· 76

涧　水 ··· 78

牧 ··· 79

草　原 ··· 81

昭君墓 ··· 82

山　心 ··· 83

关上碑 ··· 85

拂　晓 ··· 86

河曲弥陀洞 ·· 87

嵩　山 ··· 88

娘娘滩 ··· 89

晋西海潮寺 ·· 91

情　梦 ··· 92

桥　头 ··· 93

遥　念 ··· 94

春　忆 ··· 95

暮雨秦淮河 ·· 96

春到红旗渠 ·· 97

忆　亲 ··· 98

学诗随笔　三首选一 ···································· 99

暮冬访天一阁 ··· 100

太行峡沐雨忘食 ······································· 101

九华道上 ··· 101

饭　场 ··· 102

闲居　三首选一 ······································· 104

鸟啖庭前梨果 ··· 105

处　暑 ··· 106

静　坐 ··· 106

卷三　五言律诗六十五首 ······························· 109

学诗试吟 ··· 111

送　友 ··· 112

一九六二年高考 ······································· 114

求学离乡 ··· 115

远　行 ··· 116

游晋祠 ··· 117

叶零吟 ··· 118

收藏家年会即兴 ······································· 120

向晚途中作 ··· 121

夜宿武当山 ··· 122

又登黛螺顶 ··· 123

夜　行 ··· 124

远　行 ··· 125

秋雨京中 ··· 126

京华感事 …………………………………………………… 127

赴京求教偶得 …………………………………………… 128

来寒舍征求意见徒形式耳是夜有思乃记 ……………… 129

读　帖 ……………………………………………………… 130

入　夏 ……………………………………………………… 132

痹痛吟 ……………………………………………………… 133

夜凉吟 ……………………………………………………… 134

春分后三日于大风中 …………………………………… 135

春夜有作 ………………………………………………… 136

中和节匆匆赴京顿感岁月不居也 ……………………… 137

寄青山 …………………………………………………… 138

小　雨 …………………………………………………… 139

登岳阳楼 ………………………………………………… 140

游君山 …………………………………………………… 141

夜返赤壁迷路 …………………………………………… 142

次韵答余立高峰两诗友 ………………………………… 143

新著完稿 ………………………………………………… 145

夏日雨中归 ……………………………………………… 146

候　客 …………………………………………………… 147

乡中小住 ………………………………………………… 148

清　晨 …………………………………………………… 149

法治文化研究会同人访原平记 ………………………… 150

秋　夕 …………………………………………………… 151

散　步 …………………………………………………… 153

雨中感 …………………………………………………… 154

徘　徊 …………………………………………… 156

雷雨中作 ………………………………………… 157

欣　然 …………………………………………… 158

此　夜 …………………………………………… 159

《山右丛书初编》点校本首发 ………………… 160

雨后别故里 ……………………………………… 163

中秋相约乔家大院观月 ………………………… 165

读中国近代史 …………………………………… 167

和孟浩然傲吏 …………………………………… 168

徐闻贵生书院谒汤显祖遗迹 …………………… 171

海口赴诗友宴 …………………………………… 173

傍晚雨晴 ………………………………………… 174

初　秋 …………………………………………… 175

秋　霁 …………………………………………… 176

小园草 …………………………………………… 178

小　聚 …………………………………………… 179

登东台望海寺 …………………………………… 180

雨后行 …………………………………………… 182

七八初度 ………………………………………… 184

诗文社聚会留赠 ………………………………… 185

过办公旧址 ……………………………………… 186

听　蛩 …………………………………………… 187

仲春不适 ………………………………………… 188

秋月夜有怀 ……………………………………… 189

撰写《书画拾零》 ……………………………… 190

卷四 七言律诗(上)六十五首 …………………… 193

  八达岭留别 …………………………………… 195

  漂萍述怀 ……………………………………… 197

  赠同学 ………………………………………… 198

  梦还上党 ……………………………………… 200

  咏　志 ………………………………………… 201

  黎家古寨 ……………………………………… 202

  边村劳动记 …………………………………… 203

  早发通什 ……………………………………… 204

  旅途有思 ……………………………………… 205

  郑州登塔 ……………………………………… 207

  柳州春暮 ……………………………………… 208

  再回海南 ……………………………………… 209

  闻女知青遭强暴事 …………………………… 211

  读诗偶得 ……………………………………… 212

  辞别海南 ……………………………………… 213

  渡海北归 ……………………………………… 214

  北归再咏 ……………………………………… 216

  母校有感 ……………………………………… 217

  并州重阳 ……………………………………… 218

  暮雨山村 ……………………………………… 220

  村郊偶成 ……………………………………… 221

  辛酉春偶感 …………………………………… 222

  重　逢 ………………………………………… 223

  怀　乡 ………………………………………… 224

任职法院书怀 …………………………………… 226

夜拟判书 ………………………………………… 227

雨　途 …………………………………………… 229

赴山镇宣判 ……………………………………… 230

山村新育法治林 ………………………………… 231

政法会议赴上海 ………………………………… 232

花乡随想 ………………………………………… 234

太湖夜旅 ………………………………………… 235

中央党校咏怀　五首选二　其二 …………… 236

中央党校咏怀　其三 ………………………… 237

家思　二首选一 ……………………………… 238

母亲来京匆匆 …………………………………… 239

夏日思乡　三首其一 ………………………… 240

夏日思乡　其二 ……………………………… 241

夏日思乡　其三 ……………………………… 242

病　吟 …………………………………………… 243

秋　晓 …………………………………………… 244

雨　晨 …………………………………………… 245

寂　园 …………………………………………… 246

圆明园遗址 ……………………………………… 247

缅　怀 …………………………………………… 248

秋　情 …………………………………………… 249

过　年 …………………………………………… 250

五十感怀 ………………………………………… 251

议改革 …………………………………………… 253

春　望 ……………………………………… 254

入　春 ……………………………………… 255

山　访 ……………………………………… 257

清明扫墓记 ………………………………… 258

重上白云山 ………………………………… 260

春　兴 ……………………………………… 261

重游上党门 ………………………………… 262

秋　粟 ……………………………………… 263

夜　读 ……………………………………… 264

重到丹河 …………………………………… 265

沐雨东山岭 ………………………………… 267

通什太平山 ………………………………… 268

谒海瑞墓 …………………………………… 269

海口访旧 …………………………………… 271

乡　情 ……………………………………… 272

春节省亲途中 ……………………………… 273

卷五　七言律诗(下)六十五首 …………… 275

登长治老顶山 ……………………………… 277

登五台黛螺顶 ……………………………… 278

山　宿 ……………………………………… 280

圆明园新游 ………………………………… 281

三亚寻踪 …………………………………… 282

天涯海角 …………………………………… 283

风雨旅思 …………………………………… 284

香山吟 ·· 285

新法颁布 ······································ 286

新院落成 ······································ 288

听 雨 ·· 290

回乡道上 ······································ 291

天末有怀 ······································ 292

病 树 ·· 293

路 遇 ·· 294

云冈石窟 ······································ 296

洛阳龙门石窟 ································ 297

慕田峪长城 ·································· 299

八路军总部旧址 ···························· 301

过西柏坡 ······································ 302

静夜思 ·· 303

秋 吟 ·· 304

季 节 ·· 306

毕业三十年聚会 ···························· 307

悼 友 ·· 308

无 眠 ·· 309

午 雨 ·· 310

琐 记 ·· 311

朔州有感毒酒案 ···························· 312

繁峙金矿爆炸后抛尸灭迹 ················ 314

答诗友 ·· 315

晚 籁 ·· 316

春兴　八首选三　其二 ………………………………………… 319

春兴　其五 ……………………………………………………… 321

春兴　其六 ……………………………………………………… 323

夏吟　八首选四　其一 ………………………………………… 324

夏吟　其二 ……………………………………………………… 325

夏吟　其四 ……………………………………………………… 326

夏吟　其七 ……………………………………………………… 327

秋感　八首选三　其一 ………………………………………… 329

秋感　其二 ……………………………………………………… 331

秋感　其四 ……………………………………………………… 332

冬咏　八首选三　其四 ………………………………………… 334

冬咏　其六 ……………………………………………………… 335

冬咏　其七 ……………………………………………………… 337

杂诗　五首选一 ………………………………………………… 338

无题用李商隐韵 ………………………………………………… 340

为《聂绀弩刑事档案》答诘询　三首选一 ………………… 341

杭州看西泠拍卖 ………………………………………………… 342

时事偶记 ………………………………………………………… 344

庚寅冬月有感通货膨胀 ………………………………………… 346

重九回乡夜看电视恰演包剧 …………………………………… 347

谒元好问墓并野史亭 …………………………………………… 349

南行归来染病 …………………………………………………… 351

七十二岁初度 …………………………………………………… 352

登　楼 …………………………………………………………… 353

小满节令自京归来 ……………………………………………… 354

七月廿一日北京暴雨成灾 ·············· 356

闻哈尔滨塌桥作打油诗 ·············· 358

村　舍 ························· 359

吟　坛 ························· 360

大　雨 ························· 361

雨夜怀旧 ······················ 362

访　山 ························· 363

前　身 ························· 365

卷六　古风歌行十五首 ·············· 367

海南行吟歌 ····················· 369

秋风歌 ························· 371

地震歌 ························· 372

丙辰中秋吟 ····················· 375

修整农田记 ····················· 377

秋夜述怀 ······················ 378

茅屋歌 ························· 381

寒屋吟 ························· 384

看　霞 ························· 386

送母回乡 ······················ 388

戊寅闰五月暴雨途中 ················ 392

己卯初夏杂录 ···················· 395

神农架访仙歌 ···················· 397

空中读报记 ····················· 400

老牛湾传说 ····················· 402

补辑　关于寓真诗词的总论 …………………………………… 407

附录　评论作者及评语出处简介 ………………………… 423

后　记 …………………………………………………………… 431

前　言

2021 年 3 月某日,澎湃网报道了一件文坛公案,摘录于下:

全国各大网站和诗词读本中,署名为李商隐所作的一首题为《送母回乡》的五言古诗,不仅入选了大量少年儿童诗词读本,甚至被冠以"小学必背",进入各种音视频课程。此诗通俗易懂,情感颇为真切,于是流传相当广泛,在亲子、幼教、诗词国学等各类公众号上,不仅单纯署上了李商隐的大名,还煞有介事地增加了赏析、背景介绍……每当母亲节之时,"李商隐的《送母回乡》"就频频出现于各种文章和网友文案当中。很多人为这首诗真切的情感所打动,选择它作为母亲节这天的文案。澎湃新闻记者随便利用手边阅读工具检索,就发现《给孩子讲点中华句典》(石油工业出版社,2009 年)、《中华圣贤经大全集》(中国华侨出版社,2011 年)、《百善孝为先》(台海出版社,2015 年)、《中华圣贤经》(中国华侨出版社,2017 年)等不少面向少年儿童的选本、读本中都收入了这首作品,其中还入选北京市绿色印刷工程——优秀青少年读物绿色印刷示范项目、教育部新编语文教材推荐阅读图书。在由河北电视台品牌节目《中华好诗词》相关图书《中华好诗词(第二季)》,也将其作为"模拟自测题"的题目编入其中。在这种情况下,音频朗读来了,视频课程也来了,也难怪家长放心地让孩子学起来、背起来。按 2005 年算起,这个错误竟然传播流布了十五年,直到今天才被网友发现。3 月 18 日,在豆瓣网友的考证下,发现其真实作者竟是当代诗人寓真。

其实,诗歌作品误认作者的事件,在历史上屡有发生。同时代诗人的诗互相窜入两人集子里甚至多个集子中的事,时则有之;前代诗人的诗被误收入后代人的集子里,后代人的诗被误收入前代人的诗集中,都不乏其例,但其"误收"的原因总有一个共同点,那就是误收的诗与集主的作品有某些类似的情形,或风格接近,或思想类似,或生活经历、感情经历相似。最典型的是江淹的模拟诗长期被收入阮籍、陶渊明的集子里,几百年以后才被发现,因为江淹的模拟水平太高、风格太相似了。"古人毕竟忠厚",没有对任何人大张挞伐,指出来就得了,一方面还要赞美江淹的才华。寓真的诗被误认作李商隐的诗(据了解寓真本人因眼疾不上网,并不知道有这么一档子事),固然与选者、推荐者比较粗疏有关,但也足以说明寓真诗所表现的情志和艺术水平所达到的高度,另一方面也揭橥了他的诗在读者中的认可度。

必须指出,误传的错误还有:把寓真《戊寅闰五月暴雨途中》一诗中的句子,误为《送母回乡》,大约因为两首诗都与母亲相关。这两首诗都是较长的歌行体,《暴雨途中》是回乡接病中的母亲投医,心情急迫而又途遇暴雨,因之写道:

停车茫然顾,困我成楚囚。感伤从中起,悲泪哽在喉。慈母方病重,欲将良医投。车接今在急,天竟情不留。母爱无所报,人生更何求!

误传的正是从长诗中摘出的这几句，其深厚的感情、质朴平实的语言，足以感染读者。《送母还乡》是此前写的另一首诗，看了两首原作，我以为寓真的诗值得一读——无论《送母还乡》，还是《暴雨途中》，都是比较优秀的旧体诗，即使置于古代诗人的集子里也是好诗。

这里有两个问题值得思考：一方面单就寓真的诗的语言风格而言，怎么会与李商隐扯上关系呢？选者和读者都没有查考一下李商隐的诗集，且对古今诗歌语言风格差别的识别能力显然不足；许多面向青少年或儿童的古代诗文选本，引导青少年"读书思考"和为解决问题而"追寻性读书"的内在文化动力也严重缺失。

另一方面，从 20 世纪八九十年代开始，写旧体诗的人越来越多，各种诗社如雨后春笋般地成立起来，涌现了许多优秀的旧体诗作品和诗人，其发展势头可以用方兴未艾来形容。尤为可喜的是，大批青年人也汇入了这个创作旧体诗的洪流，而且写出了非常优秀的作品。然而鱼龙混杂、泥沙俱下的现象也很严重，许多人甚至还不会用文言文写作、不懂得旧体诗的语言要求，就要写"七律""五律"。当然，这并不可怕，过些年大浪淘沙，真金自然会沉积下来。

我要说的是，如上两个方面的问题，其实出自一个原因：人们渴望回归传统文化高雅的境界，但在浮躁的"回归"大潮中，匆忙地忘了带一样东西——传统文化修养。旧体诗是传统文化土壤中生长出来的一类艺术形式，如果缺乏传统文化修养，无论怎么写，都"不像"。我常常套用法国美学家丹纳的理论，打个比方：把生长在东北黑土地的大豆，移种到山西黄土地来，初一看植株的样子形似，到豆子成熟后，看看豆粒，圆滚滚的东北大豆，变成扁圆形了；

再尝尝味道,更是"诧异莫名"了。你会发出哲人一样的慨叹:"我播下的是龙种,收获的却是跳蚤!"而寓真的诗之所以被认可,恰恰是他的诗符合规范,符合传统文化的规范,尤其符合旧体诗的审美规范。人们虽然说不清那些规范的道理,却能直觉地感受到他的诗有一种强烈的传统美——大家毕竟是活在同一个文化环境中, 直觉感受是先天的。

如果说当代旧体诗的创作也有代表该领域的标志性人物,无论这样的人物有几个,我以为寓真先生都应该毫无疑问地入选。

一、关于旧体诗的文化传统

写作旧体诗,首先必须深入、熟悉进而熟练地把握古典诗歌固有的审美系统,其审美特性就在那种表现形式之中,否定了那个形式,也就否定了那个形式所积淀的固有的文化内涵。姑且以旧体诗的节奏格律为例来说明这个问题。

诗的节奏是怎样产生的?欧洲早期人类文化学学者格罗塞(德国)在《文化的起源》中,列举了大量的证据说明,越是原始的歌谣,越注重节奏,一首歌的节奏远比歌词重要得多。这个说法具有普遍的世界意义, 也就是说人类各个民族的原始歌谣都有强烈的节奏感。对于其他部族而言,可以不懂某一部族歌谣的歌词(因为语言不通),但是其歌谣(包括歌舞)的节奏所传达的情感或情绪是明白的。归根结底,歌谣的节奏与人的生命本身的"律动"节奏有关(如心脏跳动、呼吸的节奏),也与一个部族的生产方式和由生产方式决定的生活方式有着特定的关联。比如中国古代最早的诗歌总集《诗经》,是配合演礼歌曲的歌词,就是以四言为主。四个字的四个节奏,与农业民族的生产和生活的"律动"按照"春夏秋冬"四季的节奏活动有关,由四季而配合四方。礼,是维护社会秩序的行为规范的,而农业民族最重要的社会规范就是"农时",所以古代的礼亦由此而生,表现礼的舞和乐的节奏,与舞、乐相配合的"诗"(歌词)的节奏,又岂能出乎其外!此后的五言诗和七言诗,是在四言诗的基础上发展而来的。我主张写旧体诗必须遵守平仄押韵的规范,原因正在于那些看似死板的平仄规定,其实是凝聚了使用汉语这个族类人群审美的深层历史文化内涵的,而单就声律本身的美,那也是举世无双、独一无二的"声美"的表现。(汉字有"形美""意美""声美"三美,见鲁迅《汉文学史纲要》)丢弃了平仄声律的美,也就丢弃了旧体诗深厚的文化内涵,丢弃了审美的一大要素,丢弃了汉语言和汉字独一无二的审美特征。可乎哉?

但是,"古典诗歌的审美系统",远不止于格律诗的外部标志如平仄、对仗和押韵这么简单,单就格律格式而言,也并不简单。而且这个审美系统有一整套的审美手段,即为达到预期的审美效果所使用的一系列"审美介质"。这个"介质"也有许多讲究,但其中最重要的就是成系列的"物象",因"物象"最基本的"意味"被社会广泛认可,进而化为有固定内涵的"意象"。"意象"的形成是个漫长的历史过程,中国古代诗歌的意象始于《诗经》,最早总结《诗经》创作手段的是《毛诗大序》所言之"六诗"中的"比兴"。其社会作用是:"吟咏情性,以风其上","上以风化下,下以风刺上;主文而谲谏,言之者无罪,闻之者足以戒"。这个归纳可能出自汉代人之手,你看他的气度(鲁迅谓之"阔放"),就知道是一个真正有自信的历史时期。

战国时期,"比兴"在屈原的创作中,得到了充分的发挥。他把比兴扩展为一种"物群",或谓之"物类",进而把人的生命历程和修养直接与"物类"联系起来,构成了一种"环境"——一个生命存在的世界,因为主体"人"的参与,而生成一种"境界"。比如"朝饮木兰之坠露兮,夕餐秋菊之落英",木兰、秋菊、坠露、落英,譬喻高洁的品质;主语是作者自己,"夕"与"秋"的结合,直指人的暮年,"朝"则是比喻人生的青春期。整句有机地联系起来,则是一个人一生的修养过程,是生命流程追求的境界。至有唐诸贤,又一次将《诗》的比兴扩展为真正的"意境",从而确定了中国古代诗歌遵循"诗教"传统,并逐渐完善了中国古典诗歌独特的审美系统——从内容的积极干预社会生活,到形式上的种种要求。单就审美心理定势的形成而言,它已经是这个民族固定的"有意味的形式"了。

古代诗歌的审美形式,乃是古代汉语造就的独特的形式美——由每一个字都具有的形、音、意"三美",组成一个庞大复杂的审美系统,大系统由许多"子系统"组成:诗人、诗律、诗韵、诗法、诗格、诗风、诗象、诗境、诗品、诗派等等,而每一个子系统又都有其深厚的内涵。但作为诗人创作诗歌而言,并不需要在理论上把握这个庞大而复杂的审美系统,需要的是了解旧体诗应该具备的基本的审美规范。

首先,是要懂一点古代"小学"的基础知识。其中的文字学,让人知道一个字(词)的"象"所代表的意义;训诂学,可以知道古代文字所承载的文化内涵(如各种历史掌故、典章制度等);音韵学,可以明确某一个字的读音,知道这个字在"平水韵"中的平、上、去、入的归属。

第二,要大量阅读古代诗人的诗歌作品。"熟读唐诗三百首,不会吟诗也会吟。"所谓熟读,是说要仔细体会唐人是如何"用词造境"的,包括唐人诗句的句法及其"变调"。

第三,需要具备这个传统形式赖以生成的基本的文化底蕴。这对于形成可以称作"诗人"身份的"胸襟"(涉及品格修养、生活理想、文化素质、对生命价值的理解等等),是至关重要的,这就是陆游所说的"工夫在诗外"。这个"工夫"就是反复不断地阅读、背诵、理解和思考古代诗文作品,熟悉其语言表现手法和各种意象的组合手段,这才能逐渐进入并熟悉其审美系统,真正有效地利用其审美介质,从事有效的格律诗创作活动。就像一个短跑运动员,要提高短跑速度,不能每天只是训练短跑本身,而要天天无数次地重复基础的体质、体能训练。诗人的文化训练,除了最广泛阅读诗歌作品,还是要阅读诗歌以外的古代文史作品,才能有助于提高或加深加厚自己基本的文化修养。至于人们常说的社会实践,那是另外一个问题,姑且存而不论。

诚然,时代激变,语言也在发展变化,新的词语层出不穷。但我们说的旧体诗,仍然是用传统的方块汉字写作,仍然是在传统格律形式下写作,所以它的基本规范不会变。而这种基本的审美规范,并不排斥语言的创新,诗人恰恰是对于传统的审美规范非常娴熟,才可能有诗的语言的创新。现代的新词语和民间口语都可以入诗,但需要"诗化"。如果缺少对于审美规范的修养,就不会使口语和新词语达到"诗化",那样用所谓的"创新语言"写出来的五七言句子,便没有美感,没有韵味,只能属于"非诗"之类。这就是我所说的基本审美规范的要义所在。

二、寓真诗深厚的文化底蕴

说了这么多,我是想对读者说,寓真先生的旧体诗所以能够得到读者和诗歌文学评论家的好评，说明他的诗是真正熟练地运用了中国古典诗歌传统的审美手段（各种符合规范的审美形式），也确实拥有了丰厚的传统文化修养，这种基本修养铸就了他的旧体诗扎实深厚的文化内涵。寓真之所以称得起是诗人，就是因为他的作品显示了作为旧体诗的质量，具备了古典诗歌的审美特质或"审美特性"——能够熟练地运用旧体诗的各种审美手段，表现当代人的种种心境，把古典美与现代生活的感受融和得了无痕迹。

1.深厚的家国情怀

深厚的社会责任心、厚重的家国情怀,似乎是一个中国诗人的本分,而有无这种情怀,也决定着他的诗境界之狭阔、格调之高低。

寓真作为我国首批大法官之一,关心世事之得失,是他分内之事;作为诗人,自觉地肩负着士人的"弘毅"之责,对国家、对民族抱着赤子般的情怀。这是一个传承久远的"惯性":"古有采诗之官,王者所以观风俗,知得失,自考正也。"(《汉书·艺文志》)看《诗经·小序》中直接言"刺"的诗就有 123 首,如果加上"规""戒""悔""思""伤"那些诗,不言"刺"而实则比"刺"更深刻地揭露黑暗或不合理的社会现象的诗,超过全部《诗经》三分之二以上。其创作目的就在于"指陈时弊""感时伤世"即"暴露现实黑暗",让统治者了解他统治下的百姓的生活状态。所以,中国诗人,从《诗经》的作者和屈原始,总是与国家同生死,与百姓共命运,天生的就有一种"美刺"现实的责任。这是古典诗歌审美系统的基础或根本,也是一个民族优秀的文化传统。假如一个诗人不关心社会现实,无视现实黑暗的一面,一味地"模山范水"作粉饰之谈,或是"吟花赏月",一味地"自美""自叹",就不会有《诗经》《楚辞》以及唐诗、宋词……

翻开寓真已出版的各种诗集,关怀国是、忧患民生的诗,在寓真全部诗中,至少占到百分之八十左右。因为作者是国家现实生活的直接参与者和体验者,而不是高高在上的俯视者;他与百姓大众是呼吸同气、经历共情、对事同理的,而不是冷漠的旁观者。比如他早年所作《村郊偶成》:

> 从容差使日悠悠,漫步村郊偷自由。柳陌烟中风啸咏,桃蹊雨后鸟嘤啾。访谈耕作农家苦,遂令无为薄宦羞。诗韵莫教空浪费,追随老杜吁民忧。

寓真是诗人,又是机关干部、法院法官,两者是一而二、二而一的社会身份,在忧国忧世、关心"民瘼"和干预现实的精神上,肯定是一;但是在表现方式上,诗人可以"追随老杜吁民忧",法官只能运用法律的方式去解决百姓的困境。然而他又有所愧疚:"遂令无为薄宦羞"。这是古今在官者想有作为而不能作为的共同心理感受,所以,唐人韦应物发出同样的叹息:"邑有流亡愧俸钱"!

既然是诗,那就要具备"诗韵",否则,即便是五个字或七个字一句,而且符合律诗的种种规定的话,也不能说是"诗"。比如起句的"从容差使日悠悠",因为当时属一般职务(薄宦),差使不大,感觉从容不迫,时光在慢悠悠地度过,其中有一种悠然自得之趣,这就是诗句;如果换一句说"这回公干有闲空",主要意思一样,也合乎七言律句,却是索然无味,就不能算是"诗句";因为"有闲空"只是一种物理事实的表述,而"日悠悠",则是一种心理感受,其中有"情趣"在——审美是一种心理活动,其核心是情感或趣味,缺乏情趣的叙述,不是文学,当然也不是诗。寓真深明此理。他说的"诗韵",就是古典诗歌的审美要求。颔联"柳陌烟中风啸咏,桃蹊雨后鸟嘤啾",是一幅充满审美情趣的景色,在城市生活中难得见到。如果到此为止,也不失为一首好诗,因为在悠闲的情趣中,发现了一个自得自足的世界,可以"藏心",可以"娱心",从而"寓心";进而发现其中有"道",何"道"?庄子所谓"天和之道"的道:"我"是自由的,万物也是自由的;没有任何干扰和牵制,无外在的力量"役我",也无内在的"欲求""劳我",因此"我"归于"素朴",万物也归于"素朴",这是一个"与道偕逝"而"逍遥"的世界。可是,作者还是没有忘记自己的责任,于是他来到农民中访谈了,于是了解到农民的忧苦,于是,个人的自由、个人所欣赏的美丽景色,也就顿然失去了光彩,特别是当他感到"无为"而"薄宦羞"的时候。他同时觉得前四句用"诗韵"表现的对自由的追求和田园风物,是对"诗韵"的浪费,因为那只是个人瞬间情趣,生命的意义极其有限;既然是"诗",就应该像老杜那样为"民忧"呼吁,这才是从《诗经》以来作为诗人的神圣使命。这才是"《诗》人"之诗的根本所在。

"诗韵"可以看作是寓真作为诗人,向自己也向所有的诗人提出的一个鲜明的审美理想:敢于面对真实的现实,羞于说谎;坚持"真",才可能使"善"的"势能"趋向人类进步的方向;坚持"真",才能使"美"的"意味"百代犹淳。因此,寓真所倡导的"诗韵",是既具有广泛社会意义的内容,又具备旧体诗审美意味的诗歌作品。这一主张远祖《诗经》《楚辞》,又宗杜甫、白居易,这是一种贯穿古今的积极的创作精神。古代史官宗尚"实录",古代采风是向"观民风"者提供"考正"的"风俗"真相。虽然可以说这类诗是"诗史",但毕竟跟"史书"是不同的。也就是说,对于传统诗学审美要求而言,首先要有"诗韵"。而"诗韵"的基本要素,除了审视"真相"以外,还要有深厚的感情,"情志"是一切审美活动的核心;即使无"情",也要有

"趣"（理趣、野趣、情趣、风趣……）才能构成"诗"——具有审美价值的艺术作品。

再看寓真晚年写的一首《时事偶记》：

> 社交闭塞赖传媒，读罢报刊茶冷杯。土地任由官府卖，钱财聚向富人来。尝夸百代行秦政，却咏三唐感杜哀。止暴安良何计有，苍茫独立叹吾衰。

粗看起来，每一句都是"叙事"，但你仔细品味"赖传媒""茶冷杯""任由""聚向""行秦政""感杜哀""何计有""叹吾衰"，都是饱含着作者自身情感体验的（或寂寞，或凝定，或含愤，或感悲，或惭愧，或无奈）。诗中的情感深厚而明朗，语言端正而有力。情之"清"与词之"健"结合起来，谓之"风清骨健"，谓之"有风骨"。其中的"清"，有纯洁、高尚而又明朗、深厚之义。刘勰《文心雕龙·风骨篇》论之曰："诗总六义，风冠其首。斯乃化感之本源，志气之符契也。是以怊怅述情，必始乎风；沉吟铺辞，莫先于骨。故辞之待骨，如体之树骸；情之含风，犹形之包气。结言端直，则文骨成焉；意气骏爽，则文风清焉。"可见"风"的内涵是偏向于"情志"说的，而"骨"是偏重于"词语"说的。但这两者又很难拆分，所以后世所言"风骨"，多用于风度、骨气或风格。后来陈子昂高倡"建安风骨"，其旨归一。稽之三曹七子，可得而言也——"白骨露于野，千里无鸡鸣"（曹操），"出门无所见，白骨蔽平原……南登霸陵岸，回首望长安"（王粲），虽是叙事，但情感自在其中：谁都能感受到其中"骏爽"的"意气"浩然充斥天地，谁都能体会到作者的巨大悲凉郁然塞满胸臆。也就是在强烈的悲凉不平的情绪中，读者能够体会到他们的那份正气和刚骨，那种浓郁的切盼。而人或文章的"风度骨气",也都由其言行的"意气骏爽"和"结言端直"表现出来。

寓真此诗的"意气"就在他端正直白的语言中,字字如铁,句句似钢,敲得响亮,声韵宏远。尾句则是抒情,但又是有历史内涵的抒情。这是承接颈联对句"感杜哀"而来,因杜诗不但有"朱门""路殍"之句,还有"此身饮罢无归处,独立苍茫自咏诗"之叹(杜甫《乐游园歌》);既见慷慨悲凉和沉郁顿挫之风骨,又含无所归依和年老力微无望之惭怀。因此,承句"读罢报刊茶冷杯"和尾句"苍茫独立叹吾衰",皆有"不尽之意"的含蓄特征。而含蓄,恰是传统诗学必备的美学基础。"含蓄",其实是一个非常宽泛的审美要求,其表现手法是多种多样的。

2."比兴"是旧体诗不可或缺的艺术手段

比兴,是《诗经》的审美方式,也是"温柔敦厚"的"诗教"最重要的表现手段,是古典诗歌审美系统的"基因"——一切其他的审美手段,都从这里衍生出来。

看看寓真这首绝句《遥念》:

邂逅情缘亦足珍,园游每忆屐痕新。却将思念寄何处? 漫舞杨花又晚春。

"邂逅"出自《诗经·郑风·野有蔓草》:"有美一人,清扬婉兮。邂逅相遇,适我愿兮。""邂逅"作为一种弥足珍视的情缘,就在于其不可重复——生命之所以无价,也就在于其不可重复性。推而广之,一切手工艺术之价值,都在于其中凝聚着不可重复的生命历程。下面三句都在说后来强烈的思念,但说得极其含蓄。"园游"句"每"

字,说明来此寻旧已非一次;"却将"句强调确是"邂逅",不知故人今之所向也,因而这思念也无处可寄;"漫舞"句"又"字,再次强调那思念已非一年。何西来先生指出:"写一段难忘的邂逅情缘……结尾结得蕴藉而含蓄。'漫舞杨花'也会让人有'去年相见,余杭门外,飞雪似杨花;今年春尽,杨花似雪,犹不见还家'的意象。"那无限的思念都在这尾句的"无言"之中。

寓真对此种诗歌审美手段是自觉的,并深有体会。他在五绝《读〈诗经〉》中说:

> 敦厚诗之教,吾心耽此道。风歌闻妙香,雅韵消浮躁。

他的诗作实践了他的审美理想,是真正善于此道的"大作手"。他的"温柔敦厚"经常表现在熟练自然地使用"比兴"上,比如《夜拟判书》:

> 拟文阅卷达更深,握笔感如千百钧。罪责细勘轻或重,讼词详辨伪和真。矜怜莫予害群马,刑罚不加无罪人。掩牍推窗纵远眺,秋蛩安谧月如银。

诗的结句:秋蛩,即蟋蟀。"秋蛩安谧",不是蟋蟀不叫了,而是那叫声听起来是"安谧"的,和谐而无烦躁感。月光像水银一般洒在地上,是那样洁净柔和。那么,前六句表现的所有的努力,都落实在这一句上了——这美好的夜晚,象征着和谐美好的社会秩序,法官所有的希望和努力,也就是为了"夜不闭户,路不拾遗"那种社会的安全感,百姓活得安谧而美好。

我们看到,这里的"比兴"已经是唐诗的"取象"了,是《诗经》比兴的扩展或延伸,作者创造了一种意境。这种"取象"或"意象"是旧体诗创造"意境"的一种重要手段。又如《赴山镇宣判》:

> 山行迤逦远尘嚣,岫静峰闲意态娇。绿水潺潺如雅瑟,红英灼灼是夭桃。远村郊镇染污少,仁叟智童风尚高。刁莠刈除民更乐,早收谷黍晚归樵。

作者远赴山镇宣判,目的在于更直接地宣示法律的威严,具有生动的教育作用。前四句并非简单的景物描写,"山行迤逦""岫静峰闲""绿水潺潺""红英灼灼",共同组成了一个恬静平和的生机勃勃的美丽世界,同时又是美好社会秩序的象征。对此,古人称之为"深于取象"。所谓"深",是说在"物象"(景象)之中,隐含着人的理想或人的价值观。诗中说,生活在这里的是风俗高洁的"仁叟智童";而"早收谷黍晚归樵"更是一幅无忧无虑、从事安心劳动的光景。这一切当然有赖于"刁莠刈除",没有了欺诈、盗贼和杀戮,是千百年来人们梦寐以求的"尧天舜日",是"尧天舜日"下的"皞皞之民"(《孟子》)的理想生活情境。再如小诗《暮行》:

> 风静树梢直,霞沉野径横。空空谁作伴,雁远有余声。

整首诗四句,全部是"景象"素描:无风,无声也;霞落,无光也。在"无声""无光"的旷野中,走过从未走过的荒凉的野外小道;季节正是晚秋,"野径"静静地横在眼前,一派空寂荒寒,没有旅伴,只有那消失在天边的雁阵隐隐的回声。

　　这是"寂寞"和"孤独"的象征。象征什么呢？题曰"暮行"，许是象征退休后最初几年的心境？抑或是象征曾经单独一人做一件从未做过的工作，有如在暮色中摸索前行？又或是象征一个人走在理想途中，没有志同者相伴的孤独？当然，还有可能是诗人思想情绪上的某一个时期、某一天、某一刻甚至是某个瞬间的孤独心理反应，并非实际社会生活或工作中的感受……总之，只要是思想情感有过孤独感的人，读此诗都会产生强烈的共鸣。

　　刘勰说"比显而兴隐"，正是那种"隐"，才留给了读者更多的想象空间。所以，另有论者以为此诗并无"荒寒感"，解读曰：天色渐暗，旷野无风，安静地行走在小道上，远去雁阵的回声伴随着我独行，心情格外的自由。

　　更令人耳目一新的是这首《山村新育法治林》：

　　　　绿荫如帐贮清凉，翠鸟时聆巧啭簧。眸水眉峰流盼美，兰襟蕙袖染人香。村边已见桑麻景，郭外将添锦绣妆。幼柏新槐真可爱，他年林海好徜徉。

　　"绿荫如帐"，方能"贮"其清凉，学陶用陶而出于陶（陶渊明："蔼蔼堂前林，中夏贮清阴。"）；而且首联构造或创造了一个可久居、可常玩、可俊赏的"意中之境"。颔联却最能体现作者另一种功夫，将山水、花卉拟人化为一位绝世美人：眸似水，眉如山，顾盼生姿；兰做襟，蕙为袖，香气袭人。理《骚》融《骚》而役使骚（《离骚》："制芰荷以为衣兮，集芙蓉以为裳。"）。村边桑麻，回顾首联陶令田园精神之所在；郭外锦绣，延伸颔联丽人意态服饰之美。在取象中，蕴含了文化积累之美——这里有屈原、陶渊明、孟浩然等古代文学巨匠的诸多元素,显示了旧体诗浓厚的"雅趣"。因此,"深于取象"就是营造一个蕴含深厚人文精神理想的"意境"或"情境"。这是立体的"境",而不是单薄的一丝"想头"或单纯的一个"想法"。

3.剪裁"事景"是诗家大本领

最能体现"深于取象"本领的,是把要抒发的情感渗透在所叙之"事景"之中。自然景象难取,因为著名的景观,古人从人们所能观察到的所有的角度,差不多已经说完,想有创新,实属不易,这也是鲁迅慨叹"好诗唐人已经写完"的原因之一,但毕竟还有古人没有走到、没有见到、没有想到的奇景奇观甚至奇思妙想,更有古人没有经历过的新的社会现象对自然景观的渗透,对那些现象的深层审视得出的新的认识,这才是自然景色中"新"的内涵,也是旧体诗可能创新的"生长点"。而"事景"尤其有大量新的古人没有见过的景象,这是旧体诗创新的最广阔的天地。所谓"事景",是"即事即景"或"即景即事",亦即有人物活动或社会生活景象的"景",姑且谓之"事景"。如《辉县百泉湖》:

> 难得相逢叙旧情,春池摇影倚新亭。骚人留得兴亡叹,可喜百泉枯又清。

此诗四句四事,除了第一句纯是叙事外,其余三句皆为"即事即景",互相之间似乎了不相干。仔细看,却是理路灿然:以感慨"难得重逢"发端,因"叙旧"而来湖边"新亭",因"难得"而叹息人生百变,遂及骚人遗迹,古今同怀;最后回到眼前,以"可喜泉清"作结。但好诗并不在"理路"之中,而在于"心画"中的"心声":欲"叙旧"而"难得重逢",深情自在其中;一泓"春池",摇荡"倚新亭"之"影",情入于画,即景即事;然非春池摇荡,乃"情灵摇荡",则即景即事即情也;而"倚新亭"之"倚"字,写足故人之情,旧情因此次一见,又添了新的"增长点"。"骚人"句是"春池"句的延展,一眼看见历代骚人题诗的石刻,又一事也,又一景也,却是古人之情;而历代骚人皆深于家国情怀,与我辈之情怀正通,亦正同,则故人之情的基础益发显得深沉厚重。最后,以最"可喜"者在"清"作结,枯而又清之"清",不但回映"春池"句之"摇影",亦且暗喻友情之断而复续,令人想到"一片冰心在玉壶"之"清"之"洁";更使我们联想到了庄子那句"君子之交"的名言。到这里,再回头去看一眼题目,"辉县百泉湖",对于作者而言,就不仅仅是一个地名,而是一个情感的节点,对于读者而言,就像"蓝桥""黄鹤楼"一样,成为某种情感的象征。作者把"景"与"事"融为一体——百泉湖重新蓄水,所蓄者满满的都是那份"情",其取象"寓意",似神来之笔。其事已经因情切而动人,其景亦因含蓄而诱人。好诗就在于经得起琢磨,越是琢磨,其味(审美效果)越浓烈。又如《牧》:

　　　　原草青青半掩沙,陶然塞外住人家。牛羊漫撒无鞭影,牧者临风自饮茶。

　　四句诗写了四事、四景,组成一幅"塞外春牧图":广阔的空间,逍遥的生活,广阔、逍遥得近乎庄子所谓"无待"的境地:"牛羊漫撒无鞭影,牧者临风自饮茶。"
　　原草"半掩沙",确是仲春光景;"漫撒",随意地散放。"无鞭影",强调了"漫撒",则牛羊是自由的;牧者根本不看牛羊,他在专注于饮茶,而且是"临风""自饮",他更是自由的。这一幅"草原放牧图"可谓:牧而不牧,不牧而牧;两不相干,其实相干。此即庄子所谓"物物而不物于物"者也。这是何等境界,更是何等意境——散漫的画面却因"陶然"句而互相勾连,浑然一体:上绾"原草"之旷野,下注"牛羊"之"漫撒",远含睇于结句之"牧者";而"牧者"之"饮茶"又神会于所以"陶然"的一切。其中"野趣"粲然,"生趣"盎然,"情趣"陶然,"理趣"隐然。于此,我们看到"取象之深"绝非易事——同一行程,同一宿止,所见所历是一样的。但是看到了,未必有"画意";有"画意",未必有"思致";有"思致",未必有哲理;有哲理,未必有"诗意"。而有了诗意,又未必能用恰当的"诗韵"表现出来。关键在于是否有一颗传统"诗道"应该具备的"诗心"。

4.曲写是表达深情的重要艺术手段

寓真抒情诗的深情至性,还在于他极善"从对面着笔",使感情在双方之间回环往复,自然而浑厚。此亦"含蓄"之一道也。比如《回乡道上》的结句:"青山出浴春容美,带泪桃花伴我行。"本意是说"我"对"青山""出浴春容之美"的爱恋,舍不得离开,但又必须离开。然而诗人不说"我"不忍离开的心理活动("心痛"),反过来说青山不忍"我"离开,心痛而流泪——山上带雨的"桃花",有如"青山"多情的泪眼;一步不忍离开,一路伴"我"而行(公路两边是遍山的桃花)。古来写"我"与"山"的关系的诗不少,但把山比作"人"的诗,最著名的当数李白写敬亭山,辛弃疾写"青山",仔细体会,虽然他们也都把山比作女子(辛弃疾说"遥岑远目,献愁供恨,玉簪螺髻",还说"青山多妩媚";李白不明显,但他说与敬亭山"相看两不厌",在《清平调》中写杨玉环"长得君王带笑看",也是"看不厌"的意思),但他们与山之间总感觉有些距离,而寓真写山却无距离感,亲切得就是恋人之间的关系。这种"从对面着笔"的手法,就是古人所谓"情从对面飞来而情益厚"(《杜诗镜铨》)。其手法远自《诗经》,如《陟岵》写一个战士在行军途中想念家人,不说他想念父母和哥哥,倒说他想到家里此时父亲、母亲和哥哥在想念他;杜甫的《望月》,明明是自己想念妻子,却说妻子在月下想念他。这种抒情写法,既出自生活常情,当然就自然而真切感人。鲁迅于1898年(17岁)第一次离家,投考南京水师学堂,他在途中写道:"行人至于斜日将堕之时,暝色逼人,四顾,满目非故乡之人;细聆,满耳皆异乡之语。一念及家乡万里,老亲弱弟必时时相语,谓今当至某处矣。此时真觉柔肠欲断,涕不可仰……"(《戛剑生杂记》)寥寥数语,是那么感人。这样写,把思念者和被思念者双方的情感循环往复地迭加在一起,显得自然而深厚。

诗歌含蓄的另一种方式,是"反写",反写也是"曲写"的一种方式。王夫之说:"以哀景写乐,以乐景写哀,一倍增其哀乐。"曹雪芹在《红楼梦》中写贾宝玉和薛宝钗婚礼喜庆的场面,那欢腾的乐声,对于潇湘馆中的林黛玉而言,不啻催命的哀乐。寓真也颇善此道。如《茅屋歌》这首歌行体五言诗,是写他大学毕业时分配到海南岛那一段居住茅草房的生涯,诗中备述动乱时期在边地"接受再教育"的艰苦,"风尘飘飘际,容身处处难",随后写道:

> 我虽沧波里,尚有一叶船。飘泊愈偏远,反而稍安全。茅屋虽狭窄,骋目视野鲜。狂飙折大树,小草仍泰然。雷雨倾高厦,矮屋可安眠。赖此蓬门陋,陪我度乱年。

这是在孤寂和艰难中的自我安慰之辞。虽然被流放到偏远地区,因为不处在内地斗争旋涡的中心,却也是相对安全的:狂飙折断了大树,可是小草却是泰然自若;雷雨震毁了高楼大厦,小矮屋却是安然无恙;茅屋虽然窄小,视野却是宽阔而新鲜的;幸赖这座小茅屋,陪伴我度过这动乱的岁月……但是,作者越是这么数说自己心理的诸般满足,我们会越是感到悲不自胜。

当然,曲写的手段还很多,如写女子的美丽,写其"手纤纤",写其手中小巧美好的"提篮",用春草绵邈写思念的无穷无尽……也都延续了古人摹写情感的手段,此不一一赘举。

三、文化修养来自广泛阅读对心灵的浸润

何谓"文化修养"? 一个人有了"知识",不等于有了"文化";文化原本是一个动词——被文明教化或感化了,谓之"文化",或者说用文明成果教化、感化人们,谓之"文化"。因此,如果说"知识"是"文",即人类文明的成果,那么,只有用知识感化了他的思维方式、道德观念,确立其价值观念,才能说是一个"有文化"的人。一个人的文化修养,是指他用人类的文明成果改变了自己的内心世界,并见之于自己日常的社会生活中,那才是"有文化修养"的表现。一个人的文化修养,非一日可得,来自从幼年起的家庭教育、学校教育,但家庭教育多半是长辈的"身教",学校教育才是系统的知识教育,中国古代学校教育有一个良好的传统——"学而时习之",是说学了知识就要及时地"习"。习,旧说以为"温习",《说文》曰"习,鹰数飞也",雏鹰翅膀长成后,在鹰巢边上练习扇动翅膀、锻炼飞翔的能力,叫作"习",故其字从"羽"(習),可知孔子那里的"习",是带有实践意义的练习,其主旨在于及时地把知识转化为"心理定势",并且用以指导自己的行为。这一理解可以用子路的话来证实:"子路有

闻,未之能行,唯恐有闻。"宋人邢昺疏曰:"此章言子路之志也。子路于夫子之道,前有所闻,未能及行,唯恐后有闻,不得并行也。"(《论语·公冶长》)。但是,就一个人的一生而言,其知识的来源更多的是自学,学校教育只能给学生指出其一生自学的门径。因此,读书并且把所学的知识用之于充实自己的内心世界,用之于指导某一领域的实践创新,这才是文化塑造人的"伟力"所在,是人类文明薪火相传最值得景仰和敬畏之处。

寓真的古代文化修养,比之中文系和历史系的学生而言,就其政法专业在校期间学习的有关知识而言,原是很有限的;他的绝大部分古代文化知识来自课余和业余时间广泛的阅读(自学)。可贵的是,他能够把古代文化知识,运用于增长他的专业能力,更能够运用于旧体诗创作、文献考古、金石考证等专业以外的学术领域,尤其是旧体诗创作,成就斐然。旧体诗这一个乍看起来谁都能写两句,却又极难有创新成果的文学领域,离不开深厚的古代文化修养;反言之,没有渊深的古代文化修养,不可能在旧体诗的创作中有所造诣。也可以说,寓真的旧体诗创作的成功,为年青一代旧体诗写作者开出一条路径,我们不妨简单地举一个例子,那就是寓真诗中的"用典"——没有相当的传统文化功底,想灵活地运用典故、并创造出一首令人味之不尽的旧体诗,戛戛乎难哉!

表现文化积累之"雅",乃是古典诗学审美系统中"温柔敦厚"诗教的含蓄之美很重要的一环。其标志性的手段是用典。用典,又称"用事",是指在诗文中运用历史上有过的人、发生过的事,还有过去诗文中用过的词语。在先秦典籍中,人们为了证实某件现实中事件的合理与否,或某个道理的真实与否,往往引用历史上的重要人物做过的与现实发生的某种相同或相似的事件,来证明当今事件的合理与否或某个道理的可信度。诸子著作中的寓言,还有在每一个道理讲完之后,引《诗》为证,就其作用而言,也都属于此类情形。到汉代大赋,为了节省篇幅,就省略了故事,只提取事件中最重要的人物或者事件核心的词语,代表历史上的那件事或者那个说法。

诗中用典大致有两种表现,一是"显用",二是"隐用"。

所谓"显用",指明确的用典词语,是用典的常例。因为诗中有明确的前人事迹或前人用过的比较特殊的词语,也就有据可查。比如寓真《夜宿武当山》:"世有桃源在,何由苦折腰。"用陶渊明典两处,表现作者的志趣之高洁。《秋雨》:"圣朝闻弊事,衰朽抱清衷。"用韩愈《左迁至蓝关示侄孙湘》诗中语,表现诗人的风骨之清健。《痹痛吟》后四句:"董令惟强项,陶公岂折腰。空怀霍嫖姚,时世不相遭。"用董宣、陶渊明、霍去病典,严肃之意,以滑稽出之,活力四射。

需要注意的是,诗中用典要看是否切合情理,一味用典,不近情理,那就是"以其艰深文其浅陋",古曰"掉书袋"。寓真诗中用典非常贴切,如《秋吟》:

> 久劳案牍夏炎苦,又送年华风雨侵。名利最终如粪土,人生难得是知音。晓风残月词中泪,流水高山琴上心。反顾凭谁信高洁,自乘骐骥邸芳林。

全诗的主题是叹息"知己难求"。颈联出句"晓风残月",最初出自唐人韩琮诗《露》,亦写离人泪别:"长随圣泽堕尧天,濯遍幽兰叶叶鲜。才喜轻尘销陌上,已愁新月到阶前。文腾要地成非久,珠缀秋荷偶得圆。几处花枝抱离恨，晓风残月正潸然。"（《文苑英华》卷一百五十六）但又由"词中泪"可知，寓真是直用柳永词意，这一句中就等于含了两典。对句"流水高山琴上心"，又是典中有典：一出《韩诗外传》锺子期、俞伯牙事，一出《史记·司马相如列传》的"以琴心挑之"。"琴心"可以挑动文君，因卓文君亦懂音律，是知音者也。历来注家解"琴心"为"琴声"，实乃琴声中寄托演奏者的爱慕之心。两典都是说知己、知音，重在知心。尾联出句用骆宾王《在狱咏蝉》典："无人信高洁，谁为表予心？"骆宾王诗序中还有云："仆失路艰虞，遭时徽缠。不哀伤而自怨，未摇落而先衰。闻蟪蛄之有声，悟平反之已奏。见螳螂之抱影，怯危机之未安。感而缀诗，贻诸知己。"所说"贻诸知己"，也正切寓真诗的主题："名利最终如粪土，人生难得是知音。"

　　此诗结句用《离骚》《涉江》典：《楚辞·离骚》："乘骐骥以驰骋兮，来吾导夫先路。"《楚辞·涉江》："步余马兮山皋，邸余车兮方林。"王逸注曰："邸，舍也。"朱熹集注曰："邸，至也。"改"方林"（地名）为"芳林"，又隐含了《离骚》中"香草（芳树）美人以媲君子"之义。可以说一句之中叠用三典，所表达的高洁情怀，正与屈子切合。明乎此，则知此诗含量之厚。关键在于如此重叠用典，读来却如此流畅，浑然不觉，这才是用典高手。寓真尝言："心存先哲书常读，下笔方能有逸思。"（《学诗随笔一》）所谓"逸思"，乃谓超越常人所思也。这也就是一种创新，由"用典"而创新，是"温故而知新"的文化再思考活动，是"熟能生巧"的再创造的文化活动。单就"典故活用"，亦即创新这一点而言，在这首诗中即有十分明显的表现，这对于旧体诗的写作者可以说也是一个极大的鼓舞——民族传统文化在诗的创作中，不但可以复活，还可以"生新"。

　　至于"隐性用典",严格地说来,是对传统文化中某些表现心理积淀的运用。具体地说,是某些类似"集体无意识"的"意象"的运用。说是"类似",是因为这些意象在早期只是通行在知识阶层的一种文化心理积淀,是"文化界"的"雅语",由于文化的普及和"下移",到很晚才至于百姓也能够懂和能够运用。如《格言二》:

　　　　寒梅宜作友,虚竹可为师。掩拙华滋处,藏真萧瑟时。

　　梅与竹象征并非一种,这里作者所取在梅之馨德(芳菲,见于《诗经》和《左传》,皆与祭祀神灵有关)和竹之谦德(虚怀)。在文化界,这是尽人皆知的文化积累,但宋代普通百姓家的墙上未必挂一幅文与可的竹画。问题是这里为何要"掩拙"和"藏真"?掩拙,掩盖拙笨。宋之问《春游宴兵部韦员外韦曲庄序》:"将掩拙而不速,恨无倚马之才。"又称"藏拙",韩愈《和席八·十二韵》:"倚玉难藏拙,吹竽久混真。"但就寓真本诗用意而言,与这里所举的例证之含义并不一致,这其实是一个隐性用典,其最早的来源是指士人的处世之道。《论语》:"子曰:宁武子邦有道则知,邦无道则愚;其知可及也,其愚不可及也。"愚,即拙。后世的隐者践行了孔子的思想,陶渊明最为突出。但陶渊明在诗文中屡屡所言之"拙",更具有老庄所谓的"拙",即没有"机心"的笨拙,不适于官场生活。他说:"存生不可言,卫生每苦拙","开荒南野际,守拙归园田"。在《感士不遇赋》中又说:"诚谬会以取拙,且欣然而归止。"寓真此诗所言之"拙",与陶正同,乃是拙于取巧,拙于世故,拙于圆滑和逢迎谄媚之道,是方正、耿直的表现。萧瑟,与孔子"岁寒"同义,秋冬萧瑟,绿竹挺茂,与松柏同一"后凋",此为隐性用典之例。

　　这种用典其实是一种文化传承，也只能从文化内涵中去理解寓真旧体诗的内涵。如《忆父母》：

　　　　养育吾身家境寒，与谁重叙旧人间？严慈相继归天后，时对东风泣故关。

　　失去父母，等于失去了一个人生命原初依托的根本。结句"时对东风泣故关"，句中"故关"好理解，犹言"故乡"；但"东风"何解？这其实是一个具有强烈的象征意义和文化积淀的词。《诗经·邶风·凯风》："凯风自南，吹彼棘心。棘心夭夭，母氏劬劳。"这里"自南"的"凯风"，其实就是春天的东南风，古人所谓"长养之风"，以喻父母对自己的养育之恩。又《诗经·小雅·蓼莪》："父兮生我，母兮鞠我。拊我畜我，长我育我……南山律律，飘风弗弗。民莫不谷，我独不卒！"写父母对子女的养护，尤其细腻，也提到了"南风"（亦同东南风）。只有了解了这个词的文化来源及其积累的内涵，才能体会到这句诗的感人处。东风，既然是比喻父母对子女的养育之恩，则东风年年刮，子女对父母的思念也就是代代相传，绵绵不绝。由于民族文化积淀的固有内涵，每一个失去父母的读者读到"时对东风泣故关"，都会引起不可抑制的悲哀。如果不懂得其中的文化底蕴，也就辜负了作者作为诗人运用"诗韵"抒情的一片苦心。

　　这种"隐性用典"，实在是一种"创新"意义上的"化用"典故之法，或者也可以称之为对典故的"扩展"。

　　　　索居绝通讯，门闭即深山。身外皆无视，心游碧水间。

这首《独处》，其中"闭门即深山"句，虽然是古今人们常用的一句话，显然也是化用"心远地自偏"句意，或者说是"心远地自偏"的具象化；但是寓真用在这里，并不觉得"套用俗句"的俗，反而觉得很自然。"心游"一词最早见于陆机《文赋》："精骛八极，心游万仞。"其实来自《庄子·让王篇》："中山公子牟谓瞻子曰：'身在江海之上，心居乎魏阙之下。奈何？'"陆机"心游"就是庄子"心居"的另一种说法，或者说是庄子说法的延伸。后来萧统在《文选序》中说："暇日历观文囿，泛览辞林，未尝不心游目想，移晷忘倦。""心游目想"，是非常怪诞的组合，但这是那个时代的风气，有如江淹所谓"心折骨惊"。这就说明，词语是处在一步一步改变或创新中衍化或者进化中的。而诗人是创新词语、发展词语的"作手"。又如《听雪》：

> 书中味古意，窗下坐深宵。耳畔清芬袭，心知是雪飘。

书中之古意可味，今宵之飘雪可听。然"清芬"之气，可听闻乎？寓真曰"可"。且雪有"清芬"之气乎？寓真亦曰"有"。何以故？自《左传》提出"黍稷非馨，明德惟馨"之后，屈原《离骚》更以香草美人比喻君子和君子之德，后世或以"清芬"之气比喻美德，或以比喻古今美好的文章著作所记述承传的优良文化传统。由此，我们可以了知作者起句何以言"书中味古意"了，那份古雅的美德气息令人不忍释卷，直坐到深夜。然后紧接是点题"听雪"，雪之"清芬"，言雪有高洁之德也。耳之所听、鼻之所闻，与心之所想、口之所味，在一瞬间全部打通了。记得上世纪八十年代，美学界大谈"通感"，也就是这种状态了。

《听雪》是作者精心结撰的一首绝美的五言绝句，虽短短二十字,却包含了极其丰富的内涵,用了典故,却融化典故于易读易懂的语言之中——即使不知道那么多的典故,只要知道李白《赠孟浩然》的"高山安可仰,徒此揖清芬",也就明白了。把古籍与白雪如此自然合理地联系起来,堪入古今第一等作手之流矣。

四、一人而二任——法官和诗人

寓真本名李玉臻,一九六六年毕业于北京政法学院(即今中国政法大学),初分配海南岛,后调回山西,曾任晋东南地区中级法院院长、山西省高级法院院长。作为法官的李玉臻,和作为诗人的寓真,是如何在一个人身上统一起来的——两者的思维方式本来是互相对立的,一个是偏重于理性(逻辑)思维,一个是偏重于感性(形象)思维,却又如何两不相扰,各极造诣?

仔细研究,这需要了解他的人生。成长于农村,深造于京华,又有海南黎族苗族山区的边地锻炼和长期司法工作的阅历。在他少年时期,最向往的是做一个诗人,这个理想是在他大量阅读古诗、古文的基础上形成的,这就铸就了他的诗人品格和诗人气质,李白、陆游、苏轼、辛弃疾的飘逸、豪放和大气,屈原、建安诗人、杜甫、白居易的沉郁、雄健和悲凉,都在这位少年心里融混成"修齐治平"的志向和品格。这使他经常以一颗诗人的心眼观察、感受这个世界所发生的一切,对"民瘼"像所有的古代大诗人一样,感发出由衷的不平和喟叹。而在他青年时期,政法专业的大学生活,系统的结结实实的法学理论学习,又把它造就成为一个真正的法官。当他以一个法官的身份面对任何一种社会现象时,需要排除任何情感、情绪的干扰,严格运用法理、法条衡量人的社会行为的正误。但是,中国古代社会主流的儒家"刑法"意识,肯定对他有一定的影响——以仁爱礼义为先导,以刑法惩戒为警示,教育社会成员"循礼教""勿犯科",造就一个没有犯罪现象的"大同世界"。深厚的仁爱精神,强烈的家国情怀,既是他作为"中国式法官"的终极关怀,也是他作为"中国式诗人"的炽情燃点。于是,对社会的责任感,对生命至高至厚的热爱和敬畏,把两种社会身份融和在一起,又能够清晰地区分开来——法官清醒的法律意识,使他对社会现象透视得更加清晰,再形诸诗咏时,他的诗就会字字凿凿,句句铿锵,言人所不能言;而诗人炽热的情感、大仁大义的情怀,反过来进一步促进了他的法官责任的担当和信念的坚定。法官和诗人就是如此这般地融和成一个人。谓予不信,请看他自己如是说:"但有诗心熔法理,还将正义铸文章。"(《法官诗文社蒙山笔会》)"诗心"融入"法理",使法理更具人性化;同时又促进诗心的"风清骨健",即以"正义铸文章"(此处"文章",与杜甫所言"文章"义同,专指旧体诗)。但诗人和法官毕竟是两种社会身份,不容相混:"迟眠不觉诗吟苦,减饭曾因民讼忧。"(《秋感八首之三》)作诗之苦与折狱之忧很相像,虽然思维方式不同,却可以互为支撑,互为促进。"任上累多因直道,诗中浸透乃真魂。"(《七五初度》)循"直道"执法虽然受累多多,然而那"直道"也是"诗道",是问心无愧的"诗魂"。

这里有一个值得思考的问题:法官执法是毫不含糊地按律执法,诗人作诗也是毫不含糊地按律作诗。执法过程中要步步符合法律,须步步排除感性、情感、情绪诸多因素的干扰,使最后的结论在符合事实真相的基础上符合法律的规定,但"人性"即人的社会存在的所有属性,仍然是法律法规的最终依据。作诗的过程,虽然"诗兴"起于感性所引发的种种情感或情绪,但在寻求如何最恰当地表现诗人的情感或情绪、又符合诗律规定的过程中,仍然离不开缜密的逻辑思维即理性思考,同时,"人性"即人作为社会存在的所有属性,一定是诗律确定不移的根据。因此,法官执法和律诗诗人作诗,都是在符合"法"与"律"的规范中,寻求那份属于人性的"自由"。这也许就是法官与诗人统一在一个人身上的又一个因素。

在正式的日常工作中,他在"法律"中寻求自由;在业余生活中,他在"诗律"中追求自由。如果说"自由是对规律的把握",而"美是自由的象征",那么,这种生命历程将是一个不停地追寻美的过程。如果在两者之间必须做出选择,他应该选择做诗人:"翰墨人生兴味长,风情雅意纵飞扬。"(《法官诗文社蒙山笔会》)作诗,是他的自由意识在现实中才能得以实现的一种生命运动的形式,是心灵自足而温润的境界——安顿心灵的世界。尽管少不得处处要虑及避除"时讳"的雷池,但比起折狱过程中,时时受到来自上下左右的"掣肘",在夹缝中寻找最佳平衡点而遭受的痛苦,不可同日而语。因此,在寓真的骨子里应该是更喜欢自己是一位纯粹的诗人。

请看他的自白:"曾耽文学如痴醉,一笑当时剑气狂。"(《病榻遣怀》)这是对少年的回忆,所谓"文学",主要是阅读古代诗歌和他自己创作旧体诗的过程。"短志苦于充大理,余才乐得做诗翁。"(《秋感八首之一》)前一句是自谦,后一句是真话,但作诗恐怕不是做"大理"的余才,而是同一块文化土壤生成的大树之两枝并茂的参天枝干。"莫为新年怜我老,诗情不减自身康。"(《拙著史诗笔记将于新年出版》)从少年到白头,读诗、写诗是他毕生的最爱。如果说诗歌创作和阅读的审美活动,是一种生命的运动形式,那么,对于寓真而言,作诗和读诗简直就是他生命历程中不可或缺的存在方式和运动样态;只要心有所动、情有所牵、思有所获、行有所感,只要想把这些形诸语言,旧体诗的"诗语"就是他最需要和最适合的表达方式。"久别故乡思绪减,山河处处醉诗灵。"(《初旅温州》)在他的心中眼中,世界处处都是"诗料",心灵时时荡漾着"诗情"。他要把自己丰富的经历都用旧体诗的形式表现出来:"阅历此生颇富有,徐徐收拾入诗章。"(《开会归来》)他整个的生命就是一首无尽的长诗。

作诗并不是局外人想象的那么容易:"灯昏昨夜乏文思,搜索枯肠枉睡迟。曙色号鸣声颤颤,秋云梦断绪丝丝。霜林微醉染红靥,冷月半眠弯翠眉。徐步花蹊理杂念,静观流水续残诗。"(《秋晓》)一首诗竟然想了一整夜,还没想出来!清晨,附近的军营号声唤醒,听那号声,似乎是"颤抖"的,因为没有做完的那首诗的"诗情"恍惚难续;看晓天的秋云是一丝一丝的,有如不合适的诗句不成片段。缓步花蹊,静观流水,还想把昨夜的"残诗"续完。但这苦思的过程本身就是一首绝美的诗章!足见作诗之苦,乃是苦中有乐。

关于寓真的诗,可说的很多,评论家们也已经说了不少,但也还有未安、不全之处。比如说他的风格是"平淡",其实也还有"壮丽";说他的诗豪迈,其实也还有柔婉;说他的诗质朴,其实也还有华美;有时候像少陵的沉郁,有时候又像青莲的飘逸。他的风格是在变化中的,晚年的风格有异于早期,不可一言以蔽之。下面举寓真律诗中的一些例句,由对仗创新来看看他的文化修养和风格特征。

"晚霞渐尽江声暗,篝火初燃山影奇。"(《柳州春暮》)出句"晚霞渐尽",怎么会是"江声暗"?声音可以"暗"吗?细一想,随着晚霞渐暗,江水的涛声仿佛也低沉下来;这种视觉和听觉的"互通"即所谓"通感"效果,用来形容此时的感受又是多么确切!况且声音既然可说"响亮",为何不能说"哑暗"？对句用"山影奇"写"篝火"的光照,构成一个特有的环境,此作者联想、观察之妙也。

"窗畔苍青苦楝树,阶前零落凤凰花。"(《再回海南》)作者在海南备受气候不适和生活辛苦孤寂的折磨,回了一趟山西老家探亲,当他再一次回到海南的时候,用窗畔苦楝树的苍青来暗喻"艰苦"的无尽,用凤凰花的凋零来隐喻希望依然渺茫,当时正值动乱时期,可见作者剪裁生活环境之妙。

"父老精魂垂大野,圣贤哲理勒高山。"(《中年》)唐人有"天垂大野"句,这里说"父老精魂垂大野",暗指自古以来数不尽的无名先人的精魂,如天穹、如日月,覆盖、护佑着无尽的后世子孙;而对句显然是化用司马迁在《孔子世家》中对孔子的赞美"高山仰止,景行行止","勒高山"一语不能不让人钦佩,此作者善于改造旧语之妙也。

"吕梁春色卷云回,山里桃花蘸雨开。"(《春游》三首之一)"春色"居然能够"卷云回",桃花不是被雨水滋润而绽放,却是主动地"蘸雨"而开。此作者将物人化之妙也。

"更登云月八千里,留驻春晖一百年。"(《春望》)这是改革开放之际,把远大的理想、豪迈的情怀用宏阔的景色概括出来,诗意直逼苏辛,遥接李杜,此作者心胸闳放、格调高迈之所致也。

需要特别指出的是,无论古今,如果一个诗人没有自己独特而新奇的"造语",恐怕难于跻身于第一流诗人之列。上举数例已能说明作者的独创手段,再举几个他后期作品中的对仗句:"灵感忽生新月树,吟鞭追到夕阳山。"(《春兴八首之三》)这是把作诗灵感生发的美感体验,写得活灵活现;又把作诗的苦吟过程,形象化到了极致。"参差树影流霜地,静谧云波挂月天。"(《丙申立冬》)写冬夜乃有如此清肃之美。"侵眉霜渐冷,耀目树初丹。"(《秋夕》)以秋夕眉霜暗喻迟暮,又这般鲜活。"饮罢二锅将酩酊,吟成八句足铿锵。"(冬咏八首之三)这是用数字的巧对。"笔快偶模金圣叹,讼平累救玉堂春。"(《吾今届八十》)用人名作对,不但精工,而且在巧慧中含有极其丰富的内涵。"听戏长嗟失空斩,作文曾慕鲁茅巴。"(《七十二初度》)用戏剧名与人名作对,又是一巧——这巧来自思维的开阔和联想的丰富。

此外,寓真诗中经常运用现代新词和口语,新词对仗如"射线""方程","代数""几何","加饭酒""嫁衣裳","敲电脑""打灯笼","黄金屋""豆腐渣","就那样""更如何","宁神离远汽车道,静耳关聋电话铃"……可以说,世界上有什么词语,他都可以找到与之作对的另外一个对应的词语。但是并不觉得俗,反而觉得出奇的新鲜。因为他往往用一些人们熟知词语的字面作对,而其真义却是另外的意思。杜甫诗云:"酒债寻常行处有,人生七十古来稀。""寻常"可对"七十",因为古代"八尺曰寻,倍寻曰常",是所谓暗对。寓真的一些巧对、暗对,显示了他学习前人而又善于联想,这也使我们深服于刘勰"造化赋形,支体必双"的论述。

介然叟　2022 年 10 月于太原

卷一

五言绝句四十首

夜 思

月高昭品行，星灿启聪明。

年少逢疑事，遥思碧宇清。

【笺评】

　　介然叟曰：遥想当年，一上党少年，夜读释卷，仰望夜空：托品行于皓月，拟聪明于群星。开胸臆若广宇，难题纾解；澄襟怀如碧空，疑事自决。

　　赞曰：明德月悬，智周方圆。君子弘毅，令闻渊渊。

自 励

何虑道幽深，当存奋翅心。

砥坚磨锐剑，火赤锻真金。

【笺评】

　　介然叟曰：立天之道曰阴与阳，立地之道曰柔与刚，立人之道曰仁与义。颜渊喟然叹曰："仰之弥高，钻之弥坚。"欲达其道，唯有一涂：存心磨炼，持之以恒。《诗》云："靡不有初，鲜克有终。"

　　赞曰：冲年励志，终生不挠。卓然有立，嵩岳岩峣。

碰　壁

练阅春复秋，初飞几碰头。
还期毛羽壮，振翮四方游。

【笺评】

介然叟曰：当秀才不平，初试干预社会时，差点儿碰了头，始有惊悟："有理不一定走遍天下"，但他没有因此转向"世故"和"圆滑"，仍旧努力练阅，期望羽壮毛丰，扶摇直上九万里，背负青天游四方。

赞曰：大任斯降，增益不能；追琢其章，君子玉成。

自　嘲

丝青人若老，一病忽颜凋。
纵有屠鲸志，如何举戟刀？

【笺评】

介然叟曰：题曰"自嘲"，实则"自励"。昔刘备在荆州，日久不骑马争战，如厕，见髀间肉生，慨然流涕。千古志士，一志同心。

一般人发豪言壮语，必曰"屠龙""射雕"，稀闻"屠鲸"；但作者偏说"屠鲸"，当化自李白《赠张相镐》："誓欲斩鲸鲵，澄清洛阳水。"鲸鲵，比喻具有祸乱国家、颠覆朝廷的大憝元恶或强贼巨寇，庄子尝言屠龙之技无用(《庄子·列御寇》),而"屠鲸"却目标具体,可学可致,如《宋史·李纲传》李纲上书言"剪屠鲸鲵",用"鲸鲵"比喻北方金国强敌。

赞曰:报国志坚,日夕乾乾。诗律精确,自律亦严。

校 园

花木染襟香,知交夜话长。

林幽星月近,窥隙洒清光。

【笺评】

介然叟曰:作者五言诗绝类靖节,平常话,口头语,诗味悠长。起句就把读者带入校园中的花园里,经历过大学生活的人,读此句会停下来,回想起那个世界:绿园幽径,路边长椅;春日里玉兰攒玉,丁香溢香,不用说坐在那里看会儿书,就是穿过那里,都会把花香带回宿舍。用"染襟"形容,贴切之至。"知交夜话",浓情融融。不觉夜深,有星月来窥……青春的纯,历久而醇。

寓真用语虽形似口语,但绝非流于"随",乃是口语的提炼:"染"字,喻花木有情;"窥"字,状星月有趣。只此两字,灵秀通脱,全诗皆活。换个同义词试试,死矣!

雁塔留别

柳丝长惜春，燕语似留人。

情爱难相顾，江湖只一身。

【笺评】

介然叟曰：《诗》曰："昔我往矣，杨柳依依。"此折柳送别之祖也。起句"柳丝"，虽只及"惜春"，实则"惜别"自在其中。中间"长"字两兼之也——"柳丝长""长惜春"。承句"似留人"，点题之景语也。这两句风情旖旎，浓至炼至。结句清冷孤峭，完足"留别"题意。下联出句稍嫌直白。

海　滨

山静绿初融，水澄情愈浓。

征途劳倦了，到此一轻松。

【笺评】

介然叟曰：绿初融，山色蒙茸，草木刚刚染绿群山；情愈浓，水波滉漾，浓浓的绿意装满大海。所以，这两句是一对"互文"。满眼的嫩绿，构成轻松的意境。自然生成下两句。

"劳倦了(liǎo)"，纯是口语，却又完全符合律诗的格律，有格律而不觉其格律，也就消弭了格律的生硬，这才是"从心所欲，不逾矩"的自由。就像花样滑冰运动员，那冰鞋决然是对脚的束缚；如镜子般的冰面，又决然是运动的障碍，然而，运动员穿上冰鞋，在上面做出比任何陆地运动都优美的动作，那是征服了束缚后的自由。作者此类作品，有似于此——格律成为他话语的自然方式，是一种完全的自由状态。用庄子的话说是："得鱼忘筌，得兔忘蹄，得意忘言。"庄子所谓"忘"是一种进入自由的精神境界（见《庄子·大宗师》）——就像鱼忘了水，人忘了道术那样。

前人论陶渊明诗："外若枯槁，中实敷腴。"寓真有焉。

如果说"美是自由的象征"，那么作诗的活动，就是对律诗语言创造意境规律的把握。当然，这是对举世无双的汉语语言文字的特征而言的。

晚　景

西岭散霞绮，晚涛喷雪堆。
海边风剪剪，吹送丽人回。

【笺评】

介然叟曰：西天红霞如绮，向晚的海涛涌起白浪千迭，海滩宁静，清风徐来。在这无比开阔的背景中，风飘飘而丽人回。"丽人"，是全诗"要眼"处，由于她的款步行归，顿使整幅画面明亮起来。诗人颇具画家心眼，布局、设色，十分讲究。但"丽人"是何等"丽"，绝不说出，亦说不出，也不用"曲写"笔法，给读者留下最广阔想象（再创造）的空间。此之谓"含蓄"，谓之"意境"或"境界"。

述 趣

爱好诗书画，钟情松竹梅。
惟真是求索，为美苦敲推。

【笺评】

介然叟曰："爱好"是趣，"钟情"也是"趣"，且是"雅趣"，是文化积累之趣，是对人的价值、格调的审美体验。因此，所有的"趣"都有真伪、美丑之别。认"真"识"伪"，是一个求索的过程，谈何容易！"真"是"美"的前提或基础，失去真，美就失去了依托，无所谓美；在真的基础上创造或欣赏美，是一个艰苦的推敲过程，谈何容易！

寓真此论，足为文坛戒。

夜 色

暮海波半晕，远山烟梦深。
有情人不语，风树自鸣琴。

【笺评】

介然叟曰："半晕"，状景物之朦胧最宜——诗人选择大自然限定的观照时间和观照的透明度，一切都在此"半晕"笼罩中：海在模糊中轻涌，山在如烟的梦中静卧。情人相对，不相干的话不想说，相干的话不必说——在真情面前，所有的话都显得苍白和多余。暮色蒙蒙中默默相向，最是缠绵处。结句进一步烘托了"有情人不语"，情意悠长,韵味悠长。

首句是拗句,对句"烟"平声,是为"拗救"。"梦深"与"波晕"相呼应,"不语"与"自鸣"相衬托。按照苏珊·朗格的话说,诗是生命(情感)的形式,生命最大的特征是运动。本诗的海波向"晕"运动,"山梦"向"深"运动;"不语"向"欲语"运动,"自鸣"向"不鸣"运动。但这"运动"(生长)只是一种"态势",是一种内在的"能量蓄积"。司空图说诗强调"味外之味",是指文字之外(形而上)的审美体验。读寓真此诗,当有所体会了。

晚 雨

署中事方静,窗畔树新栽。
趁我心情好,沙沙小雨来。

【笺评】

介然叟曰:法官的事大约永远都"没完",能静下来,实属不易;"窗畔树新栽",加两个字成为七言"窗含小树是新栽",我是说这是一幅以窗口为框的图画。作者在告诉我们,在一个春日的傍晚,公事办完了,心情愉快,想到窗畔新栽的小树需要浇水,恰在此时,小雨沙沙地下起来了——"好雨知时节"啊。滋润了小树,也滋润了渴望宁静的心田:"小雨润如酥。"

五言绝句全是叙事,难得讨好。本诗四句,全都是"赋",即一件事一件事,前后相连,流水似的摆出来。刘勰曰:"赋者,铺也。"然而,却让我们感受到了一种深长的愉悦,一种特殊的"闲趣"。取法乎唐人，但又不是白居易那种"闲适"之趣（"绿蚁新醅酒，红泥小火炉。晚来天欲雪，能饮一杯无？"），也不是贾岛那种"隐逸"之趣（"松下问童子，言师采药去。只在此山中，云深不知处。"）。

诗人作诗谓之"裁诗"——剪裁生活片段，发现其内在（形而上）的情趣或理趣、野趣，组接成一个有机整体显示的"境界"，这才是诗家本领。

秋　歌

春浓好飘泊，秋肃更狂歌。
万物皆身外，西风奈我何。

【笺评】

　　介然曼曰：青春气盛，"飘"也琢磨，"泊"也琢磨，天涯海角，"宝剑锋自磨砺出"；秋虽肃穆，"狂"也由我，"歌"也由我，君不见"老夫聊发少年狂"！一"更"字，凸显了"秋"的自由。何以如此？后两句是答案。若说"万物皆备于我"，乃儒家"执着"之言，说得出，做不到；"万物皆身外"，则是佛老"放下"的功夫，看得到，做得出。

格言一

聪明拟冰雪，意态楷风云。

诗浸烟霞气，文含清露芬。

【笺评】

　　介然叟曰：冰雪，晶莹透彻；风云，舒卷自如；烟霞，空灵去俗；清露，清芬淡雅。

格言二

寒梅宜作友，虚竹可为师。

掩拙华滋处，藏真萧瑟时。

【笺评】

　　介然叟曰：起承二句当为互文：寒梅可做师友，虚竹可为师友。梅做友，友其馨德；竹为师，师其谦节。予尝言：梅有常姿，可折而不可改其芳；竹有常节，可焚而不可毁其节。"掩拙"句对应起句，"藏真"句对应承句：穷于世路，隐梅下而守其拙；遭逢萧瑟，操劲节而藏其真。

　　孔子之所谓"愚"，实则是生存之"知（智）"。诗人这里的"拙"，乃是拙于取巧，拙于世故，拙于圆滑和逢迎谄媚，是方正、耿直的表现。与夫子之"愚"正同。陶渊明在诗文中屡屡言"拙"，他说"存生不可言,卫生每苦拙""开、荒南野际,守拙归园田"。在《感士不遇赋》中又说:"既轩冕之非荣,岂缊袍之为耻;诚谬会以取拙,且欣然而归止。"

结句的"真",指纯洁质朴的本性。陶渊明说:"望云惭高鸟,临水愧游鱼。真想初在襟,谁谓形迹拘。""养真衡茅下,庶以善自名。""山气日夕佳,飞鸟相与还。此中有真意,欲辨已忘言。"他所说的"真"正是天生的本性。萧瑟,与孔子"岁寒"同义。秋冬萧瑟,绿竹挺茂,与松柏同一"后凋"。予尝谓:北人质实喜松,南人灵秀爱竹。何也?竹之贞节与松同,而竹别有虚怀妩媚之姿,庭前、窗下、池际、亭畔,无地不可,可玩可赏;松柏则庙堂陵墓之物也,肃然巍然,宜敬宜仰不宜玩。

编者于本诗流连最久,可以佐酒,可以释郁,使人神远。欲乞寓真书一幅,悬之蜗居,可添蓬荜雅趣:

寒梅作友掩拙华滋处　　虚竹为师藏真萧瑟时

独　处

索居绝通讯,门闭即深山。
身外皆无视,心游碧水间。

【笺评】

罗连双:乍看,这诗很普通;细品,则趣味在其中。闭门独处,常人会感到寂寞,而诗人却能心游于大自然间。身外皆无视,言外之意,眼睛和心灵只关注着自己的身体,那怎么能联系到自然山水呢？我们不妨用接受美学的理论来实践一下。接受美学是国外兴起的一种文学理论，指的是读者不必过分追究作诗的原意，而是在文本的阅读中大胆想象，进行再创作，在自己脑中形成完整的意境或境界。就寓真这首诗，我们可以这样联想，人的身体就是自然的缩影，骨骼是高山峻岭，血液汗液是江河湖泊，头发眉毛胡子是森林，汗毛是草丛，皱纹是千沟万壑，皮肤是大地起起伏伏，看不见的细菌便是无穷动物……这样想着想着，完整壮美的自然界就在心中或眼前形成了。这样，无穷的趣味也便产生了。诗有趣味，才能美妙。论述诗趣的文章很多，诗趣的类型也很多。在趣字前面可添加许多字，如志、情、理、意、旨、人、物、景、事、天……袁行霈先生对诗趣作过系统精深的研究，他十分推崇天趣。寓真小诗是一种什么趣呢？自可品鉴。

介然叟曰：这首五绝似从陶渊明"心远地自偏"中化出：身在人间，而有处深山之感，只是因为"心远"；既然身外无视，纯粹"心游"，那就可以无处不游，何止"碧水"。而深山、碧水，乃作者心仪之地，是以上言"深山"，下言"碧水"。"索居"，则无"入群"之羁绊，操其风骨；"闭门"，则去"门外"之乌烟，得其闲静；无视身外，则"虚室生白"，（《庄子》注："虚室，心也。""白，无，道也。"）游于"深山碧水"，更无刻意"索居""闭门"之累。诗人要说的是一种人生理想或志愿的选择。陶渊明为何要"归去来"？又何以高咏"羁鸟恋旧林，池鱼思故渊"？知道了陶渊明的选择，也就明白了此诗作者的选择。

皱 纹

额上皱纹生，心中诸事平。

但能心不皱，七十似年轻。

【笺评】

罗连双：这是一首哲理诗，具有理趣。皱与平的对立统一，年老与年轻的对立统一，这便是哲学之理。"额上皱纹生"，一些人自叹自悲，另一些人则从中看到岁月沧桑，看到成熟丰厚，甚至联想到劳动和劳动创造之美。"心中诸事平"，一方面因为公事私事皆已尽心尽力，得以安度晚年；一方面因为"七十而从心所欲，不逾矩"，得以遵循客观规律，老有所为，老有所乐。皱与平的统一，组成人生交响曲，蕴藏着生命的意义和价值。"但能心不皱"，指的是看破红尘，熟稔世事，从容不迫，乐观理智，人生升华到理性阶段。有这种心态，自然会"七十似年轻"。"七十似年轻"表述了唯物辩证法的另一个规律：否定之否定。人常说"一老一少"，指的便是少年与老年均无名缰利锁的羁绊，能够自由自在，快乐活泼，少年心态—中年心态—老龄时期的少年心态，典型的"之"字形。因此，这首小诗是人生的哲学概括，从人的外部描绘到内心刻画，准确到位，令人难忘。

介然叟曰：何谓"心中诸事平"？明·吕柟编《二程子抄释》载："过一寺，门墙上有人题：'要不闷，守本分。'时田明之随行，明道每过必曰：'好语。'"所谓"不闷"，即"诸事平"也。孔子所谓"六十而耳顺"，此之谓也。既要"诸事平"，还要"心不皱"，谈何容易！佛云："相由心生。"察寓真额上，殊不见皱纹，此盖寓言也。

偶　作

清修骨里超，学养腹中饶。
真学常寥寂，高名多草包。

【笺评】

罗连双：直面现实,诗有美刺。这是一首刺诗。盛名之下,其实难副,这是古往今来普遍存在的现象。但寓真所刺,不仅止此,而是国内目前存在的另一类尖锐问题:学界官僚化之后的假大空。不仅仅是跟风,还有利用权力垄断学术地位,虽然不学无术,却高名盛誉,金银满载。不根除这类弊病,无助于中华文化的伟大复兴。诗词在抒情写意方面有两个方式,一是直抒,一是曲致。《诗经》讲赋、比、兴,赋是直抒,比和兴是曲致。后来的诗论多推崇曲致,强调话外之景,言外之意,如从创造新的审美对象,满足人的审美需求考虑,这种主张不无道理。如要直面现实,关注社会,还是直抒的方式为好。事实上,我国从古至今海量的诗词作品中,绝大部分为直抒。寓真此诗,是直抒方式,一句"高名多草包",痛快淋漓。

介然叟曰：这首诗应该做成金匾,作为"校训"或研究机构的"学训"。

"学"(知识)非修养,而修养又离不得"学"。欲脱胎换骨,须是"清修";不经清苦,难得修养。清苦之行,并非如比丘那般远离酒肉和家庭生活,而是用清纯的规范、严格的操守,通过日常行为的修练,把社会规范积淀在深层心理,逐渐养成足够的心理定势,反过来又指导个体的行为规范;经过这样循环往复的"清修",就会达到"从心所欲,不逾矩"的高度。到了这个境界,虽一颦一笑,亦见其修养;那一种气韵风骨,仿佛是从骨子里透露出来的。此之谓"骨里超"。

　　而达到这一境界,古人亦谓之"真学问"。"子夏曰:'贤贤易色。事父母能竭其力,事君能致其身,与朋友交言而有信,虽曰未学,吾必谓之学矣。'"(《论语·学而》)寓真此诗之"真学",即指那些高行大德者,学问(系统知识)既好、修养亦高者;但是他们"常寥寂",从孔孟往下数数看,就知道那个"常"字所含历史的分量。然而那些高名大佬,作者说"多草包",不全是草包,但是"多"。

暮　思

晚岚沉碧树,白月下红楼。

理想国何在,今宵应梦游。

【笺评】

　　罗连双:前两句写暮景,后两句写暮思。思之何物,理想信念也。在当今世风日下,腐败成灾,理想信念摇摇欲坠之际,寓真不忘初心,耿耿在怀,难能可贵。理想是人类灵魂。儒家在大同世界,佛家在西方净土,基督教和伊斯兰教都在天堂,古往今来圣贤无不具有崇高理想,在对美好未来的追求中积聚着用之不竭的能量。古希腊柏拉图写过《理想国》,英国人穆尔写过《乌托邦》,意大利人康帕内拉写过《太阳城》,英国人温斯坦莱写过《自由法》,欧洲三大空想社会主义圣西门、傅立叶、欧文从理论到实践都进行了广泛探索,马克思、恩格斯创立了科学社会主义思想。尽管上述思想程度不同而皆有不切实际之处，但无可否认它们是从古至今高悬于人类精神领域的太阳。共产党人的崇高理想是共产主义，现在有许多人不信，但我坚信，或可与诗人的梦游得到一个共同的结论。

介然叟曰：题曰"暮思"，起首点题。从《诗经》以来，"日暮""岁暮"已成为一种有稳定内涵的文学意象——象征人的晚年。晚岚碧树，感青春之不淹；白月红楼，惜美人之迟暮。从青春到白头，非止一代人的奋斗，理想之国何在？结句"应"字可味，有梦犹可，无梦何如？理性之想犹可，昏聩之梦何如？

春　节

往志随风北，华年逝水东。①
又逢春节到，写字啸寒风。②

【注解】①北：背也。此言背(离)我而去。②啸：噘口出声，发声悠长，或模仿自然界的各种声音，或作婉转优美的乐声，声调很高，可传数里。史载孙登、阮籍皆善啸，王浑妻亦善啸咏(盖长声吟唱诗歌)。又，虎吼亦曰啸(虎啸风生)。

【笺评】

罗连双：从古至今，写春节的诗成千上万，大多除旧布新，祛灾迎祥。王安石《元日》云"爆竹声中一岁除"，真可以一代万。记录写字的也有，如陆游写过"桃符呵笔写，椒酒过花斟"。寓真这一首开头两句"往志随风北，年华逝水东"，令人想起孟浩然《田家元日》"昨夜斗回北，今朝岁起东"。挥笔迎春，并不逊于举杯唱新。"写字啸寒风"，一个啸字，豪情顿起，好像字字有声。尽管壮志不再，华年已逝，但精气神仍存，无愧于新春佳节。寓真喜欢书法，信笔挥来，行书略带隶意，镌于牌匾，有模有样。写字，也是他生命中不可或缺的一部分。

　　介然叟曰："往志"随风飘去而不忘，"华年"逐水东流而无声。华年逝去，自然而然；"往志"，何志？又何以"飘北"？这一句触动多少人多少怅惘！结句关键，"写字啸寒风"，"写字"而已，居然如啸——节奏婉转，低昂疾徐；抑扬顿挫，咫尺万里。传曰："孙登尝弹一弦琴，善啸，每感风雷。"作者挥墨，遂斥"寒风"。则此"寒风"非关天地，不与季节也。

阅览有感①·读诗

浸浸下江河，芸芸俗气多。

功名何所重，第一赏诗歌。

【注解】①这一组五绝共九首，以下八首不再标《阅读有感》。

【笺评】

　　介然叟曰：寓真心中，鄙夷世俗看重的功名，人生第一要紧的事是欣赏诗歌。何也？前面说过，"美是自由的象征"，诗歌创作和欣赏乃是审美的过程，是对自由的追求和体验；在世俗间得不到的东西，可得之于审美。在"万言不值一杯水"的时代，为什么人们都"玩儿命"地作文写诗？

　　赞曰：江河日下，不朽云何。三立垂范，赏诗作歌。

读古文

理想三千仞，征途十八滩。

随波时尚易，学到古人难。

【笺评】

　　介然叟曰：阅读古文越多，越觉得古哲不可逾越；理解得越深，越有体会，越感到古贤高不可攀。所谓"仰之弥高，钻之弥坚"。

　　赞曰：理想至高，征途至艰。取法乎上，心仪古贤。

读《诗经》

敦厚诗之教，吾心耽此道。

风歌闻妙香，雅韵消浮躁。

【笺评】

　　介然叟曰：《礼记·经解偏》："温柔敦厚，诗教也。""其为人也，温柔敦厚而不愚，则深于诗者也。"《诗经》中屡言"终温且惠""言念君子，温其如玉""言念君子，温其在邑""人之齐圣，饮酒温克""温温恭人""温温其恭""温温恭人，维德之基"。《毛传》云："君子之德，当柔润温良。"此乃我华族文明礼义之标志也，而不知何时被蔑弃，"温良恭俭让"成为批判的对象，粗野、蛮横、暴力等等反文明的言行，一时曾经成为革命和进步的象征。可叹！

文学是语言的艺术,《诗经》之温柔敦厚,本指道德教化,单就其语言艺术的表现而言,那就是"赋比兴"的手法,不直指、不直接下断语,或摆出其真实的形迹("赋"),则其人所为是否符合礼义,就明明白白;或运用比喻("比"),或运用联想和象征("兴")的手法,这就是含蓄的柔和之道,也是厚道("厚于道")的表现。寓真耽于此道,深于其道,故其诗深得《诗》人之精髓焉。

赞曰:狠戾狂躁,远悖诗教。精于比兴,千古诗道。

读 《庄子》

漆园方读罢,有感随拈笔。
权利澹然远,修名方可立。

【笺评】

介然叟曰:这里拈出《庄子》要义之一:因为作者本人处于"权"之一极,故说"权"。"权"之所以要"远",并非因为"权"本身不好,看你用"权"来做什么。很多情况下,人们看到紧随"权"之后的是"利";人们之所以重视"权",也往往是因为拥有了"权",也就有了"利"。作者要远离的也并不是"权",而是"权"带来的"利",这才能运用"权"维护大众的权益,为大众谋福利。"修名",美名也。远离了"利",与"名"相连的"利"也就不存在了,那个"名",才是真正的美名。

赞曰:南华秋水,不凑不泊。逐臭趋膻,道之所薄。

读《文心雕龙》

神思独运斤，情采自天真。
时文多妄诞，经典读如新。

【笺评】

　　介然叟曰：读《文心》而有感于时文的妄诞，遂发此论。《文心》中与现代审美活动观念最接近的就是《神思》和《情采》两篇，《神思》论述构思（谋篇布局）的想象力、独创性和运用词语的准确度，所谓"独照之匠，窥意象而运斤"，正是要把想象中的境况，用准确鲜活的词语固定下来；而《情采》则强调真情实感与文采的恰到好处："虎豹无文，则鞟同犬羊；犀兕有皮，而色资丹漆。""文采所以饰言，而辩丽本于情性。""故为情者要约而写真，为文者淫丽而烦滥。而后之作者，采滥忽真，远弃风雅，近师辞赋。故体情之制日疏，逐文之篇愈盛。故有志深轩冕，而泛咏皋壤；心缠几务，而虚述人外。真宰弗存，翩其反矣。"诗人所谓"经典"，既指刘勰等古代文论家的论述，常读常新；又指古代经典的文学作品，虽熟悉也需常读，温故而知新也。

　　赞曰：经典文章，百读不厌。含咏吐辞，去圣不远。

读杜诗

诗中读惆怅，眼下见枯荣。

壮岁心慷慨，秋来泪纵横。

【笺评】

李杜：读读此诗，想想老杜，古今相承，诗心相通，不能不令我感慨顿生。寓真先生另有七绝《读诗偶感》云："诗坛阅尽总糊涂，激越之声似已无。老杜遗风若此断，民间疾苦更谁呼？"这种忧虑显然是深刻的，是大忧患、大悲悯，是一个诗人依其责任感、使命感所发出的鼓呼，因而理当引起生活在一个"诗歌国度"的诗人和诗爱者警醒。

介然曼曰：杜甫的诗满是惆怅和忧愤（"诗中读惆怅"），他亲历了唐王朝是怎样从繁盛走向衰败的，尤其目睹了唐玄宗如何从睿智变为昏庸，从而引发了使大唐帝国衰落的安史之乱（"眼下见枯荣"）。杜甫从青年到壮年，"一饭一饮，未尝忘君"，也从未放弃"致君尧舜上，再使风俗淳"的理想（"壮岁心慷慨"），然而他所见的却是"朱门酒肉臭，路有冻死骨"。老年后，为家事国事泪流不断："向来论社稷，为话涕沾巾""海内风尘诸弟隔，天涯涕泪一身遥""戎马关山北，凭轩涕泗流""忧来藉草坐，浩歌泪盈把""歌罢仰天叹，四座泪纵横"（"秋来泪纵横"）……非独杜诗，整个古代诗歌史，都充满了忧患和惆怅。这源于古代士大夫的社会责任，也来自社会的发展规律。每一个王朝的兴起，英明的君主都要借助于知识分子群体的智能和力量，西汉的文帝、景帝、武帝，都不断地下"求贤诏""求直敢言诏"。诸葛亮说前汉的兴隆在于"近贤臣，远小人"，"贤臣"之

"贤"正在于敢于提出不同意见,贤臣往往就是"直臣"。后汉的"倾颓"与之相反,著名的党锢之祸,昏庸无能的暴君把敢于直言的"清流"杀完了,东汉王朝这轮残阳也就完全沉没了。历代封建王朝就这样反复轮回,绝无例外,历代诗歌也就充满了忧患和惆怅。

读纳兰

情为生死约,诗是缠绵物。
非是断肠时,好词不可得。

【笺评】

李杜:首要是"情",关键是"真""挚":生死之情,缠绵之情,断肠之情,说到底都是真情、挚情。重"情"、求"真"——既是对纳兰的评价,同时也是诗人对自己之诗学主张、审美理想、艺术倾向等等的阐释。

介然叟曰:情、趣,是审美的核心,而情有多类多级,趣有林林总总。情之至者,可以生,可以死(汤显祖);趣之极者,可以痴,可以癫(蒲松龄)。"肠断"者,情之至也。纳兰,天地间一至情之诗人也,尝曰:"一往情深深几许,深山夕照深秋雨。"此言地老天荒不减些许之至情也。

然情至、趣至,诗(词)未必,还须剪裁文章(诗词)的"妙手"。
赞曰:至性至情,至真无名。道无可道,喻之有形。

读《聊斋》

天地昏睡里，翩然狐媚至。
人心一灼亮，世眼俱惊异。

【笺评】

介然叟曰：《聊斋》之写鬼狐事，多于深夜，倏然而至，倏然而灭。然鬼狐亦有善恶智愚，寓真所谓灼亮人心者，非止谓其善者智者也，即其恶者愚者之所为，亦足为世人之金鉴——返照世相，令人心头一亮。所谓"惊异"者，鬼狐世界，实乃人类社会之写照也。

起句"天地昏睡"比兴存焉：世人不昏者，几人？于昏夜里遇鬼狐而清醒，遂使懦夫强，而贪人廉；愚者慧，而迷生悟也。至其所为，皆出人意表，未卜先知，神乎技矣，俗眼能无惊异？

赞曰：鬼狐如人，神乎其神。留仙书愤，寄托良深。

附录：寓真所作读《聊斋》仄韵五绝，以上所录为收入《寓真诗词集》(线装本)者，此前还有同题一首：

鬼界若人际，善恶皆历历。
人类颓废时，鬼狐反美丽。

介然叟曰：两首各有千秋。昔聊斋主人序其书曰："披萝戴荔，三闾氏感而为骚；牛鬼蛇神，长爪郎吟而成癖。"又命其《志异》为"孤愤之书"，足见谈鬼说狐，寄托深且远矣。人作为"类"的存在，自从有了"智慧"，也便有了欺诈，就像日月之光明之于阴影。鬼狐作为"类"的存在,亦然。人之假恶丑常常戴着真善美的面具,道家认为这是儒家的本领——他以"仁义"洗民之脑,以"忠信"虏使其民,此蒲留仙"孤愤"之所在也。《画皮》最能体现吃人社会的本质:假其丽人而真厉鬼。世之如王生愚痴不悟者比比也。

读弘一传

无比艺文美,何其蝇蚁多。
人生求极致,休养到头陀。

【笺评】

介然叟曰:本诗概括了弘一法师从多才多艺的学者,到佛教大师的转折。李叔同在他的俗家世界里游刃有余:诗词歌赋,琴棋书画,戏剧音乐,金石篆刻,教员演员,哲学国学……他无所不能,无一不精,每一领域,皆臻极境。那是一个无比美好的"诗"一般的世界,然而,世间多的是逐臭之蝇、趋膻之蚁,是一个污秽不堪的世界。人生的究竟(极致)在哪里? 大约只有宗教才能有答案。到杭州后,他深刻地认识到,信仰才是人生的根本,他从佛教的角度理解唐人裴行俭所倡儒家的生命价值观:"士之致远,先器识,后文艺。"他决心用余生"休养到头陀"。

弘一法师是一位永不停歇的追寻者,寓真也是一位多才艺、多雅趣的大法官。法师(律宗法师又称"律师")、法官,心心相印,有同好焉。

诗 法

风霜渐老成，诗法不求精。
树影摇窗绿，雨声濯耳清。

【笺评】

介然叟曰：诗有法乎？古代一切诗论，皆曰"有"，王夫之决然反对曰"文成法立"，诗文作成以前，无法，"一切所谓法，皆非法也"。可是他还是写了一本《姜斋诗话》，全书无非言诗法。正如庄子屡言"道不当名""道不可言""可言非道也"，然而他还是写了十万字的《庄子》，全书无非言道也。何以故？王夫之之说法，皆就他以前诗人之诗说其法也，诗未作而欲作时，不可依"成法"而作诗也。庄子亦然，道不可言，以"不言"言之——形而上之道，从形中抽象出来，那就以形言之，此庄生"寓言十九"之所自也。

"庾信文章老更成"，此寓真起句言"老成"之所由，亦切身之体验也；又说"诗法不求精"，与少陵"老去诗篇浑漫与，春来花鸟莫深愁"相似。（天水赵子栎、赵次翁解曰："耽佳句而语惊人，言其平昔如此，今老矣，所为诗则漫与而已，无复着意于惊人也。故寄语花鸟，无用深愁耳。"）不过杜甫有时候也自相矛盾："晚节渐于诗律细""新诗改罢自长吟"。寓真言"不求精"，是不求过于雕琢，过于雕琢反而会失去真与朴。宋人说柳宗元晚年诗像陶渊明，原因是知道"诗病"。此正寓真之所本也。

"树影摇窗绿，雨声濯耳清"，这两句乃是"不求精"的例证。树影摇窗，不但知有风，亦且知树绿；下雨有声，清音天降，如洗濯其耳，天籁也。是眼所见、心所想、耳所闻、意所愿，无非天然。但你不能说这两句不"精",这是经过寓真一番精心安排布置(古曰"结撰",今曰"结构")后的佳句,只是"求"的痕迹不见了,最是难能。

读者诸君倘能于此有所悟,则诗法之有无,自然之精粗,皆不必辨之矣。

赞曰:人间有法,艺术无法。有法无法,无法有法。以其法法,终毙于法。

静　秋

秋菊黄红白,夜蛩琴瑟筝。
友交虫与草,俗事不相萦。

【笺评】

介然叟曰:万物入秋则肃然、静然,但也有不静者在:秋菊呈艳,秋蛩比喧。然秋菊之艳,远不如夏花之热烈;秋蛩之喧,更不似春意之争闹。此秋之所以为静者也。陶渊明不折腰于官而折腰于菊,严子陵不安于大夫而安于钓徒,物性好静使其然。友虫草者,俗务不萦其心;弃桔槔者,机心远离其怀。俗务机心,皆噪噪然热恼其心者也。寓真之心,老庄之心乎!

友　秋

赠我丹枫叶，报之迟暮吟。

门前无客至，枝上数来禽。

【笺评】

介然叟曰：因秋之静，遂友之也。秋可友乎？寓真曰"可"。诗人所爱之霜枫乃秋所赠，何以报之，"迟暮吟"。此与杨子云同心，反《离骚》也。《离骚》曰："惟草木之零落兮，恐美人之迟暮。"何以喜"迟暮"也？后两句作答：门前冷清，再无请托骚扰者矣。寓真不说"门可罗雀"，而说"枝上来禽"。"门可罗雀"者，伤人情之炎凉也；"枝上来禽"者，亦秋来迟暮之所有也。喜丹枫，友禽鸟，即前诗所谓"友虫草"之意矣。

"友秋"，不但给季节（时间）以生命，亦且给季节以友爱，寓真之心，其道心乎！大而无外，小而无内。邵康节曰："至静之极，能包括宇宙，终始古今。"寓真有焉。

高峰君问曰："枝上数来禽"，"数"字，读 shuò，抑读 shǔ？予以与出句中"无"字对应，曰读 shuò，常常、屡次之意也。高峰否曰：应读 shǔ，家中清闲无事，数树上鸟雀几只。予反复琢磨，各尽其妙。"数"字读上读去皆可，无关乎作者寓真之初意也。古贤曰："作之者不然，读之者未必不然。"此之谓矣。

闻　雁

霜冷雁南翔，人生忽老苍。

不曾珠泪坠，隐爱在中肠。

【笺评】

　　介然叟曰：听南翔之雁鸣，感人生之速老。一段刻骨铭心之情，将永无再现之机。眼不曾堕泪，心之泪恒流。想鸿雁书空，一则书"一"，一则书"人"；唯此"一人"，永驻灵台。噫！

听　雪

书中味古意，窗下坐深宵。

耳畔清芬袭，心知是雪飘。

【笺评】

　　介然叟曰：书中之古意可味，今宵之飘雪可听。然"清芬"之气，可听闻乎？寓真曰"可。"且雪有"清芬"之气乎？寓真亦曰"有。"何以故？自《左传》提出"黍稷非馨，明德惟馨"之后，屈原《离骚》更以香草美人比喻君子和君子之德，后世或以"清芬"之气比喻美德，或以比喻古今美好的文章著作所记述承传的优良文化传统。由此，我们可以了知作者起句何以言"书中味古意"了，那份古雅的美德气息令人不忍释卷，直坐到深夜。然后紧接是点题"听雪"，雪之"清芬"，言雪有高洁之德也。耳之所听，鼻之所闻，与心之所想，口之所味，在一瞬间全部打通了（听与闻的分工，在一般情况下是耳听、鼻闻，但在辽东新宾、大连一带，如果让人闻闻某种气味，则决然说"你听听"，而不是我们习惯的"你闻闻"）。记得二十世纪八十年代，美学界大谈"通感"，也就是这种状态了。

《听雪》是作者精心结撰的一首绝美的五言绝句，短短二十字包含了极其丰富的内涵，用了典故却融化于易读易懂的语言之中——即使不知道那么多的典故，只要知道李白《赠孟浩然》的"高山安可仰，徒此挹清芬"，也就明白了。把古籍与白雪如此联系起来，联系得如此自然合理，堪入古今第一等作手之流矣。

整　理

搜罗旧作稿，仿佛理荒蒿。
灯下荷锄晚，不知蟾月高。

【笺评】

介然叟曰：搜罗整理旧稿，确实费劲。如编者我一想到整理自己旧作，就有万分愁苦。寓真有个比喻"就像整理久被荒废的土地一般"——现今的读者即使在农村，大约也很难体会重整荒地有多么辛苦。后两句的比喻更妙：在灯下挥锄理荒，不知不觉夜深了，那轮明月已高高挂在夜空。或曰，"灯下"可"挥锄"乎？五十岁以上有农村生活经历的人，都知道什么是"挑灯夜战"；何况这里的"锄"乃是"笔"，转而又是计算机键盘键子的比喻。噫，寓真亦勤苦矣！

暮　行

风静树梢直，霞沉野径横。
空空谁作伴，雁远有余声。

【笺评】

　　介然叟曰：无风，无声也；霞落，无光也。从未走过的荒凉的野外小道，静静地横在眼前。一派空寂，没有旅伴，只有那消失在天边的雁阵隐隐的回声。平静，也无风雨也无晴，然而好寂寞，好孤独！

　　这是一个象征，象征什么呢？题曰"暮行"，可能象征退休后最初几年的心境？也可能象征曾经单独一人做一件从未做过的工作，有如在暮色中摸索前行？当然，还有可能是诗人思想情绪上的某一个时期、某一天、某一刻甚至是瞬间的孤独心理反应，并非实际社会生活或工作中的感受……总之，只要是有过孤军奋战经历的人，或者是思想情感有过孤独感的人，读此诗，都会有强烈的共鸣。

清　夜

披衣小桥上，初月夜清寒。
雅曲当年爱，流漪为我弹。

【笺评】

　　介然叟曰：似乎是夜里失眠，就像阮步兵那样。不过步兵是"起坐弹鸣琴"，用琴声来宣泄自己的郁闷；寓真则"披衣小桥上"，季节是初春或晚秋，一弯新月看着他；站在桥上，如今只能听着桥下的溪流声，拟想当年所爱的"雅曲"了。"流漪"，是流动的涟漪，那声音是微细的，只有在如此静谧的清夜才能听到。

小桥、初月、流漪，以此小诗小景写细腻的情绪或内心微细的波动，风格清丽婉秀，需要作者心细如发，情韵纤微。寓真的诗风格是多样的，多样的风格源自丰富的情感体验。

看　海

海色碧而澄，余晖灿愈明。
撷其光一束，镶嵌到心灵。

【笺评】

介然曼曰：看海，其实是观海，观照海——"观照"，是一个进入审美状态的精神活动。面对大海，每个人因其对生命的态度不同，引发的感受各异。老子美其谦卑而无所不容的襟怀，庄子叹其浩渺无垠的逍遥，即使两千多年以后，即使没有读过老子、庄子，或许也会有那样的感受。还有曹操"东临碣石，以观沧海"，又是一种"洪波涌起"的壮阔。寓真看到的海，却是别一种风景，是碧色的，是澄澈的，有如面对一泓秋水或如镜的方塘。这是一个风平浪静的傍晚，落日的余晖洒在这碧色清澄的海面上，是那般灿烂辉煌！灿烂到无以名状，辉煌到不可方物。诗人被吸引了，被震撼了，心灵被牢牢地揪住了。然而余晖很快就要消逝,美好的景色连同感受很快就要成为过去,于是他想:在那浑茫无际的灿烂辉煌中,哪怕摘取一束晖光,永远地镶嵌在自己心中吧!

可以说,这首诗已经完成了作者的希冀,而且镶嵌在心灵中的,远不止是"一束"。

寓真喜爱晚霞,好几首诗都写到晚霞的美,但没有李商隐的伤感或惆怅。所以,写晚霞,不必看作是对晚景的留恋或惋叹,生命中的每一刻,既是开始,也是结束;是前一刻的结束,也是下一刻的开始。

桃叶渡①

流霜灯影红,残酒旅杯空。

古渡听漪处,西风凋叶中。

【注解】 ①桃叶渡:渡口名,在今江苏省南京市秦淮河畔。相传东晋王献之在此作歌送其妾桃叶而得名。王献之(字子敬)所作《桃叶歌》见于《乐府诗集》清商曲辞二《吴歌曲辞》:"桃叶复桃叶,渡江不用楫。但渡无所苦,我自迎接汝。"《古今乐录》:"《桃叶歌》者,晋王子敬之所作也。桃叶,子敬妾名,缘于笃爱,所以歌之。"

【笺评】

介然叟曰:桃叶渡因王献之送爱妾且作歌,后人演义出多少风流!桃叶渡又称南浦渡,江淹《别赋》云:"下有芍药之诗,佳人之歌;桑中卫女,上宫陈娥。春草碧色,春水绿波;送君南浦,伤如之何。"

如此名句又曾经引发多少诗情曲兴！而今寓真到此，却是分外寂寞："流霜"，深秋深夜；"灯影"，依旧殷红。面对残酒，人在旅途，杯中又空，则流霜愈见其冷，灯影尤其无情。这还不算完，更古渡听漪处，正西风吹落残叶；涟漪轻叩舟楫，落叶悄然着地。何等心绪，何等落寞！失落的不仅仅是那种种繁华，更是后人无限向往的文化生态。此诗人之所叹息者也。

寓真写诗如绘画，善于设色，起句一"红"字，极写当年，又是极写而今——当年的繁华在"红"，是正面实写；而今的萧瑟亦在"红"，是空自红，是反衬，反衬今日之萧瑟。承句"残酒"言自己的情绪，全诗中三句"景语"皆从此一句"情语"中看出，灰暗，是笼罩整幅画面的基本色调。"红"是明写，"灰"是暗设。

寓真又巧于选字组词，如"听漪"，不见于古籍，绝然是独创之词。涟漪，微波也，实不足听，但此时此地（注意诗中说"听漪处"），他却听得真确入神，写古渡沉寂，我推寓真为第一高手。就写由繁华转入萧条而言，可与刘禹锡"浪打空城寂寞回"媲美矣。我忽发奇想：听漪，其实是一个"万绪皆宜"的词，只要是宜恬静而不宜喧闹的情境，都可以"听漪"。桃叶渡或宜于建一座"听漪亭"乎？

寓真绝句往往在结句见功夫。本诗结句"西风凋叶中"，说西风在凋叶中吹拂，可也；说凋叶在西风中落下，亦可也。说"流霜灯影红"在"西风凋叶中"，可也；说"古渡听漪处"在"西风凋叶中"，亦可也。说全诗都绾结在"西风凋叶中"一句可也，说抒情诗主人公被笼罩在"西风凋叶中"，尤其可也。此时此刻，仿佛天地间万物，皆无可逃于"西风落叶中"矣。

茅 山①

深树衣前露，寒苔石上秋。
山中宰相去，小径自清幽。②

【注解】①茅山：《大清一统志》卷五十："茅山在句容县东南。"②《南史》卷七十六："陶弘景字通明，丹阳秣陵人。幼有异操，读书万余卷，一事不知以为深耻。善琴棋，工草隶。未弱冠，齐高帝作相，引为诸王侍读，除奉朝请。虽在朱门，闭影不交外物，唯以披阅为务。朝仪故事多所取焉。永明十年，脱朝服，挂神武门，上表辞禄，诏许之。于是止于句容之句曲山。恒曰：'此山下是第八洞宫，名金陵华阳之天。周回一百五十里，昔汉有咸阳三茅君，得道来掌此山，故谓之茅山。'乃中山立馆，自号华阳陶隐居。人间书札即以隐居代名。武帝既早与之游，及即位后，恩礼愈笃，书问不绝，冠盖相望。帝手敕招之，锡以鹿皮巾。后屡加礼聘，并不出，唯画作两牛，一牛散放水草之间，一牛着金笼头，有人执绳以杖驱之。武帝笑曰：'人无所不作，欲学曳尾之龟，岂有可致之！'国家每有吉凶征讨大事，无不前以咨询，月中常有数信。时人谓为山中宰。"

【笺评】

介然叟曰：绝句明白如话，却是幽情振古；小景宛在目前，自有深曲藏心。起句写深秋露浓，承句写苔藓带着秋寒爬上石头。显出诗人心眼之细腻，感觉之敏锐：茅山之深幽之僻静，甚至神秘，都藏在这两句中。接着自然地转到陶弘景身上——到茅山无视这位神仙，那是撒谎。但是想到陶弘景，怎么写陶弘景，却是个难题。作者轻轻地拈出他"山中宰相"的名号，用一个"去"字，表明下面要说的是他离开这个世界以后的状况："小径自清幽。"诗写完了,但是寓意远没有结束。为啥他去世以后这条小道就"清幽"了呢?原来这位山中宰相生前可了不得:"(武帝)即位后,恩礼愈笃,书问不绝,冠盖相望。""国家每有吉凶征讨大事,无不前以咨询,月中常有数信。"想想看,"书问不绝,冠盖相望"是一种何等样的殊荣;一年中,每一个月都有几次皇帝的咨询书信,又是何等样的器重!可以想象,当年这条小道的热闹情境。那路边爬满青苔的石头当记得皇帝使者来去匆匆的身影。于是,眼前的"清幽"便有了极大的含量。读者不能放下的是,究竟是当宰相值得,还是隐居值得?还是宰相加隐居更值得?

新 春

万条轻拂嫩,一蕾怒开初。
春鸟浑天叫,飞泉满地珠。

【笺评】

介然叟曰:题目曰"新春",自然当写春之新。每年最早报春的是柳树,谚曰"五九六九,沿河看柳",冰雪还没化尽,垂柳的枝条已经柔软发绿。故起句就说"万条轻拂",以见春之新。用"嫩"状柳眼蒙眬、嫩黄一线之态,极新春之几微。承句"一蕾"初开,言最先开花的那一朵,用"怒"传迫不及待、傲然抗寒之神,尽新春之勇毅。接下来写漫天的鸟鸣,将漫长冬日里被压抑禁锢的自由释放出来——用"浑天"概括无边的没有任何束缚的空间,用"叫"即呼喊传达新

36

春到来的快乐。结以"飞泉满地",和鸟叫一样,严酷的冬寒冻结了一切生命的活力，而此时雪消冰融，泉水带着地热喷涌而出。用"飞"凸显泉水对新春的渴望,用动态的"珠"、跳动的"珠",表现了泉水对新春到来的欢快之情。

　　"新春",是生命在新春中获得自由生长的赞歌。

卷二

七言绝句六十首

携友莲花池^①　二首选一

池苑桃花虽丽俏，丈夫不肯为弯腰。

焉能纤手荷花帚，应有雄心佩宝刀。^②

【注解】①莲花池：位于山西省长治市英雄路中段，在清初潞安府衙所在地偏东，始建于康熙初，方圆三亩，深丈余。后于此建莲花书院。为长治市内一景。②《诗经·魏风·葛屦》："掺掺女手，可以缝裳？"《毛传》："掺掺，犹纤纤也。"杜牧《惜春》："怅望送春杯，殷勤扫花帚。"

【笺评】

介然复曰：这是作者在长治读书时期的作品，作于1960年前后。言志之诗也。

题目是《携友莲花池》，那里吸引他们的不是"花"，而是深厚的历史文化，是上古以来流传久远的英雄传说。盖彼时最是"不知天高地厚"的年龄：丈夫之志在高远，怎肯折腰事桃花！又最是鄙弃荣华富贵的岁数："佩宝刀"，跨战马，不是为自己的功名，而是为国家建功立业。读此诗，觉一股阳刚之气，直冲霄汉。见男儿本色，亦时代之趋尚使然。读毛泽东《为女民兵题照》可知矣。

赞曰：地与天党，气象泱漭。弘毅志雄，格调高朗。

小恙有感　二首选一

岁月峥嵘能几何，堪教悴沮病来多。①
胸中忽觉风飙浩，又读文山正气歌。

【注解】①悴沮：憔悴而气馁。出刘禹锡《调瑟词序》（详《文苑英华》卷三百三十四）。

【笺评】

介然叟曰：贵晨光而惜寸阴，贤者自古而然。浩然正气，郁然充满；横扫污秽，宇宙清明。虽病中，亦不忘读文丞相之歌"正气"。文化修养在生活的细节中表现出来，病中如此，平日可见矣。"堪教"句应是反问，言不堪也。

赞曰：取标文山，矗立两间。诗基厚正，得鱼忘筌。

打夯有感

粗歌狂笑共抬山，苦乐声声落坑间。
非是汗流凝广厦，安能大庇俱欢颜。

【笺评】

介然叟曰：打夯，苦力之事也。其歌可齐节奏、一动作，领歌者必能随所见而成韵，众人和之，班固所谓"劳者歌其事"者矣。故其歌必粗野狂谑，闻者大笑，方可使夯者忘其劳。然"谑而不虐"，所谓

"粗"者,盖彼时亦在"黄"与"不黄"之间,如今看来,正是"美言"。"苦乐声声落坑间",极其凝练的口语,有极其深厚的味道。所谓"苦乐",乃苦中有乐、乐中渗苦,亦苦亦乐、亦乐亦苦,即打夯者亦不知是苦是乐也。然而,天下事,乐是暂时的,痛苦才是永久的。总之,那苦乐相间的滋味都砸到那墩坑里去了。天下从古至今的建筑物,不知砸进去亦即渗透了劳动者多少苦难!我常想,那些歌颂长城伟大的人,其实倒是应该想一想压在长城下面那些"永锢"的灵魂。

此诗是作者在校"勤工俭学"参加劳动有感而作。用"抬山"来形容众人拉升夯土的墩子,极形容之至矣。以"广厦"为汗水所凝聚而成,内涵亦厚,化用杜甫句意,步古贤之后尘,赋"均""安"之大志,(子曰:"不患贫而患不安,不患寡而患不均。")洵可嘉也。

赞曰:心存民瘼,日月可灼。君子怀刑,终身谔谔。

题高中毕业小照

初出熔炉百炼锋,征程远赴水山重。
若遂兼济天下志,无愧人间留此容。

【笺评】

介然叟曰:那年头,高中毕业算是人生一大节点,此后无论是否考上大学,都会经历山重水复。"若遂"句并非要求同学们个个都能一路春风,而是说为国家建设尽一己之能,鼓励之辞也。当然,这更是作者自己的自励之语。

赞曰:志在兼济,污秽尽洗。天下无讼,克己复礼。

友 谊

曼舞轻歌碧水漪，嘤其鸣矣绿杨枝。①
年华正是春耕季，爱雨绵绵好种诗。

【注解】①嘤其鸣矣：见《诗经·小雅·伐木》："嘤其鸣矣，求其友声。"
《毛序》曰："《伐木》，燕朋友故旧也。"

【笺评】

　　介然叟曰：这是二十世纪六十年代初期大学的情形，由于粮食
供应不足，学生多因营养不良而病于浮肿，教育部提出"劳逸结
合"，取消晚自习，代之以舞会等活动。本诗用典贴切，语义双关。
"种诗"一词，尤有创意，且印证了竟陵派首领钟惺之论："诗，活物
也。"他是说，诗是一种有生命有灵性的艺术形式。可惜中国古代甚
少长篇理论著作，钟惺也一样没有对他的这一重要命题予以系统
的论述。到二十世纪美国著名美学家苏珊·朗格系统地论证了"艺
术是生命(情感)的形式"，被称为是二十世纪美学界最重要的学术
收获。但中国学术界谁也不提钟惺这一远在十六世纪就提出的美
学命题！作者此处提出"种诗"这一命题，这个独创性的命题，源自
作者对诗这种语言艺术的天才理解。"种诗"的前提是"爱"，是绵绵
的"爱雨"。

　　我们还可以看到，作者此时成长了好多，他现在所需要的朋友
一定还有中学时期的那种"豪气干云"的"大丈夫"，但同样迫切的
还有女友。"嘤其鸣矣绿杨枝"，倘若从前，这句诗也许是"嘤其鸣矣
隼飞时"，或"嘤其鸣矣风雷时"，现在则是绵绵垂碧的"绿杨枝"了。
而"年华正是春耕季"的"春耕"，从结句看，一定是说耕耘爱情——

无爱者,绝然写不出诗。

赞曰:明月皎皎,伊人佼佼。柔风浩浩,拂彼春草。

周末舞会停办

华厅交谊足风流,凤骞鸾回舞步柔。
乐拍忽停秋月夜,为昂斗志反苏修。

【笺评】

介然叟曰: 本诗记载了一个重要的历史事件:各个领域开始"去苏联化"。交谊舞是从前苏联传入中国的,周末的交谊舞会,始于政界和军界上层,然后扩散到文化界和高等院校,一时蔚然成风。看前苏联电影,听唱前苏联歌曲,也都成为中国各界娱乐的主流活动。1963 年 6 月,苏共中央发表《给苏联各级党组织和全体共产党员的公开信》,将两国意识形态的矛盾扩大到国家间的政治矛盾。是年 9 月到翌年 7 月,《人民日报》和《红旗》杂志编辑部陆续发表九篇《评苏共中央的公开信》,简称"九评"。由于中苏交恶,文化领域也都开始"去苏联化",高校的交谊舞会自然要停止。另一方面,1963 年经济好转,6 月起食堂取消饭票,食物不再限制。9 月开学后不久,就开始了斗志昂扬的反苏修活动——每周三和周五下午的政治学习时间,必须学习"九评"、讨论"九评"。

本诗结构严密:起句的"风流"被承句的"凤骞鸾回"接住,注释了何谓"风流",且用"舞步柔"深化了鸾凤之"骞"之"回";第三句的"乐拍"本来是紧接"舞步"的,却被"忽停"截断,"秋月夜"这一美好时光也戛然而止。结句的"为"字拢住前三句作一斩钉截铁似的大结,把"舞会停办"钉在那个特定的历史门楣上。假如把结句变成起句,未尝不可,但那就显得松散多了。

还有,作者前面描述舞会之美,可作赞美解,亦可作讽刺解。后两句只叙述停办舞会,是正是负,没有评论,这叫"不动声色",古者谓之"春秋笔法",正见叙事史官本色。

寓乐山凌云寺　三首选一

三江急下汇惊湍,似是东坡载酒还。①
欲逐遗踪一潇洒,身唯奉命不容闲。②

【注解】①《四川通志》卷二十五《直隶嘉定州》:九顶山,在州东,隔江,山有九峰,曰集凤、栖鸾、灵宝、就日、丹霞、祝融、拥翠、望云、兑说,下有凌云寺。唐开元间,僧海通者于渎江、沫水、蒙水三江之会,悍流怒浪之滨,凿山为弥勒大像,高踰三百六十尺,建七层阁以覆之。又名凌云山,宋苏轼诗:"生不愿封万户侯,亦不愿识韩荆州。但愿身为汉嘉守,载酒时作凌云游。"②宋·范成大《石湖诗集》卷十八《凌云九顶》:"聊为东坡载酒游,万龛迎我到峰头。江摇九顶风雷过,云抹三峨日夜浮。古佛临流都坐断,行人识路亦归休。酣酣午枕眠方丈,一笑闲身始自由。"原注:"即大石佛处。初登山时,岩壁上悉劖为小佛,不知其数。山前佛头滩,受雅江之冲,最为艰险。"
【笺评】

介然叟曰:这是大三(1964年)到四川峨眉县"四清"途中所写。

寓真天生是诗人,在那么强调阶级斗争的时候,还想追逐苏东坡载酒潇洒一游!此正其卓尔不群处(参读卷一《自励》诗)。诗人的气质、奇想是压不住的。本诗两处用典,前用"东坡载酒"典,已是奇遇;结句"身闲"典用范成大"一笑闲身始自由",最得其妙:既符合地点、情境,又符合身份。千古诗人难得如此巧遇,而又有此天才妙手得之也。我想,苏东坡、范成大如果有知,读了这首诗,一定拍案叫绝。再过一百年,这三贤一定会载酒同游凌云寺。但不知本编者能否与会焉。噫!

赞曰:东坡载酒,石湖继后。寓真又来,古贤尚友。

峨嵋四清纪事　七首选一

村前抬眼见峨眉,雪髻云鬟挂紫晖。
汤饭一壶清晓去,薪柴两捆暮时归。

【笺评】

介然叟曰:如果不是有题目的限定,光看这首诗,就是一幅极质朴的村居图,令人无限向往。要知道这是1964年峨眉山下的农村,看后两句所写,就明白那是一种多么困苦的生活。农民虽住在峨眉山下,却没有心情也不会观赏那美丽的景色——一壶汤饭,两捆薪柴,早出晚归,天天如此,月月如此,年年如此。贫困似乎是中国农民的专利,多少年来就是这样解决烧柴问题。

赞曰:朝上峨眉,夕下峨眉。山癯月瘦,形影相随。

丙午纪事 三首选一

校园初夏静流馨，骤起揭竿喧嚣声。
鸟雀不知形势变，枝头仍作旧时鸣。

【笺评】

朱先树：这是写"文化大革命"。寓真同时写的还有一首《辩论》：

"各树旌旗对阵营，风云气概胜天兵。青蛙似也分两派，彻夜池边叫不停。"

这既是当年情况的真实表现，却也是怀着一种另样心情的平静调侃，充满情趣，会让人无奈地发笑。新诗的形式是自由的，除了分行外可以说是不定型的，如果没有诗意，读者很容易识别这不是诗。旧体诗词不同，有固定形式，技术过关了，有时是可以"藏拙"的，因此对写旧体诗词来说，好的新鲜的诗意尤为重要。寓真的诗词在这一点上，我以为是做得较好的。他的整个创作，表现的是新思想新感情，这是没有疑义的，而诗意的鲜活和美的追求上，他也是下足了功夫，收到了很好的艺术效果。

罗连双：写"文化大革命"的造反派，貌似天兵，实如青蛙。两派的荒唐，尽在不言之中，读了令人啼笑皆非。

介然叟曰：丙午（1966 年），那一年的初夏（5 月底 6 月初），我们的"一颗红心"的毕业分配志愿表都已经交上去了，我知道填不填个人志愿，对我而言都是一样的，所以"个人志愿"一栏，干脆填了"服从分配"四个字。在茫茫然的等待中，不料真的是像陈胜吴广起义一般："骤起揭竿喧嚣声"。这首绝句真实地记录了那个夏天惊天动地的大事件——北京高校文革——初起的情境。"骤起"前的校园是安静的,草木流馨。问题在于"骤起"后,大多数人,尤其是毕业生,不但茫然,而且懵懂,越是低年级闹得越欢。本诗作者应该是属于冷静观察者,所以,他不但能写诗纪实,还能注意到鸟雀"仍作旧时鸣"。

全诗四句,只有一句写"文革",其余三句,一句写草木流馨,两句写鸟雀啼鸣。那时还不知道这是刚刚拉开的、空前的十年社会大悲剧的大幕,所以,只以草木鸟雀的安然如旧,反衬人世的喧嚣可厌。

远 行

岭南回首望燕山,几处硝烟溅血斑。
漂泊从今亲友远,托于鸿雁问平安。

【笺评】

介然叟曰:这是作者毕业到海南工作途中的诗。起句"岭南回首",已含无限离恨。这离恨笼罩了全诗:作者离开京城时,各处武斗还没停止,故云"硝烟溅血"。虽然远离了武斗,但远离了北方的亲友,今而后,只有书信往来了。但不知在硝烟中,他们可平安否?

"漂泊",与"回首"相照应,则知"回首"的依恋是枉然,"漂泊"的孤独才是真确的现实。几多离怀,几多惆怅;多少担忧,多少无奈,都积蓄在这一"回首"之间。

渡 海

共渡天涯离乱逢，琵琶无语感伤同。

谁知多少忧时泪，卷入滔滔烟浪中。

【笺评】

介然叟曰：写"文革"中的忧伤，其深其广，无可比拟，恰在海上，遂喻之以海。从广州到海口，海上船中，顿时有了"离乱"之感，这一船人也就是"共渡离乱"的同路人，在作者心中，大家都有同样的感伤——感时伤世。这才有了第三句，然而大家都不说话，那"忧时"之泪，似乎都卷入了滔滔的海浪之中了；而那一望无际的大海，似乎盛满了离乱者的忧时之泪。

"共渡天涯"和"琵琶无语"，令人想起白居易的《琵琶行》，但情与境又绝然不同。白居易与琵琶女，纯是个人之间的偶遇，而这一船人却是群体的"共渡"，这海也就是"苦海"，是"离乱之海"。"琵琶无语"，其实是连琵琶也没有，即使有也没用，众人心照不宣：感受相同，伤怀一致。

就眼前景，抒实时情，寓真之敏捷，当世无双。因为他目之所视，心之所想，情之所钟，时时相融，处处合一。故能目击道存，触处生机。

村 姑

落红拾起缀花环，柔指穿针斗巧妍。
豆蔻女孩何处去？桃花满地似从前。

【笺评】

蔡淑萍：读寓真的诗，有一个特别的感觉，他的诗既是深深植根于传统的，又是令人耳目一新的。我每每从他的诗句中看到古代经典的影子。读到他的《情梦》："荷池犹记照红腮，柳叶几番重剪裁。回首青春情似梦，伊人何处踏波来"，这时就会使我联想到"人面桃花相映红""二月春风似剪刀""所谓伊人，在水一方"以及"凌波微步"这样一些诗句。读到这首《村姑》，不仅会联想到"人面不知何处去，桃花依旧笑春风"，还会联想到"手如柔荑""豆蔻梢头二月初"等诗句。甚至还联想到另一位同样珍爱落红的少女，即大观园中的林黛玉，不过那是一个封建礼教压制下惜花自伤的贵族小姐，而寓真笔下是一个生活在新社会的天真活泼的小姑娘，心中便陡生一种对林黛玉的怜惜，对这位山村小姑娘的羡慕。我决不认为，因为寓真的诗句引起了我的这些联想，就说明他还没能从古人的圈子里"突围"，而是认为这是一种内涵的丰富，美的迭加，意象的再创造。较之这些清新明快的青春小诗，他的那些抒写更为厚重沉郁的家国之思的佳作，也同样可以看到传统诗教和传统文化对他的影响，所以我说他的诗是植根于传统的。但寓真的诗词同时又是令人耳目一新的，他从作品的内容、语言、表现技巧都在力求于"新"，《四季人生——寓真抒情诗选》可谓是诗歌百花园中一枝可人的香花。

介然叟曰：这是一首"惜春"的诗。前两句写这位乡野小姑娘，正当豆蔻华年，天真可爱，纯洁似水。她一点都不担心自己的归宿，不知道生命的历程充满了艰辛、苦难甚至悲哀，她甚至不知道青春很快就要逝去。"桃花满地似从前"，她却已经和所有的人一样老去。西哲说，生命之所以可贵，就因为她会结束。套一句：青春之所以珍贵，就因为她很短暂。

编者所知，从古至今，还没见过如此抒发"惜春"之情的。闻扶桑国人见樱花盛开，便生悲哀，有似于此。

秋　田

村姑摘豆小提筐，瓜豆飘香人亦香。

那片秋田不复在，一缕清香久萦肠。

【笺评】

马作楫：在一杂志上，读到寓真的几首七言绝句，诗人以清澈如水的柔情，清丽朴素的语言，谐和的节拍韵律，勾勒出一幅幅充满诗情画意的田园风光。如《秋田》，写了村姑摘豆的形象和情韵，情景交融，意象丰美，给读者心中掀起了一种难以名状的美的享受。第三句放远一笔，让人遐想，紧扣"秋田"的旧忆，实即怀人。接着空叙"那片秋田不复在"，那么，村姑她在何方？第四句集中抒发诗人怀念田园景观的情感和对其悠然的向往。诗人情趣浓，才有清词丽句，才见笔墨神韵。

介然叟曰：题曰"秋田"，不是写秋田，却是写秋田摘豆之人，那个提着小巧豆筐的村姑。

自古以来写美人的美就是难题,所以汉代乐府《陌上桑》写秦罗敷的美,只能写她采桑的用具,她的发型、耳饰和她的服饰,然后写各色人等看见罗敷的表现。即所谓"侧写",或谓之"曲写"。本诗作者借鉴这种写法,用极简的"小提篮",又连用三个"香"字写了村姑的美,又用"秋田不在",暗示当年摘豆村姑也不知何处去了,留下了极大的想象空间。结句说至今萦绕心头的还是那"一缕清香"——美是短暂而恒久的存在。说短暂,是因为青春之美本身是生命中的一段短暂的历程;说恒久,是因为美会储存于人的记忆中,并且代代相传。这让人想起唐代诗人崔护的名句:"人面不知何处去,桃花依旧笑春风。"崔护不知道,今年的桃花已非去岁的桃花,但"人面"却还在他的记忆中;又因为他的诗,那"人面"在国人的心中代代无穷已地流传下去。

今而后,"秋田",会不会像蓝桥断桥那样,以一个普泛的代词流传下去呢?

怀 远

欲把诗心寄远方,难拈雅韵写新章。
且弹一曲古琴意,遥念高山流水长。

【笺评】

马作楫: 诗是诗人心灵的创造。诗人以如一湾清澄的海水和飞腾的想象创造了诗。寓真的诗含蓄并不晦涩,情调生动起伏,有韵律,有颜色,有香味,继承了我国诗词抒写内心情调和含蓄的艺术特色。这首《怀远》,或者可以试想,诗人作客他乡,诗是对故乡的怀念,是诗人在寂寞时遥想远方的心中事、意中人。但我并不这样认为。诗,它有别趣。我想这首绝句的立意,主要是诗人运用心思倾吐他的抱负和探索佳作的殿堂。

介然复曰:有些时候,诗人对知己,越是揪心的怀念,越是写不出那种感受。那份念之切、怀之深的情感,任什么语言都显得苍白。所谓"诗心",乃是一份最美、最纯的情感。于是,作者告诉他的知己:只有远古的那个关于"知音"的动人故事,才能表述我此时的心情于万一。"睹影知竿",这也是一种"曲写"的方式。有句成语叫做"曲尽其妙",是说在细致微妙处(古人谓之"委曲")写出人或物的难写处,但也可以理解为用"曲写"的方式表现出人或物的神妙、美妙难写之处。读寓真此诗,可谓"得其所"哉!

春游漫咏　四首其一

吕梁春色卷云回,山里桃花蘸雨开。
宛转驱车村畔过,伞遮淑女送眸来。

【笺评】

姚莹、汤梓顺《寓真诗词选评》(以下简称"姚、汤《选评》"):吕梁山春光烂漫,桃花在雨中盛开。诗人驱车看山,又逢雨天,路上行人很少,只有山里姑娘打着雨伞,半遮半露,投以一瞥,似带羞涩。"伞遮淑女送眸来"写得十分传神。此即姜斋论诗所谓"景生情""情生景"中之景与情妙合无垠也。

屠岸：写诗讲求炼字。古人炼字的佳话很多，贾岛与韩愈"推敲"成了至今依然有生命力的词语。寓真的诗，注重炼字的地方不少。这里"蘸"字生动，"送"字含情，二字突出了诗的韵致。

江岚：让我觉得诗人性情之真，毫无矫饰的是这首"吕梁春色"。写这首诗时，诗人大概已经绝非少年了，但依然是如此的率真而多情，不仅写了，而且还堂堂正正地选入了集子里。五代时有位词人和凝，就显得太不坦荡了。此人少年时写了许多香艳的诗词，名声很大，后来当了宰相，害怕艳词有碍官声，就悄悄派人把他以前的作品全都搜集起来，干什么呢？烧了。这与寓真先生相比就显得太不坦荡了。所以，若论寓真诗词，首在性情之"真"。

介然叟曰：听说过"风卷残云""风卷云回"，未闻"春色"可以"卷云"，但诗人却说"春色"不但可以"卷云"，而且可以"行雨"。前人论诗有"才识胆力"之说(叶燮《原诗》)，诗人认定"春色"是一位无所不能的女神，此诗人之识也。听说过"雨润桃花开"，没听说过"桃花蘸雨开"，吕梁的桃花也神了，此诗人之胆也。能够用质朴的话语把春色、桃花表现得如此鲜活，朴中呈艳，这才是诗人的才华和魄力的表现。所谓创新，乃振古未见之谓也。因此，创新需要才气，尤需胆识。叶燮说得好："可言之理，人人能言之，又安在诗人之言之！可征之事，人人能述之，又安在诗人之述之！必有不可言之理，不可述之事，遇之于默会意象之表，而理与事无不灿然于前者也。"

第三句平平叙过，表现诗人的心气从兴奋归于平静，殊不料路边突现一景："伞遮淑女送眸来。"陡然间把读者的心气提起来——这是照彻全诗的亮点，是吕梁最美的春色。从"卷云""蘸雨"到"送眸",令人想到传统文化中稳定的内涵,诗的情趣有如淑女之明眸皓齿,顿时浓郁起来。

首句与次句,从逻辑上看,应该是先看见"桃花蘸雨开",再想到这雨乃是云所致,而云则是"春色卷回"……车子一颠,思绪回到车上,原来车正行驶在村旁曲折的道上,又一刹那出现打伞淑女,路边躲车,她自然要看一眼车内过客。诗只四句,却写得婉转曲折、波澜起伏,古今尟见。

寓真诗用语奇俏:如"卷"字,春色之用心可见;"蘸"字,桃花之争艳写足;"送"字,村女之善睐宛然。写村女之美,只用"淑女",便寓"窈窕",亦即见其"窈窕"矣。巧思与功力俱见。

赞曰:唐人善兴,上窥风骚。诗贵切磋,亦尚推敲。

春游漫咏　其二

窑洞人家来燕鸣,坡田吮雨好开耕。
犁敲黄土如弹键,奏响人间浑厚声。

【笺评】

姚、汤《选评》:首联写的是初春的山村,燕子初归,坡田湿润,等待开犁。第二联诗人将自己的情感融入农民情感之中。老农手中的犁铧之于黄土,正像钢琴家敲打琴键一样,奏响的声音是响亮而浑厚的。此乃劳动者的心声也。"春雨如膏,农夫喜其润泽,行者恶其泥泞。秋月如镜,佳人喜其玩赏,盗贼恶其光辉。"人的立场不同,对待客观事物的认识、情感,自然有天壤之别。诗人所歌,表达了同人民忧乐与共的襟怀。

屠岸:这里"吮"字使坡田人格化,盼雨的心情(其实是待耕人的心情)被启动。三、四句意象沉凝,"浑厚"二字体现了土地的性格。

介然叟曰:"吮"字将土地婴儿化(不啻一般人格化),像吮吸母亲乳汁那样吮吸天降春雨,春雨之贵、农情之切,尽在此一字中。

"犁敲黄土如弹键"句,说的是备耕景象——家家户户整理耕种工具,把犁铧上粘的黄土敲打下来。不用多,只要两三户人家同时敲打,就有一番气势了。问题在于本来是"敲犁",但作者偏要说"犁敲"(此无关平仄的思考),把犁主动化,就把犁"人格化"了,也就打破了村庄的安静,把备耕的心情和热烈气氛表现出来。

结句的"浑厚",不但是说春耕关乎立国安民的大事,也有这个民族自古以来厚重的文明活动的内涵——想想古代春耕前那隆重的朝野祭祀活动,就足以体味农耕文明的"浑厚"之义了。司空图论诗,强调"味外之味",作诗如此,读诗岂独不然? 而所谓"味外之味",又称作"味在酸咸之外";第一个"味"是酸咸之味,是作用于"味觉"的"味",第二个"味"是味觉之上(形而上)的"味",即作用于精神上的"审美"体验之"味"。诗人能够写出来的,只是他和天下所有人能够看到的景色(情境);他的审美体验(诗之美)是不可能直接写出来呈现在读者眼前的,那就要通过他所写的景色(情境)来体验一番,故又谓之"景外之景"。本诗前三句都是实写实景,最后一句才是引导读者体验前三句那"景"之"外"或曰"景之上"的"景"或"味"的"指向"句子。然后,再回头看前三句,就能体会到那是一个诗意浓浓的有意境的完美整体——每一句的每一种景象都不再是"自在"的存在,而是一个个有生命活力的"诗"的存在。

春游漫咏 其三

岚岫云松争秀挺，红情绿意正繁浓。
人生倜傥能几度，扶杖摩崖上峻峰。

【笺评】

姚、汤《选评》：这是一首山水游历诗。诗人通过比兴手法，展示出卓荦不群的人格。在对山水的咏叹中，融入了"言志"的内容。

黑格尔说："近代诗的兴趣在于人物性格的伟大，这种人物凭他们的想象力或见识和才能，既提高到超出他们的情感和动作情节之上，又显出他们全部真实的内心生活的丰富……"这段引文，阐述了艺术风格与主体个性之间不可分割的内在联系。寓真先生此诗充满阳刚之气，字里行间可看出其奋发进取之精神。总体评价先生之诗，多豪气干云之笔，无靡靡不振之音。

介然叟曰：前两句写春日景象：万物复苏，欣欣向荣。就连云遮雾罩的山峰和松树，仿佛也在比秀气、拼俏拔。在中国传统文化的意识中，万物皆有灵性，都有生命，诚如庄子所说："野马也，尘埃也，万物之以息相吹也。"诗人眼中的山、松、花、草，都在趁时竞长，一派勃勃生机。"红情绿意"，既是自然界的草木花卉，也有春游中登山的"红男绿女"之喻，也就自然激发了作者青春"倜傥"的豪兴。这前两句写身外春景，实则是心中之境（似写山水，实非山水，更与田园无关）；后两句写心身活动，实则写身内"春景"（青春豪情）。整首诗写的是一种人生应有的精神状态。

赞曰：云岫峭拔，苍松秀发。诗家取象，斤斤其察。

春游漫咏 其四

散髻斜簪山睡静，娇眉媚眼夜光微。①
寺亭石凳游朋语，惊起斑鸠扑翅飞。

【注解】①散髻斜簪：夜色中山峦的模糊状态。用象征美女的"玉簪螺髻"比喻峭拔的山峦，盖始于辛弃疾，他的《水龙吟·旅次登楼作（一作赏心亭）》云："遥岑远目，献愁供恨，玉簪螺髻。"最初以童子的发髻似螺壳，故曰"螺髻"（见晋·崔豹《古今注》卷中）。后来也用来比喻女子的发髻（见宋·吴曾《能改斋漫录》卷十六"晁无咎嘲田氏词"条）娇眉：指纤细的弦月。媚眼：指闪闪似眨眼的星星。

【笺评】

姚、汤《选评》：这首诗是写夜景。诗人对山的形态作了极为细腻的描写，将巍巍山峦比作了睡美人。第二联是动态描写，结句"惊起斑鸠扑翅飞"更为生动。

我国唐代山水田园大家王维和孟襄阳，后人做过比较。用王静安的话说，孟诗是"有我之境"，即"以我观物，故物皆着我之色彩"；王诗是"无我之境"，即"以物观物，故不知何者为我，何者为物"。有我之境只能入乎其内，不能出乎其外；无我之境，既能入乎其内，又能出乎其外。寓真先生此诗乃入乎其内者，对审美客体的描绘，带有主观色彩。能做到这一步，已经是很不容易了，显示出一个成熟诗家的诗学造诣。

介然叟曰：作者喜欢把山比作美人，尤其喜欢把山的沉静比作睡美人。如果说《山之梦》是写山的妩媚和"诗灵"的美，那么这首诗则是写山寺之夜的"静"和"净"的美。这是月朔日（"既生霸"）的后几天或月晦日("既死霸")的前几天的某一个夜晚,所以天空有一线"弦月"。仿佛是明月羞于露面,又不甘于错过某个"场景",她躲在屏风后面窥视,不小心露出一弯纤眉;星星看见了月亮窥视的情景,向那"场景"中人作"媚眼"示意。可见天空是"静而不寂",静中而有"俗趣"。夜色较浓,所以山峦的影子模糊,以"散髻斜簪"喻其熟睡,诗所以言"睡静"也。但大地的静同样不是"沉寂",在山寺的亭子里,游春的朋友们还坐在石凳上夜话,不料却惊动了睡梦中的斑鸠,扑啦啦飞起来,消逝在夜幕中。地之静因其"净"也——佛寺清净,不容"热俗",因"朋语"而"惊鸠",其中似有禅趣。

天空的俗趣可爱,山寺的禅趣可敬。

山之梦

岚垂鸳帐罩青峰,曦若霓虹浓睡容。
犹有诗灵眠里动,流泉泻出韵淙淙。

【笺评】

姚、汤【选评】:严沧浪论诗谓"禅道惟在妙悟,诗道亦在妙悟",寓真先生此诗,其诗题即给读者一个迷离朦胧之第一印象。山本为静物,经先生大笔渲染则静中有动。起句用晴岚如罗帐笼罩山峰,承句则谓群山在彩色斑斓中沉睡。而"犹有诗灵眠里动"之句尤为精妙,诗情在胸中萌动,这样无形地赋予山以生命。结句则进一步为萌动的诗情做出了圆满的回答,请听,从山涧流出的泉水像音乐般发出声音,不正是萌动的诗情在流淌吗?读此诗能把读者带入一个迷离的梦境,使之物我两忘。

张炯:《山之梦》写得很美,很有意境。

介然曰:严羽所谓"妙悟",解经者谓之"殊妙之悟",等于没解。按此语出自《涅盘无名论》:"玄道在于妙悟,妙悟在于即真。"而所谓"即真",就是回归"本真",通过禅定,层层剥去后天世俗加于自己的伪装(庄子认为是儒家加给世人的枷锁),认识到自己的真实本性,此即"觉悟"——"见性成佛"。用来比喻"诗道"(诗艺),是说,诗人所写之山水自然物(包括一切入诗之物),已非"自在之物",乃是诗人眼中之物——从某个角度截取的、染上了诗人某种情感色彩(性情本真)的"自觉之物"——在晨曦中,诗人所见之山已非常见之山,那延展的山岭和起伏的峰峦,宛如熟睡的美人;那笼罩峰峦的岚烟(山岚),亦非常见的山中雾气,恰似美人酣睡的"鸳帐";晨曦染红天东,如虹若霓,其柔和曼妙的霞彩,轻抚美人的睡容……读者在此可以停留片刻,不必急于往下读,体会一下作者写诗的"妙悟"之道:只要赋予山水自然物以"人"的某些特征或"人"的某种感受,山水就能变得富于灵性。从汉代开始,古人谈诗,多言"比兴",那道理也在于此。后世许多诗歌理论著作,往往把诗的创作说得迷离惝恍,严羽的"妙悟"说是比较典型的——你不说我还明白,你越说我越糊涂。但也不能因此否定古人之说,以释家之禅悟喻诗和以道家之寓言(无言)喻诗,比我们这里对"妙悟"的解说有其更丰富的内涵。诗既然是"活物"、是"生命的形式",那就有太多难于言表的东西,能够说出来的,只是冰山一角。

本诗后两句中心是"流泉",一道山泉,使岚气、峰峦、晨曦有了灵气,也把眼前景色融合成为一个有机整体,让它们活起来。正是流泉泻出的淙淙诗韵,使得睡眠中山峦的"诗灵"显得朦胧而又鲜活,而题目"山之梦"也就有了着落。

赞曰:山水茫茫,草木苍苍。人情所寄,诗道煌煌。

月 出

奔程已过一千三,白日忽沉西海湾。

眉月问将何处宿,苍山如梦梦如山。

【笺评】

姚、汤《选评》:叶燮在《集唐诗序》卷九有云:"凡物之美者,盈天地间皆是也。然必诗人之神明才慧而见。而神明才慧,本天地间之所共有,非一人别有,所独受而能自异也。"客观事物的美,都在于客观对象的本身。审美客体,一旦遇于诗人之目,入于诗人之耳,即"触于目,入于耳,会于心,宣之于口",由此而为象为文,则会化自然美而为艺术美。日落月出本是自然现象,这一主题经先生以诗笔描绘,则创造了一个艺术美的新天地。起句承句是铺垫,落日西沉,新月初上,接着以提问方式成句:今宵于何处归宿呢?结句是一句朦胧的回答:那就去陪伴苍山一宵美梦吧!极为精彩。此诗直中有曲,余味无穷。

张炯;写得极好!既将月拟人化,也让读者把梦与苍茫的山联想起来,仿佛迷蒙月色尽泻入读者怀中。

朱先树:超脱凡尘,移情山水,如梦如幻,直达物我两忘的境界。

介然叟曰:《月出》,看题目就极有诗意(《诗经》有同题之作),

然而全诗四句,只有一句写到月,还是"眉月",还是"侧写":起首用两句说一件事,驱车奔驰了十几个小时,太阳"沉海"时才停下来。第三句才写到"眉月问将何处宿",第四句作为回答:"苍山如梦梦如山。"这是写"月出"吗?答曰:"是。"请试言之:

前两句虽不言疲困,而疲困自在其中(不说"行"而说"奔",已寓疲劳之义)。彼时日沉西海,西天定是一片幽紫,心境苍凉(不说"红日"而说"白日",作盛唐以前人语)。正当诗人无聊之际,一抬头,一弯弦月恰似伊人的纤眉,正俯视着"我"——她早已在日落之前就看着我一路狂奔,此时她在问:"今宵何处宿?"这情景,使这疲困心境、荒寒世界格外地温暖起来。"苍山如梦梦如山",以此作答,亦以此作结。"苍山如梦",弦月下所见苍山的朦胧状态;"梦如山",则是弦月引发的梦境感受——有眉月相伴,其梦将何其温暖而朦胧。

如此,则开头两句实为写"眉月"早就"出"现在天,只是没有看见,而"眉月"对"我"的关注,也就格外亲切;结句作为情感逻辑的必然终点,足以凸显"眉月"的意象之美——她的美不仅在"相",更在"心",全在那一"问"的侧写之中——全诗没有一句正面地写"月出",却是句句在写"月出"。

赞曰:万川一月,山海如屑。梦入广寒,庄生一觉。

晓　行

山霭披开峰半醒，野岚穿透曙初升。
两窗青翠傍腮过，一片桃红照远行。

【笺评】

姚汤《选评》：杨诚斋论诗，提倡新鲜活泼，独抒性灵。此诗即以个性与生气取胜。起句描写黎明，雾霭刚刚揭开帷幕，群山半睡半醒，曙日初升。车窗两面"青翠傍腮过"，似从李青莲"山从人面起，云伴马头生"名句化出，无斧迹刀痕，足见艺术功力。结句"一片桃红照远行"之"红"字"照"字用得匠心独具，如果用"桃花送远行"则俗气。桃花如一片红云，一轴图画，流光四溢，照着行人远行。此诗有范石湖风韵，耐人咀嚼。

介然叟曰：首二句用"峰半醒"和"曙初升"切题，第三句写山路晓行近景，第四句写远景。

不说诗人走了一段路还能看见那片"桃红"，更不说作者对那片耀眼的"桃红"心存留恋，而说那片"桃红"照"我"远行，此杨伦所谓"情从对面飞来而情益厚"者也。(《杜诗镜铨》评《月夜》)。按老杜笔法出自《诗经·陟岵》："陟彼岵兮，瞻望父兮。父曰：嗟，予子行役，夙夜无已。尚慎旃哉，犹来无止！"服役的儿子不说自己想父亲，而说父亲在家中正在想自己。这句诗让我想起了王国维的诗论，若按王氏之说推演下去，他只说了"以我观物"和"以物观物"，还应该有像这句诗所表现的"以物观我"。但不知我为物，物为我；物物我，我我物，抑物物我我？亦不知何者为"入乎其内"，何者为"出乎其外"也。只知道这一树桃红不但照亮了我的心，也照醒了山峰，回映了曙光,更青翠了山野……若无此桃红,则前面所写,也不过平常山区晓景而已。

又,此诗四句两联,对仗工稳,绝句中稀见。四句诗,四幅画,因桃红而有了灵性,也互相神会。

赞曰:观堂论诗,高妙难持。迷离惝恍,庄蝶废追。

下　山

隧深壁峭不遐看,左右争将画幅掀。
蓦见春田翻碧浪,太行已下到平原。

【笺评】

姚、汤《选评》:随园老人论诗云:"性情者,源也;词藻者,流也。源之不清,流将焉附?"(《陶怡云诗序》)《下山》此等记游诗,非平铺直叙者所能比拟也。有如行云流水,读之沁人心脾,静中有动,亦诗亦画,若进入诗境,读者必能共享山行之乐。诗人之风格,乃性情使然也。其遣词造句又由诗人之性情所主宰。此诗起句和承句如链相接。山间道上,目不暇接,像画卷一样,左右不同,景色各异。"蓦见春田翻碧浪"句,奇峰突起,接着以"太行已下到平原"点出了诗题。短短二十八字,涵盖了下山全部过程,非大手笔不克为之。

屠岸:一个"掀"字把下山时两侧风光迅速而层出不穷地突入眼帘的情景,点得恰到好处。寓真诗中像"呓""掀"这等字的用法,在古人诗词中是罕见的。

张炯:诗句很有动感,让读者觉得好像车过万重山,一下子就从壁立千仞的太行山上降到了大平原上。

介然叟曰："掀"字古代诗歌中非僻词,唐诗中如刘禹锡《踏潮歌》："四边无阻音响调,背负元气掀重霄。""白居易《风雨晚泊》:"青苔扑地连春雨,白浪掀天尽日风。"只是"掀"字古人多偏于"用重",即以形容巨大的力量,后世则偏于"用轻",这是古今词语在运用中的变化(此类情况不独此一例,又如"颇",古汉语多用轻,"稍微"之义;今则多用重,"很"之义)。即如本诗中的"掀",写车窗外景象变化之快,有清风翻动书页一样的飘动感,以形容车行之速。这种景象的快速变化,可谓新版"山阴道中"图矣。

问 路

洗衣村女手纤纤,指路山中带雨鲜。①
欲剪一方苍翠去,携回城市避乌烟。

【笺评】

姚、汤《选评》:此诗立意好,语言清新流丽,有范石湖田园诗风韵。寓真先生乃善作诗者,不去追求奇险、深奥,不作典故堆砌,而以寻常语入诗,使读者耳目一新。《竹坡诗话》有云:"……吐语操词不用奇,风行水上茧抽丝。眼前景物口头语,便是诗家绝妙词。"此诗中"欲剪一方苍翠去,携回城市避乌烟"一联尤精妙,可作双层含义理解之。其一,城市喧嚣,环境污染,诗人企求返璞归真。其二,商品经济洪流中,沉渣泛起,乌烟弥散,城市似是罪恶的渊薮,诗人幻想能找到一个心灵的驻地,以净化灵魂。语近情遥,耐人寻味。

朱先树：这首诗语言清新流利，有田园风韵，仅此也似无大特色，而有了最后一句，境界升华，新意尽出。

刘征：旧体诗要写得新，寓真的诗就有这个特点，有的译成新诗也很漂亮。如《夏游杂吟·问路》，构想得好，诗意浓，又很新。

江岚：寓真的一些耐品耐咂的好诗句，深深折射出诗人的诗美追求，一种超然境界。他避开了有些新体诗人把多种感觉简单化、语言表现力苍白弱化的倾向，而在不断地创新中寻求表现生活的新视点、新体察、新品味，在表现人与自然相依的感知中将其情感逐渐提纯、升华到一种极致。面对人类生存环境的忧患，渴盼人与自然的和谐，对自然生态惨遭破坏、人类生存愈加困难的现实表现出他的忧虑，感慨之下写出了"欲剪一方苍翠去，携回城市避乌烟"的惊世之言，在喧嚣的尘世中呼唤清明，呼唤纯净，呼唤天然。寓真的诗风既保持了古典诗词的优秀质量，又将其较好地融入到现实生活的语境中来，形成了极其鲜明的个性追求、时代特征和艺术风格。读寓真的诗，对读者来说是一种美的熏陶、美的享受，每有水天一色，妙韵天然的特别感觉。

介然叟曰："洗衣村女手纤纤"，一幅美人洗衣图，一句天然靓丽诗。为什么只写"手纤纤"？看《红楼梦》第六十九回贾母看罢尤二姐的手，结论是(对凤姐说)"比你俊些"。《诗》不云乎："手如柔荑，肤如凝脂，领如蝤蛴，齿如瓠犀，螓首蛾眉；巧笑倩兮，美目盼兮。"在写美人之美的诸多项目中，第一要写的就是手啊。这双美丽的手给客人指路：那条路直通山中，那山也就变得像被雨水洗过一般新鲜，苍翠欲滴。一切都变得那么鲜美、清新、淳朴、洁净，与城中形成强烈对比，这才引发了后面"欲剪"和"携回"的动念。作者之所尚，让我们想起君家太白的诗："清水出芙蓉，天然去雕饰。逸兴横素襟,无时不招寻……"

赞曰:雅人深致,曲达有方。素襟逸兴,清扬山乡。

野 树

不做园中观赏物,却来大漠野山生。

胡杨孤傲原如此,苦雨凄风犹自青。

【笺评】

姚、汤《选评》: 此诗乃一首胡杨颂,咏物寄怀,从中亦可见诗人的人格魅力。胡杨生长于大漠,忍受苦雨凄风,仍枝叶扶疏,顶天立地,亭亭如盖。作为一个人民公仆,应该效法而自勉。在诗歌美学中,审美主体对审美客体的艺术创造的能动作用,至关重要。审美主体的身份地位、文化素养、性情气质的差异,决定了审美感受的差异性。即叶燮所说:"境一而触境之人之心不一"。同一主题,其表述千差万别。此诗之立意,遣辞造句,无懈可击,乃咏物诗之佳作也。

介然叟曰: "不作""却来",见得胡杨之生于大漠野山,乃其自愿的选择,凸显胡杨的"本心"与性格。屈原曰"苟余心之端直兮,虽僻远其何伤",陶渊明云"羁鸟恋旧林,池鱼思故渊",王冕谓"冰雪林中着此身,不同桃李混芳尘",千古仁人诗心同此孤傲。

赞曰:空谷幽兰,鸷鸟戾天。骚人取兴,前圣同然。

辉县百泉湖①

难得相逢叙旧情，春池摇影倚新亭。

骚人留取兴亡叹，可喜百泉枯又清。②

【注解】①辉县百泉湖：湖底有众多泉眼，故名"百泉"。据传该湖开凿于商代，今拥有河南最多的古建筑群。②历代到百泉湖（苏门山）居住和游览的名人很多，如孙登、苏轼、邵雍、孙奇逢等，他们都留下了国家兴亡之叹的诗歌。

【笺评】

　　姚、汤《选评》：沈德潜论诗，重在"蕴蓄"，讲究"优柔善入，婉而多风"。从诗歌审美特性出发，"诗贵寄意"，语贵"蕴蓄"，托物言情。此诗起句点明与故人重逢，难得有机会倚湖山而叙旧情。"春池摇影倚新亭"之句，炼句极精。摩诘诗中有画，画中有诗，寓真诗中有画也。波光潋滟，垂柳、亭榭映入湖中，倒影摇曳，如入画境。"骚人留取兴亡叹"一句，则是诗人心境之自白："逝者如斯夫"，用不着去吊古伤怀，应该看到眼前的枯泉又清了呵！此诗立意好，语言蕴蓄，寄物抒情，乃佳作也。

　　介然叟曰：本诗四句四事，似乎了不相干，仔细看，却是理路灿然：以感慨"难得重逢"发端，因"叙旧"而来湖边"新亭"，因"难得"而叹息人生百变，遂及骚人遗迹，古今同怀；最后回到眼前，以"可喜泉清"作结。但好诗并不在"理路"之中，而在于"心画"中的"心声"：欲"叙旧"而"难得重逢"，深情自在其中；一泓"春池"，摇荡"倚新亭"之"影"，情入于画矣；然非春池摇荡，乃"情灵摇荡"也；而"倚新亭"之"倚"字，写足故人之情，旧情因此次一见，又增添了新的

"增长点"。"骚人"句是"春池"句的延展,历代骚人皆深于家国情怀,则故人之情的基础益发显得深沉厚重。"可喜"者在"清",枯而又清之"清",不但回映"春池"句之"摇影",亦且暗喻情之断而复续,令人想到"一片冰心在玉壶"之"清"之"洁"——旧日的友情未变,友情中的志趣、情怀亦未变。这就是全诗内在情感的逻辑。到这里,再回头去看一眼题目,"辉县百泉湖",对于作者而言,就不仅仅是一个地名,而是一个情感的节点,对于读者而言,就像"蓝桥""黄鹤楼"一样,成为某种情感的象征。寓真善于取景,更善于借事——百泉湖重新蓄水与故友见面只是一个契机,但作者却发现其中可以借用的"寓意",真真神来之笔。

赞曰:诗主性情,物色通灵。赋事写心,神思冥冥。

开封包公祠

一泓碧水挹清芬,或是包湖旧绿痕。[①]
古迹任凭湮没久,长留直道在乾坤。

【注解】①挹清芬:李白《赠孟浩然》:"我爱孟夫子,风流天下闻……高山安可仰,徒此挹清芬。"清芬,盖从《左传》"黍稷非馨,明德惟馨"转化而来。

【笺评】

姚、汤《选评》:作者拜谒包孝肃祠后作此诗。包公祠位于包公湖畔,诗的起句和承句即描写外观景物。澄澈晶莹之碧水,也许还是当年包公湖绿痕犹在吧!由此引出对包公之德与人格的怀思。第二联,诗人再发怀古之幽思,斯人去矣,却青史留名。据《宋史·包拯传》载:"包拯字希仁,庐州合肥人也。""仁宗时除龙图阁大学士。历知开封府……拯立朝刚毅,贵戚宦官为之敛手。"此诗结句,对包公之嘉誉恰到好处。一代名臣、循吏之高尚品德,自当万古流芳,成为后人典范。

　　介然夏日:题目是"开封包公祠",真的包公祠已然消失了,所以诗中并不写包公祠。一上来先说包公湖那"一泓碧水",喻其清廉之德。"挹清芬",出自李白《赠孟浩然》:"高山安可仰,徒此挹清芬。"而李白这两句赞美,上句出自《史记·孔子世家》:"太史公曰:《诗》有之,'高山仰止,景行行止',虽不能至,然心向往之。"是说孟浩然高洁的质量像高山那样,即使仰望也望不到顶峰。下句则化用《左传》:"黍稷非馨,明德惟馨。"(不是献给神灵的供品芬芳,而是献祭之人的品德芬芳,神灵才能享用,并护佑其身)。李白说,我只能舀一勺浸润你清德芬芳的水,表达我的敬仰之情。寓真此诗化用李白诗意,颂扬包公的美德。但是,这湖水是不是当年的湖水呢?所以下句用了"或是",何其准确——"湖水"代指包公之德;历尽千年的沧桑,这湖水不知还有没有包公当年的"旧绿痕"("清德"的痕迹)了。大有李白之叹:"徒此挹清芬"!对包公其人、其德所有的赞美、感慨、缅怀、怅惜、浩叹……都在这两句诗里了。重复地说:可歌者,正所以可泣也!

　　"绿"是"清"的变换说法,所谓"绿水"者,即清澈之水也;而"清"与包公人品之"清"、执法之"清"都是一致的。然而,不说"绿波""绿漪""绿沦""绿涟"……偏说"绿痕"。何也?包拯作为传统文化中做人"清廉"、执法"严正"的法官象征,如今也许就只有在民间流传的那一点点"痕迹"了!所以,结句的"长留"也就是作者的一个心愿和希望。读寓真此类诗，应该用读《毛诗序》或《毛传》《郑笺》法。

赞曰：《诗经》咏吟，歌古唏今。古贤可作，与之同心。

合肥包公墓园

昔年野墓历霜寒，今日城中作景观。
花木满园空荟萃，英魂不再济时艰。

【笺评】

马斗全：作为中华民族一种精神象征的包公墓，曾是长年历尽霜寒之"野墓"，如今迁入合肥市中，虽不再被冷落，却是作了旅游点供游人观赏，反而失其精神，真是一种本末倒置。"英魂不再济时艰"，多少感慨，多少辛酸，俱在其中。诗人为法律界之官员，谒包公墓之思之忧，自令读者多感。

介然叟曰：面对包公大墓，一般说来，第一感觉就是"敬仰"，何况作者还是大法官。但是作者却换了角度，从多年来对包公墓地无人问津、历尽"霜寒"来说；又从今日搬到城中闹市，仅仅供游人"作景观"来说，今昔"冷热"不同，而对于包公精神的冷漠毫无二致！这种极大的不平，既包含了作者对包公的敬仰，又指斥了多少年来对包公的冷落——冷落包公，就是冷落司法；无视包公，就是无视司法。下联出句一"空"字，说尽千百年来人们对法治的蒙昧。结句"英魂"，法律之精神也。"英魂不再"，国步维艰；欲"济时艰"，其难其难！

下　乡

浑浑不觉夏临窗，蓦见柳丝垂地长。

会复文繁无尽日，何如远走访山乡。

【笺评】

姚、汤《选评》：此诗情不自禁地道出了对机关文山会海的嘲讽。起句和承句，可知诗人身心疲乏，已分不清节候之迁移，见到柳丝拂地，方知已是夏天。为什么造成如此境况呢？当然是"会复文繁无尽日"所致。用远走山乡的办法亦未必是上策，"走了和尚走不了庙"，但毕竟能使心神清新一时。此乃直抒胸臆之直白诗，以"真"取胜，诗人对文山会海疲于应付，无可奈何之心态跃于纸上。王船山论诗有云："身之所历，目之所见，是铁门限。"这就是说，生活是创作的源泉。诗歌艺术之花，只有植根于生活的原野，才能常开不败，长盛不衰。寓真先生能从生活实践中吸取创作的营养，使创作植根于现实社会生活土壤之中，所以写出来的诗能以真感人，以情感人。

介然叟曰："浑浑"，浑然不觉、糊里糊涂。法官总是极其清醒、极其敏锐的人，作者是法官中的法官，岂是糊涂，岂能糊涂？然而竟然糊涂！糊涂到不知季节变换，"柳丝垂地"可不是初夏，那是快到仲夏了，何也？"会复文繁"之可怕，会复文繁与法治何与！作者必以为此非法治之道，明矣。

老牛湾①

山上明灯放异彩，悬崖万仞一犁开。

可怜力尽老牛死，从此黄河入晋来。

【注解】①老牛湾：在山西和内蒙古交界处，其东、南在山西属忻州市偏关县境内（离偏关县城 49 公里），北岸属内蒙古清水河县，西邻准格尔旗。黄河从此进入山西，内外长城在此交汇。古有神牛犁河的神话传说（辽东乡下有一个说法：耕地的老牛是不能杀的，老死了，要隆重地埋葬。有些神农庙的塑像就是人身牛头，而有的"神牛庙""牛王庙"所供奉的神主就是神农。某人如果死于非命，就说他"前生是杀老牛的"）。

【笺评】

姚、汤《选评》：此诗承句所做艺术上的夸张，十分形象、得体。悬崖万仞，一分为二，乃老牛犁开。而老牛疲乏力尽而死，始有黄河流入山西。此诗系对晋西北一景观之咏叹。

介然叟曰："山上明灯"，指明灯山，传说神牛从青海一路犁开黄河河道，到了偏关这个三省交界地，望见南面有明灯山，于是一甩尾巴，转而向南，直到壶口，力竭而死。这一农耕（牛耕）文明的历史传说，令人敬畏和怀念。这正是诗人善剪裁处。也让我们想起李白的《蜀道难》："地崩山摧壮士死，然后天梯石栈相钩连。"带有"创世"性质的传说，总有一种"崇高感"和"悲壮（悲剧）意识"而令人敬畏有加。

梯　田

烟山一望可人心，精美如妆百褶裙。
播雨耕云犁未辍，层层浸透是辛勤。

【笺评】

姚、汤《选评》： 诗题是梯田，用百褶裙来比拟，可见诗人想象之丰富。"播雨耕云"用词恰当，煞费苦心。船山论诗云："情、景名为二，而实不可离。神于诗者，妙合无垠。巧者则有情中景，景中情。"此诗情景交融，诗人充满激情歌颂那些日出而作，日入而息，劳作在梯田里的农民。他们世世代代用汗水播种希望，默默无闻，生活虽苦，亦甘之如饴，毫无奢求。这些平凡的劳动者，正是我们民族的脊梁。此诗看似平淡，小处见大，隐而不露，足见诗人之艺术根底。

张炯： 此作既非常形象，又富有历史的纵深感。

介然叟曰： 起句"烟山"，是烟岚笼罩的山，是诗人最爱的山景。但这里的山却是历经农民世代开辟的梯田山，她有了格外的人工美——"精美如妆百褶裙"，"妆"字动化，有精心描画之意。三四句则深入一层，回答何以有这"可人心"的"精美"。结句形容词"辛勤"的名词化，与名词动化的"妆"字遥相呼应，使后三句与首句呈逐次生成的关系，也使全诗成为完美的有机整体。

山 野

斜阳晕淡抹寒山，疏树萧村鸡犬闲。
莫羡江南春水绿，野秋耐赏到阑珊。^①

【笺评】

姚、汤《选评》："斜阳晕淡抹寒山"句中"抹"字用得好。秦少游有"山抹微云，天黏芳草"之句，其中"抹""黏"字为历代评论家所称誉。此诗如行云流水，有大家风范。

潞潞：诗歌最初是用来吟唱的，音乐性是其古老的元素，所以人们赞美一首好诗常说"有韵味"，也就是有诗味，不是说写成诗的形式就行了，就像鲜花的味道与生俱来，难以形容却香气宜人；没韵味的诗好比塑料花，假的。能写出韵味不容易，尤其是古体诗。如果没有对古典诗词认真的研习，没有在中国传统文化中长期浸染，即使套用了格律，也很难写出古典的雅致和美。寓真的好诗很多，如这首《山野》，读来就很有韵味，其画境和古意从诗句中自然生出，让人隐隐觉得与唐诗有神似处。

高峰：《寓真诗词选评》中见此诗的后两句，原作为："待到春回盈野绿，风光未必逊江南。"一个"待到"，说明现在不如江南；一个"未必"，说明即便到了春回也未必真的能胜出江南。一联两句都离不开"江南好"的固有认知。有道是"铁马秋风塞上，杏花春雨江南"，各逞其美，何必轩轾？太行之美，正在深秋，谷熟果香，枣红柿黄，兼葭采采，山鸟依依，有江南绝无之美。有此等胜景，又何羡江南之春乎？作者经久咏炼之后，改句为"莫羡"而"耐赏"，正是太行山人对太行独有之深秋之美的真切体悟，景更真，情更深，韵更足，味更厚。

介然叟曰：斜阳、寒山、疏树、萧村，连鸡犬都懒得叫，秋末的山野，一片寂静。一"闲"字，立刻使这幅秋野山村图有了深味：古朴，萧散、疏淡、恬静。无机心，无计较，无猜忌，无狡诈，无争斗，无污染。不知陶渊明的桃花源里有没有秋冬，如果有，这比桃源的秋野更胜一筹——这里连鸡狗都没有"斗争"（杜甫"客至鸡斗争"），仿佛回到了上古容成氏、大庭氏、柏皇氏的时代。所以，白居易的"最忆是江南"，也不过就是江南的美景而已，而这里的秋野不止有赏之不尽的光景，还有体味不完的"闲"的滋味。我故曰："寓真之诗'味厚'。"

有意思的是，这首诗在《选评》本中，其后两句是"待到春回盈野绿，风光未必逊江南"，那味道可就变了："斜阳"抹上寒山，其光"晕"且"淡"，倍增寒意，一幅"寒山日暮图"；山下村庄，树木离离，鸡暗犬咽，益显萧瑟。"待到春回盈野绿，风光未必逊江南"，也许诗人厌倦了乌烟瘴气、市声喧嚣的生活，才作如是想；也许是对北方荒寒"苦般般"之山野的一种冀望：寒冬过去，其光景未必输于江南……然而，关键是得"春回"啊，那么，春天能不能回来呢？这让我们想起盛唐诗人王之涣的名句："羌笛何须怨杨柳，春风不度玉门关。"（古贤云："春风，喻帝恩也。"）寓真此诗，无"怨"无"恨"，然比之有"怨"有"恨"之"羌笛"，更深且厚，所谓"兴观群怨"，于此可见矣。

赞曰：兴观群怨，各取所见。裁剪风月，赋情不厌。

涧　水

乡路扬尘欲盖山，忽闻堰下水潺潺。

可怜小涧蒙污染，且溯清音寻碧源。

【笺评】

姚、汤《选评》：此诗为山行纪事。车过之后，暴土扬尘，带来的是环境污染，山涧流水亦受其害。"且溯清音寻碧源"，寓意深刻，启人深省，正是"在山泉水清，出山泉水浊"也。此诗有弦外之音，言外之意，蕴藉含蓄，说明诗人深谙艺术辩证法。王渔洋神韵说的核心，是以冲淡清远为尚的审美意识，特别推崇诗中逸品，以平淡清远、神韵天然为诗歌极至。观此诗，堪称平淡中见隽永。

介然叟曰：不过是偶然路过一段乡间土路，见扬起的灰尘遮天盖山，也就污染了路边的小溪流，遂生感慨：山野清流，本自澄澈，倘若牛马之车，绝不会有扬尘污染之祸；既有现代化的交通工具，当有配套的现代化公路，然而没有。此文明与荒蛮之碰撞。"可怜"者仅仅是"小涧"吗？此"兴"句也——象征和联想的当有很多。结句是本联出句的自然延伸。可见诗人须有一颗细腻的心，耳闻目睹者皆"物色"也，其中蕴含的"诗意"，只有具备"诗心"者能够发现。而"诗心"者，第一乃是仁民爱物之心也。古圣曰："登高能赋，可以为大夫。"一向未曾深刻理解，能诵《诗》或能作诗就可以做官吗？今读寓真诗，得其义焉。

赞曰：民瘼在怀，感慨綦深。欲问"碧源"，独远"清音"。

牧

原草青青半掩沙，陶然塞外住人家。
牛羊漫撒无鞭影，牧者临风自饮茶。

【笺评】

姚、汤《选评》：中国是一个诗歌王国，而古代的山水田园诗的创作，又是诗人们重要的主题。中国人以山水为审美对象时，大致可分为：（1）哲学形态的山水探索；（2）伦理形态的山水观照；（3）艺术形态的山水创作。马克思说："只有人化自然成为人的'无机体'，大自然才能成为人类的审美对象。"诗人对塞外放牧风光的描述，是艺术形态的山水创作。其表现手法是由近及远，由远而近。"牛羊漫撒无鞭影"是对结句"牧者临风自饮茶"的铺垫、准备，环环相扣，结构严谨。

朱先树：大草原的辽阔、美丽、轻松、自由，一幅宜人的风景画图，自然而鲜活地呈现在我们面前了。这正是大巧不见巧的语言功夫所收到的艺术效果。

刘征：这首绝句写得太好了！这个境界非常妙，怎么妙说不出来。从古到今写草原生活的诗很多，新诗旧诗全都有，最早的就是"天苍苍，野茫茫"，但都没有像寓真这样写过。寓真开辟了新景，这个新景反映了我们现在繁荣恬怡的生活。这首诗如果改成新诗也非常漂亮。燕铭先生写了很多短诗给公木先生看，公木就改译成绝句发表出来。新诗是短诗，旧诗是绝句，新旧体诗并驾齐驱是一种很好的现象。

马晋乾：寓真此类诗作，表面上显得悠闲自在，实际上仍是紧扣时代脉搏。他作为一位大法官，又是诗人，游历中总会有他的独特感受。"牛羊漫撒无鞭影"，暗含着他对一个"无鞭影"的文明社会的理想。法治题材的诗是不好写的，大都只能流于干干巴巴的说教，而看到寓真这方面的诗，也都写得形象、生动、含蓄，真是难能可贵。

介然叟曰：农耕文明产生田园诗，游牧文明产生牧歌，魏晋时期大庄园贵族文化产生山水诗。非独审美主体不同，审美客体及审美效果亦大异其趣。唐以后，内地文人到了边塞，产生大量边塞诗。时代不同了，本诗作者以一个旅游者的身份，做客草原人家，发现了牧民的生活情趣——广阔的空间，逍遥的生活，广阔、逍遥得近乎庄子所谓"无待"的境地："牛羊漫撒无鞭影，牧者临风自饮茶。"牛羊是自由的，牧者也是自由的；牧而不牧，不牧而牧；两不相干，其实相干。此即庄子所谓"物物而不物于物"者也。

关键是诗的语言是自由的：平常的词语，明快的节奏，无雕琢的画面，不修饰的吟唱，语言形式与所表现的内容达到了高度的一致。

赞曰：雕之琢之，还彼璞时。熔之炼之，复其素姿。我成天作，妙手裁诗。

草 原

大青山外再无山，湛湛穹庐盖草原。
望断羊群天际远，敖包作客忘家园。

【笺评】

姚、汤《选评》：此诗层次分明,诗人用诗的语言,将一组意象(大青山、穹庐、羊群、蒙古包)勾勒成一幅色彩斑斓的油画,把读者引入画中去享受草原风光。辛稼轩词云:"我见青山多妩媚,料青山见我应如是。"随园云:"山川人物熔在一炉内,精灵腾踔有万千。"传统审美理想和审美追求,都是主体精神美与客体自然美的和谐统一。此诗正是二者妙合无垠,属可圈可点可读之好诗。

介然叟曰:"放旷",当有放旷的内心需求和身外世界足够放旷的"实在"之地。以大青山外一望无际的青野,写尽心灵无拘无束之感:放得无际,才可体会心灵彻底的自由;旷得无边,方能感受行踪真正的无碍。遂至身是客而如归,令人无限向往。

"湛湛穹庐","望断羊群",景物鲜明,节奏流畅,恰与这种自由感受相契合。

昭君墓

万代沙场余战尘，男儿几个胜佳人？

巍然青冢山川仰，故事和亲弥久新。

【笺评】

姚、汤《选评》：我国古代咏昭君的诗甚多，堪传世者仅有杜少陵之七律"群山万壑赴荆门"一首，其结句为："千载琵琶作胡语，分明怨向曲中论。"诗圣杜甫对王昭君寄予了深切的同情、怜悯。而寓真这首《昭君墓》，立意新颖，尽脱前人窠臼。在先生笔下的昭君是女中豪杰，民族功臣，为消弭战争，化解汉王朝与少数民族之间的矛盾，远嫁异域，其功劳不在叱咤沙场功勋卓著的霍去病之下。"巍然青冢山川仰"之句，对昭君的历史功绩作了充分肯定，读此诗，令人耳目一新。

介然叟曰：昭君出塞和亲，第一手资料当是《汉书·匈奴传》，其中并没有涉及一句关于昭君自己对出塞和亲的态度或心情的记载，所有关于昭君"怨恨"的说法完全出自后世文人的编造。呼韩邪单于去世后，他的大阏氏所生的长子雕陶莫皋继位，又以王昭君为妻，并且生了两个女儿——这事《汉书》言之凿凿，但后人却编造了这样的故事：呼韩邪单于去世后，昭君问雕陶莫皋"你继承大单于后，对我用汉礼，还是用胡礼？"雕陶莫皋回答"用胡礼"，昭君自杀。其实，中原文化在春秋时期，仍然有"父死，子烝父妾""兄死，弟烝其嫂"的做法，《左传》皆以"淫"视之（《毛传诗经》完全是用《左传》释礼的方式来解释《诗经》中此类诗歌）。到西汉时期，匈奴（胡）人还有这种习俗，也就不足为奇。

当然，说她十分愿意嫁给单于，并且是心怀民族大义，毅然作出牺牲，也是全无实据的一种中原道德化的想象。

然而，昭君和亲之事，却实实在在地换来了胡汉和平相处的局面，尽管时间不算长。这对民族融和的影响，决然是不容忽视的客观存在。王昭君，毕竟是一位值得千秋敬仰的绝世女子——试问：对于"和平相处"和"民族融和"两个方面作出如此贡献者，"男儿几个胜佳人"？

山　心

支离破碎不成形，凹壑凸梁刀背棱。

貌丑却存心曲美，幽幽泻出一溪清。

【笺评】

姚、汤《选评》：王静安论词以境界为上："有境界则自成高格，自有名句。"境界是诗歌审美的最高标准。此诗以《山心》为题，先写山的外形，突出描绘山"丑"的一面，"貌丑却存心曲美"一句，奇峰突起，以"幽幽泻出一溪清"切入主题，解决了"美"与"丑"这一互相矛盾的美学命题。此诗应该属哲学形态的山水创作范畴，无论从立意、遣词、造句、结构几个方面来品评，俱臻上乘。当今社会多以衣帽取人，"金玉其外，败絮其中"之人受到青睐——良可叹也。

介然曼曰：王朝闻说："审丑比审美需要更高的水平。"宋朝人对"枯瘦""多孔"的丑石爱得发疯，盖源自庄子描述的丑人，如鲁国的支离疏（本诗"支离"一词就源于庄子），尤其是卫国"以恶（丑）骇天下"的哀骀它,这么一个丑陋的家伙,却赢得了无数人的喜爱:男人跟他接触之后,就离不开他,离开了就想得不得了;甚而至国君与之相处不久,就想把君位让给他;天下"告于父母",宁可做他的妾不愿做一般人妻的女子,"十数且不止也"! 看庄子对他的描述,可以概括为"丑于外而美于内",他的吸引力(魅力)就在于"自由"。由于内在的美,慢慢地,外在的丑也就化为"美的形式"(生命自由的形式);反之,儒家那种统一的、光滑的、方正的形式,由于限制了人的自由,逐渐成为"丑的形式"。请注意:这种"审丑"之美,成为中国古代一个特殊的审美系统,后来泛化到各个艺术领域。不知道西欧人何时才注意到这个问题,但在十九世纪雨果《巴黎圣母院》中,在骇人之丑的敲钟人卡西莫多身上,得到了体现。

如此,本诗前两句写山的"丑",其实是一种"美的形式"。结句那一股流泉,简直就是山之美的灵魂,有了流泉,山才有了生命的活性。诗人喜欢山的静态美,更喜爱山泉,把山泉比作山的"诗灵",把流泉的"淙淙"看作是流泻的"诗韵"(见前《山之梦》)。此诗与《山之梦》合看,对于诗人"关心处",当会有所悟。

当然,如果你就认为,那种山真的很丑,也未尝不可,那就是作者在强调清溪就是山之心向往美的表现,清泉就是山之美——世上每一个人都向往着"美",每一颗心都有美。袁枚有诗道:"苔花如小米,也学牡丹开。"这样连续地想下去,每一个社会个体都是可以寻求于"美"……法官之心,《诗》人之心也。剥句刘禹锡的话:山不在高,有泉则灵;泉不在大,流清则名。

赞曰:美之于丑,无之于有;东西对侍,南箕北斗。

关上碑^①

青山沉浸静无声，碧草凝痕自有情。
沐雨登临心亦湿，石碑高矗叙东征。

【注解】①关上碑：1936 年 2 月，红军东征，于山西中阳县关上一战取胜。作者于 1996 年夏天，去石楼县公干，路过中阳关上，曾于雨中瞻仰。

【笺评】

姚、汤《选评》：诗人冒雨登山，见关上石碑，诗情萌动，喷发而成此诗。石碑是当年红军从陕北东征，渡黄河入晋作战的纪念碑。从表现手法来看，层层推进，其"沐雨登临心亦湿"句中"湿"字用得好。结句"石碑高矗叙东征"则说明此碑经历了风雨沧桑，而碑文却展示出一幅历史画卷，仿佛仍可以看到刀光剑影，亦可分享昔日胜利者之喜悦。读完碑文，诗人必发幽思，用诗的语言记录了这次游踪。展读此诗，眼中景、心中情尽在优美的诗句之间，真不虚此行也。

介然叟曰："青山无声""碧草有情"，当作"互文"看待。但那沉浸青山的、凝痕碧草的，是什么呢？读下文可知，那不是雨，不是泪，而是烈士的鲜血呵，可见当年战事何等惨烈。鲁迅曾化用《汉书·苏武传》"啮草野"典故，创造了"血沃中原肥劲草"的诗句，刚健凝重；作者这里转化为"碧草有情"，柔而含刚。第三句"心亦湿"，方是心中流泪。如此，结句不但总括了前三句的因由，点出题目，也涌出了浑厚悲壮和高迈沉雄。

拂　晓

村岭昏昏犹半醒，农家袅袅已炊升。
一宵枕上听春雨，早起田间看水清。

【笺评】

姚、汤《选评》：这首田园诗——山村纪事，写得通俗明快，极雅。陆游《临安春雨》诗中有"小楼一夜听春雨，深巷明朝卖杏花"句传入禁中，为宋孝宗称誉。这里"一宵枕上听春雨，早起田间看水清"也应该称为名句。江西诗派学老杜，提倡"点铁成金""无一字无来处"，生吞活剥，其流弊影响二百余年。先生学诗重在学古人立意、表现手法，可谓深谙作诗之道也，愿共勉之。

韩玉峰：此诗清新自然，可以感觉到山村农舍的幽静气息。

林岫："一宵枕上听春雨，早起田间看水清"，与其《下山》所写"蓦见春田翻碧浪，太行已下到平原"，看似率真道白，实则工夫深处，意境融彻，奇崛反见平夷。平淡，是寓真诗的一种风格，也是一种境界。它取诸生活，也关乎诗人的情怀、意趣。

介然叟曰：这是一首写山村雨后拂晓的诗。拂晓起来，一切都还在"半醒"状态：岭上轻雾半遮、岚烟半散；村里阒无人声，炊烟袅袅。这"半醒"的山村景象，一经诗人裁出，就有无限田园诗趣。然后才交代："一宵枕上听春雨，早起田间看水清。"昨夜，多少愉悦，在沙沙细雨中流入梦魂；拂晓，多少清新，随着清水流过心田，弥漫在山野。

为何要写"半醒"？沉睡，天太黑，什么都看不清；只有半醒，才能看到最清新自然的状态；而一旦全醒，有了"人"的参与，就失去了那种自然美。寓真的诗,总是那么"随意",语言就像山汉一样真率,像村妇一样质朴;或者像从园子里刚刚摘回来的果蔬,鲜嫩鲜嫩的,带着露珠。然而,这是经过精心打磨过的"金玉良言",比山汉更真率,比村妇更质朴。假如常人能够体会到其中的"真味",并能够见诸创作实践,作诗语,其庶几乎《诗》人矣。

河曲弥陀洞①

黄河崖洞是天门, 夜响惊雷晓挂云。
欲拜高僧行不见, 飞飞岩燕自殷勤。

【注解】①河曲弥陀洞:又称弥佛洞,位于山西省河曲县东北 23 公里石城村北,在黄河峡谷的绝壁上,是一座天然的石窟,地势奇险。

【笺评】

姚、汤《选评》:黄河一侧之悬崖壁立,有洞曰弥陀洞,洞口夜闻惊雷,晓挂流云。诗人用寥寥数语对此景观做出了生动的描绘,使读者如历其境。诗人并进一步发怀古之幽情:参禅的高僧一去不返,留下的是燕子年年飞临岩居,是凭吊呢?还是留恋故巢?此诗余味绵长,甚值一读。

介然叟曰:前两句言其惊险,第三句之"叹"有遗憾之意:佛家修行一般选择深山清净处,此洞不止雷鸣涛喧,且是惊心动魄;在日夜无片刻安静之境中,当年高僧是如何禅定的呢?高僧行矣,远矣,不得见矣,只有岩燕年年归来,殷勤筑巢。然而,此飞飞之岩燕,能记得当年老僧否?它还能"飞飞"几多年?诗人此刻几分失落,几分苍凉。

陶渊明曰"心远地自偏","心"如何才能"远"？晏殊曰"似曾相识燕归来"，如今佛洞中的燕子，肯定不是当年的燕子了——生命和宇宙都变动不居。眼前的一切，刹那间都非原物……用"飞飞"作结，最符合佛家思想：生命延续无穷，又变动无常。禅意深深，禅韵悠悠。启发读者对"生命究竟"的无限思索。回看前三句所言，不过都是假象，连这岩燕也是虚空。诗文贵于结尾悠远，引发读者无穷的联想，本诗结句导引读者进入禅地胜境。

赞曰：水流云在，心静意迟。色色皆空，白驹恒驰。

嵩 山

横岭松云生暮凉，伽蓝钟磬入烟苍。
史碑漫漶生苔绿，落日依然小卵黄。

【笺评】

姚、汤《选评》：中岳嵩山乃五岳之一，因少林寺而名传海内外。此诗承句"伽蓝钟磬入烟苍"涵盖了对寺庙、佛塔的描写，如此表现手法为曲笔。齐白石老人赠老舍一幅画，题款是"蛙声十里出山泉"，画面上并未画一只青蛙，而是沿溪一群蝌蚪顺流而下。寓真先生此诗亦含蓄蕴藉，言此及彼，结句则引人幽思。纵观全诗可看出先生乃巧于作诗之人。

张结：后两句把眼前的苍茫景象，和今古时空之感，熔铸在十四字中，显示了深厚的炼字炼句的功力。

介然叟曰:起句先写嵩山之"佛境":"横岭",远离喧嚣之境也;"松云",出世幽栖之所也;"生暮凉",佛家崇尚"清凉"之境,正与世俗追名逐利之"热恼"相对——是实景实境,也是佛境、意境。第二句"入烟苍",不是"苍烟"之颠倒,乃言烟岚之苍茫无际;写钟磬之声传之邈远,具象了佛音之悠长。第三句以碑文漫漶、且生苔藓,凸显了佛寺之古。结句以落日酷似"小卵黄",与首句相应,不但强化了佛境之清凉,也在暗示佛境之广大。起句之"暮凉"笼罩全诗,"烟苍""苔绿""日如卵黄",皆含清凉之意。

娘娘滩①

稼肥树茂水中央,农舍鸡声绿掩藏。

汉月遗民今尚在,摘来鲜果任君尝。

【注解】①娘娘滩:位于河曲县城东北7.5公里的楼子营乡河湾村,在晋、陕和内蒙古三省区交界的黄河中。两侧河面开阔,水流平缓。民间传说,汉高后吕雉专权,将汉文帝的母亲薄太后贬到云中州,住在娘娘滩上,生下汉文帝以后,她怕吕后知道,藏在水寨峙圪台上,人们就把它叫成了太子滩。后来周勃、陈平铲除诸吕,将薄夫人接回,刘恒继位,是为文帝,娘娘滩由此得名。诗中"汉月"即汉时的明月,代指汉朝,南朝张正见《明君词》:"寒树暗明尘,霜栖明汉月。"

【笺评】

　　姚、汤《选评》:读此诗仿佛入桃源仙境。第一联勾画出娘娘滩之外貌：秋收在望，平畴沃野，禾黍金黄；村舍掩映在绿荫中，午鸡的啼声引导游人驻足，才知道村庄之所在。第二联则描述纯朴的村民，"衣冠简朴古风存"，热情摘来水果招待陌生的来客。此诗写作吸收了陆游《游山西村》、陶靖节《桃花源记》的表现手法。

介然叟曰：朴茂真纯，确是田园古风。诗眼在"汉月遗民今尚在"一句，这是陶渊明《桃花源记》中所写情景。以此观照全诗，则偏在"水中央"的娘娘滩，地之朴在无雕饰之"农舍鸡声"中看出，心之纯在无机巧之"任君尝"中看出。请读者诸君着眼首句之"水中央"，本自《诗经·秦风·蒹葭》，那是人们熟悉的意象——按照传统说法，是一位高洁之士隐居的地方，诗人挪用这句诗，又用"汉月遗民"以实之，寓意深长。

在母亲河的腹地，还有幸保存着这么一块"高洁"之地，真是万难想象。

就此说一点《郑笺》阐释《诗经》的习惯，他对于《小雅》中歌颂西周的诗篇，一般冠以"刺也"一词，标明这是东周诗人对西周的怀念，自然是对现实的讽刺，目的不在于赞美历史。这虽不能成为阅读后代所有歌颂史事诗歌的法则，但有时候还是能够窥见人情之常——怀念什么，就是因为失去了什么。

赞曰：汉家遗鸠，在河之洲。关关依旧，寤寐难求。

晋西海潮寺①

潮音隐约在高台，轻踏绿阶门自开。
半点垢尘飞不到，一轮明月去还来。

【注解】①海潮寺,位于河曲县城东南35公里处的旧县村南门外。始建于明万历年间,明末毁于农民战争之火,清顺治间重修。

【笺评】

　　姚、汤《选评》：从诗题来看,海潮寺建于悬崖之上。游人游此景点,面对同一审美客体会有不同的感受,发之为诗,必然有不同的表述方式。寓真先生在诗歌创作上追求的是一种物我两忘的审美境界,从主体内在精神的自我超脱中去拥抱一个远离尘世喧嚣、保持上古洁净的世界,以祈忘掉自我,感悟一个自由潇洒无际的宇宙的存在。此诗结句"一轮明月去还来",正是自由心迹的表白。

　　介然夏日："潮音"多指僧众诵经之声。《楞严经》云："发海潮音,遍告同会"。又范成大《宿长庐寺方丈》："夜阑雷破梦,敧枕听潮音。"此寺庙当以此得名。诵经之声,反衬了寺庙的清静。台阶生绿,见得游人不多。"轻踏",见得诗人对青苔的怜惜,既是一份对寺庙清静世界的敬畏,也暗含着诗人此刻一种轻快喜悦的心情。"尘垢飞不到"句是诗眼,以此观照全诗,则一切明朗,那海潮,那高台,那绿阶,那无声的自动门,原来都因为没有半点垢尘而令人心悦。这般的"清"而"静"和"净",自然推出下句："一轮明月去还来"。明月是中国诗人的最爱,因为她的亮洁,她的纯而淳,那是一个如梦如诗的仙境。诗人倘若能相随明月而去,又何必还要回来?一定说"还来",这海潮寺是何等地方,还用说吗?

如此,诗人对海潮寺以外,对那种"抓一把空气都是黑的"的污染环境,是何等厌恶,也就不用说了。然而,作者说得如此含蓄,古人常常感叹"《诗》人忠厚,不为斩绝狠戾之语",予固曰:寓真,《诗》而后之《诗》人哉!

赞曰:怨而不怒,哀而不伤。"无邪"之蔽,诗道悠长。

情　梦

荷池犹记照红腮,柳叶几番重剪裁。
回首青春情似梦,伊人何处踏波来?

【笺评】

何西来:这是春情、春梦的追忆。追忆的是逝去的青春年华,是一段也许是初萌的,却是刻骨铭心的恋情。首句是幽会的地点,是荷塘侧畔,是水中的倩影。红腮,少女面颊上的轻红,分不清是人面,还是荷花。让人想到李商隐的"飒飒东风细雨来,芙蓉塘外有轻雷"。第二句,暗用了贺知章的咏柳名句:"不知细叶谁裁出,二月春风似剪刀"。一年春风一度,"几番重剪裁",犹言过了许多年了。第三句,"情似梦",也是梦里情。梦是现实的幻化,也是实存的印象的升华,诗情总是在如梦的迷离中被整合的。第四句,既让人想到《洛神赋》曹子建笔下那位凌波而至,若即若离,"无良媒以接欢兮,托微波而传情"的神女,又让人想到陆游《沈园二首》里的名句:"伤心桥下春波绿,曾是惊鸿照影来。"我敢说,诗人寓真写这诗情,肯定体验着类似的惆怅或感伤。

介然叟曰：前两句写"情"，第三句点题"情梦"，结句向虚拟梦："在水一方"之"伊人"，梦中可来否？如可来也，踏波何处？一份青春的情，一个永恒的梦。

桥 头

小立桥头柳半垂，邻家碧玉好风姿。
韶华如水留不住，故地寻来空折枝。

【笺评】

何西来：寓真诗词中有时化用前人的成句，可知他喜读古籍，受古人诗词的影响是很深的。既有承传，也有创新。《桥头》这首诗可以看出"劝君莫惜金缕衣，劝君惜取少年时；花开堪折直须折，莫待无花空折枝"的影响。更让人想到杜牧第二次做湖州刺史写的"自恨群芳到已迟，去年曾见未开时；而今风摆花狼藉，绿叶成荫子满枝"的遗憾和惆怅。

介然叟曰：此亦"惜春"之作也，然此惜春非彼惜春。看"故地寻来"，可见诗人是有意重游故地，感喟曾经的"春色"。知"桥头"为告别之地，因垂柳之依依；窥"小立"乃即有思，怀邻女之青垂。感韶华匆匆，恨花落有时。"留不住"，今古同慨；"空折枝"，贤愚共嗤。

赞曰：孔言流水，庄曰旦暮。诗道难名，得象可悟。

遥 念

邂逅情缘亦足珍，园游每忆屐痕新。

却将思念寄何处？漫舞杨花又晚春。

【笺评】

何西来：写一段难忘的邂逅情缘，那踩过的足迹，印象太深了，人去园空，只见杨花飞舞，又到晚春。结尾结得蕴藉而含蓄。"漫舞杨花"也会让人有"去年相见，余杭门外，飞雪似杨花，今年春尽，杨花似雪，犹不见还家"的意象。

介然叟曰："邂逅"出自《诗经·郑风·野有蔓草》："有美一人，清扬婉兮。邂逅相遇，适我愿兮。"《史记·孔子世家》载："古者诗三千余篇，及至孔子，去其重，取可施于礼义……三百五篇，孔子皆弦歌之，以求合韶武雅颂之音，礼乐自此可得而述。"说得如此庄严重大，却被后儒斥为"淫诗"。汉末大儒郑玄引《周礼》证明，确是符合礼义的。朱彝尊曾据此批驳过朱熹的"淫诗"说。

后两句"遗恨"无穷，余味不尽。

赞曰："邂逅"之艳，《诗》人情赡。孔圣删存，千古不厌。

春　忆

园中嫩蕾黄昏雨，湖畔柔条清晓烟。

难得春光那样好，当年情侣正缠绵。

【笺评】

介子平:寓真的绝句,在俚俗中见端方,于口语间呈情调,看似张打油,实则白乐天,没有老吏断狱、得心应手工艺的功夫,诗是到不了由浅入深、又由深进浅的份的。

张结:看现代人写的诗词,特别是那些自甘笼罩在前人的辉煌光影下、无力也无心跳出的人的作品,常常感到的一点,便是旧。不仅是语言,感情意象也旧,好像古人有那么多好的东西可以任意从中抽取,不必从新的现实生活里面提炼更适应当前时代的诗语言了,也不必书写新感情了。但寓真的诗不然,他好像韩愈所说的那样,"惟陈言之务去",能用今天的词句表达便不用信手可以取来的旧词。如他的诗中写"难得春光那样好""那样冷艳我心惊"等等,可以看出他是有意识地用今天生活中的新语句入诗。《春忆》这首诗中的"那样好",完全可以写成"如此好",却用了旧诗中少见的"那样好",让人感到一种清新的气息。

介然叟曰:"园中""湖畔",是好地方;"嫩蕾、晚雨""柔条、晓烟",是好景色、好春光。但是不同的人,面对这同一番景象,未必都有同样的感受。就像贾宝玉结婚的喜庆音乐,贾府上下所有的人都是欢喜不迭,但在林黛玉听来,那就是要命的凄惨。所以,"难得春光那样好",是"哪样好"呢? 每一种不同的心境的人,都会有不同感受的"好"。如果真要较起真儿来,老实说,就是当年"正缠绵"的情侣,也未必就说得清楚是怎样的"好"。因此,作者此类经过提炼的口语化的诗语——请注意,是"诗语",诗的语言,妙就妙在"涵弘",也就是庄子说的"无言"——"那样好"等于没说是怎样的好,却是包含了所有的"好"。

暮雨秦淮河

烟雨秦淮灯影摇,朦胧船舫可闻箫。①
桃花侠骨今何在?空照霓虹朱雀桥。

【注解】①宋·贺铸《秦淮夜泊》:"官柳动春条,秦淮生暮潮。楼台见新月,灯火上双桥。隔岸开朱箔,临风弄紫箫。谁怜远游子,心旌正摇摇。"明·王象春《石城月》:"金陵王气未曾消,水泊秦淮江上潮。月到石头城下好,碧云红树听吹箫。"《词苑丛谈》卷三:周文璞,宋淳熙间人,诗词奇怪,人以方李贺。有《钟山》诗云:"往在秦淮问六朝,江头只有女吹箫。昭阳太极无行路,几岁鹅黄上柳条。"

【笺评】

朱先树:我们知道南京的秦淮河,自古以来,风流名士聚会游乐之地,充满文化韵味,有许多诗词歌赋、文学名篇都写过秦淮河。《桃花扇》的故事也是发生在这里。寓真这首诗表现了一种文化追寻的诗意,一种胜景变迁的感叹,内涵是丰富而广泛的。写古写今,仅仅四句,确是写得到位,语言自然灵动,不生硬不沾滞,读来较轻松,引导人进入一种文化历史的回味中。

马斗全:秦淮之烟雨、灯影、船舫,还有箫与昔日之侠女媚香,以及古来极著名的朱雀桥,仅仅二十八字,容量极大。此诗写景抒感,前两句构成何等美妙之境,后二句因之而油然生感。诗之妙处,往往在结句,寓真诗多得其妙。结句写霓虹空照着古老的朱雀桥,颇富诗意而引人遐思。

介然叟曰:从"六朝"到近代,有关秦淮河的胜迹、感慨兴亡的诗文数不胜数。起承两句可以看作是实景实写,但也可以看作是怀古:起句令人想起朱自清的散文,承句可以想到历代有关秦淮河的诗文。但诗人最关心的是《桃花扇》中侠骨柔肠的奇女子李香君,她那深厚的家国情怀,可以令懦夫立、贪夫廉。"何在",发人无限怅惘:问古今,愧煞多少须眉! 结句"空照",又进一步落入现实迷惘的暮雨中。

试把此诗放在古今关于秦淮河的诗作中,当无愧于古人;往后看,当亦无愧于来者。

春到红旗渠

山歌清澈荡云台,山女红颜照水开。
流水轻盈人袅娜,满渠红绿是春来。

【笺评】

罗连双:这是诗人来到太行山里有名的红旗渠畔,所作的真实的描写。红是村姑的春衣颜容,绿是山上的春枝新叶,一幅春景顺流而来。

介然叟曰:写红旗渠之春,只此四句。但中心还是写云台的"山女"：山女的歌喉渠水一般清澈，山女的红颜花一样绽放；山女的身姿轻盈袅娜，哦，满渠的春色，原来都是渠水映照山女的红襦绿裙。

　　诗是不能翻译的，一翻译，起码失去了原诗那种轻快的节奏感和韵律美。需要进一步体会的是：诗人形容歌声用"清澈"，让我们联想到水；写红颜用"照水开"，那水就像镜子一般明净，女孩的红颜有如鲜花绽放；写渠水用"轻盈"，其实是在连续上句中的"照"；"轻盈"与"袅娜"紧连，则山女的身姿如水。这样，"水"与"女"互相融合在一起：诗人写水，实则写女；诗人写女，实则写水。曹雪芹"女儿是水做的"那句名言，在这首诗里成为真切的现实——满渠春水流不尽的是山女的美，这才是红旗渠最美的春色。

忆　亲

养育吾身家境寒，与谁重叙旧人间？
严慈相继归天后，时对东风泣故关。

【笺评】

　　潞潞：诗歌的抒情功能不言而喻，诗人是多情人，也得是真情人。诗友们谈起寓真的诗，大家总会说他的诗有真情、有真性。他写到亲情的诗，读来也很感人。如这首《忆亲》，诗人内心的哀痛跃然纸上。

　　介然曼日：回忆父母，要说的话太多太多了。最忘不了的是家境贫寒的岁月，是度过那些贫困日子中的每一个细节，生命的坚韧、目标和尊严，都在那些细节中点点滴滴地、日日、月月、年年地积累起来。在尔后的年轮中,父母和"我"还会不断地回想起来,不是简单的"忆苦思甜",那些在苦难中形成的思想、性格,是在父母养护下与父母共同养成的,像太阳和雨露一样温暖和滋润着"我"的一生。那么,失去父母,失去的是什么?

须注意的是"时对东风泣故关"句中的"东风",具有强烈的象征意义和文化积淀。《诗经·邶风·凯风》:"凯风自南,吹彼棘心。棘心夭夭,母氏劬劳。"这里的"自南",其实就是春天的东南风,古人所谓"长养之风",以喻父母。又《诗经·小雅·蓼莪》:"父兮生我,母兮鞠我。拊我畜我,长我育我……南山律律,飘风弗弗。民莫不穀,我独不卒!"写父母对子女的养护,尤其细腻,也提到了"南风"(亦同东南风)。由于民族文化积淀的固有内涵,使每一个读到"时对东风泣故关"的人,都会产生不可抑制的悲痛。

赞曰:东风白云,思父母兮。地厚天高,泣鞠育兮。

学诗随笔 三首选一

既有傲情于世外,难将佳句合时宜。
写诗未必今人读,留得后人当古诗。

【笺评】

李杜:寓真先生在诗中多次表达过对于当下诗坛的某些忧虑,比如《访朱自清故居》:

"感慨文坛失正声,寻来深巷问先生。独能人格超俗媚,始得华章传世名。"

又如："芜杂文坛假混真，蓦然书剑老风尘。"（《遐思》）这种忧思，已深牵我忧，读他的这首《学诗随笔》，则更有一种苦涩、酸楚。这自是反讽，却尤是警策，对于诗人及诗爱者，甚至是对一个有着悠久而有光荣的诗歌传统的民族。

介然叟曰：情既傲于世外，辞必乖于时宜。此屈原所以被谤，李白因而遭忌者也。南宋谢枋得说："大丈夫行事，论是非，不论利害；论逆顺，不论成败；论万世，不论一生。"寓真有焉。

暮冬访天一阁

天末雨浓催旅途，别生游兴话藏书。
明池清冷何由叹，攘攘当今唯利图。①

【注解】①明池：位于天一阁东园。攘攘：众多的样子。《史记·货殖列传》：谚曰"天下熙熙，皆为利来；天下壤壤，皆为利往。"

【笺评】

马斗全："唯利图"三字之叹，可见诗人襟怀，因天一阁藏书而念及时下世风，笔锋转处，极为自然。

介然叟曰：是个连雨天，又逢年末，家那边催促早回，可是说到"藏书"这个话题，倒是引起了作者极大的"游兴"。书，藏书，是人类文明的结晶和结晶的收藏地，于是冒寒、沐雨、绕路，前往天一阁，所见却是冷冷清清——这年头还有谁看书呢？实情实写，"史"在其中矣。虽然如此，有这首诗，也足以让天一阁和守护天一阁的历代先贤们感到一种慰藉吧。

太行峡沐雨忘食

神峡开成一斧间，雄峨最是雨中观。
留连忘食归何晚，好景原来胜美餐。

【笺评】

马斗全：记雨中游太行大峡谷而忘食事，语平实自然，因爱其景而得好句也。"好景原来胜美餐"，诗人之感悟与情趣，令人向往。

介然叟曰："神峡开成一斧间，雄峨最是雨中观。"究竟是怎样的壁立千尺，怎样的雄奇巍峨，雨中又是怎样的一幅最能体现其"雄峨"之美的景观，都不说，但又都说了——任你自己去想象，这就是诗家本领。结句"好景原来胜美餐"，在本是朦胧的基础上，更强化了那种美感的吸引力。

九华道上

太平湖晚满流霞，翠霭红烟笼九华。
何处人生可称意，行踪今夜寄僧家。①

【注解】①《冷斋夜话》卷六："智觉禅师在雪窦之中岩，尝作诗曰：'孤猿叫落中岩月，野客吟残半夜灯。此境此时谁得意，白云深处坐禅僧。'"可见能够寄宿僧家，乃人生"称意"之事。

【笺评】

　　马斗全：如行云流水，读之怡然。此等诗，若无超然之心境与情调，是写不出来的。

　　介然叟曰："何处人生可称意"，上绾太平湖、九华山一路美景，下结夜宿僧家。这一天都是称心如意。人生如此，夫复何求。

饭　场

五谷丰登瓜菜香，百家烹煮聚风光。
山村饭场括天下，人物是非评汉唐。

【笺评】

　　罗连双：寓真有"怀念故里十首"，此其八。这十首诗属于田园诗。自南宋范成大、杨万里以来，以绝句形式写农村生活和田园风光便成为重要题材。寓真怀念故里，分别写了十种情景，饭场很有典型性。北方农村，不像南方那样稀稀落落，而是房屋相连，声息互通。吃饭时，男人们常常手端大碗，聚在一处，边吃边聊，话题无所不包。在集体化时期，队长常常一边吃饭一边安排生产，饭场具有会场功能。此外，交流信息也是主要内容，哪位听到看到什么新鲜事，均在吃饭时与大伙分享。谈古说今是必不可少的，《鸿门宴》中刘邦如何脱险，《三国演义》中诸葛亮、关云长、曹操等脍炙人口的故事，《隋唐演义》中的好汉排行榜，都能引起持久不衰的兴趣，所以诗中说"括天下""评汉唐"（"括"意谓包括、概括，白居易《初授拾遗》诗："杜甫陈子昂，才名括天地。"）。饶有兴味的人物故事伴着新瓜新菜新粮的芳香,使农村人们乐在其中。城里人纵然共居一楼,但房门紧闭,互不来往,是享受不到农村的这种乡情邻谊的。读寓真此诗,具有乡村生活的读者会顿生欢乐,久久回想并眷眷难忘当年的父老乡亲。

介然叟曰:农耕文明的生产方式,决定了其生活方式。山西农村吃饭"扎堆儿"的情形,在东北没有,在长江流域也没有,不知道在冀鲁豫、陕甘宁一带有没有。估计会有——这是农耕文化原始的家族均等意识的遗留,又可以作为最节省时间传递信息、交流农艺的活动过程,同时,可以传承古代文化,评论古今人物是非,多半以道德礼仪等作为标准,借古讽今,讽谏村里某人的作为,这就是教育晚辈,传承如何做人的道理。

"聚风光"是一个创新的词语,饭场上凝聚的,绝非仅指"五谷丰登瓜菜香",还兼有下面谈论今古、评价是非的种种议论,即前文所说的风俗和生活光景。假如读者还深谙"和"的道理,那么,"烹煮"所凝聚的"风光"之义也包含了可贵的民主意识。

作者绝句最善于使用这种手法,用一句或一个词语,起到"前有所绾,后有所结"的作用,使全诗成为一个内在有机的整体。此种"绾结法",唐代诗人中杜甫最称圣手。

闲居　三首选一

暮春园里静流晖，幽趣丛中咏兴飞。

正有妙言佳想处，不知花片乱沾衣。

【笺评】

介然叟曰：这是一首描述自己作诗过程的诗，可以当作"论诗诗"来读。

时逢暮春，思移时则春日流影；小园安静，立丛中而诗兴遄飞。缘暮春繁华暂歇，自生幽栖之趣；小园地偏心远，遂起方外之情。"妙言"，"不可方物"之言也；"佳想"，日常不经之想也。此之谓"创言""创思"，即叶燮所谓"诗人之言之"和"诗人之思之"也。当此时也，真真诗人"入定""入境"之时矣，亦即刘勰所谓"窥意象而运斤"之时也。当"佳想"用"妙句"固定下来之后，才从"意境"中醒来，看到自己全身已沾满了落花——是花亦真真有情物也。

赞曰：郢人运斤，轮扁斫轮。意象难驻，选词纷纶。妙言佳构，诗道斯存。

鸟啖庭前梨果

佳秋天物共尝新，果熟招来野鸟群。

方欲赶驱还住手，任由饱食上青云。

【笺评】

罗连双：本诗从内容看，写了一个时代主题，即生态环保。其实这也是一个永恒的课题。儒家主张天人合一，佛家认为万物有灵，慈航普度，道家要融入自然，都是在构建环境友好，世界和谐。从写作艺术形式看，一气呵成，句句相连，紧围主题，毫无枝蔓。我认为这是最优结构。绝句短小，愈短小，愈难写。从古至今，研究绝句技法代有其人。署名元代范梈的《木天禁语》总结了绝句的十种方法，清朝王渔洋在编选唐人万首绝句的同时，概括了绝句十二法，当代江西教师彭思时从渔洋绝句中挑列出五十六种做法，在微信网上流传，探讨愈来愈细。就我看来，寓真这首诗的结构方式，即一气贯穿，可能最受欢迎。在《木天禁语》中这种方法称作"顺去"，上下句之间是顺承关系，也就是说，前句和后句的意思是连贯的，一气呵成的，形成连续叙述的效果，使人印象很深。反之，本来篇幅很小，还要天上一句，地上一句，东扯葫芦西扯瓢，那就散了、乱了。

介然叟曰："天物共尝"，乃全诗精神所在，亦机缘所在，遂生悲悯。佛道"众生平等"，慈悲为怀；触处是缘，时修善法。较之口宣佛号，转身贪嗔者，不已殊胜万万欤？

处 暑

西风莫笑旧推官，立尽余晖衣袖单。
小院冷清无契友，张琴且为菊花弹。

【笺评】

罗连双：唐代在节度使、观察使机构中设置推官，负责勘问刑狱，元明两代和清初在各府也置推官。寓真任职阶衔高于推官，诗中用推官代称而已。这首诗写了寓真的退休生活，多读书，少交际，不涉事，这样最好。退休之后依然忙碌不停，为子孙，为亲朋，谋权谋利，更有甚者干涉单位公事，一身浊气，令人讨厌。"张琴且为菊花弹"，写出了退休官员的清心寡欲的形象。

介然叟曰：昔嵇中散"目送归鸿，手挥五弦"，诗家意境，命曰高远。寓真立尽余晖，独对秋寒；清冷孤寂，友菊清弹。无以名之，姑曰澹远。

静 坐

澹澹微风驻耳边，几竿修竹伴清眠。
朦胧似见前身我，月上东山正皎然。

【笺评】

罗连双：题为"静坐"，诗中却有"清眠"，这应当是假寐，和衣而睡，打个盹儿。这首诗的亮点是"朦胧似见前身我"，前身是什么？读来首先想到的是"修竹",想到"清风",想到"东山月",行不行？我想也行。这就是朦胧诗的好处，可以引发读者的广泛思考，让读者再创造。我想到了什么？想到了竹林七贤，他们的傲岸清高；我也想到了王守仁的松竹，竹前深思，三日而晕倒；我还想到了文人书斋前总喜欢有几竿清竹，那是他们的气节和理想。寓真虽登官位，更多的是一个文人，官位转瞬即逝，文化生涯却伴其一生，部分作品还可能传之后世。

介然叟曰："静坐"是一种佛家禅定的功夫。想来这一回，作者是真的"入定"了：微风能够"驻耳"，修竹可以"伴眠"，更深入的是见了自己的"前身"——见了本来的自我，或曰本真、本性，眼前一派空明，皓月在天。怪道寓真能跳出"色身"（虚云老法师每称之为"色壳子"），当风痹疼痛之时，则曰："他疼他的。"此亦见性之说也。当年弘公在闽南被黑蝇所螫，溃烂见骨，常人早已寂灭了，弘公日夜口宣佛号，终于战退病魔。本诗极富禅韵，可请能者绘一幅"清风竹月禅定图"。

卷三

五言律诗六十五首

学诗试吟

清芬风雅颂，蕴藉满人间。

纵是耕稼苦，未曾诗教删。①

千家浏览浅，五律试吟艰。

得句蒙称道，更登平仄山。②

【注解】①《礼记·经解》："温柔敦厚，诗教也。""其为人也，温柔敦厚而不愚，则深于诗者也。"古文中也称"诗人忠厚"，与本诗前句"蕴藉"同义。至今河南民间还流传一句话："学了《易经》会打卦，学会《诗经》会说话。"就是说话含蓄，是一种具有高度文化修养的表现。②顾炎武《日知录》曰："夫北人自宋时即云京东、西、河北、河东、陕西五路举人拙于文辞声律，况又更兵革之乱，文学一事不及南人久矣。今南人教小学，先令属对，犹是唐宋以来相传旧法。北人全不为此，故求其习比偶、调平仄者，千室之邑？无一二人，而八股之外一无所通者，比比也。"但山西仍然保存着入声字，经人指点，还是比其他北方人认知平仄较快些。

【笺评】

介然叟曰：此盖寓真自记早年习诗所历之路径，录之以勖今之学诗者。

首联、颔联是说诗的精义所在——诗须蕴藉、含蓄，即便是《诗经·小雅》部分的怨诗，也还是"怨而不怒"。古代的"诗教"深入人心，即便是农民也懂得日常说话要讲究"温柔敦厚"，不能粗野狂暴。但不知道从何时起，这个"斯文"传统扫地以尽，"文化语言"被践踏唾弃。民族的"文脉"被切断了，"礼仪之邦"的"礼仪"被彻底丢弃了。但是,要学诗,必须懂得并在写作中践行"诗教",那么,广泛阅读古人佳什名篇,即是学诗的第一步。刘勰曰:"凡操千曲而后晓声,观千剑而后识器。故圆照之象,务先博观。阅乔岳以形培塿,酌沧波以喻畎浍。无私于轻重,不偏于憎爱,然后能平理若衡,照辞如镜矣。"颈联所谓"浅",乃作者自谦之词,"艰"却是实情;被人称道,增其信心。"平仄"代指全部诗律,初学者难如登山。请注意:那些被称道的句子,其初不一定符合格律,但一定是符合"诗教"的、有韵味的"诗"的句子,绝不是顺口溜式的东西。这是具有"诗才"的表现。有"诗才"方可教,钝于诗才者,即便句句合律,亦难于成才也。

赞曰:诗教悠悠,千载传流。格律是守,温蕴宜求。

送　友

夜深小城静,衣薄露寒萦。

感友铮铮语,怀余耿耿情。

风声同激越,山影共峥嵘。

伫立依依久,鼓楼霜月明。①

【注解】①鼓楼:指长治上党门,在长治市西大街的府坡街北端,长治二中的左前方。上党门原是古上党郡署(后为潞安府衙)的大门,上有钟鼓二楼,是古城的象征和标志。

【笺评】

姚、汤《选评》:送别乃中国古典诗词中习见题材,诗人多所吟咏,其中不乏名篇名句。如王勃《送杜少府之任蜀州》、王维《送元二使安西》、白居易《赋得古原草送别》等等。其中"海内存知己,天涯若比邻""劝君更尽一杯酒,西出阳关无故人""野火烧不尽,春风吹又生"等名句,至今流传不衰。寓真这首《送友》师法前贤,也写得情景交融,诗意盎然。出句点出送别的时间、地点,接着通过听觉、视觉的感知,很有层次地描绘了送别的情境,通过"衣薄""露寒""风声""山影""霜月""鼓楼"等形象的选择与组接,恰到好处地营造出故友情深、依依惜别的氛围。"感友铮铮语,怀余耿耿情",颔联工对,浑然天成。

介然曳曰:小时候读唐诗,不理解唐人何以总是"歧路沾襟"。后来有了亲密无间的友人,经历了离别时"揪心"之痛,才对唐人有了同感共情。读罢这首《送友》,又使我体验了一回那种"剥离生命"之痛——知己,是自己生命的一部分。

首联通过送别的时间地点,创造了一个送别的情境:是那年九月开学吧,将负笈远行的前夜,告别好友。"夜深""城静",依然有说不完的话;"衣薄""露寒",离别前那种不堪承受的寒凉和孤寂。谈什么呢?那是个激情万丈的年代,又逢"志气掔云"的年龄,所谈不外乎家国情怀,这从颔联的"铮铮语"和"耿耿情"便可锁定;以至于"风声"同豪气"激越","山影"共壮志"峥嵘"。尾联"依依",令人想到古诗"杨柳依依"所咏唱的对故乡、亲友的依恋;鼓楼霜月","鼓楼"非想象之词,那是夜里报更的谯楼,真正的古迹遗存,是时间的象征;"霜月"之"霜"却不是真的霜,是李白"静夜思"中那"似霜"的"月光"。这是何等苍凉、何等孤寒的境界——"今宵别梦寒"!

一九六二年高考

斯民同度难，吾辈岂逃灾。
酷暑锄禾去，严寒储菜来。
九天裁学府，四海哭英才。
困境添豪志，昂胸赴擂台。

【笺评】

介然叟曰：高考前这个学期，本来是最紧张的备考时间。然而经历了那个年代人都知道饥饿的滋味。面对灾难，生存永远是第一重要的——为了这年秋后有饭吃，还是要干那些必须干的农活。中央又压缩裁撤了一些学校（各行各业皆然，中央有八字方针："调整，巩固，充实，提高。"当时有个新词曰"六二压"），许多没有毕业的在校学生，因撤销学校也都挥泪回了原籍。高校招生数量的缩减，自然给一九六二年高考生带来巨大的压力。这就是尾联"困境添豪志，昂胸赴擂台"的背景。

所有经历过三年困难时期的大学生，都不会忘记这段历史，所以这是一首史诗。

赞曰：史尚实录，诗贵真情。细节存真，感荡心灵。

求学离乡

人别长坡下，鹊啼槐树头。

迎曦心正热，顾影泪方流。

灾祟田园萎，饥寒父老愁。

年华唯励学，前路瞩悠悠。

【笺评】

介然叟曰：我于一九六一年第一次离家，赴京师求学，寓真是一九六二年赴京求学，正是大饥饿之年。此诗所写，有如亲历，真是字字扎心，句句裂肺。虽说是"年华唯励学"，然而五年学历，前路漫漫。青年的生命，幻想的季节；十分壮怀，万般怀恋；多少激越，几许孤特……写人人所感而不能言，书人人能言而不能以诗言，人人读而后曰："得我心哉！"那一定是好诗。

首联言"喜别"，因为这是去念大学。但毕竟是第一次远离，颔联言晨曦中心头一热，回过头，热泪横流。此时，饥饿的阴影正浓，颈联言一份沉重的惦念和担心。尾联言此去的求学之路正长。起句"人别"笼罩全诗，所有的情绪都因一"别"字而生。

赞曰：酿者酿味，饮者饮味。味外之味，方为至味。

远 行

疏浓斜燕雨，寒暖落花天。^①

行远歌三叠，感伤聆二泉。^②

青春将去矣，身世只飘然。

窗月移花影，思君又未眠。

【注解】①杜甫："细雨鱼儿出，微风燕子斜。"②三叠：王维《送元二使安西》唐人歌入乐府，以为送别之曲。至"阳关"句，反复歌之，谓之"阳关三叠"，亦谓之"渭城曲"。二泉：著名二胡曲《二泉映月》。

【笺评】

介然叟曰：首联先说远行的时间，是一个暮春时节，却是注目颈联。颔联点题，写离别伤感。颈联回顾首联，感青春将逝，叹只身远行。此即古人所谓"前注之，后顾之"，有机之"活物"也。尾联"亮底"：这伤怀、这感慨、这失眠，却原来只为一人。

"疏浓"之雨、"寒暖"之天，道是写景，却是写心——时疏时密，风微燕斜；乍暖还寒，枝摇花飘——景象的动荡，昭示着离别前心情的不安和烦躁。此之谓"景外之景"（司空图）。歌《阳关三叠》，诉远行者荒寒之情；听《二泉映月》，说只身人孤峭之心。望南轩花影左移，知冷月窥窗西斜，不言夜深，而夜深之境出矣——只缘"思君又未眠"，真真说尽远行离别滋味。

唐人作五七律，多于首句写景造境，然后是叙事抒情，最后是议论，宇文所安认为这是一种"范式"。细考之，亦未必然。此诗尾联是：出句以写景抒情，含蓄不尽；结句以叙事诉怀，自然深厚。

赞曰：万物杂陈，取之唯一；心与景契，意象斯出。

游晋祠

柏风万年翠，泉月四时殊。①
春沼涵云锦，秋渠淌玉珠。②
晴台瞻圣女，雨阁响琼裾。③
此景何曾似，坡翁西子湖。④

【注解】①晋祠有周柏、唐槐，有难老泉。②晋祠有鱼沼飞梁，有智伯渠。③晋祠有圣母殿、水镜台、飞龙阁。《水浒传》第四十二回宋江眼中的圣母塑像："蓝田玉带曳长裙，白玉圭璋擎彩袖。"琼裾，玉饰的裙裾。④苏轼《饮湖上初晴后雨》："水光潋滟晴方好，山色空蒙雨亦奇。欲把西湖比西子，淡妆浓抹总相宜。"

【笺评】

姚、汤《选评》：《游晋祠》这首五言律诗，诗人通过对春秋两季、晴雨之时晋祠松柏、泉月、沼、渠、台、阁的描绘，为读者展现出一幅画图。诗人以春、秋、晴、雨为序分别道来，层次鲜明：由静（"春沼涵云锦"）而动（"秋渠淌玉珠"），再由静（"晴台瞻圣女"）而复归于动（"雨阁响琼裾"）。可谓亦虚亦实，动静相生。诗之开篇单刀直入，首句即切入晋祠景物描写，结句"坡翁西子湖"则水到渠成，囊括全篇，属"胜收"之句。

介然叟曰：诗人把晋祠中最重要、最有价值的美景都收拾在这首五律中，但不是"纪录片"式的。每一个景点都有诗人自己的观察角度——周柏有风骨，经历了几千个岁寒，仍然苍翠；难老泉"静影沉璧"，"四时充美"；春日的鱼沼，鉴茹着云霞散绮；秋天的古渠，流淌着玉韵珠弹。颈联想象入神：晴夜朗月下，圣女来到镜台，舒腰展袂;微风细雨中,飞阁时响琼瑶,凌波曳裾。尾联引苏轼咏西子湖作结,升华了晋祠的美——西湖,美如西子,最胜是柔媚,晋祠则风清骨健,刚柔双美。经诗人这么提醒,读者或许还会联想到曹子建的《洛神赋》,为晋祠的美又增添了无穷魅力。然欤,否欤?

叶零吟

晚露初凝白,晓园忽染红。
春光忆烂漫,世事觉迷蒙。
生活淡中好,诗文闲里工。
叶零待捡取,题句赠西风。①

【注解】①《古今事文类聚》后集卷十三宋祝穆"红叶题诗"条:唐僖宗时,有于佑,晚步禁衢,流一红叶上,有二句云:"殷勤谢红叶,好去到人间。"佑复题云:'曾闻叶上题红怨,叶上题诗寄阿谁?"佑后娶一宫人韩氏,于佑箧中见一红叶,惊曰:"此吾所作,吾水中亦得红叶。"即佑所题诗。于是相对感泣,曰:"事岂偶然,莫非前定也。"(《青琐高议》)桐叶题诗:蜀尚书侯继图,本儒士,一日,秋风四起,楼上倚栏,有大桐叶飞坠,上有诗云:"拭翠敛双蛾,为郁心中事。桐叶下庭除,书我相思字。"侯贮小帖。凡五六年,方卜任氏为婚。尝讽此事,任曰:"此是妾书桐叶之诗,争得在君处?"侯以今书校之叶上,无异。(《玉溪诗话》)

【笺评】

介然叟曰:由晚露、园红而忆及春光烂漫,世事更易,顿觉迷蒙。但只是对这个宇宙人世变化的哲学问题"迷蒙"了一下而已,并没有堕入"悲秋"的老套,也没有像刘禹锡或杜牧那样觉得秋景比春景还美。由此引发的思想是"生活淡中好,诗文闲里工"。"淡"是豪华落尽,是真淳自见,是原本的"素朴",那才是庄子所谓"逍遥"即自由的表现。作文写诗,当然得全心投入,就得"有闲"。这个"闲"是真正的"心闲",起码在写作过程中,是"万事不关心"的"闲",是没有被世事牵绊或污染的自由之心,无"机"之心。因此,"淡"与"闲"是互为因果的同一个生活境界。这两句乃警世之语,可做成条幅挂起来。那么,那些飘零的落叶呢?尾联切题:待拾取落叶,写上诗句,让它把我的对"秋"的另一种感悟带给"西风"。尾联深情而潇洒。

"春女悲""秋士悲",这是汉代大儒毛苌老先生的创造,大约是受了《诗经》和《楚辞》的影响,其实不光是"秋士",还有"秋女",同样是遇秋而悲。毛老先生也不知道,面对秋的萧瑟,不但有刘禹锡和杜牧那样的心情,也有"人淡如菊"的发现,冲淡,也是生命的别一种体味。

题曰"叶零吟",直到最后才点题,开头离题不亦远乎?。起句"晚露初凝白",此句写秋最得其味——《诗》云"白露为霜","为"同"如",不是霜降后白露变成了霜,而是说白露像霜。有农村生活经验的人当知道,白露节气后,茅草或芦苇的叶子上因为有密密的细毛,露水的小水珠结在上面,就像一层白的霜。因此,读古代的诗,没有农村生产和生活经验,是难得真正读懂的。《淮南子》说"一叶落而知秋",到了"晚露初凝白"的时候,诗人在暗示已是秋节叶落时,那些该红的叶子已经逐渐红了,承句是自然而然的。因叶红而忆春光,春与秋的转换不过是转瞬间的事情,这才有了"迷蒙"之说。迷而思,思而通,遂得颈联彻悟之语。最后落脚到如何对待"叶零"之叶。所见、所感、所闻、所思、所悟、所作……"比兴"之旨多端,存乎作者之心,亦在于读者各自之悟也。

收藏家年会即兴

寒冬生暖意, 藏业正春荣。
有赝犹成趣, 拾珍竟忘情。
同仁邀一醉, 共赏达三更。
清雅真难得, 功名草芥轻。

【笺评】

姚、汤《选评》:这首五言律诗,在韵律上无懈可击,表现出诗人对收藏一道的雅趣。诗人对鱼目混珠的赝品,不是金刚怒目,作愤怒状,而视作一趣,足见诗人旷达宽容的雅士情怀。结句"功名草芥轻"则展现了诗人清淡官场功名利禄的不凡襟抱。这是汲汲于功名的官场中人少有的情感;即使有,也要多方回护,严加包装,以防授人以柄。诗人直抒胸臆,无遮无拦性灵毕现,这份坦荡、光明、磊落,真是自信的表现, 令人叫好。功业已随流水去,诗文长与岁华新——儒官之识也。

介然叟曰:本诗只说一个"趣"字:收藏之趣。

收藏成趣、成癖,以至于超越生命,代不乏人。《聊斋》中就写过一位爱石如命者的故事。这样一群人,以同趣相聚,即使在严冬,也会觉得春意融融。能够鉴别和发现赝品,需要多方面的专业知识和技能。我在北师大读书的时候,听说启功先生鉴别古物,一看,一闻,一摸,即知真伪,据说他口袋里总有一些小对象,时不时地摸摸、闻闻、看看……其中一定有极大的乐趣,是一种"识趣"。果然得到了珍品,就会因"得意"而生"忘情"之趣。于是邀请大家畅饮,同时继续赏玩珍品,得其醉趣——醉于酒,更醉于珍品。总之,这是一种"清雅"之趣。"清"对"浊"而言,因为这种趣味与钱财功名都无关系,一件珍品到手,即使拿王侯的爵位也不换。

仔细想想,"趣"中浸透了收藏家整个的生命,在赏玩之趣中,他得到了一种精神的自由——珍品的灵性在于其中积淀了创造者和历代多少收藏者的自由——不妨再提醒一句:"美是自由的象征",审美是对自由的观照。

向晚途中作

西山夕照美,东岭月华生。
尘旅一游子,何劳双赐明?
行来多险路,时作不平鸣。
心底光辉在,笑将暮霭迎。

【笺评】

姚、汤《选评》:这是诗人晚归途中即兴而为的一首五律。全诗五言八句四十字,内涵却十分丰厚。仔细研读,有数端可取:其一为诗人感受生活、从生活中捕捉、提炼诗的能力。向晚赶路,人多历之,未必得诗。诗人则把他的生活诗化了,把平常的生活凝练成情景交融的诗章,令人折服。其二,首联交代赶路时间,颔联抒发对夕照月华的感戴,颈联对途中险路发出不平之鸣,尾联收在心底光明、不惧夜幕四合,很见章法。其三,含蓄蕴藉,内涵丰厚,短短四十字中,写出诗人秉公执法、不避艰险的决心与对人民拥戴的感念,也有诗人光明磊落、一往直前、不畏邪恶的乐观自信。这一切都不是直说,而是通过形象含蓄地表达出来的。诗人很懂得"做人宜直,为诗宜曲"的诗教,把诗写得摇曳生姿,很见艺术功力。

介然叟曰:"夕照"与"月华"同时出现,盖喻从少年到老年,上天一路赐予光明。诗人心怀感激:自己不过是尘世一介游子,天地待我何厚!但人生之路,决然不平,白居易说得好:"马蹄冻且滑,羊肠不可上。若比世路难,犹自平于掌。"诗人也曾遭逢险巇,仍时时为世事的不平而鸣。李白期待"长风破浪会有时,直挂云帆济沧海",但本诗作者却更为主动:"心底光辉在,笑将暮霭迎"。生命的历程不同,体验各异。作者如堂堂之阵,正正之旗,即便黑夜降临,何惧屑小暗算。然而,诗人尾联之意更在于:持此光明正大之心,笑迎暮霭,亮其晚节。

夜宿武当山

半山眠客栈,深夜响松涛。
云霭苍而莽,飙风近忽遥。
思仙梦缈缈,念我久劳劳。
世有桃源在,何由苦折腰。

【笺评】

　　介然叟曰：本诗写夜宿武当山的感受，由感受而生感慨。前两联写夜里所闻松涛，所见云霭，所听飙风，大有世外凌云之感，于是后两联写其所思：既然有桃花源，而世间如此劳顿不堪，又何必辛苦"折腰"？寓真本非欲出世者，亦非倦于为民执法者，只要正常工作，哪怕是呕心沥血、肝脑涂地，亦无半点怨言；此一时之牢骚，实是只在于"折腰"——寓真身居要职，此处所谓"折腰"，内涵多而深，内伤痛而切，远非陶令之"不为五斗米折腰"可比也。今夕何夕，有此一梦！

又登黛螺顶

　　　　风光哪最好，古寺黛螺高。
　　　　一千零八十，拾级上凌霄。①
　　　　月向眉梢倚，云来脚下飘。
　　　　群峰投我抱，放任啸歌豪。

【注解】①五台山黛螺顶，山名青峰，上有五方文殊殿。登山之路名大智路，有一千零八十个台阶可到山门。

【笺评】

　　介然叟曰：本诗前两联实写黛螺顶之高峻，后两联则有虚拟（想象）成分。"云来脚下飘"，时则有之，而时则无之。"月向眉梢倚"，则出于想象，这想象实在是极妙：新月似眉，悬于头顶；眼角稍斜，则见月在侧；目光微仰，则月在眉上。似真而非真，如实而非实。

而站在黛螺顶,感觉四周群峰如游龙向"我"汇聚而来,一声长啸,不觉豪情万丈。

后两联之妙有不可言说者在:世间万物无常,皆如云聚云散,所见者皆是假象;又如明月在天,圆则缺,缺而又圆,圆而又缺……人之所见无非是"色",然而所有的"色"转瞬皆空,那云,那月,那山,那峰,转瞬万变,刹那万劫;群峰果然"投我抱"吗?那一声长啸,转瞬消逝在群山万壑之中了……寓真本不教人禅道,而禅道自在其中矣。

至于面对禅道,是积极还是消极,是奋进还是颓废,端在乎其人其心。有道是:"不是给生命以时间,而是给时间以生命。"明白人总是明白,糊涂者终究糊涂。当然,最珍贵的是,明白者的糊涂。

夜　行

疾行投夜黑,探路打灯明。
险向深渊坠,疑惊鬼影横。
亦曾斗强暴,何惧踏榛荆。
满谷松风响,胸中万甲兵。

【笺评】

介然叟曰:一个人来到这个世界,一切都是陌生的,每一步路都是自己走出来的,且从来没有走过,每一步路都是新的,这就好比走夜路。本诗前两联写夜路之险,后两联写战胜险境的心理素质。曾经斗过强暴,可知诗人的强大心理素质。"松风"者,天地之正气也。而所谓强大的心理素质,也就是那一身浩然正气——有如胸中有一万甲兵。这应该是一位法官应该具备的基本的心理素质。青年人无论做什么工作,都应该具有这种胆识——这是一个人立足社会的基本心胸,那么,就来阅读这首诗,体会其中的"真意"吧。

赞曰:人生苦辛,夜步荆榛。堂堂正正,明月胸襟。

远　行

行行复险道,不测有狼虫。①
刻苦曾磨剑,从容更备弓。
风凉登噪雀,霜肃健飞鸿。
径自长歌去,登临气自雄。②

【注解】①虫:古人泛指所有的动物,分羽虫(鸟类)、毛虫(兽类)、甲虫(龟类)、鳞虫(鱼类)、倮虫(人类)。这里是指各种害人的猛兽(北方有的省份称老虎为"大虫",蟒蛇为"长虫"等)。②长歌:古乐府有"长歌行"曲,与"短歌行"正相对,谓歌曲(曲调)之长短。见崔豹《古今注》。

【笺评】

介然叟曰:这是一首与《夜行》同类的诗,勉励自己在为民、为国、更为自我在进德修业的道路上志于远行。起句效法《古诗十九首·行行复行行》句法,"行行"者,行不停也。既是远道,也从来没有走过,那就可能暗藏各种危险,甚至有吃人的狼虫虎豹,暗喻社会上各类邪恶之徒。但作者说,已经努力修养过各种洞察和防范坏人

偷袭的武器("弓""剑"都是比喻,是说道德思想、智慧上的装备)
——永远是"堂堂之阵,正正之旗"。"风凉"对"霜肃",凉风里只配
麻雀之类的小鸟登枝吵闹,当肃杀的霜气降临时,飞鸿的健翮将长
空远翔。此诗人自喻之辞也。尾联"径自",指不管别人说什么;"长
歌",喻自信也。结句登高望远,有王之涣《登鹳雀楼》之意。

秋雨京中

故国西风里,楼台细雨中。
圣朝闻弊事,衰朽抱清衷。
踯躅霜秋叶,呻吟寒夜虫。
昆明波尚绿,朋侣倚桥空。

【笺评】

介然叟曰:全诗景物萧瑟:西风、细雨、霜叶、寒虫,诗人的行为
是"踯躅"于落叶之上,听秋末最后的寒蛩在"呻吟",心情是一派寒
凉、孤寂。何以故?只缘颔联两句:"圣朝闻弊事,衰朽抱清衷。"一
看便知是化用韩愈的名句:"欲为圣朝除弊事,敢将衰朽惜残年!"
(一本作"本为圣明","弊事"作"弊政")早先读诗至此,还要想一
想,究竟"圣朝"出了何等"弊事"?如今读诗至此,不必细究,简直不
敢睁眼。诗人在"衰朽"之年,还是要抱定"清衷"——清廉之初衷。
那么,去颐和园散散吧。往日的朋友早已云散,在清冷的桥上,空自
倚栏,凝视着无情的昆明湖水,依旧是绿波清漪!

在阴冷的秋雨中,想到自己一生的努力,将随着西风细雨,像

秋叶一样消逝在寒蛩的呻吟中了。

赞曰：召公却步，灵均惊惧。振古不闻，蒲老羞顾。

京华感事

重读秋声赋，深知时势艰。
观风什刹海，访道妙峰山。
公务益繁重，我心宜静闲。
城南怀旧事，落叶满长安。

【笺评】

介然叟曰：为何读《秋声赋》而知"时势艰"？其赋曰："夫秋，刑官也。"法官依法治国，就像秋气一样，该零落的使之零落，该肃杀的一定肃杀，此乃"天地之义气"。但这正是令作者犯愁的大事，其艰难险阻殆不必言。此时势艰难之一。欧阳修又说："人为动物，惟物之灵。百忧感其心，万事劳其形。有动乎中，必摇其精。而况思其力之所不及，忧其智之所不能，宜其渥然丹者为槁木，黟然黑者为星星。"这是对人的生命不可避免的衰老而发的感慨，虽然也是"天地之义气"，但不能不令人悲伤；尤其令人悲哀的是，人之生命短暂如此，而须完成的大业艰难如彼，此时势艰难之二。颔联出句写公务之必到（"观风"，观民风、民生也），对句写公余之私游（妙峰山在门头沟区，山上有释、道、儒、俗四类庙宇，皆可"访道"也）。颈联两句对应颔联两句而言，又自成工对，即"重"对"闲"。在这种情况下，就要给自己的心放假，让它在各种场合下"闲"下来。于是，偷闲到妙峰山访道,到城南访旧。可是,作者真的能够"闲"下来吗?否!结句"落叶满长安",是直接用了贾岛的名句(《忆江上吴处士》),却完全没有贾岛纯粹的个人之思,而是充满了家国忧患。

"诗言志,歌永言"。本诗以"秋声"起,以"落叶"结。首尾呼应在其次,更觉回环往复,觉满宇宙都是衰飒之气,生命意识中极孤、极郁、极凉、极衰……之感,笼罩周遭。想可"静"乎哉?可"闲"乎哉?

赴京求教偶得

暮寒凝倦色,灯火照衣尘。
少壮漫求索,老来犹率真。
十年搜旧作,千里拜诗人。
耳畔方聆教,街头得韵新。

【笺评】

阎凤梧：寓真诗词的成就,原因之一在于他勇于创新。无古不成今,无旧不成新。诗词创新必须以古典传统为基础,由此出发,始可革故而鼎新。脱离传统诗词而凌空凭虚式的所谓创新,只会是无源之水,无本之木,不会有恒久的生命力。在社会发生迅猛变革的今天,无论新体旧体,都难以适应新的时代要求,都有一个创新的任务。有责任心的诗人理应敢于正视,勇于开拓。因此,寓真发下宏愿："愿把新词投死水,波澜振起救衰微！"(《读前人手卷》)他大声呼唤："建安风骨应犹在,小谢清新何日回！"(《诗词研讨会随记》)无风骨,不清新,这正是当今诗坛的两大要害。许多诗人温饱有余却营养不良,似害了软骨病;下笔千言却陈陈相因,失去话语权。其故安在? 发人深省。

寓真这首《赴京求教偶得》,深有体会地写道:"十年搜旧作,千里拜诗人。耳畔方聆教,街头得韵新。"权威的指点固然重要,但根本途径是在街头,在田野,在山水草木之间,在亿万黎民的喜怒哀乐之中。寓真的创新实践是卓有成效的,诗中的新人新事、新情新景、新语新韵,随处可见。

介然叟曰:作者不远千里来到北京,拿着自己的旧作,怀着一片至诚,前往诗人门下求教。从诗中所言,似是将要退休或是退休以后的事了。这真是未闻于古,不见于今。"少壮漫求索",是可以理解的,在以往的岁月里,写旧体诗的人太少了,无人可求。作者可以说作了多半辈子的诗了,声名卓著,还用得着千里奔波到北京求教吗? 然而作者却是"老来犹率真"! 怀着一颗赤子之心,去"拜诗人"。这就是诗人的胸怀,也正是"庾信文章老更成,凌云健笔意纵横"的境界。

赞曰:泰山之高,不拒微尘。涓滴必汇,东海以深。

来寒舍征求意见徒形式耳是夜有思乃记

日长见时弊, 夜静解心忧。
遥对星星眼, 近聆蝈蝈喉。
历年貂不足, 连届续无休。
献玉犹难售, 欲言还腹留。

【笺评】

　　罗连双：寓真诗反映社会万象，许多情节被他捕捉。此诗写了向退休干部征求意见之事，问者似问非问，答者欲言不言，一本正经做秀。狗尾续貂，是个成语，也是一个典故。古代近侍官员以貂尾为冠饰，官太多，貂尾不足，以狗尾代之。后泛指以坏续好，前后不相称。本诗将续貂二字拆开，用于两句之中，读者可以多所领会。或是作者自谦为狗尾，或是喻指当今官场亦冗亦滥。此乃诗文造句巧妙手法，含蓄谓也。

　　介然叟曰："遥对星星眼，近聆蝈蝈喉"，这是极强烈的讽刺："星星眼"，与世无关；"蝈蝈喉"，与人无干，也让我们想起作者少年时期的两句诗："年少逢疑事，遥思碧宇清。"见时弊的忧闷，只有在夜深人静时才能解除——仰望星空，听着自然界的天籁之音，顿时心清如碧宇了。但这郁闷果然就能清除吗？否！果然能够清除，也就没有这首诗了。诗人之所以为诗人，就在于"虽九死其犹未悔"的那一份执着。最具讽刺意味的是颈联："历年貂不足，连届续无休。"细想想，那所续之尾不知有多长了，博一大谑，浮一大白！

　　赞曰：《诗》人何求，黍离是忧。《骚》人何郁，耿耿路幽。

读　帖

　　吾非善书法，此道早年闻。

　　过目千家帖，参详六体文。

　　遗芳何郁郁，杂草竟纷纷。

　　惆怅琅琊上，秦碑已不存。

【笺评】

罗连双：这是一首感事诗，记述自己的书法生活，对当今书界状况深深感叹。"过目千家帖，参详六体文。"从对仗规则理解，实对实，虚对虚，六体文是实指，千家帖也不应虚。我国古今书法家有名可考者万人以上，读千家帖是有可能的。六体文，王莽时期将古文（战国时通行于六国的文字）、秦字、篆书、佐书（隶体）、缪篆、鸟虫书称作六体；现在则指甲骨文、大篆、小篆、隶体、楷体、草体。"惆怅琅琊上，秦碑已不存"：秦始皇统一天下后，李斯负责统一文字，创制小篆，他随始皇东巡，据说峄山、泰山、琅琊山、芝罘、碣石、会稽等六处所立的纪功石刻，大多为其所书，以琅琊最具代表性。"遗芳何郁郁，杂草竟纷纷"：传统书法作品琳琅满目，成就巨大，而当代作品则大多不堪，不由人一发感叹。二十世纪以来，在世界范围内非理性主义泛滥，尤其在文学艺术界流弊深重，书法界也不例外。继承传统，恢复典雅，任重道远！

介然叟曰："惆怅琅琊上，秦碑已不存"，"秦碑"不过是一个代表，许多既有艺术价值，又有文献价值的古碑都消逝了。再往"形而上"想想，"已不存"的古代文化遗产所体现的民族精神，即"斯文"之道，令人扼腕。留下来的"杂草"可是遍地疯长，民族文化振兴谈何容易！诗人的惆怅与民族之兴衰同声共气，真是要多长有多长，要多重有多重。

正是：椒兰污秽世重重，萧艾绵绵趁北风。惆怅千秋弥大野，倚天挥剑斩诸龙。

入 夏

竹苞初嫩碧，柳线正婆娑。

写作已身倦，新闻犹事多。

恣奇赏散氏，秀劲拟曹娥。

挂席浮沧海，孰可在网罗。

【笺评】

罗连双：这首诗写的是夏季生活：赏风景、做文章、听新闻、练书法、游山海、自由自在，任情任性，令人向往。"散氏"指散氏盘，西周晚期青铜器，铭文 350 字，内容为土地转移契约，为研究西周土地制度重要史料。字体茂美，错落多姿，圆润质朴，是西周钟鼎文的杰作。"曹娥"指曹娥碑，东汉为孝女曹娥所立之碑，碑石早已不存，今传为后人仿书小楷本，书法古淡秀润，另有宋代立碑，为蔡卞行书，在浙江上虞县。

介然叟曰：尾联"挂席浮沧海"，乃想象之语，却也是事实，孔子不是也说过吗："道不行，乘桴浮于海。"还想过"欲居九夷"呢。可困其身，不可困其心——"孰可在网罗"！只有冲破思想的牢笼，才能发挥创造力。汉唐之所以成为国人最向往的时代，就因为"闳放"，"没有忌讳"，只要有用，什么都可以"拿来"（鲁迅），汉代是"霸王道杂之"，唐代是三教并重。宋以后真的"独尊"了道学（理学），思想的牢笼日益锁紧，国运也就日益衰败。"恣奇赏散氏，秀劲拟曹娥"，虽是说书法，却也是对于古代文化的深情回顾，"恣"字用得极好。

痹痛吟

宿雨长安冷，痛风黄帝疗。

三尊虎骨酒，一帖麝香膏。

董令惟强项，陶公岂折腰。①

空怀霍嫖姚，时世不相遭。

【注解】①《后汉书·董宣传》："(宣)为洛阳令,时湖阳公主苍头白日杀人,因匿主家,吏不能得……宣于夏门亭候之……因格杀之。主即还宫诉帝。帝大怒,召宣,欲箠杀之。宣叩头曰:'愿乞一言而死。'帝曰:'欲何言?'宣曰:'陛下圣德中兴,而纵奴杀良人,将何以理天下乎?臣不须箠,请得自杀。'即以头击楹,流血被面。帝令小黄门持之,使宣叩头谢主,宣不从。强使顿之,宣两手据地,终不肯俯……因敕强项,令出。"

【笺评】

　　罗连双:这首病中吟,语涉双关,风趣幽默,令人读之不厌。"痛风黄帝疗":《黄帝内经》是我国历史上第一部医药经典,依《黄帝内经》来治病,这是第一层含义;长安离黄帝陵不远,黄帝专程来为我祛痛,这是第二层含义,这一层就有趣了。"董令惟强项,陶公岂折腰":也可作下两层的理解,第一层是指董宣作为史家秉笔直书的正气,和陶潜不为五斗米折腰的骨气,第二层是指虽然病痛,仍要挺直腰,昂起头,像一个身强体健的男子汉。挺直腰,昂起头容易做到,但却未能像霍去病那样建功立业。"嫖姚"二字读去声,指西汉名将霍去病,治病之人想起了霍去病这个名字也很有意思。

　　介然叟曰:寓真痹痛时,只要"去病"。但以疾病而作诗纪之,古有白居易。白傅说自己前生、更前生，几世欠的诗债太多，今生只能多作诗，尤其是病中更要多作诗，以求还债。我想，其实那是用作诗来转移疼痛注意力的一种办法罢了。此诗颈联和尾联不过是借来开个玩笑，却是诙谐中有正气存焉，或者说是正气以诙谐出之：董宣是"强项"，陶渊明是"不折腰"，如今我的脖颈子也"强直"了，此一病者，正气也；腰也弯不下去了，此二病者，骨气也。这两种病（气），是"老而弥坚"；医者治得了病，治不了"气"，这里有不向疾病屈服之义，但更是坚持正气和骨气的婉转说法。还有一层意思：既然我向往这两人的"强项"和"不折腰"的质量，这不是正好吗？那还治什么"病"呢？尾联又一谑：时遇如此又有什么遗憾呢？也就是没有"霍去病"罢了。"霍"，枚乘《七发》的结尾说，用思想精神的疗法，使楚太子"涩然汗出，霍然病已"，霍然，忽然、徒然、一下子。"霍去病"的谐音，真的太奇妙了，也太逗趣了！此类谐音在寓真诗中还有多例，足见其连模拟附的想象力，但这需要有"文化"，多读书，能以书"化"其心，则比物连类，辗转相偕矣。

赞曰：债负多生，歌诗是荣。文坛法域，令誉光瑛。

夜凉吟

休怀歌舞地，富贵转头空。
且坐葱茏里，由心澹荡中。
天香幽入梦，韶乐静听蛩。
快慰孙儿戏，风凉小槛东。

【笺评】

罗连双：这首诗如实写出了退休人员的多维心境：空，凉，幽，静，四字是否？似是非是，是犹难是！颔联属工对：葱茏对澹荡。葱茏为迭韵，澹荡为双声，两词又有共同的偏旁，形成双声迭韵同偏旁的对偶，颇为讲究。

介然叟曰：此写老趣也。老之趣在澹：看落花流水，人澹如菊；有天香入梦，跫吟似韶。与孙儿同戏，返童趣之天真；倚小槛乘凉，喜清风之自然。物物自得，时时自在。

春分后三日于大风中

欲赏三春景，何来七级风。
沙尘全统治，世界一牢笼。
树上逃麻雀，花间藏蜜蜂。
吾心灯自烛，骤见物皆空。

【笺评】

罗连双：近年来，沙尘暴与雾霾已司空见惯。在这样的天气中，人们会想到什么？有趣的是寓真想到了佛家境界，尾联"吾心灯自烛，骤见物皆空"，说得明白不过。共产党的高级干部在某种特定场合也生发佛家情怀，奇怪吗？不奇怪。大凡圣人之教，皆能相通，儒家追求大同，佛家普度众生，马克思主义则为解放全人类。佛教在我国从南北朝开始广泛流行，梁武帝萧衍等立主三教（儒道佛）同源。唐朝一直三教并重。金末元初，北方道教的主要代表王重阳、邱处机等创立全真派,更是将三教同时传播,目前能看到的三教同殿便是这一派的遗存。马克思主义诞生一百五十多年,在世界许多地方的人们心目中都获得了与若干宗教同等的地位,共产党的干部产生一些超脱情怀,汲取一些佛学精华,有益于自身也有益于众生,是好事一件。

介然叟曰: 春飘沙尘,夏刮沙尘,秋笼沙尘,冬沐沙尘。城里雾霾,乡下雾霾;时时雾霾,处处雾霾。吃也污染,睡也污染,行也污染,住也污染。世人皆向利,焉能不污染。这首小诗描写一个七级风中的沙尘天气,不啻让人感触万端。似乎人心陆沉已久,竟造此百年未遇之世变。庄子曰:"寇莫大于阴阳,无可逃于天地之间。"寓真"心灯"自烛,照见五蕴皆空。苏子曰:"自其变者而观之,天地曾不能以一瞬。"古今哲人同此一念。

春夜有作

窗上一轮月,灯前千字文。
奈其人拙钝,惟有老耕耘。
大圣犹难遇,小儒何足云。
春风幸又到,明日领芳芬。

【笺评】

罗连双: 这是寓真退休后辛勤创作的写照。他亦官亦文,官做得不错,文事创获更丰。2008年至2013年六年之中创作的律绝,收入《晚籁集》的便有六百余首。他还出版有写聂绀弩、张伯驹的纪实文学,颇受读者喜爱。成就愈大,谦虚愈诚,中国传统文人的优点在诗中时有显现,本诗中"奈其人拙钝""小儒何足云"就是例证。以诗记事,以诗传人,以诗存史,平实道来而情志尽在其中,绝非搜奇弄巧,故作高深者可比。

介然叟曰:明月浴心,无贪痴之欲;心灯指路,有定慧之程。勇猛精进,一日千里;耕耘不辍,百年寻常——虽愚必明,虽弱必强。看天官赐福,春风又到;得坤灵养颐,清芬永留。

中和节匆匆赴京顿感岁月不居也

老病懒医药,寒春还出游。
跰蹰离故里,惭愧对神州。
酒醉和衣睡,诗成掷笔讴。
一时恣笑语,万事付东流。

【笺评】

罗连双:此作有家国情怀,也有诗酒乐趣,二、三、四联均为对仗,工整稳帖。"跰蹰离故里",是对家乡的眷恋;"惭愧对神州",是对祖国的深情。"跰蹰"与"惭愧"相对,二者都有同等偏旁,是工对中的精致一种。"酒醉和衣睡,诗成掷笔讴",不仅对仗工整,而且情节捕捉精准到位,生动逼真。"和衣睡"与"掷笔讴"写出了诗酒生涯的潇洒、欢快、自如、自豪之情。最后一句"万事付东流",紧扣题目的"岁月不居",使作品收裹紧密,形成有机结构。与七律相比,五律少两字,必须节约笔墨,精确描绘。惜墨如金,就会简淡。简淡加上精确,就是高古,高古是五绝的特征。本诗是一个范例。

介然叟曰:龙抬头这一天真的很高兴:虽老且病,尚可出游。朝在故乡,暮至京城;饮酒赋诗,恣意谈笑;更于酒后微醺中有得于心。八句诗,一句一事,事事关心。读此诗知寓真亦有"恣笑语"之时也,亦悟"恣意"乃可进入"诗道"——审美是一种心灵自由的活动过程。

寄青山

历年经此路,屡屡看山青。
我爱君长秀,君怜我老龄。
素心互理解,清籁共聆听。
但愿时相守,吟酬写翠屏。

【笺评】

介然叟曰:诗人爱山,写过山之梦、山之心,黄昏的山,夜里的山,上山、下山……他爱的是山的"长秀",与李白、辛弃疾同一旨趣。互爱互怜,互会同好,只缘有一颗互通的素心,共享那洪荒的清籁。于是乎发愿立约:常相念而不弃,写翠屏以酬答。至此才明白,寓真何以写了那么多的关于山的诗——面对青山,他找到了知己;在山的怀抱中,他不再孤寒(七律有《访山》可参看,见卷五)。

小　雨

山中初入夏，小雨频来访。
芳草依依绿，情缘婉婉想。
青春爱美貌，迟暮尊修养。
晚霁行方远，汀洲采宿莽。①

【注解】①《离骚》："朝搴阰之木兰兮,夕揽洲之宿莽。"宿莽,经冬不死之草。屈原自喻。象征坚强不屈的品质,与孔子所言之松柏后凋同义。

【笺评】

董耀章:寓真有不少诗词运用了隐喻技巧,极富象征意蕴,把委婉情思和无尽的深意寓于不言之中,在美妙的旋律中表达情感,表达思想。他的诗读来上口流畅,易记易咏,节奏感强,充分表现着诗人起伏的情绪、高逸的襟怀。五律《小雨》这些诗句,像是插上了灵性的翅膀,诗思自由飞翔,音韵绵绵不绝。

介然叟曰:"小雨"为题,似乎只是中介——因小雨而芳草连绵生碧——山中气寒,节气稍晚,四月,正是初夏,草色初绿。而青草、芳草、碧草,从汉代起就是一个有固定内涵的"意象"(其源在《诗经》):怀念远方的友人或情爱。这在唐诗中可以俯拾即是。作者与古人同怀:"芳草依依绿,情缘婉婉想"。人在不同年龄,情感的倾向是不同的。青春的美貌,经过岁月的风雨,逐渐内化为醇厚的美德;火热的钟情爱慕,融和成满怀的深情和凝重(尊之仰之,如对宾然)。

"晚霁",紧接"迟暮"来,有"人间重晚晴"之义。"行方远",表面上是远走,到"汀州"去采宿莽(详见屈原《离骚》),寓意在年愈老而愈加努力修养之义。此尾联"晚霁行方远,汀洲采宿莽",一本作"晴霁云飘远,丽人何处往"。前者思慕愈甚,且"晴云飘远"与首句"小雨频访"相呼应,其意象的内涵与青草同样古老,同样深厚。后者则延续颈联的对句,偏向修养。虽各有其长,而文化内涵之厚薄是显而易见的。此处多说一句,衡量一首诗艺术水平的高低,端在于其"取象"文化内涵之厚薄。

登岳阳楼

诗赋闻千古,岳阳访故楼。
书生多感喟,世界忽沉浮。
忧国空留字,携朋且载舟。
浊波沦大雅,随俗亦风流。

【笺评】

介然叟曰:纪念中华诗词学会成立十五周年在赤壁举行笔会,诗友借机游览岳阳楼,此诗乃依杜甫《登岳阳楼》原韵所赋。作者曾说到当时的心情:"今人到此大约不会发出那种'进亦忧,退亦忧'的感慨了吧?其实即使是古人,书生忧国从来就没有大用的。诗赋都不过空留其字罢了,我们还是坐船游湖去吧!"但我想这不过是一时牢骚语,看本诗尾联出句就知道作者原本是放不下"先忧后乐"的责任的,真的随了俗,还能作诗吗?

游君山

烟波白暖暖，竹树绿堆堆。
游客倚栏憩，渔家肩网回。
山禽啼静寺，茶姐赐香杯。
人世正寥寂，湘妃入梦来。

【笺评】

介然叟曰：游君山，看了湘君庙，想到那个凄美的传说，几千年了，似乎那两个女子依然那样年轻美丽。然后品了君山茶的醇香，作了这首诗。作者说："这首即兴诗的中间两联，是眼前实际景物。同伴说，对仗很凑巧。"其实，这才是诗家真功夫。前六句都是眼前景，白暖暖的烟波和渔家肩网回，都告诉我们，白日西斜，时近黄昏。

尽管眼前景色清幽，但书生意气还在，终于不能忘怀人世的寂寥。今夜会想着湘妃的故事而入梦，不知湘妃果能入梦否？悠悠万世，滚滚人生，那个中华民族梦寐以求的舜帝何在，尧天舜日可望否？

夜返赤壁迷路

游过文华地，全无俗虑侵。
携来湘水洁，更洗郑声淫。①
灯暗行迷路，诗醇吟醉心。
不归方合意，长此放胸襟。

【注解】①《论语·卫灵公》："子曰：'……放郑声，远佞人；郑声淫，佞人殆。'""孔安国曰：'郑声、佞人，亦俱能感人心，与雅乐贤人同，而使人淫乱危殆，故当放、远之也。'"本诗盖指改革开放之后，诗坛鱼龙混杂、泥沙俱下的情况。

【笺评】

介然叟曰：岳阳一游，返回赤壁时，夜色昏沉，司机几次走错了路，延长了诗友们在车中聊天的时间，倒也正中下怀："这样有内涵有诗意的旅行，似乎不归更好。返回赤壁会议住地虽已时晚，我还是赶紧抓住感觉，在床头又记了一首。"作者如此说。全诗重在尾联出句"不归"上，因为车行在这块湘鄂交界的莽野，却可以游文华、除俗虑、洗郑声、醉诗醇，永远地毫无顾忌地敞开胸怀。

作者有短文《岳阳半日四首诗》，记述诗友游岳阳时即兴口占四首诗的情景。其一、其二即《登岳阳楼》《游君山》，其三云：

"薄暮催游客，残阳照洞庭。灿然千古秀，足矣一心清。避噪远商市，纵谈寻酒厅。人生有滋味，最是旅中情。"

《夜返赤壁迷路》乃其四。旅游中的情怀，是山水之情，是山水中积淀的人文之情，尤其是和诗友在一起旅游，互相交流，没有忌讳，各自以"真性"相见，完全跳出了"利害""机心"的藩篱，人一旦以这种高雅而又彻底"逍遥"之情相对,那是什么"滋味"?"不归"之情更是前一首诗"旅中情"的延续和深化。

这四首诗,皆脱口而出,淳朴无华,却是真意淳厚,隽永悠然。

次韵答余立高峰两诗友

携朋还故土,吟笔耸奇峰。①
岭上含姿树,门前解愠风。②
年华思负笈,天道似张弓。③
千里诗盟在,何忧岁月匆。

附　余立:武乡行道岭之行
一径开山脊,蛇蟠俯众峰。茅茨尧草雨,树木舜琴风。
行道传耕读,疆场遗剑弓。忍思天谴句,万事太匆匆。
高峰同题诗
松岭蜿蜒上,岩峣连攒峰。树幽栖锦鸟,民朴带樵风。
家道传千载,院苔侵半弓。淹年频拜谒,惟喟去来匆。

【注解】①吟笔:诗笔、画笔。宋·陶弼《寄苏州徐处士弁》(原注:"弁能画山水。"):"相约祝融孤顶上,借君吟笔画潇湘。"王安石《寄题众乐亭》:"尝闻仿佛入梦寐,吟笔自欲图丹青。"宋·沈遘《西溪集》卷二:"江山满目归吟笔,宾主相忘属酒杯。"②含姿:美好的姿容。傅毅《舞赋》:"既相看而绵视,亦含姿而俱立。"沈炯《幽庭赋》:"顾留情于君子,岂含姿于娇淑。"张祜《中秋月》:"碧落桂含姿,清秋是素期。"苏轼:"蜜中有诗人不知,千花百草争含姿。"元·傅若金:"仲春时雨至,群物具含姿。"解愠风:解除郁闷、怨怒的风,南风。《家语》云:昔舜弹五弦之琴,其词曰:"南风之熏兮,可以解吾民之愠兮。南风之时兮,可以阜吾民之财兮。"③张弓:《老子道德经》七十七章:"天之道,其犹张弓与!"

【笺评】

介然叟曰:以诗家前辈而诗友后劲,且和其诗,亦可见寓真胸怀。以一诗和两诗,须兼顾两人诗作的相关内容,大不易也。余立与高峰的诗首联皆言山之高,余诗俯视,寄向往于平远,显其重而远;高诗仰望,托仰止于高迈,示之敬以隆。取境各异,景趣不同——余立叙中寓敬,高峰钦仰怀思。寓真的和诗,起句述其缘起,心气平和,承句赞美两诗"吟笔耸奇峰",以"奇峰"喻两人诗艺达到的高度。余立原诗颔联内涵丰富:"茅茨""尧草""尧雨""树木""舜琴""舜风",各有其说,(涉及《韩非子》《博物志》《诗经》《孔子家语》《韩诗外传》等书),这是在追美寓真家乡文化传统的古老、朴茂和淳厚,高峰用"树幽""锦鸟""民朴""樵风"以应之。寓真则统以"含姿树""解愠风",括尽先人之美,兼含赏誉余、高之人品挺秀、古风在抱;一兼其二、二而归一,不可轻轻放过。颈、尾两联,余立叙寓真家事,慨然万事匆匆;高峰仰寓真家道,喟然此行偬惚。寓真则勉其志行之远,喻以张弛之道,励其诗友之深,教其从容之怀。如老者抚少年之背,煦然春风,皎然霁月,言愈平而心愈近,语愈缓而情愈长,余韵悠然。

余立之诗绵密而厚,高峰和诗空灵而秀,寓真之和温而雅、婉而健。

新著完稿

燕唤春将尽，文终夜已残。
若非敲电脑，何以吐真肝。
瞩远魂飞苦，思回笔着难。
晴风助快意，柳絮上朱阑。

【笺评】

介然叟曰：本诗写寓真一部书稿完成后的快意，并回忆写作的艰苦历程。首联写文稿完成的时间，一个春末的凌晨。颔联写用电脑写作的便捷，借助于这样的现代化工具把所思所想形诸文字，洵为快事。但无论是敲电脑，还是用笔写在稿纸上，写作毕竟很难，颈联则正写其难。"瞩远"即回忆时间久远之事之苦和"思回"之难于着笔，只有真正从事长篇写作经验者，才能有如此感受。尾联表达写作完成之后的快意，收结自然。本诗属纪实之作，对于文史学界，都有一定的纪念意义。

无论文学还是史学，求真乃是第一要义，"吐真肝"三字，戛戛乎难哉！要准确地写其"真"，谈何容易！何况还有许多虎视者在"瞩目"，一字不谐，大讼立起。反复斟酌那些回忆的真实性，又要下笔准确，非寓真，孰能任之！

夏日雨中归

念惟家在此，携共雨归来。
紫竹林添翠，黄花菜盛开。
小畦愁满草，曲径喜生苔。
闪电忽如剑，恰将诗句裁。

【笺评】

高峰：尾联极富巧思：闪电如利剑劈下，裁成了美妙的诗句。与贺知章"不知绿叶谁裁出，二月春风似剪刀"同一机杼——真化境之语也。

介然叟曰：归，回家也。携共，一般是携妻共子，如鲁迅曰"挈妇将雏"，然寓真所携却是"雨"，是我携雨，还是雨携我，总之是"共"，诗意出也。颔、颈两联写院子里的景象：紫竹林翠、金针花开、小畦满草、曲径生苔。一事一景，一景一境，是一个惬意的生机勃勃的院落，是一个自足的天地。

如此看来，"家在此"乃是全诗主脑：因家在此，故而归来；因家在此，所见所赏，皆亲切曲至，无间隔，无生分。即小草，亦觉愁得随意；即苔藓，亦可喜而有味——在别处，在人家，可乎哉？即便是闪电如剑，照样心不惊而意不移，一"恰"字，仿佛诗句与雷电共耀心灵。非在自家，可乎哉？

候　客

素襟宜所在，小院此时妍。
淡写瓜和果，清弹蛩与蝉。
篱边闲采菊，树下醉尝鲜。
更为具鸡黍，邀留孟浩然。

【笺评】

　　介然叟曰：起句"素襟"，当作"便服"说；何曰"宜所在"？自然是自己的家中，随意自由乃是家居（古曰"燕居"）最合适的服装了。院子里也是一年四季最美的时候。"淡写"，不夸张也，非是主人"淡写"，而是瓜果本身静静地挂在蔓间枝上，无炫耀之意；"清弹"，不急不繁也，亦非主人"清弹"，乃是蛩蝉自己幽幽地藏在草间枝间，时作一鸣。于是可在篱边采菊，可在树下尝鲜。中间两联把主人家居的自在闲适写满。尾联取孟浩然《过故人庄》诗境，把"淡"和"清"续足。回头再看起句的"素襟"，就知道这身打扮是何等的"宜所在"了。而那位始终没有露面的客人，读者也就了然其心境正同作者之高之素之洁之雅。

　　全诗"要眼"处，只在"素""淡"和"清"，然而最终还是归于"雅"；雅者，正也，这才是真正的"人"的高尚生活。所谓"雅人深致"，正谓此也。

乡中小住①

时逢新雨润，感切旧桑麻。

山杏合尝味，蜀葵欣绽花。

怡情携客座，小叙醉吾家。

几净夏阳媚，墨浓书字斜。

【注解】①原题有曰"用皎然寻陆韵"。此诗步皎然《寻陆鸿渐不遇》原韵。皎然诗云："移家虽带廓，野径入桑麻。近种篱边菊，秋来未著花。扣门无犬吠，欲云问西家。报道山中去，归时每日斜。"

【笺评】

介然叟曰：起句说"新雨"，承句言"感切"，何谓也？寓真出身农家，及时下雨，一下子就感受到了这雨对庄稼的好处。农业文明古国，对及时雨，关心国计民生的官员会喜不自胜，心怀天下的文人同样会有喜悦之情；作者言"感切"，情怀正同，感受深切也。为何又说是"旧桑麻"？因为他从十来岁就离家读书，又多年在外工作。因此，首联令人感到无比亲切。颔联写院中花果，已成独立自足的天地。颈联言携客叙饮，已有九分佳趣。尾联写雨霁，斜阳的散光入室，窗明几净，倍觉清明；趁着几分微醺，挥毫濡楮，字愈斜而兴愈高。此之谓"不亦乐乎"，则十分雅趣矣。

初夏，新雨，杏子熟，蜀葵华；有怡情之客，接小叙之欢；乡中精舍，畅饮欢聚之浓绪；书房几净，醉写墨浓之斜书。未知酒醉邪，抑情醉邪？

清　晨①

朝暾临竹院，信步过杨林。

鹊戏岚初退，蝉鸣夏已深。

佳辰逢故识，衷语悦诗心。

不逐时流处，自然天籁音。

【注解】①原题有曰："用常建韵"，指常建《题破山寺后禅院》。

【笺评】

介然叟曰：前四句写季夏清晨景色：朝阳、竹院、鹊戏、蝉鸣（河北人称蝉鸣曰"伏笛儿"，其实是"伏底"的儿化），确是好时光，令人诗心萌动。随意穿过一片杨树林，碰到了一位旧相识，说说心里话，使心怀的一片"诗意"，更添愉悦。这位老相识所言，质朴、诚挚、本色、天真，没有一点做作处，更无一点追逐时尚的俗气，与前两联所见之自然景色浑然一体。陶渊明说："相见无杂言，但道桑麻长。"王维曰："田夫荷锄至，相见语依依。"这便是"天籁"之音。所谓"诗心"之心，所谓陶诗之"韵"，其在是矣。

法治文化研究会同人访原平记

田园红黍菽，涧水耀秋光。

古寺吟松静，野薪炊薯香。

晚风过菊圃，落日下鹅塘。

款待酒方冽，游归兴未央。

【笺评】

介然叟曰：首联说访问的季节：田里庄稼，已泛出秋色；山涧澄澈，正闪现秋光。已有一分诗意；进得古寺，松吟细细，禅院岑寂，又得二分诗思；野炊新薯，香气弥空，允获三分诗绪；来到主人处，则清风徐来，菊芳袭人，顿增八分诗情；见落日沉塘，鹅游霞天，平添十分诗趣。尾联写饮酒清冽，助成游兴方酣，诗已成矣。

全诗依访原平行走顺序所见，一景一程，一句一景，迤逦行来，四韵天成。八句四联，两两相对，十分工整，物色天韵。吾故曰：诗韵诗律，与作者生命的节奏已合而为一。眼之所见，心之所想，无非诗律，无非诗韵，无非诗也——想当年访问原平，同行者非止一人，所行者同路，所见者同景，然而，从其中发现诗景、裁出诗境者，寓真一人而已。

秋　夕

侵眉霜渐冷，耀目树初丹。

高甍往年忆，短歌今夕弹。

流云轻似雪，哀响馥如兰。^①

诸事飘烟散，馀生何不欢。

【注解】①陆机《拟古诗·拟西北有高楼》："高楼一何峻，岧岧峻而安。绮窗出尘冥，飞陛蹑云端。佳人抚琴瑟，纤手清且闲。芳气随风结，哀响馥若兰。（翰曰：佳人，喻君子。抚琴瑟，喻有才德也。清、闲、芳气，言德之美也。兰，香草也。言虽不见用，哀叹之音犹馥于若兰。）玉容谁得顾，倾城在一弹。（善曰：古诗曰'燕赵多佳人，美者颜如玉'，《汉书》李延年歌曰'一顾倾人城'。济曰：玉容，喻美才也。言谁能眷顾我之才，为一弹抚，当倾于城国而视也。）伫立望日昃，踯躅再三叹。不怨伫立久，但愿歌者欢。（良曰：伫立，久立也。日昃，喻年老也。言少壮既不见用，故再三叹也。歌者，谓唱和之人，言我不怨待时之久，但愿知己之人欢也。）思驾归鸿羽，比翼双飞翰。（向曰：鸿鸟一举千里，言我将驾之与同其心者俱去。）"括号内为李善和五臣（吕延济、刘良、张铣、吕向、李周翰）注。

【笺评】

介然叟曰：一上来就紧紧切题曰"侵眉霜"，这是双关语：秋霜渐近，天渐凉；而眉毛渐白，似染秋霜，心亦渐冷（对"俗热"言）——老境心平，与青春心热相对而言也。古有"齐鲁春风，南华秋水"之说，言儒家入世心热，道家出世心冷（其实未必然）——凡诗人所言之远近冷热等等，皆非物理实况，而是心理感受。如《诗经·郑风·东门之墠》：“东门之墠，茹藘在阪。其室则迩，其人甚远。”迷于此者，难与之言诗也。承句补充起句，言树叶刚刚泛红，那么耀眼，秋天真的来了。领联言对往事的回忆，像一只高高飞翔的鸟，那身影是模糊的；对句的“短歌”，盖指古乐府“短歌行”。东汉乐府有短歌行，今所存唯魏武帝、文帝、明帝(钟嵘所谓“三祖”)之作，多慷慨悲壮之辞，故颈联说“哀响”。颈联“流云”喻消逝的年华，对句“哀响馥如兰”，用陆机《拟古诗》的句子。“哀响”，哀叹或哀怨之音(一说感人的音乐)。为何曰“哀响馥若兰”，李周翰的注说得好：“佳人，喻君子。抚琴瑟，喻有才德也。清、闲、芳气，言德之美也。兰，香草也。言虽不见用，哀叹之音犹馥于若兰。寓真诗中将“若兰”写为“如兰”，是顾及律诗平仄声的要求，其实陆机诗的“若”不当“如”字讲，是杜若(见屈原《九歌·山鬼》)，也是一种香草(一言香木)。“若兰”，杜若与兰草。“哀叹之音犹馥于若兰”，直译成现代汉语：悲凉的曲子感动心灵，比闻到了杜若和兰草的芳香更加芬芳。直观上看，这就是“通感”效应。但陆机其实是说：“那悲伤的歌曲中蕴含的美好才德所散发的芬芳，比……更芬芳。”道德之所以是“芬芳”的，还是源自《左传》“黍稷非馨，明德惟馨”那句话。

尾联有自慰自娱之意。全诗亦可概括为“自惜”“自叹”“自珍”“自娱”，自惜者，惜老至也。自叹者，叹时逝也。自珍者，珍德才也。自娱者，娱余生也。寓真有《雪中》诗曰：“独抱丹忱到暮年，半成尘土半成烟。曾劳讼卷频堆案，每虑民纷未熟眠。几度刚肠对谤语，尚余英气铸诗篇。更聆天籁清胸臆，雪落黄昏景正妍。”可作本诗注脚。

散　步

莫须愁暮年，今后似从前。

人境糊涂事，壶中快乐天。①

夜时蕉鹿梦，昼日摩兜坚。②

散步东风起，杨花恣意颠。

【注解】①壶中：*神仙世界。又作"壶天"。见《后汉书·费长房传》*。②*蕉鹿梦：谓真伪难辨，是非无常。典出《列子》卷三。摩兜坚：闭口不言，像摩兜鞬那样坚牢，绝不开口。《太平寰宇记》卷一百四十五："谷城在县北五里。《南雍州记》云：'谷伯绥之旧国也。昔城门前有石人，刻其腹曰：摩兜鞬，慎莫言。亦金人缄口之流也。而今无矣。'"又《湖广通志》卷七十七："谷城在县西北五里。盛弘之《荆州记》：'樊城西北有鄀城，西百余里有谷城，谷伯绥之国。城门有石人焉，刊其腹云：摩兜鞬，摩兜鞬，慎莫言。此亦周太史庙金人缄铭背之流也。'"《易》曰："括囊无咎。"*

【笺评】

　　介然叟曰：首联言每一天的后一天都和前一天一样，每一年的下一年都和前一年一样，因此不必发愁年老了会如何如何，真真不会如之何也。也就是说，从前怎么过，以后仍然怎么过。作者此意，似乎不同于鲁迅"每日见中华"的那种心情，这是各人的环境使然。颔联说如何"似从前"：人间生活中糊涂事很多，让你永远整不明白；只有在神仙世界中，才有快乐。然而仙境在何处？颈联说夜里的梦境难辨真伪，而白天见人又要学"摩兜坚"，可能就像班固常用的"无女言谊"那样，像郑板桥说的"难得糊涂"那样，这都是散步中的闲思。突然东风刮起来了,杨花毫无忌惮地狂妄地放肆地簸扬着。东风,当然是老话题,年年刮;杨花,历来是"轻狂"(东北话"嘚瑟""显摆",后一个字都读轻声),无定操,而又趋炎附势的象征。诗人在这风吹杨花的恣肆中,仿佛从梦中爽然清醒,这个结句很好,说明他的散步是很惬意的,照应了首句"莫须愁暮年"。

散步,是随意走走,无目的地行走,收获的可能是"行散"——魏晋间人烦的不行,竹林七贤之流除了阮籍装糊涂之外,其余都活得太明白,尤其是嵇康。起先想躲到竹林中(并非实有,乃想象中的一种境界),为了成仙而"服食","服食"后,必须"行",才能"散"其热毒,故曰"行散"。但刚肠嫉恶的嵇康终于没忍住,中了钟会的阴招,吃了司马昭的板斧。寓真的散步,当然不会想那么多,也无须想那么多,闲看满天杨花也别有一种趣味。

雨中感

滴雨听时变,泥痕看去轮。

朋侪愁契阔,桑梓念艰辛。

非是仁恩薄,终无言信真。

耆年尚能饭,忝作太平人。

【笺评】

介然叟曰:首联一上来就说题目,在"滴雨"声中"听时变"。听,有听闻、听任、听凭、听到,也有"考察"之义。"时变",一日之中风雨阴晴的变化,时事的变化,时局的变化……随读者自便,你觉得怎么理解合适，就可以怎么理解。但下一句"泥痕看去轮"，就对如何理解前一句起到限定的作用了：眼望着车轮在泥泞的道路上走远了，留下的只是一条蜿蜒车轮走过的泥痕。这和李白说"孤帆远影碧空尽，唯见长江天际流"，是同一机杼。不过是说在滴雨声中，听到了天晴，朋友于是登车告别，我看着远去消失的车影，留下的是空荡荡的一条泥路。不是路空，而是心空，是一种极强的孤独感。所以，首联不过是写送别，其情之深厚就在那条空荡荡的泥路上表现出来。唐人最善用此类"空镜头"，如岑参"山回路转不见君，雪上空留马行处"，李益"明日巴陵道，秋山又几重"……只要你佩服唐人是写情的圣手，你就不能不佩服寓真学唐人学得如此通透和圆熟。

回过头来，颔、颈两联才说这回朋友相聚的内容：大家都叹息离别太久，又说起老家乡亲们的艰辛的生活；并不是官员们那些公开场合说得不够好，听那说法，真个是仁恩浩荡，然而，到头来从来没等到个兑现的真信儿！尾联是自己的感叹：到了老年还有饭吃，惭愧自己还能做个"太平人"。读诗至此，我又一次感受到了寓真作为诗人的"敦厚"或曰"忠厚"。我还要说一次：寓真，真乃《诗》人之后之《诗》人也。

一般情况是先叙述与朋友饮酒、夜话，最后是送别。但此诗却反过来，一上来就写送别，也就是先把这份深情写出来，再回叙这深厚的情感是建立在共同深厚的家国情怀上的。最后的"忝"字，除了惭愧，还有极强的轸怀意味：轸念家乡的困境。于是，开头的那条留下车轮痕迹的空荡荡的泥路，也就不止于写出了作者心境的"空寂"，还写出了面对现实的空寂怀抱。看看寓真青少年时期对自己的期许，那一片为民为国的赤诚，就知道此时作者的心情有多么的"空"。开头这么写，也就将这"空"笼罩了全诗。

徘徊

香径徘徊久，暮云笼四周。

反思无数事，何值一痕留。

晚岁多沉郁，羁怀少佚游。

为寻清静处，远避雀啁啾。

【笺评】

介然叟曰：首联起句就点题：徘徊之地是"香径"（散发花香的小道上），徘徊的时间已很长了，以至于日落西山，暮云四合。中间两联说为何"徘徊"：第一是"反思无数事，何值一痕留"，这是说过去的经历，虽然做了不少的事，都不值一提，并没有留下什么功绩，反而是为一些毫无价值、不得已而为之的事浪费了不少精力和时间。不过，在这个空间里，这种为了毫无意义的事而浪费生命，非独寓真一人也。第二是退休以后，心里还有很深的郁闷，也包括着惭愧心情，以至于很少有真正地放开一切牵挂、全心投入地旅游一回（"佚游"）。近些年，只是很想找到一处不受任何干扰的"清静"之地，想躲开身周那些"啁啾"的噪音。但是，就是躲不开那些"麻雀"。这东西整天"喳喳喳"叫个不停，而且如影随形，凡是有人居住的地方，就会有麻雀。它似乎就是专门为了"喳喳"于人而活着。于是，你这辈子就总能听到这一种令人烦躁不安的声音。在麻雀面前，你没有听觉的自由。

原来寓真这徘徊，非独身也，乃是心也。

雷雨中作

雷雨惊长梦，飘摇瞩海山。
强权丧正道，冷战祸人寰。
国典期于善，民生度尚艰。
应惭诗赋在，焉得动江关。

【笺评】

介然叟曰：题曰"雷雨中作"，非是白天，竟是黑夜，乃是雷雨惊醒了长夜中的"长梦"，然后，在雷雨中写成此诗。为何要写诗？被雷雨惊醒后，在风雨飘摇中，环顾海内外——颔联写海外，强权无道，冷战害人；颈联写海内，期盼治国的法典早日完善，另一方面，想来（度 duó）百姓生活还很艰苦。也就是说，只有法典完善、真正实行了依法治国的方略，百姓才能有稳定富裕的生活。如此看来，起句的"长梦"也就有了着落，大法官日之所思和夜之所梦，不过是如何使天下安定、百姓乐业，这是他作为法律人的人生追求。这梦的情节很简洁，做的时间却是好长好长。

尾联跳出"长梦"，想到自己现在所能做的不过就是作文赋诗，因此很感惭愧，不能像庾信那样"暮年诗赋动江关"呵！所言此"江关"非彼"江关"，彼"江关"为虚设，此"江关"为实有，表现了作者强烈的责任感。然而，即便是诗写得超过了庾信，果然就能"动江关"吗？

欣　然

欣然夏日长，难得老平康。

经过酸甜苦，尚能葱蒜姜。

人生终有尽，世事莫须详。

脑子空空洞，将身晒太阳。

【笺评】

介然叟曰：这是以首句头两个字命题的诗作，略同于"无题"。难得作者有如此"欣然"一首诗：先说这个长夏是欣然的，因为难得老而平安、老而健康。老话儿说的好，"多福多寿多男子"，那年头不让多生，"多男子"就不说了；老了是寿，平安是福，健康更是福，人生"三多"有了"两多"，这是"欣然"的原因。颔联是自我总结，颈联是自我劝说。总结得高度概括，劝说得直截了当。尾联是自我劝说的结果，也是对起句的回应，说如何"欣然"："脑子空空洞"，因为不再想世事了；"将身晒太阳"，回应首联承句，把"难得"的"老平康"延续下去。

仔细再看一遍，忽然觉得尾联的"脑子空空洞"和"尚能葱蒜姜"对不上茬——还能感知或认知并能承受"葱蒜姜"，怎么就是"空空洞"了呢？"世事莫须详"，虽说不要细知细想，其实还是"放不下"。他早年的志愿，后来的法官责任和经历，都铸就了那颗永不变形的赤诚之心，法治信念当与他的生命同在。虽然在某个时刻会有那种"欣然"之感，并不会真正彻底地放下，那么，我们在这首诗的"空空洞""欣然"的背后，还能读到些什么呢？就只是"晒太阳"吗？

此　夜

雷雨连番后，衣凉觉已秋。

远离人境噪，但爱夜蛩幽。

树影沉沉睡，花香淡淡愁。

环周皆黑暗，大火渐西流。①

【注解】①大火：即心宿，古称"大火"。每年的五月，大火出现在天空正南最高的位置，到六月立秋以后，开始逐渐向西偏移（古称"流"）。《诗经·豳风·七月》："七月流火，九月授衣。"

【笺评】

　　介然叟曰："此夜"写所见所闻，是一个入秋时节、雷雨后的实景实情。首联说气候反常，一般情况是，入秋后有雨，很少打雷，但这回却是连番的雷雨。颔联和颈联说远离人境的尘嚣，喜欢蛩吟显示的秋夜之幽静；树影沉沉，花香淡淡，一派祥和的宁静。以上是写自己院内的情境。这种宁静安详是可以自己控制或者说是可以自我"打造"出来的。然而，越过院墙，再往四周看看，已是一片无底的夜暗；仰望夜空，可见心宿（"大火"）已开始向西移动（"流"），肃杀的秋季已经来临。"大火西流"，最早见于《诗经》，这让我们想起那个遥远的西周时期，农民被结结实实地捆绑在领主所有的土地上，从事辛苦劳动的情状。诗以"大火西流"结，既回应了首联的"秋"字，又具有了历史的厚重感。

《山右丛书初编》点校本首发

贺忱欢饮醉，欣慰校雠优。①
心与前贤语，志将薪火留。
同仁皆彦哲，我自喻书囚。②
斯任惟繁剧，来春更远筹。

【注解】①2009 年成立的山右历史文化研究院，以整理古代山西籍作家的作品（古籍）为宗旨（本编者为该院研究员）。到 2014 年冬，校点本《山右丛书初编》，由上海古籍出版社出版发行，得到古籍整理界、学界和出版界的好评。此后，由山右历史文化研究院独立完成的《山右丛书》二编、三编皆获华东地区出版二等奖。《山右丛书初编》在校点完成之后，共校对出原编文字错误一千多条，改变了一些文章或段落因文字错误而无法阅读的状况。"校雠优"，是《初编》首发式学术座谈会上专家们一致的评价。②彦哲：才德特出谓之彦，《尚书·太甲上》："旁求俊彦，启迪后人。"《传》曰："美士曰彦。"聪明智慧谓之哲，《左传·成八年》："三代之令王，皆数百年保天之禄。夫岂无辟王，赖前哲以免也。"注："言三代亦有邪辟之君，但赖其先人以免祸耳。"书囚，见于古代诗文者，有数解：一因喜欢书，成为书籍的囚徒。元·许有壬《至正集》卷七十八《木兰花慢·次韵薛寿夫见寄》："笑余生多癖，非酒病，即书囚。"二为读书所困，即为考取功名，成为书囚。三是抄写、书写之苦。本诗当是第一义——寓真于本职工作之余，沉溺读书，又著论写书，故曰"书囚"。

【笺评】

张继红： 这一首五律忠实记录了山西百年文化史上的一件大

事——《山右丛书初编》(以下简称《初编》)的整理出版,并表达出由衷的喜悦之情。我有幸参加了《初编》的首发式,读此诗,欣然有身临其境的感觉。起句即表达宾主欢喜,以至于欢饮而醉,而承句是其落点:《初编》收录山西古代先贤的著述,专家研讨认为,整理点校精良,同人不胜欣慰之至。颔联承接首联,详述欣慰之情:此可告慰前贤,使《初编》传播久远。前贤,指从1934年起,《山右丛书初编》的编纂者,其中有晋城郭象升、榆次常赞春、忻县陈敬棠、崞县赵正楷等等,他们均是当时山西文人的一时之选。1936年前半年,《初编》梓印,含晋籍作者的重要著述39种及附录5种,共355卷,与《辽海丛书》《豫章丛书》等一起成为民国时期各省以新方式整理本地古籍之巨著。这本是令人欣喜的,不料日本侵华,战火迅速蔓延至太原,《初编》未及发行,更不得有二编、三编之赓续。时隔八十年后,今人将《初编》整理点校出版,是一桩薪火相传的文化盛事,弥补了前贤们的遗憾,不禁感慨当今的整理者,也如前贤一般,是见识高超、勇于实践的“彦哲”。寓真则自喻为“书囚”。其实,他作为丛书整理的组织者,无论自“囚”抑或被“囚”,实指事务繁剧,任务重大,此句亦见出作者的一番苦心。尾联进而表示,要在来年开春的时候,乘势筹划续编的整理出版事宜。这分明是甘于被“囚”,是自觉承担起编辑整理乡贤先哲著述的历史责任。我作为曾经从事古籍出版的编辑,拜读至此,钦佩之情,油然而生。

张希田:此诗写在巨著出版首发之际,表达了作者对其多年付出、终见成效的喜悦之感,更有对同人的赞美之情,流露着对于未来续编事业的憧憬和沉甸甸的历史责任感,举酒兴感,直抒胸臆,堪称佳作。

介然叟曰:起句即言心情欢悦,因与会者诚挚的祝贺之情(“贺忧"）而由衷的欢快，不觉畅饮而醉。承句不但点明题旨（"校雠"），也将前句"欢饮"的内蕴补足（"欣慰"其"优"）。颔联说，面对这部大书，作者不禁生发出"心"之所向、"志"之所之——心所向者，读书即是与前贤对话。明代阳城人张慎言曾说：读《周易》，知文王画卦、周公系辞、夫子传十翼，"不胜亲事三大圣人于一堂之上乎？"聚书一屋之内，日月读之，"函丈之内，聚如许贤圣、上下数千年治乱之迹……优焉游焉，待尽而已，又何求乎？"（《山右丛书初编》张慎言《泊水斋诗文钞》卷二）故其心欲与圣贤同也。志之所之者，整理古籍乃是关系"薪火相传"，即民族文脉传续之大事。昔孔夫子欲传文王、周公之文脉，乃曰："文王既没，文不在兹乎？"故其志亦古圣先贤之志也。颈联出句言研究院同仁之美，对句以"书囚"自喻，见得同心一志、融融之乐焉。尾联说丛书整理不易，《初编》已完成，未来还有二编、三编……更远大的计划。正是：革命尚未成功，同志仍需努力。

由此言之，此乃"即景言志"之诗也。景为"事景"，故首联认题。志则兼趣，独有志而无趣，则志难持久；独有趣而乏志，则趣易趋俗。于是颔联言志，颈联展趣。人之志，人格在焉；人之趣，人品在焉。人格人品皆不可见，以其所事之事见之，故颔、颈两联，有"事"在其中：颔联出句言读书之事也，对句言编书之事也。颈联出句之"彦哲"，彦于编书也，对句之"书囚"，囚于读书也。然则中间两联有回环往复之妙，此读者诸君宜上眼处。尾联宕开一笔，其事"繁剧"正不在此而在彼——其志远矣，其趣深矣。"繁剧"，寓曾子"士不可不弘毅，任重而道远"之意，共励共勉，大哉言乎！

雨后别故里

阵雨蜀葵惊，芳畦聚水清。①
云山频解散，野霁乍空明。
挥别庭柯影，回听村籁声。②
勾留才几日，何忍又遐征。③

【注解】①芳畦，种植香草之畦。畦，呈长方形条状的田块。屈原《离骚》："畦留夷与揭车兮，杂杜蘅与芳芷。"②庭柯，庭前树枝。《晋书》卷九十四《陶潜传·归去来辞》："义熙二年，解印去县，乃赋归去来，'引壶觞以自酌，眄庭柯以怡颜。'"③勾留，多义词，此处为"逗留""短暂停留"义。文言口语兼用。遐征，远行。《汉书·韦玄成传》载其《自劾诗》："谁将遐征，从之夷蛮。"师古曰："言己耻辱之甚，无所自措，故曰……谁欲远行去者，当与相从，适于蛮夷。"

【笺评】

张继红：本诗写雨，写家乡夏日的阵雨。前人写雨之诗多多，凡写家乡之雨，必是化身雨中，情景相融。寓真所写，是后一种，且因短暂回乡，雨后别离，又是别有一番滋味。其首联、颔联，纯属写雨景，阵雨飘忽而来，雨点急促地拍打在院内的蜀葵上，让人想到前贤的雨打芭蕉，但这里不写寂静，而是突出一个"惊"字，蜀葵花开，亭亭玉立，却在雨点的拍击下，花枝乱颤，惊慌不已。这是所见，更是所听。次句是所见，所嗅：畦里的花草，在急雨之下，似仍散发芳香；雨水聚满畦中，映照放晴的蓝天，清澈透亮。可知，诗人是站在祖屋的窗前，观望阵雨；随着天晴，踱出家门，放眼远望，高山的残云渐渐散去，几缕白云尚缠绕山头，不忍离别；绿色的田野与透彻的蓝天相应，一片"空明"，此时，诗人看着雨后美景，留恋的心就像恋着山头的白云，埋下不忍离去的伏线。颈联随之一转，要告别家乡了，与亲友挥手之间，院里的大树似乎也在凝望离人，离人与"庭柯"两相凝望，一反陶渊明"眄庭柯以怡颜"的心境；驻足回望，村里的鸡鸣狗吠，在诗人听来，恰如天籁之音，几许离愁，淡淡升起。于是，尾联添了一丝抱怨：刚回家乡，又要远征！

张希田：全诗前半部实景描写，后半部感情抒发，写出了诗人对其太行山中的故里的喜爱和惜别之情。景由妙笔画出，情由心底流出。我同几位诗友曾经在寓真故里的小院中小住，蜀葵、芳畦、庭柯（翠柏）等景物历历在目，令人向往，令人难忘。

介然夏日：这首五律写离别故乡时的刹那感受。阵雨过后，草木一新，院里的蜀葵显得格外精神，一"惊"字写出诗人瞩目处；瞩目处，正是留恋处也。何以见得？看菜畦中积了雨水，那一汪水是清是浑，真的需要用情仔细地看一眼。继"惊"之后的"清"，毫不含糊地透露了诗人的心理活动：故宅的一草一木，只花滴水，都浸染了诗人的深情。这是近景。额联写雨后远景：一"频"字，写出山间云雾忽散忽聚之景，却是诗人闪烁游移之情；一"乍"字，显示阵雨后天空的清明湛蓝之美，却是诗人空虚寂寥之意。颈联写走出村庄，又一次回首故居，但是只有故宅"庭柯"模糊的树影；车行渐远，耳中尚有"村籁"隐约的声音。"挥别"，乃心之所想；"回听"，却是耳之实闻。于是，尾联出句出其意，对句明其旨："何忍"，不忍而忍也，无奈之情见矣。

本诗认题写志，最富层次——首联点题，拟题中"雨"字，额联认题中"后"字。颈联出句写题中"别"字，并契题中"故里"字，尾联总束，所谓"曲终奏雅"者也。

颈联是全诗眼目,不可轻易放过。因"庭柯"一定想到陶渊明《归去来辞》中那句话,读"村籁",也一定会想起"鸡鸣桑树颠,狗吠深巷中"那句诗。于是,因这一层田园之思,那种对故里的留恋,就不是一般亲情所系的"乡愁",而是对本性、本心回归的追求。回看前两联,则句句是景,又句句是情。王夫之说得好:"一切景语,皆情语也。"向后看尾句落脚在"遄征",那是何等心境,故曰"何忍"也。

中秋相约乔家大院观月

今夜乔家院,诗盟月共看。

飞觞留醉客,清韵助吟安。①

渡海东坡老,登台子美寒。②

宛然前躅在,莫令墨痕干。③

【注解】①清韵,清雅的声音或韵味。"聆雅琴之清韵,记六翮之末流。"(曹植《白鹤赋》)"流姮娥之逸响,发王子之清韵。"(张缵《南征赋》)"清韵动竽瑟,谐此风中声。"(柳宗元《酬贾鹏山人郡内新栽松寓兴见赠》)"风竹散清韵,烟槐凝绿姿。"(白居易《官舍小亭闲望》)"清韵生物表,朗玉倾壶中。"(苏轼诗《送淡公》)。②作者自注:苏轼《儋耳》:"残年饱饭东坡老。"杜甫《登高》:"百年多病独登台。"③躅(zhuó):足迹,引申为事迹。前躅,前人的足迹。此处有事迹、榜样之义。

【笺评】

　　张希田:乔家大院又名在中堂,位于山西祁县乔家堡村,始建于1756年，是一处具有北方传统民居风格的古建筑群。2017年中秋节，中镇诗社倡议全国诗友观月赋诗，寓真在乔家大院参加了集体观月活动，所作记述了诗友们飞觞赏月、泼墨赋诗的情景。诗中借东坡渡海、子美登台的典故，表达了对先贤的怀念和敬仰，提升了这次诗人观月活动的深厚内涵。

介然叟曰：首联点题，且题面已经缴足。既是"诗友"，当然要作诗——这是此次相约乔家大院的主要目的，颔联出句言饮酒，赏月饮酒本是题中之义，对句言赋诗顺当，因为有"清韵"助兴。这两联已将诗友雅集之事说尽。照理，接下来该说一说座中"彦哲"对清韵、饮美酒、观明月、赋佳构，各呈其才，种种清俊的表现，而颈联却忽出冷语：苏轼残年渡海、杜甫贫病交集，都有诗以纪之。读诗至此，大惑不解——如何突兀出此言？往下看到尾联，方知作者意在劝勉和激励诗友：此时都要留墨，不能无诗！有前贤的榜样在，无论怎样的遭际，都要用诗的形式记录自己生命的足迹，而况此地此时此景！这倒应了韩昌黎那句话："夫和平之音淡薄，而愁思之声要妙；欢愉之辞难工，而穷苦之言易好也。是故文章之作，恒发于羁旅草野。"（《荆潭裴均杨凭唱和诗序》）而老杜、大苏"要妙"之作，确实皆在"羁旅草野"时也。我想补一句：有风骨者，随在而出要妙之辞，以其随时而不忘忧也。我想，寓真之意，盖在此乎！至于更深层的蕴意，会心者当相视而笑，莫逆于心焉。

中秋赏月，何处不可，定要相约到乔家大院？缘以雅集必当有雅趣，有雅趣，方可作雅什；而雅趣必生于雅座，乔家大院虽非雅地，然雅人所在，随处是"雅"。这诗用杜甫《月夜》原韵，或是当时座上共拟之韵欤？若寓真自选之，索其文字之外，亦在"前躅"中乎？《诗》人之思深哉！吾亦以此见寓真之忠厚也。

读中国近代史

文字射眸寒，百年顷刻间。

皇冠何遽落，宪草竟迟颁。

人境兴衰易，史轮回转难。

悲夫六君子，犹照汗青丹。

【笺评】

张继红：作诗，历来有"诗眼"之说。此诗的诗眼，似为首句里的"射"字，或曰"射眸寒"三字。"射眸"，典出李贺《金铜仙人辞汉歌》之"关东酸风射眸子"，寓真化其义，将"射"嵌在《读中国近代史》，使人从字里行间感觉到"射眸"的寒意，比较李贺的"酸"更胜一步。至于诗中所言的历史事实，多半是众所周知的，都在阐释文字间的"寒意"。所以，读了此诗，感慨史事，浑身是寒，寒彻心扉，久久不得散去。

张希田：诗人对屈辱的中国近代史的痛惜之情，对六君子为国家变革献身精神的崇敬之情，深凝于诗中，意境幽远，寄慨遥深。

介然曰：中国古代史是漫长的奴隶史，而近代史则是一段屈辱史，用鲁迅的话说，就是想做奴隶而做不成的历史。故本诗起句即言"文字射眸寒"，然而百年顷刻而过，再回首真相，竟是疑团丛生：为啥专制皇权一下子就结束了，而宪章却不能及时颁布？中国这块土地真是独特，皇帝思想深入骨髓，袁世凯也许是历史上龙椅坐得最短的皇帝，而蒋介石本来可以实行"三民主义"的，可是他却把"三民"换成了"三一"："一个主义，一个政党，一个领袖。"颈联说"人境兴衰易"，为啥？因为皇帝思想深入骨髓，所以奴隶思想自然也深入骨髓,袁世凯、蒋介石之辈的皇帝梦付诸实施,社会也就会立马衰退。对句"史轮回转难",这是从长远的历史发展的逻辑而论,就短时期内而言,那也是很容易的事情——"人境兴衰",也就是"史轮"的进与退,看近代史,好像都是很容易的事。但我们还是坚信,想要历史的车轮倒转,那是不可能的。可是,在"史轮"逆转的时候,肯定有人会牺牲于阻止"回转"的前沿地带。戊戌六君子,就是著例。尾句结得正大:"汗青"所载,岂止六人;丹心所照,浩浩荡荡。

和孟浩然傲吏①

含贞宁俗吏,自立在中流。
尽瘁春光老,钟情秋梦稠。
咏吟归古淡,浏览入深幽。
犹记谈黄老,微酣月满舟。

【注解】①孟浩然《梅道士水亭》:"傲吏非凡吏,名流即道流。隐居不可见,高论莫能酬。水接仙源近,山藏鬼谷幽。再来迷处所,花下问渔舟。"

【笺评】

　　张希田:傲吏是保持风骨、不阿谀奉承、不向权势低头的官员。作者长期在司法机关担任要职,在腐败泛滥的社会环境里,他借和诗的形式,委婉地表达了自己的为官宗旨和品格追求。

　　介然叟曰:所谓"傲吏",傲的是贪邪淫巧,守的是礼法纲纪。因此,起句即点出傲吏的特征:含贞。贞者,正也。堂堂正正,磊落光明。但并不高调,总是含而不露。在公办事的时候,才显露出他中流砥柱的傲骨。颔联回顾一生,鞠躬尽瘁到退休,老来仍有钟情之人之事,梦想多多。最钟情投入的事有二:一是作诗,这是寓真一生乐此不疲的最大追求,晚近所作旧体诗渐归于"古淡"。"古朴平淡"或"高古平淡",向来被看作是作诗难于达到的境界。宋·葛立方《韵语阳秋》卷一云:"欲造平淡,当自组丽中来。落其华芬,然后可造平淡之境。如此,则陶谢不足进矣。梅圣俞赠杜挺之诗有'作诗无古今,欲造平淡难'之句。"这意思后来元好问《论诗》更加强调。平淡而自然,才是至高境界,如李白云:"清水出芙蓉,天然去雕饰。"寓真钟情投入的第二件事是读书,手不释卷,也是他一生的乐趣。前面《〈山右丛书初编〉首发》中,他说自己是"书囚",这里说"浏览入深幽",正是"书囚"的具体表现。而所谓"深幽",也是读书的一种境界:进入著书人的内心深处,与之成为千古知己。最使诗人难于忘怀的是一次月下泛舟,与友人谈论黄老之学。人们知道黄老之学盛于汉初文景之世,其实最兴旺的时期是战国晚期法家盛行之时,所谓"黄老刑名之学"也。法家出于黄老,所以作者与友人讨论黄老,是再自然不过的了。再者,黄老尚自然"无为",皈依"大道"。无为者,彻底拒绝人的主观情感意识的参与或干扰"大道"的运行,所有的法、律条,既然法定其合理性,在执行中,就要彻底斩绝一切主观参与。所以,黄老思想是法家的哲学依据,法家的逻辑也就必须是彻底的,这也正是儒家攻击法家"刻薄寡恩"的地方,殊不知,中国的法理念和法思想乃至于法的执行,都被儒家这句话搅得一塌糊涂!也许他们讨论到哲学的高度了吧,也许都进入了自然无为的状态了吧,在微微沉醉的状态中,看到"月满舟"——万籁俱寂,一派空明。这种自然而"深幽"之境界,令人无限向往。

寓真诗本来就具有平淡高古之美,晚年更加自觉地追求质朴平淡,本诗即是平淡的显例:没有美丽的辞藻,也没有显摆学问的典故,娓娓道来,将平生事业和人格追求,一件一件摆出来,最近口语,却句句是凝练的诗语:说浅,是真的浅,句句明白;说深,可真是深,每一联都可以作一篇博士论文。尾联则是全诗,也可以说是全人的"终极关怀"——一天明月,满船月明,天地宇宙,人身内外,浑不知其在何处也。用藏传佛教的说法是,在空明中解悟或照见自己的本性(本心)。

最后,还是要说说诗的格局:全诗写一个"傲吏"的形象,是法吏兼诗人的自画像。首联开门见山,写"傲吏"的风骨。颔联出句写"傲吏"的事业,对句写"傲吏"的晚景。颈联出句写作诗,对句写读书。尾联实际是写人到晚年的生命境界。前四句写"傲吏"之"像",五六句写"傲吏"之"傲"的依据,全从"读书、作诗——作诗、读书"这个无穷反复的修炼中来——我宁愿相信,寓真作诗和读书是一种修炼的过程。七八句则是人格最终的升华。

孟浩然《梅道士水亭》,古朴平淡。此风格,寓真之所学也。读者不妨做一比较,则可知寓真诗的路子之所在矣。

徐闻贵生书院谒汤显祖遗迹①

万里流炎海，千秋仰异才。②
纵然风雨晦，不信骊珠埋。③
古井深深梦，残碑点点苔。④
贵生无限意，伤世有余哀。

【注解】①徐闻县属广东省湛江市，地处雷州半岛的南端，隔琼州海峡与海南相望。明万历十九年（1591），汤显祖上疏《论辅臣科臣疏》，疏中直触龙鳞，将他贬到徐闻做典史。其间，汤显祖创办了贵生书院，他有诗云："天地孰为贵，乾坤只此生。海波终日鼓，谁悉贵生情。"（《徐闻留别贵生书院》）这也是书院取名之义。②流炎海，流放到炎热的海滨。因徐闻地理位置而言也。③风雨晦，《诗经·郑风·风雨·序》云："《风雨》，思君子也。乱世则思君子，不改其度焉。"诗云："风雨如晦，鸡鸣喈喈。"《毛传》："兴也。风且雨，凄凄然，鸡犹守时而鸣，喈喈然。"《郑笺》云："兴者，喻君子虽居乱世，不变改其节度。"这是汉代以来正统也是传统的解释。骊珠，《庄子·列御寇》：人有见宋王者，赐车十乘，以其十乘骄稚庄子。庄子曰：'河上有家贫恃纬萧而食者，其子没于渊，得千金之珠。其父谓其子曰："取石来，锻之！夫千金之珠，必在九重之渊，而骊龙颔下，子能得珠者，必遭其睡也……"后世以骊珠（宝珠）比喻难得之物，亦以比喻难得的人才。④作者自注：贵生书院有古井，雅称梦泉，传为汤显祖凿。又，《院规条》等古碑尚存。

【笺评】

　　张继红：汤显祖是明朝伟大的戏剧家，他生长的年代，与英国的莎士比亚近乎一致，故而国人乐意将他和莎士比亚并称。因上书弹劾首辅申时行，并对万历登基近二十年的懒政予以抨击，汤显祖被放逐到雷州半岛的徐闻县，担任小小的典史，在此度过一年时光。有感于当地民风好斗轻生，汤显祖倡建贵生书院，化其轻生之俗。寓真此诗，访汤显祖遗迹而作，表达对"异才"汤显祖的景仰之情，而主旨落在"贵生"上。全诗两两对仗，层层递进，融议论与写实于一体，有低首徘徊、不忍竟去之意。仔细回味，汤显祖的"四梦"无不在宣扬"贵生"，而寓真终生从事的工作，也秉持"贵生"的理念。这是二者六百馀年间的默契，或许正是诗歌生发的基点。

介然叟曰：这首诗写作者瞻仰汤显祖在徐闻的遗迹之后所发的感慨。起句即说汤显祖被贬谪到徐闻，承句续说诗人也是后世对汤显祖的景仰之情。颔联说不论人才遭遇怎样的乱世黑暗，终究不会被埋没。颈联用古井、残碑进一步抒发思古之幽情。尾联拈出贵生书院事，缴足题面。"无限意"，那里曾寄托了汤显祖无限的希望，但是汤显祖留给后世的不仅仅是他那辉耀千古的戏曲著作，还有他的遭际所引起的永恒的共鸣。所谓"馀哀"，永无止境之哀伤也。不过，万历皇帝对汤显祖还算宽大，只是流放，还是做官，而且把他调回了内地，使他得以完成那千古绝唱。

寓真诗的语言风格往往因所咏之人之事之异而不同，写村景则几近于俚，述亲情则不胜其质，说政事则有正大之慨，涉闲趣不妨谑而不虐……本诗写汤显祖，那是一位"俊采星驰"的戏曲家，他的语言是雅而又雅的，所以作者对他的凭吊之诗，就不能不雅，雅中还要有足够的蕴含：炎海，初看只是说他它贬到一个炎热的地方，但从佛家的角度看，则是人世争斗最残酷之地——中央政府，最接近皇帝，也是最危险的地方。本来，人世就是争名夺利的火坑，所以佛家向往"清凉",那么,"炎海"的寓意也就不言而喻。"风雨晦",出自《诗经》;"骊珠",出自《庄子》。"古井",那是汤显祖凿成的"深深"之"梦",比喻他的"临川四梦";"残碑",则有数百年长成的"点点"之"苔",苔藓覆盖的是汤显祖亲立的"院规",寄托着"贵生"的希望——每一个生命,每一处生命,都是可贵的。即便是蛮荒之地,也应该有文明的阳光。然而,汤显祖创办贵生书院的无限希冀,如今都像苍苔覆盖的碑文一样,渐渐湮没,留给后人的只有无尽的伤感。

全诗的典丽之美,除了物象与用典之美,特别表现在格律诗的对仗上:八句四联,每两句都是工稳瑰丽的对子,这在古今五律中亦属稀见。

海口赴诗友宴

雨后小凉风,餐中吟意融。
盘陈蔬与肉,杯满白兼红。
漫议前朝事,谁能太史公。
无非忧社稷,带醉吐清衷。

【笺评】

张希田:雨过天晴,微风吹拂,诗友们开怀畅饮、无拘无束、谈天说地的情景,关心国事、直陈时弊、忧国忧民的情怀,都在这首小诗中真实地记录下来,写得情景交融,别有深意。

介然叟曰:此诗友相聚在海口,杯酒之间所赋也。起句言舒畅的环境,可谓之"境舒";承句说餐中吟诗,何等自在,何等从容,又是何等亲切无猜,诗人用一"融"字出之,又是何等恰切,可谓之"意舒"。颔联粗粗一看,似乎有些俗,怎么点起桌上的酒肉来了,酒肉不可直说,要说,也得像李白那样说——"玉盘珍羞值万钱",岂可直言"蔬与肉""白兼红"!然而,寓真岂能不知,这乃是作者着意安排的:只有这样才能显示出与宴者之间的那份"融"的关系——不必拿腔捏调,更不必故作风雅。且蔬与肉、红兼白,各有所爱,各适其主,把"融"字填足。在这种氛围中,才有自由。于是颈联说到"漫议前朝事",也就不禁感慨"谁能太史公"了;太史公最可贵的是史家的"实录"精神,而历史真相是古今学人追求的最高价值。尾句是说虽然大家都有了醉意,然而所论史官关注的中心,皆在社稷而不在某个个人;不在某个朝代,而在千秋。此亦诗人之清衷也。

傍晚雨晴

云块悠悠散,霞光缓缓流。
栏间挂蛛网,墙畔上蜗牛。
风竹弦初静,草虫弹未休。
小园门早闭,胜似入山幽。

【笺评】

张希田:前两联写诗人视觉所及,如云块散,霞光流,蛛网挂栏,蜗牛上墙等景物。颈联使人体会到小园中风摇修篁、草虫低唱、动静相谐、相映成趣的情景。尾联"胜似入山游"的感受,是升华,体现了诗人的退休生活和与世无争、恬淡愉悦的心情。

　　介然叟曰：此闲适之诗也。一个夏日雨后的黄昏，天地间一派宁静，作者已全身心地融入了自然。云霁天青，明霞散绮，这是最美丽的景色。云散，应题目中"雨晴"字；霞流，应题目中"夏晚"字。中间两联写栏间蛛网、墙上蜗牛、风竹初静、草虫争弹，此皆天地间至细之物也。唯其细碎而令人注目倾耳，方见得与自然融和的深度；唯其琐细而使人赏心悦目，才显得诗人之心灼照之广度。刘勰说："诗人感物，联类不穷。流连万象之际，沈吟视听之区；写气图貌，既随物以宛转；属采附声，亦与心而徘徊。"其是之谓欤？尾联仿佛锁定了中间两联的境界，也留住了那种幽微细腻的况味，使之成为一个独立的世界——属于诗人自己的世界。这世界一旦入诗，便使瞬间凝为永恒，方寸铸就无限。

初　秋

孰容择居所，寓久亦如乡。

人共菊花淡，景随秋雨凉。

闲观群蚁戏，时盼美禽翔。

忧世惭无份，风高听抑扬。

【笺评】

　　介然叟曰：首联先抛开题目，"别开生面"，说一个地方住久了，感觉就像是在老家。此"乡"字，乃"故乡"之乡、"乡里"之乡也。这才对周遭的物事有了如下熟识而亲切之感：颔联出句似乎化用司空图《廿四诗品》"人淡如菊"之句,但与对句连读,非但不觉化用之迹,反而更觉有清新的洞见:司空图用"如"字,则人与菊是两个并列的客体存在;寓真用"共"字,则人与菊是浑然一体的主体心象。如果"淡"是淡化、淡漠了人世的功名利禄,存留的是菊一样的"凌霜贞骨";那么,"景随秋雨凉"的"凉",就是佛家追求的"清凉",同样是抛弃了追逐名利的燥心热肠,留下的是秋水一般的明镜涵弘。颈联的"观蚁""盼禽",就是颔联"淡"和"凉"的具体表现。请读者注意那个"闲"字,陶渊明说"虚室有余闲",庄子云"虚室生白",注家云"虚室,心也。白,道也。"只有心闲,才是真正的闲,才能体悟天地大道。所以李白说"笑而不答心自闲",李白和陶渊明是真正理解"庄生大道"的人。那么,寓真这里的"闲",是进入"无我""无为"之境的"闲"——物我之际,已经悄然隐去矣。正是:"物我两忘,是非双遣。"尾联又进一层:明告诸君,世之污隆,非吾份也,惭之愧之!风之高低,非吾知也,听之任之。

秋 霁

霁景何其美,水天深且碧。
云闲纵目邀,岚翠开胸汲。
林下露凝肩,径前芳绕膝。
所归当在斯,心魄洁如玉。

【笺评】

　　介然叟曰:这是一首入声韵的五律。起句先赞一句"霁景"之美无度,承句则就"美"字落笔,"水天深且碧"。说水和天都"深且碧",可也;说水中之天深且碧,亦可也。总之,秋空雨后,一碧如洗,其高远深邃,不可知也。而秋水明洁,映碧空而愈明,水中之云影空碧,不可测也。如此,首联拟就了一个广阔明静的空间,一个属于诗人自己的世界。接下来的两联写这个世界中的所见所感。颔联说"云闲",不是云闲,却是心闲;"纵目邀",邀,非"邀请"之邀,乃是"留住"之义——碧空无物,眼光无处可凭,只有那块闲云可以接住我的目光,让心感受在无穷的碧空中遨游的自在。对句目光下移,山间的雾气一片翠绿,翠到李白所谓"寒山一带伤心碧"的地步(何满子说,"伤心碧",犹川人说"绿得惨了",即极其可爱,可爱到心疼的地步),恨不得大开胸臆,一口吸到胸中。但作者不用"吸",而用"汲","翠岚"不是飘带样的雾气,而像是翡翠般明洁的水流,只可汲而不可吸。颈联说来到林中,露珠在肩上滚落,小路两侧的香花芳草,掩盖了膝头。这两联四句,从"云闲"的碧空,到林下的"芳径",空阔芳洁,纤尘不染。这让我们想起了屈原在《离骚》中写他经营的那个无比芳洁的世界,是那样高洁,那样馨香。从《诗经》开始的比兴,以香草美人比喻君子和君子之德,在寓真这里又一次放出了灿烂的光彩。尾联言人生终极的皈依处,在此不在彼,既得自由,又保其洁。

范仲淹曰:"微斯人吾谁与归!"

小园草

春荣夏丰茂，情意满秋庭。
伴侣芝兰秀，环萦玉树馨。
风摇方倜傥，雨洒愈娉婷。
何惧冬寒萎，来年更郁青。

【笺评】

介然叟曰：古来赞"岁寒三友"，赞"四君子"，不闻赞小草者。此题"小园草"，甚尠见也，可谓"创题"，创题来自创意。起笔便说其"生平"：春荣夏茂，秋则情意满庭。非独秋来有情意，自春荣以来，情意便与春荣而俱荣，与夏茂而俱茂也。然则何情何意也？中间两联正待言说：其所为伴侣者，乃芝兰之秀；其所为环绕者，正玉树之馨。此同生、同聚、同长、同茂之伴之侣也。且草虽小，自有其本心风骨：狂风摇之，更显其劲正倜傥之姿；暴雨洒之，愈见其从容娉婷之态。结末言冬虽萎，而来春更荣更茂。

"芝兰玉树"典出人们熟悉的《世说新语·言语篇》谢玄语："譬如芝兰玉树，欲使其生于庭阶耳。"那是极品的贵族之家，后世谓之"谢家宝树"（王勃）。园中小草何可当之？然诗人毫不含糊地让小草与高贵的芝兰玉树相伴、相并，且谓之"伴侣"。在传统，则《庄子·齐物论》、佛家"众生平等"说有之，然则诗人之心胸可知矣。此非欺世盗名者所能望其项背也。

小　聚

会心焉在远，小聚趣无穷。①
睇鸟穿云白，牵枝坠果红。
酡颜辞夕巷，语罢起西风。
世道凭多变，相知梦亦同。

【注解】①《世说新语·言语篇》："简文入华林园，顾谓左右曰：'会心处不必在远，翳然林水，便自有濠濮间想也。觉鸟兽禽鱼自来亲人。'"刘孝标注："濠、濮，二水名也。《庄子》曰：'庄子与惠子游濠梁水上。庄子曰：儵鱼出游从容，是鱼乐也。惠子曰：子非鱼，安知鱼之乐邪？庄子曰：子非我，安知我之不知鱼之乐也？''庄周钓在濮水，楚王使二大夫造焉。曰：愿以境内累庄子。庄子持竿不顾，曰：吾闻楚有神龟者，死已三千年矣，巾笥而藏于庙。此宁曳尾于涂中，宁留骨而贵乎？二大夫曰：宁曳尾于涂中。庄子曰：往矣，吾亦宁曳尾于涂中。'"此处言只要有感于心、有心得，小聚比盛会更美，小园也能得真山真水之趣。

【笺评】

介然叟曰：起句借用《世说新语》东晋简文帝（司马昱）语，说小聚比盛会更能得无穷之趣，亦以点题也。颔联出句说睇鸟飞上云天，是在不经意间眼角余光所见，犹斜视也。与陶渊明《归去来辞》中所谓"引壶觞以自酌，眄庭柯以怡颜"是同一标置。对句是又见"牵枝坠果红"，谁"牵"？正不必细究。与鸟飞一样，皆寓自然自在之意。唯其自然自在，才是自由自适之所从出。这也是只就主客之间的"会心"而言。颈联说直到黄昏，客人喝得面红耳热方告辞，主人送至巷口，迎着夕阳，又站着聊了几句，待西风吹来，挥手告别。忽"起西风"，寓世态人情之幻化无常，这才有了尾联的慨叹：知己情意之坚确不拔——不管世道如何，知音之心永远不会改变，永远是一气同情的。言外有无限感怀，然只在主客会心处，不必明白说出也。

回头再看起句，则知全诗所写只在"会心"二字上生发出来。会心，乃全诗之眼目也。人生快意大约也只在"会心"二字上，只有会心，才能注于心且驻于心。

登东台望海寺^①

连天丰草绿，漫壑野风来。^②
无垢清凉界，有灵般若台。^③
携云浮太极，望海见蓬莱。^④
多少烦纤事，顿时心镜开。^⑤

【注解】①东台：指五台山东台顶，上有寺曰"望海"。②漫：满也。又，弥漫。壑：山谷。③无垢：梵语，垢，为烦恼之异称，指污秽心灵之垢物；无垢，指离烦恼之清净。又作无漏。烦恼有多种，如贪、嗔、痴之三垢，恼、害、恨、谄、诳、憍（同骄）之六垢等，为妨碍实现觉悟之一切精神作用。（《华严经》卷七十六）传说五台山五台供奉五种文殊菩萨变相，北台为无垢文殊。般若：梵语。又作波若、般罗若、钵剌若。意译为慧、智慧、明、黠慧。东台供奉聪明文殊。④携云：同偕云，这里是乘云之义。太极：本为古人想象中宇宙原初存在的状态，即混沌一元之气,由一元之气而分裂为阴阳二气,然后才产生万物。这里指远离尘嚣污浊,来到极遥远的宇宙边际。⑤烦纡:被烦恼缠绕。纡,曲折、盘曲。这里指缠绕。

【笺评】

介然叟曰:这是一首登五台山东台顶有感的诗。起句言登东台放眼,无边(连天)的绿草。为何不说树?缘"连天"之绿,草树莫辨也。清人高士奇《扈从西巡日录》也说登五台的感受:"(五台山)林木葱郁,尽在岩阿。有杉丛生,下视若荠。"孟浩然《秋登方山》诗云:"天边树若荠,江畔洲如月。"古今同鉴。承句一"漫"字,得风势浩大之状;一"野"字,尽山野之风无遮无拦、无拘无束、肆意狂奔之态。颔联出句总言五台山为无垢之清凉世界,对句则回到本题,专指东台言。"有灵",从眷恋功名利禄之愚痴迷幻中醒来,顿然有所感通,心灵进入纯净世界。一瞬间,好像可以乘云气而飘浮到远离尘世的太极空间,又好像看到了古人无限向往的东海中的蓬莱仙境。尾联进一步说,此时此刻完全摆脱了世间数不尽的、令人烦恼的"人事",而心境顿时清澈如明镜。

全诗所言可以概括为"心随境转,相由心生"。

雨后行

澄霄云影澹，浓树鸟声闲。

策杖过前浦，临风坐半山。①

上衣芳草长，撩眼野花斑。

到得清空处，方知一指禅。②

【注解】①前浦：无定名之水边，随所在其前而名之也。王维《汉江临泛》："郡邑浮前浦，波澜动远空。"杜甫《公安县怀古》："维舟倚前浦，长啸一含情。"但水边渡口，乃离别之地，是以往往蕴含伤感、怀旧之情。李白《闺情》："水或恋前浦，云犹归旧山。"孟浩然《夜泊宣城界》："去去怀前浦，茫茫泛夕流。"释皎然《五言送崔詹事论之上都》："重看前浦柳，犹忆旧洲苹。"皆是也。②一指禅：禅家公案。又称俱胝竖指、一指头禅。指唐代婺州金华山俱胝禅师（达磨十一代法孙南岳下五世），对参学者每竖一指示之，别无其他作。《景德传灯录》卷十一叙其大悟前后原委："俱胝和尚初住庵，有尼名实际，到庵戴笠子执锡绕师三匝云："道得即拈下笠子。"三问，师皆无对，尼便去。师曰：'日势稍晚，且留一宿。'尼曰：'道得即宿。'师又无对。尼去后，叹曰："我虽处丈夫之形，而无丈夫之气。"拟弃庵往诸方参寻。其夜山神告曰：'不须离此山，将有大菩萨来为和尚说法也。'果旬日天龙和尚到庵，师乃迎礼，具陈前事，天龙竖一指示之，师当下大悟。自此凡有参学僧到，师唯举一指，无别提唱。有一童子于外被人诘曰：'和尚说何法要？'童子竖起指头，归而举似师。师以刀断其指头，童子叫唤走出，师召一声，童子回首，师却竖起指头，童子豁然领解。师将顺世，谓众曰：'吾得天龙一指头禅，一生用不尽。'言讫示灭。"最后,连佛法都归于"空",所以才有王夫之"一切所谓法,皆非法也"之说。

【笺评】

　　介然叟曰:"雨后行"者,特言雨后户外随行随想之所得也。起句即点题,雨过天晴,是以天高云淡;承句之"鸟声闲",进一步强化了雨后的"清"和"静"。领联方说到"行":策杖而行,萧散之情出矣;"过前浦",言行经之地;但"过"字还有探访、访问之义。而"前浦",乃亲友离别之处也,当亦有些许怅怀。"临风",言所行之爽,"坐半山",不止写行程之终点,一"坐"字,画出多少悠闲。颈联写"坐半山"之所见,芳草已高及衣襟,一"上"字,写出无限亲切,芳草之"芳"才有了着落;然后是野花撩眼,一"撩"字,更见得无比热情,野花之"野"趣才愈显盎然。此联回照"前浦"句。结句陡然提起:"到得清空处,方知一指禅。"是不是太突然了?真个是"羚羊挂角,无迹可求"吗?那么,再回头看看,有何脉络可循。

　　原来机关全在首联对句的"闲"字上:鸟声如何是"闲"?鸟之鸣,晴天如此,雨天如此,雨后如此,雪后亦复如此。闲与不闲,其实只在听者之心——心闲,则万籁俱闲;心烦,则是声皆烦。明乎此,则知全诗皆出于"闲"也。领联之"过"字,遥想当年,此地一别,多少缠绵!而今芳草依旧,野花灿然,噫,转瞬成空!然则尾联出句简直是顺理成章,水到渠成。"清空处",正是坐在半山所见之空阔、所想之空虚:天地之间,一派清空;斑斓人世,终归寂灭。这才归结到"方知一指禅"。

　　"一指禅"究竟何指?曰"万法归一",乃万法皆归一空之意。《三藏法数》卷四:"一空者,谓一切诸法皆无自性,若色若心,若依若正,乃至圣凡因果之法,虽有种种不同,但求其体性,毕竟皆空。"正因为万物"毕竟皆空",眼前的花鸟草木山水人情……究竟皆空,从而领悟到空性,亦即悟到了佛性。那么,这个看似陡然之想,实则从"闲"字来——我还要提一下陶渊明那句"虚室有余闲"的话头,那才是"得道"之说。寓真这里与靖节同其声口,亦同其心志。

所以,作者虽然悄悄地把"闲"字放在"鸟声"之后,读者却万万不可被诗人瞒过,那个"闲"字才是一诗之心眼。

然则,题目所谓"行"者,何也?"行散"为魏晋时期服食者之行,"经行"则是出家人至今还坚持的一种修行方式,皆为求方外之"真"所设。而"雨后行",是行散也,抑经行也?禅师必竖一指,呵曰:"参去!"

七八初度

踏山且浮海, 忆学复思农。
熔铸精魂在, 流涛岁月穷。
臬司忘苦志, 酒侣叙从容。
余剩无他物, 诗词草数丛。

【笺评】

介然叟曰:这个年岁,这个生日,作者觉得应该总结一下了:踏山,踏峨嵋也;浮海,去海南也。学生时期,去峨嵋县搞"四清",经历了四川贫苦的农村生活;毕业后,又去海南,备尝边海的万般辛苦(首联)。那些活动,都熔铸了一种精神,即使岁月如流,也冲刷不掉铸就的"精魂"(颔联)。后来任高院院长,是主管一省刑法的长官

（臬司），但岂能忘怀于此前立志努力的辛苦（颈联出句，当作反问句），这情境只能和知己在杯酒间从容谈起（颈联）。而今退休后，剩下的只有几卷诗词稿本了（尾联）。

　　赞曰：江河往止，清芬漾止。山嵩水永，斯文仰止。

诗文社聚会留赠

　　荟萃开文派，优游集雅人。
　　温柔诗与酒，敦厚气兼神。
　　兴到惠风畅，秋来佳事频。
　　何其相聚乐，难得此情真。

【笺评】

　　介然叟曰：此类诗属于酬赠之作，但也要说到"点上"，即须切合作者及与会者的身份，表达其情其境的真切感受。首联出句点题，对句说社中人。颔联蕴涵"温柔敦厚，诗教也"之深意，切合了聚会者的身份和志趣。颈联出句"兴到惠风畅"，是全诗的"亮点"，是对此次诗人聚会的高度评价，因为"惠风和畅"出自《兰亭集序》——那可是一次"群贤毕至"的雅会！尾联"何其"对"难得"，情意深挚，仔细品味，其有兰亭之慨乎！

过办公旧址

熏风回碧树，犹是旧时声。
肩重劳神甚，心安持法平。
郁曾孤自解，愁莫对人明。
所得诗文在，皆由真实情。

【笺评】

介然叟曰：首联"熏风回碧"，树因熏风回而绿，那声音还跟当年一样。中间两联写当时工作的情形：肩重劳神，持法公平；也曾有过孤独的郁闷，但都自己解决，从不跟别人说起。这是一种强大的力量，自信、自律、自励、自强，独自从困境走出来，就会越来越强大。尾联说那时写的诗文都出自真情实感。这是一段艰难的历程，也是一段铸造精魂的经历。

"熏风"并非简单的"南风"，而是一个有内涵的典故——舜弹五弦之琴，歌"南风之熏兮，可以解吾民之愠兮"。这个传说中无比美好的时代，"法虽立而刑措"。"尧天舜日"，是中华民族几千年追求的理想，也是作者初到法院工作时的志愿——"犹是旧时声"，还是当年的心声，喻诗人的初衷依旧：人间依旧，世事依旧，是以心声依旧。噫！这世界仿佛从来如此！

听　蛩

晚霁初凉入，蛩吟幽径陪。

抑扬犹水起，清婉挟风来。

几许悠闲趣，何其音乐才。

玉人同此夜，花影上楼台。

【笺评】

介然叟曰：首联"晚霁"，好时光；"初凉"，好季节。闲步幽径，好自在；蛩吟相陪，好趣味。拈出"蛩吟"，点题。中间两联正面写"听"："抑扬犹水起"，"犹"字蓄意，顾起句"凉"字；"清婉挟风来"，"挟"字有情，应承句"陪"字。颈联"几许"，体味不尽也；"何其"，赞美不跌也。尾联"玉人"乃一诗之眼目，"听蛩"之趣之悠之闲之有情，皆缘此"玉人"也。结句"花影上楼台"，是说夜里时间的推移：月影西移，又逐渐在西天下沉，那本来在地上的花影，却被西天低落的月光"移"上了楼台。差不多同样意思的话，苏轼说："转朱阁，低绮户，照无眠。"此直写月光移动，而寓真以花影的移动侧写月亮的移动。当然，各自"无眠"的心境不同，各自的取景也就各尽其妙。

昔曹子建以"明月照高楼，流光正徘徊"名垂千古，古人每以"浑然天成""言有尽而意无穷"称许之（见罗大经《鹤林玉露卷三》、张镃《仕学规范卷三十九》），寓真"花影上楼台"比之如何？

仲春不适

岁月兴观尽，文章群怨休。
浑身皆病痛，何事不伤忧。
晓雀啼窗冷，梨花着雨稠。
人间非昨日，桑海又从头。

【笺评】

介然叟曰：首联两句是互文，言随着岁月的推移，文章（诗）关于"兴观群怨"的作用，似乎已经写尽，写过的文章也不会再有那样的作用了。这是说，孔子提倡的"文统"或"文脉"，在这里已经断裂。颔联说这种"断裂"的原因：自己浑身是病，无事不忧。首联和颈联的因果关系，可以顺逆两说，互为因果：因为"兴观群怨"不复存在，所以"我"无处不病，也就无事不忧；反过来也可以说：因为"我"浑身是病、无处不忧，所以也就使"我"的文章"兴观群怨"的功能不复存在。颈联说春意渐浓，那梨花因为下雨而开得更旺了，然而还是有寒冷之感。看起来与上联失去了联系，实则上联是因，这一联是果：因浑身是病，百事堪忧，所以睡得不好，天刚刚发亮，麻雀就叫起来了，于是感觉到寒冷……麻雀叫得心烦。麻雀俗称"家雀（qiǎo）儿"，成天到晚不停地叫，城里能够听到的也就只有这一种声音，叫得心烦。心烦，便看什么都烦——院里那棵梨树，满身开得雪白；梨花似雪，心烦而又心冷。佛说，刹那万劫，于是，顿然感到人间已非昨日，沧海桑田的又一轮巨变似乎从头开始了。这是作者卧病中写下的一首感怀之作，以诗自慰，以诗自疗，也是诗人的一种秉性。

秋月夜有怀

寰间曾纵横，风雨半功名。
登岳听涛志，咀词含韵情。
慨然惊已耄，宁此默无声。
但借秋宵月，宽肠酒细倾。

【笺评】

张希田：作者尝自谓：第一是诗人，第二是学人，第三是法官。此诗首联回顾了寰间纵横、尽力事业的为官生涯，颔联表达登岳观涛、学究天人的学者情怀，颈联显示了"烈士暮年，壮心不已"的诗人风骨，尾联借"举杯邀明月"之古意，情未尽而味无穷。

介然叟曰：寰间，宇内也。纵横，虽有纵横驰骋之意，实乃东奔西走之叹，犹孔子言"予东西南北之人也"。承句紧接"纵横"说，这一生风雨与艳阳相携，挫折与功名相伴。颔联写情怀：登岳听涛，其志壮也；咀词含韵，其情纯也。颈联陡然一转，慨叹今生已老，就此沉默。"宁此"，心有不甘也。尾联乃自宽之辞，亦点出题目。题目是"秋月夜有怀"，"秋"字寓有岁暮之慨，"月夜"易生联想，古今皆然。"有怀"，八句四十字，句句字字皆是"怀"，然"宁此"才透露出其所以"怀"：曾有的纵横、风雨和功名，曾经的壮志、纯情和期许，都在那"惊"字中倏然消逝了，才牵出那不甘的"宁此"，也才有了结句的"宽肠""细倾"的深情之憾。

撰写《书画拾零》

晚年犹悃忱，残纸亦如金。
灯暗噙文细，风窗落叶深。
惜藏兼惜赏，殚力并殚心。
此事洵辛苦，旁人岂解吟。

【笺评】

张继红：寓真是大法官、法学家，也是作家、诗人。他在抽象思维和形象思维之间徘徊，在法官和作家之间穿梭，自由切换，著作等身。友朋惊叹其才艺，我更钦佩其"悃忱"。所谓"悃忱"，诚恳也。要有收获，就得诚心诚意地耕种。借用当代书法家林鹏常说的话：如此而已，岂有他哉！此诗的第一句，就说到"悃忱"，我以为正是作者自道心得，且是一生坚持，不敢懈怠。我任职出版社，曾为寓真编辑过若干著作，《行道集》《张伯驹身世钩沉》《读印随笔》《碧落碑考》，等等，哪一部著作，都是点灯熬油，夜以继日，反复订证，倾注了无数心血。如今年届八十，又撰写新著《书画拾零》，临近收煞阶段，吟诗一首，释放感慨之情。诗里的动词用得极好，文要细细的"噙"，书画要"惜"藏并"惜"赏，著书更是"殚"心"殚"力，如此道来，哪个不是"悃忱"。后生拜读，顿生钦佩向往之心。

张希田：据我所知，诗人还爱好收藏和金石研究。晚年悃忱，惜纸如金，惜赏惜藏，殚力殚心，充分表现了诗人对传统文化的执着及其治学之不易。读其尾联，"此事洵辛苦，旁人岂解心"，不禁令人感动，敬佩之情油然而生。

介然叟曰：寓真退休后，辄整理他从早年就搜集的藏品——那时还年轻,古物的早市、夜市常能见到他的身影,公休日无事时也每出没于古玩市场,有所获则笔之于纸,积之既久,错杂纷陈,整理实属不易。起句即言晚年对书画的热情,还是那么炽热。"悃忱"连用,诚之又诚,厚之又厚。哪怕是残纸一角,也珍重如金。颔联写其行:"噙文",见其斟酌之细;"落叶深",见其斟酌之久。"噙文",不见古人用过,乃作者所创,形象而生动。颈联写其心:两个"惜"字,写足"藏心""赏心"之情,两个"殚"字,写尽竭尽心力之劳。尾联终于叫出"辛苦",却道"旁人岂解"。结末一"吟"字,是反复不定之"沉吟"——仍然是辛苦琢磨而乐趣在其中。

卷四

七言律诗(上)六十五首

八达岭留别

春风出塞送芳菲，夏雨登关妆翠微。

历史千秋杳如梦，繁华几日忽成非。

燕山晓泪溶花露，粤海遐心浴彩晖。

公主琵琶莫幽怨，孤鸿更向远疆飞。①

【注解】①历来有关昭君出塞的诗举不胜举,如李颀《古从军行》:
"行人刁斗风砂暗,公主琵琶幽怨多。"杜甫《咏怀古迹》:"千载琵琶
作胡语,分明怨恨曲中论。"孤鸿,孤单的鸿雁,阮籍:"孤鸿号野外,
朔鸟鸣儿林。"张九龄:"孤鸿海上来,池潢不敢顾。"

【笺评】

　　介然叟曰:这是作者大学毕业、确定被分配去海南(时属广东
省),在即将离京时,登八达岭长城之作。此一别,在北京五年的学
生生活就彻底结束了,从此天涯海角,不知道何时或者还能不能再
来北京,其心情可知。

　　首联说来八达岭的时间,是春末夏初。登城遥望,一道城墙把
山野分为塞内塞外,一种沉重的历史感涌上心头:两千多年,如梦
幻般成为过去;而每一代的繁华,也不过转瞬成灰:西周的猃狁,秦
汉的匈奴,唐代的突厥……"秦时明月汉时关"。颈联"粤海遐心"自
然是作者之心,出句的"燕山晓泪"是何人之泪? 看下联"公主琵琶"
对应作者的"孤鸿远飞"才能明白,那"燕山晓泪"说的是当年昭君
出塞,当她早起看到自己即将走出这道城墙,从此将与汉地永诀之
时,无论她远嫁匈奴是怎样的心态,此时,她都会流下热泪。"溶花
露"是双关语,既是说昭君的眼泪挂在她那花一般的脸上,也是说

她的眼泪滴落在花上，与花瓣上的露珠溶在一起，当太阳升起的时候，露水会瞬间消失，隐藏着另一个话题：人生如朝露。对句是说自己而今将奔向遥远的粤海，在那里将沐浴着霞彩朝晖。"晓泪"可能包含着昭君的怨恨、眷恋、无奈和惴惴不安的复杂心情，但作者的"遐心"却是单纯的。"彩晖"，就特定的历史时代而言，可能还含有一种"崇高""光荣"或"豪迈"感。于是推出尾联：公主你也不必再幽怨，因为我将比你更孤独地飞向更遥远的粤海南疆。这尾联其实饱含着一个使命感：如果说王昭君承担着"和亲"的使命，那么，作者就肩负着社会建设的使命。

本诗表现了作者自青年时期，就已经学会了如何以"比兴"取象。首联一"出"一"送"、一"登"一"妆"，把春风、夏雨人格化，使人与物化为一体。而"出塞"则是全诗"要眼"处，笼罩全诗：由此想到数不清的"出塞"，李广出塞，卫青出塞，霍去病出塞，昭君出塞……而今那些出塞的故事已杳然如梦，战争、和亲包括长城本身换来的繁华安宁有几天呢？其中最感人的当数昭君出塞和亲了。然后想到昭君"北出塞"与自己的"南越岭"联系起来，就有了后两联的对比。

当然，这诗的后四句也可能隐含着一个故事，是以王昭君比喻因被分配到遥远地方而洒泪女同学。那么，此诗既含对同游的安慰之意，也是作者的自我慰勉吧。

漂萍述怀

北陲惯踩冰霜走，南粤又迎雷电行。

地角有心征大浪，天涯立愿掣长鲸。①

帆穿白雨沧波暗，歌荡紫烟江火明。

我更因之梦海月，今宵飞渡出羊城。②

【注解】①掣长鲸，可简化为"掣鲸"，出自《庄子·外物篇》任公子东海钓巨鱼的故事。杜甫在《戏为六绝句》中说："或看翡翠兰苕上，未掣鲸鱼碧海中。"②李白《梦游天姥吟留别》："我欲因之梦吴越，一夜飞度镜湖月。"

【笺评】

江岚：寓真有的诗词偏于婉约。而在《四季人生·夏之辑》中，则有诸多驾雷掣电、声宏气壮的诗句。"北陲惯踩冰霜走，南粤又迎雷电行。地角有心征大浪，天涯立愿掣长鲸。"充分展示了诗人刚正执着的个性和坚忍不拔的意志。阅其诗词中一刚一柔，一个有性情、有个性、可爱而且可敬的诗人兼法官的形象便跃然纸上。

张厚余：寓真在创作思想上极其推崇风骨。他在其诗集自序中曾说："诗歌创新的根本在于风骨、格调。"他的诗，我以为就是一直在向这一目标进行矢志不移的追求。诗人步出大学校园时，孑然一身远赴海南岛西部黎族苗族山区，被安置在一间茅草棚中，竹篱泥墙，低矮潮湿，孤寂凄清，又因劳顿奔波，身染疾病。但就在这整整七年艰苦的岁月中，他以诗歌自励，写出了不少意境优美的诗篇。诗，是诗人人格、气质、秉性的具现。《漂萍述怀》这首当年将赴海南时的歌吟，全诗都充满一种劲健有力的豪迈之气。

介然叟曰：大概是作者赴海南途中，暂住广州时遇到一个雷雨交加之夜，南望儋州，不知去工作的地方怎么样，心潮逐浪而赋诗一首。正值青春年少、壮志凌云的岁月，其心愿在于"征大浪""掣长鲸"，对未来充满了激情和梦想。正所谓："小马乍行嫌路窄，大鹏展翅恨天低。"

诗的基调激越而豪气干云，有几分刘琨的"清拔之气"，有几分李太白的浪漫，还有几分苏、辛的豪迈，但一看就知道是个锋芒颖脱、初出道的小伙子，锐气有余而雄厚不足，缺乏阿瞒的沉雄和老杜的沉郁。他急于要试一试"新发于硎"的"霜刃"，还没有意识到那"雷电"有多么凶险。但是，人生如果没有这份"迎雷电行"的勇气和锐气，便永远也体会不到生活的真正内涵，更不能理解什么是真正的人生。可贵的是，随着作者阅历的增长，逐渐沉稳之后，那份勇气和锐气并没有消磨分毫，而沉雄和沉郁却越积越厚，这才造就了他一生的人格清拔而事业有成。

赠同学

百侣相携粤水头，星波月浪渡琼州。

行程尚远添新志，边色多娇解旧愁。

蕉雨窗前念京国，椰风崖上瞩环球。

诗成互寄为共勉，荒外吟来情更遒。①

【注解】①荒外：荒服（八荒）之外的地方。原指远离京城、域外极其荒凉之地。《尚书·禹贡》以京城为中心,把天下分为五服:甸服、侯服、绥服、要服、荒服,每一服相距五百里,荒服离京城最远。

【笺评】

　　介然叟曰:同一个学校不可能往一个地区分配那么多学生,这"百侣"应该是不同高校、不同专业同时分配到海南的毕业生,统一在广州会合,然后再分派到海南的各市县,到了县里,还可能再往各公社分派。

　　一个星月在天的夜晚,大家集中乘船,同往海口。颔联的"添新志"和"解旧愁",纯是安慰之辞,表现了作者的旷达胸怀。其实这一次渡海,大家的心情是非常低回的,卷二《海上》绝句说:"共渡天涯离乱逢,琵琶无语感伤同。谁知多少忧时泪,卷入滔滔烟浪中。"这才是真实的心情。"行程尚远",实指我们都年轻,未来的路还长,这是虚设;"边色多娇",是说海南的风景如画,这是实情。颈联是对同学的鼓励,将来到了地方工作单位,不管碰到什么情况,都要有开阔的胸怀,他在同时期的词作《沁园春·春宵》中说:"炎威瘴厉,容鬓华逝,浪迹萍踪犹可豪。须勠力,更骞思远骛,展望明朝。"表达的是同一种心愿。第二年,在《锦堂春慢·台风》中又说:"甘把生平抱负,付与风波,淘尽流年。"当然,青年时期的作者,即便是孙悟空,也不可能跳出那个时代的思想印记。但是,从实际出发的真实情形,由实际情形得出的真情诉说,谁都会感受到其中温暖的关爱,这又是一种真实的体验。尾联则进一步叮咛要互相联系,在这蛮荒之地,尤其需要互相关切和鼓励,我们的友情会因此而愈加坚固。《庄子·徐无鬼》:"夫逃虚空者,藜藋柱乎鼪鼬之径,踉位其空,闻人足音,跫然而喜矣,而况乎昆弟亲戚之謦欬其侧者乎?"

　　赠言须要实话实说,一有虚浮,便成伪屑。在那个时代,在那种地方,如果没有了希望,失去了盼头,怎么可能活下去。理想,是生命的永动机;友情,是人生不可或缺的支柱。

梦还上党

太行莽莽向天横,梦魄飞魂還故城。

依旧莲池潇洒影,重闻书院朗然声。

黄金难换芳华岁,白玉无如少友情。

风雨钟楼雄峻在,当年意气不能平。

【笺评】

姚、汤《选评》:这是一首记梦诗,此类诗陆游写得最多。梦欤?非梦欤?乃诗人乡情之寄托也。诗的起句和承句写得好,有气势,衔接得天衣无缝。颔联是回顾,诗人又回到了少年时代,陂塘有一少年的倒影,书院有朗朗的读书声。颈联是感叹,岁月不居,时节如流,"昨日少年今白头"了。少年同学虽天各一方,但友情却未因时间而冲淡。尾联又回到现实中来,风雨沧桑,但城郭依旧,钟楼仍屹立城头。此诗寓情于景,景语亦情语。

介然叟曰:梦中所历,完全是中学时代的情景:"莲池",是长治市(古潞安府)著名的古迹莲花池。书院,古潞安长治县有两座书院,雄山书院和东山书院,此处借指作者中学读书的长治二中。学校旁边这座钟鼓楼,是作者少年时期许多重要关头或事件的见证。长治是作者一生最难忘怀的培植文化根基、萌生文学之梦的地方,在那里度过了一生黄金不换的年华,有白玉难比的最纯洁的少年友情。梦回之后,"少年意气"还在胸中涌动。

　　本诗最出色的句子是尾联,出句是写实,但又最具象征意义,作者一生发愿做人的志向是"月高昭品行,星灿启聪明",诗歌文学是他理想的事业。就像经历了千百年风雨的钟鼓楼,仍巍然屹立,他在少年立下的理想(意气),经历了如此巨大起伏和动荡的世事,至今还是那样激荡胸怀,想起来依旧令人"神王"。这种既是写实,又具有深刻寓意的诗句,看起来情景真切自然,仔细体会又情理俱厚,味之不尽。

咏　志

人间豪气壮山河,　边塞长风万里歌。
明月迢迢怜小屿,　残阳莽莽怒洪波。
渔光雾港横征橹,　猎火云山伴戍歌。
富贵温柔何足念,　披坚执锐志常多。

【笺评】

　　徐放:古人说"诗言志",又说"诗缘情"。什么是志?又什么是情?我认为所谓志和情,或者说是情志,就是诗人的一种胸襟和怀抱。如寓真这首《咏志》,这里所写的,就是一种胸襟和怀抱——一个坚守在边地的战士的胸襟和怀抱。正是这样的胸襟和怀抱,使人感受到了一种无私的、奉献的、英雄般的激越和豪迈的美!

　　介然叟曰:首联直抒豪气、浩歌,中间两联写南海中小岛的秀丽、琼岛群山如洪涛涌起的壮美以及海岛的守卫状况。尾联点题述志。明月小岛、残阳洪涛与渔光征橹、猎火戍歌，概括了渔、猎的不同生产方式与民即兵、兵即民、兵民合一的生活方式，知识分子的忧患意识和责任感油然而生，是所以立志也。

起句为全篇精神所在：只因这"壮山河"的"豪气"，才引发了以下所见与所感，从而确立了为国献身的志向。所见则小屿在高高的月光下是那么可爱，残阳中的"莽莽洪波"豁人心胸；渔光雾港，有征寇之橹；猎火云山，伴戍卫之歌。一"横"字，写其待发之势；一"伴"字，凸显出击随时。尾联回应并满足了起句的"豪气"。于是"前注之，后顾之"，构建了一个完整的"意象"，即一个自足的生命世界，也是其终身不渝的"志"之所以立的基础。

黎家古寨

杳茫无字记刀耕，蓊郁有村遗古名。
榕树遮天撑翠伞，木棉绕寨挂红缨。
猎归苍岭云烟暗，饮罢茅庐曙色明。
人在异乡随异俗，山兰淡酒慰浮生。

【笺评】

介然叟曰：人生得有"生趣"，无趣，则生命的运动失去润滑，虽生亦无鲜活之气矣。本诗写的是黎族山寨的"异俗"之趣。

这个村寨因为没有文字记载，连村名都失去了。但见树木蓊郁，寨舍离离。村名怎么会丢失？不是太奇怪了吗？可见此村不与外界交往，用不着记住村名，年代久了，大家也就忘了。这真是老子说的："小国寡民,鸡犬相闻,民至老死不相往来。"其远离现代文明之"远",可知矣;其古朴之至,亦可知矣。但是,他们是要接受现在政府领导的,是要登记的,可能会取一个新的村名,从前的村名彻底地遗失了,所以作者说"遗古名"。"榕树遮天"和"木棉绕寨",足成首联"蓊郁"之象,见其"古"而"隐"也。他们的生产方式除了首句所言"刀耕(火种)"以外,就是狩猎。诗人来到这个村,跟他们一起打猎,直到天黑;然后就是喝酒,一直喝到天明。怎么会喝一夜酒?这是黎寨的生活习俗,不喝不行,这就是"随俗"。喝了一夜,居然没醉,因为是原始的薯酿方法,是酒精度数不高的"淡酒"。作者说"在异乡随异俗",就是"俗趣"。你得体会老子说的那种"朴野"之趣——他们肯定没有那种令人生厌的高谈阔论,喝酒就是喝酒,所有的话都是废话。也没有心怀鬼胎,要把谁灌醉的邪恶念头。就像李白说的那样"一杯一杯又一杯",其酒趣盎然也。如此这般,就好像回到了真正原始的"野蛮时代"。

　　本诗用四句写其朴野的原生态自然环境,再用两句写其生活方式,最后两句议论。朴中有趣,野中有味。然而那"趣"和"味"中的又一种成分是"辛"和"酸"。

边村劳动记

荷锄环顾愕鸿荒,村语难通怯犬狂。

红薯刨来拇指大,甘蔗偏得过肩长。

野炊充腹粥汤寡,少妇哺儿襟乳香。

忽觉东坡流放在,春风叹息仁腮旁。

【笺评】

介然叟曰：这是一首记述在海南参加农村劳动的诗。起句"鸿荒"，乃一诗之眼目。这里的"鸿荒"表现在生产方式的原始，手指大的红薯，过肩高的甘蔗，基本上是野生野长；也表现在生活方式的原始，由于缺少粮食，午饭不过是稀汤寡水的粥汤，女人们奶孩子也不避讳外人。这里似乎从来就没有礼义教化。忽然想到，既然自古以来就是如此，那么北宋的苏东坡被贬到这里的时候，也就如此吧？一阵春风吹过，似乎是苏东坡的一声叹息，那叹息声长久地停留在腮边。

作者用字十分讲究，如尾联出句的"在"字，把苏东坡拉到一千年以后的中国（也可以说把读者拉回一千年前的北宋时期），世界经过一千年的沧桑，在这里的"鸿荒"居然没有任何触动！对句的"伫"字，更深化了那声叹息。这就把"鸿荒"久久刻印在记忆中。

早发通什①

雄峰四面挂云端，车道盘旋入九天。

抬眼烟村惊世外，回头街镇坠深渊。

茅庐筑在彩霞畔，浣女飘来银汉边。

风送茶香沁灵腑，只教远客不思还。②

【注解】①通什：通什镇，原名冲山镇，曾是海南黎族苗族自治州政府驻地，1986 年改称五指山市，即为市府驻地。通什处于五指山腹地，群山环绕之中。②灵腑：同"灵府"，指心（精神之所在），见《庄子·德充符》。琼中产茶,入山有茶园可观、茶香可闻。

【笺评】

　　姚、汤《选评》：此诗对沿途景物作了艺术上的夸张与记录。非身临其境者,不能写出此等诗来。有句有篇,飘逸空灵,"抬眼烟村惊世外,回头街镇坠深渊"之"坠"字用得绝妙。结句是全诗的总结,余味不尽。

　　介然叟曰：首联以"云端""九天"概言山之高,路之险。颔联、颈联具体描述路边所见：烟雾笼罩之村,惊如世外;回看向来街镇,若坠深渊;彩霞缭绕茅庐,疑为仙居;女子浣衣溪边,恍在云汉。笔致精细,来自体悟之妙;诗心灵动,方有飘逸之象。尾联之茶香沁入灵府,结句"不思还",流连之极。

　　本诗气韵生动,意境潇散。释家"顿悟",出自渐修。诗境之出,莫非自然。如果没有前面两联之美的铺垫,加之尾联出句之"香沁",绝无结句之"顿教"。妙手裁诗,不露痕迹。神而明之曰"羚羊挂角,无迹可求",此之谓矣。

旅途有思

晨曦八所暮三亚,雷电儋州雨白沙。

芒果飘香疑杏熟,木棉飞絮似杨花。

书生嫉俗深怀友,壮士忧时胜念家。

欲对衰风呼正气,莫教浊秽染明霞。

【笺评】

姚、汤《选评》：前两联是对景物的描写，八所、三亚、儋州、白沙，皆是海南岛的地名。通过芒果飘香，木棉飞絮，以及朝夕雷电几个意象营构，显示出一派海南风光。颈联抒发了诗人的感慨，诗中融入了自我。"书生嫉俗深怀友，壮士忧时胜念家"是诗人卓荦品格的自白。尾联有凛然正气，足以沛乎塞苍冥也。

介然曳曰：首联言从八所到三亚，复言儋州而白沙，路途遥远，天气恶劣，更伴随雷电风雨。此赋也，然似有所比。额联写途中瞬间乡情：芒果飘香，疑似家乡杏黄芬芳；木棉飞絮，宛如北方杨花飘雪。但也就是闪念之间，因为诗人面对的其事其人，完全覆盖了这一缕乡愁。所以，颈联立刻回到现实。但作者明明是一地方政府所属的工作人员，何以自称"书生""壮士"？角色的转换，实缘心境驱使："书生意气"，良知存焉，常愤世而嫉俗；"壮士豪情"，良能使然，时忧国而忘家——诗人不因入了官场而"世故"、而"圆滑"。其心尚仁犹书生，其情崇义而壮怀。慨同仁者寡，叹共义者稀，此"深怀"之义也。尾联"欲"字有味。

首联两句都属于本句内自相对的格式（"朝三亚"对"暮八所"，"雷儋州"对"雨白沙"。儋与丹虽古韵不谐，但普通话读起来还是谐音的），其余三联也都对仗工致，极其讲究。此虽属于技巧性的艺术手段，亦足见寓真诗歌修养之厚、功夫之深。

郑州登塔

巍巍彩塔瞰中州，袅袅春烟耸万楼。
嫩蕊繁枝飘碧绿，朱台艳榭荡歌讴。
长铭军阀屠民史，未竟先贤改世猷。
腐气邪风易污染，黄河东去孰无忧。

【笺评】

姚、汤《选评》：巍峨彩塔，袅袅春烟，嫩蕊繁枝，朱台艳榭，构成一幅色彩斑斓的风景画。这些审美客体，对于审美主体来说，由于审美心理特征的不同，必然对美的感受截然有别。叶燮有云"境一而触境之人之心不一"就是这个道理。寓真先生面对良辰美景，花花世界，所想到的是在繁华掩盖下的腐化，从而引发出忧患意识。即景不忘言志，乃寓真先生诗之一大特色。

介然叟曰：前四句言登塔所见，颔联对句令人想起辛弃疾"舞榭歌台，风流总被雨打风吹去"的名句。后四句写登塔所思，中国历史上的每一个王朝都是杀出来的，大小军阀互相杀戮，但无论是"成王"还是"败寇"，争战中被杀的遭殃的都是百姓，因此，中国改朝换代的历史也是一部"屠民"史。张养浩说得好："兴，百姓苦；亡，百姓苦！"脚下的彩塔就是见证。然而，时至今日，先贤那伟大理想并没有完成（"未竟"）。尾联出句呼应颔联"朱台艳榭荡歌讴"（注意"荡"字），于是满腔的忧虑化作象征民族前途的"黄河东去"。

前人论诗讲"胸襟""格局"，大胸襟和大格局来自大志向、大担当，这是作者早期的作品，可见他的大气自青年时期已然形成格局，俗话说"从小看老"，良有以哉。

柳州春暮

满城飘雨春归早，一地落花游步迟。
薜荔墙头凝故迹，芙蓉水面媚新姿。①
晚霞渐尽江声暗，篝火初燃山影奇。
百粤风光慨今古，吟怀子厚解愁思。②

【注解】①薜荔墙头：薜荔，又作薜荔。柳宗元《登柳州城楼寄漳汀封连四州》有"惊风乱飐芙蓉水，密雨斜侵薜荔墙"的句子。②柳宗元诗的最后两句是："共来百越文身地，犹自音书滞一乡。"

【笺评】

介然叟曰：这是晚春游柳州的一番感慨。首联说"游步迟"，也许无关"满城风雨"和"一地落花"，他在寻找那位因改革被贬到柳州来的改革家柳宗元的足迹。哦，那爬满薜荔的墙头上，可还凝聚着当年被密雨斜侵的陈迹？但芙蓉在水面上却有了媚人的新姿。此时晚霞渐收，江面暗淡；篝火初燃，山影诡异。尾联感慨古称"百越之地"的风俗，如果没有柳宗元的改革，把内地先进的文化传播到这里，那这一带就永远是蛮荒的"文身"之地，到现在可能还是像海南边村那样没有文化记忆。这是作者感慨这里古今变化的原因——先进的文明永远是改变落后的利器；拒绝先进文化，也就把自己置于可悲的"鸿荒"境地。结句说，只能用吟诵柳子厚的诗句、怀念他的遭际和文化贡献，来解除"我"的愁思了。

问题是作者愁什么呢？柳宗元因改革失败而被贬到柳州，作者在"文化大革命"中被分配到海南黎苗族山区实际也类似"贬"，面而"文革"的最大问题恰恰是对法治的破坏，作者如何不愁？那么，

"吟怀子厚"就真的能够解除愁思吗？这是本诗留下的供读者思考的问题。

这首诗用了柳宗元的诗典，即使不看题目，只要知道柳宗元那首《登柳州城楼寄漳汀封连四州（刺史）》的诗，也就知道这首诗与怀念柳宗元有关。但用典的痕迹仍然很细微，好像在写眼前景色。前文说过，寓真用字有时很奇峭，这里又有一例"晚霞渐尽江声暗"，是晚霞暗，而非江声暗，但作者就说是"江声暗"，声音如何是"暗"？仔细一想，既然可以说"声音嘹亮"，是"亮"的，为何不能说声音是"暗"的？想想此时随着晚霞渐尽，江声低沉，只有用"暗"字，才能把作者此时的心理感受写到恰好。这是一个语言创新。

再回海南

故乡热土已非家，仍挂云帆归海涯。
窗畔苍青苦楝树，阶前零落凤凰花。
千般感慨残杯酒，万里疲劳小碗茶。
南北风光多未足，岁靡廪粟自何嗟。①

【注解】①岁靡廪粟：《昌黎文集》卷十二《进学解》："文虽奇而不济于用，行虽修而不显于众，犹且月费俸钱，岁靡廪粟。"靡，浪费。廪粟，俸禄。

【笺评】

　　姚、汤《选评》：诗人离家有年，返故地探亲而来去匆匆。起句先生发辽鹤归来之叹。承句说明其在家乡只能稍作盘桓，又要奔赴客地宅所。领联"门外苍青苦楝树,庭前零落凤凰花"极佳。"零落"二字用得好,暗喻人世沧桑,老者凋零,友朋云散。颈联表示诗人旷达之襟怀。尾联则说明南北风光都不能尽如人意,百姓生活犹有困难,而自己虽然离别家乡,但年年享有"俸禄",个人何须嗟叹呢!此诗属佳作,深值一读。

张同吾:寓真的诗词有时并没有题旨的确指性,只是即景生情,捕捉了瞬间的感悟,然而都是文化江河浇灌的花朵,是从人生信仰、人格精神、审美理想和个人气质凝聚而喷发的琼浆,他的多篇诗作中都可见到对于世间不平和人生慨叹的惊人之语。这首《再回海南》,是他飘泊海南暂返故里后的感遇,寥落气象和飘泊艰辛相暗合,更是生发出无限的忧思。

何西来:寓真诗词的创意,还表现在口语的吸收上。此诗第二句明显化用了李太白"直挂云帆济沧海"意象,但"故乡热土"却是现代语汇。至于"万里疲劳小碗茶"更是明白如话,"疲劳"是现代口语词汇,"小碗茶"也是口语,这句诗配上"千般感慨残杯酒",不仅对仗工整,清新自然,而且表达那个具体情景下的忧郁心境和孤独感受,亦极为含蓄蕴藉。这两句成为全诗的"警策"。

介然叟曰:故乡已非家——既已工作,就由不得自己了,你的工作岗位才是"家"。一"归"字,包含无限伤感——回家曰归,女子出嫁曰归("嫁"字,即女子回家也)。也许此刻才能理解为何女子出嫁要哭泣。因为从此刻起,娘家不再是她的家,她将永远地"远父母兄弟",而且在婆家所遇之"苦",不能回娘家诉说。领联紧接"归"字,写得字字伤心:这个家"门外苍青苦楝树,庭前零落凤凰花"!树曰"苦楝",不论你谐"苦练"还是"苦恋",总之是"苦",且是"苍青"的——那"苦"没有半点衰歇停止的意思,还要继续"苦"下去;花倒是很美,名字也好听,是"凤凰",可惜已经"零落",也就是说,幸福还没开始,就已经凋落了!景是写实,但就是这种实景,又暗喻某种意蕴,才显出诗人观察生活的细腻、理解生活的深刻,也凸显了诗人善于剪裁和利用生活片段的本领——用眼前景,写心中事。这是自《诗经》以来的优秀传统,所谓"比兴"的材料,原本来自生活,汉唐人又把《诗》人的"比兴"发挥到了极致,创造了许多具有稳定意义的"意象",形成了中国诗歌独一无二的审美系统。

尾联虽是自慰之词,更是"透过一层"的手段。

闻女知青遭强暴事

革命串联事似新,山乡受教志方纯。

权魔可恨居高位,弱女谁怜是下人。

莫道农村天地广,更经运动雨风频。

但愿平民真做主,一帚乾坤扫秽尘。

【笺评】

介然叟曰:女知青响应号召到农村接受再教育,不少地方都发生过被村(生产队)以上干部强暴的事件,许许多多被强暴者不愿意接受"污名"而隐忍过去,那是个被强权搅得暗无天日的群体。作者愤怒地指出"权魔可恨",但"弱女谁怜"!前者"居高位",后者"是下人",这难道不是新的阶级压迫?青年人在农村(或军垦农场)接受教育的成功与失败,不是真正的贫下中农做出鉴定,而是那些大大小小的干部说了算。知青一旦遇上恶魔,那里接受的是什么教育？说谎欺骗、看风使舵，唯利是图、阴谋算计，道德丧尽……作者说，那个所谓"广阔天地"，"更经运动雨风频"，经过多少政治运动的干部们学会了如何利用手中的权力，给自己谋得利益，广大的贫下中农也看透了如何"括囊无咎"。最后，作者指出，铲除这些毒瘤只有一个办法："平民真做主"。

如果从女权的角度看，那更是"路漫漫其修远兮"，噫！

读诗偶得

太白慕仙尝敬修，梦飞吴越洞天游。
蓬壶仙境皆缥缈，乐土王猷枉索求。
不愿摧眉唯奋搏，便能归隐亦烦忧。
平生多病何畏死，韧励坚磨竟可瘳。

【笺评】

姚、汤《选评》：这是一首即事抒怀诗。诗中追溯了李青莲由入世到出世的偃蹇人生历程，尾联是诗人的人生态度。赵瓯北评李青莲云："青莲虽有志出世，而功名之念，至老不衰。"又云："青莲胸怀洒落，虽经窜徙，亦不甚哀痛，惟《上崔涣百忧章》有'星离一门，草掷二孩'之语，最为惨切，盖在狱中作也。"余则谓寓真先生其胸襟，人生态度，与李青莲何其相似乃尔。"达则兼济天下"，积极入世，"穷则独善其身"，遁迹山林，此乃中国士大夫一条共同的人生道路。

介然叟曰：说李白"官瘾大"，至死不衰。这话只说对了一半，

"为国建功"而做官、做大官,这是儒者从孔子以来就坚守的一条原则,目的是为了更好地推行儒家的治国之道,不能否定其社会价值。但是,如果"为国建功"是手段,最终是为了"厚禄",那就是"小儒"或"贱儒"的行为。李白屡屡表明自己的生活理想是"功成身退"。本诗作者对李白的"烦忧"("烦忧"是李白《谢朓楼饯别》中的话)是肯定的,但对他一会求仙,一会在梦幻中寻找治国的"王猷",是否定的。尾联说自己"平生多病何畏死",即使多病也不怕死、不求仙,用"韧励坚磨"的意志照样能够把病魔赶走。

题目是"读诗偶得",得什么呢? 就是尾联这两句的"务实"精神:既不要大话弥天,也不要烦忧无度。昔梁简文帝《诫子当阳公书》曰:"立身之道与文章异,立身先须谨重,文章且须放荡。"说的没毛病,写文章(包括诗歌)就是要展开想象力,不要那么多"谨重"的拘束,否则谈何创造? 甚矣,此语被误解了一千多年!

辞别海南

海岛新春曙临早,峨峨五指托晴霄。
渲涂霞色山如醉,喷薄丹曦海欲烧。
椰意蕉情挽行客,珠澜珊水拍心潮。
人生飘忽知何去,常念琼崖总自豪。

【笺评】

姚、汤《选评》:首联是对海南晨景的描述,颔联极为精妙。诗人赋予了"山""海"以生命。"渲涂霞色山如醉"其色为酡红。"喷薄丹曦海欲烧"其色为深红。海是动的,朝霞照射海面,波涛汹涌,红光随波浪跳跃,如火焰升腾。诗人观察生活具有一双慧眼,表现在遣词炼句十分精辟,把读者领入诗境,共享大自然之美。颈联诗人又赋予了静物以丰富的感情。此诗可称为情景交融之典范。

介然曳曰:首、颔两联极力写新春早晨的景色,以景色的"如醉""欲烧",表现作者即将离开海南的兴奋心情。颈联的"挽行客"和"拍心潮",表现的是作者对工作过的地方的留恋——诗人本山西人,习惯了干燥的黄土高原的气候、生活习惯,海南黎族山地的"潮蒸""瘴气"给他带来巨大的伤痛,几经周折得以调回山西。有调离自己长时间工作地方体验的人会理解:不论你多么想离开那里,有时甚至觉得连一分钟都不能坚持下去了,但是,一旦真要离开了,那份留恋、惆怅、伤怀……种种复杂的情绪一时都涌上心头,那是难以形诸言语的,因为那里毕竟是你洒下人生最宝贵的青春之地,那里是你生命中真真切切的一段。所以,结句也就很自然地流出笔端。

渡海北归

雷雨当年相送来,风云斯日伴随回。

大千世界悲歌继,一梦人生涛浪催。

南海依依别丹荔,北山灼灼绽红梅。

诗朋待扫漳河岸,笑傲沧洲接酒杯。

【笺评】

姚、汤《选评》：此诗乃寓真先生辞离海南之作。首联谓来岛时雷雨相迎，归去风云相伴。颔联是感慨。颈联充满依依惜别之情。这种心态不能不使人想到淳熙年间陆游离成都时之复杂感情：山阴的镜湖、鲁墟、沈园令诗人梦绕魂牵，归山阴后，成都的天彭牡丹、巴山蜀水，以及忧患与共的挚友，又令诗人低徊不已。寓真先生于海南岛工作数年，调离之日大概也如此吧？但在此诗尾联"诗朋待扫漳河岸，笑傲沧洲接酒杯"，亦可见其放达乐观。

介然叟曰：题曰"北归"，经历七个年头的"苦练"，这一回是真的回归北方的家了。"大千世界悲歌继，一梦人生涛浪催。"彼时也就三十刚出头，虽说经历和磨炼已不少，但是，对人世对生命能够达到这种认识境地的同龄人也并不多。

照理说，他"闹腾"了好久才成功的"北归"，静下来想的最多的应该是回老家以后当如何好好工作，但是他此刻想的却是与"诗朋"见面。尾联所述，见得彼时已经有了"诗朋"——一个诗歌创作的圈子，也就是说他的诗歌创作已经被同时代的部分人认可。诗歌审美（创作和阅读）是他"笑傲沧洲"的资本，是他认识人生、悲悯大千世界的表现手段。所以，这首诗与其说是记述渡过琼州海峡北归的诗，不如说是作者记述他的诗歌创作历程的诗，而今看来弥足珍贵。诗人之异乎常人者，就在于他时时刻刻表现出来的就是诗人的"诗心"所系，时时刻刻以诗人之心之眼看待这个世界。

一个人的少年之梦是如此强烈地影响他的一生。所以，二十世纪八十年代之后，人们对作家青少年时期经历的研究也就格外地重视起来。

北归再咏

月明沧海渡归舟，晖耀轻车过绿畴。
岸柳晴岚迎起舞，池荷烟雨乍消愁。
远游边域知艰楚，洞察民情尚自由。
上党河山雄更秀，恰宜陋室阅春秋。

【笺评】

姚、汤《选评》：这首七律可谓是通篇中最佳的一首诗。起句极雅，有剑南风，承句衔接，天衣无缝，流畅自然。中间两联对仗工整。尾联奇峰突起，由对上党雄秀山河的喜爱，引出"恰宜陋室阅春秋"，别有深味。结句应有多义，可理解为读《春秋》古籍，以往史为鉴；也可解为澹泊明志，观乎时局之变化。不管作何理解，应该说此句煞是传神。

介然叟曰：在北归的路上，越是接近老家，心情越是轻松。"月明沧海渡归舟"，觉得景象无比美好（对比李商隐"沧海月明珠有泪"）；"晖耀轻车过绿畴"，感乘车万分轻快（对比李白"轻舟已过万重山"）。至于"岸柳起舞""烟雨消愁"，更是与同类景象那种离别之痛、寂寞愁苦的感觉截然不同。尾联倒是印证了那句俗话："最美不过家乡水，最亲不过故乡人。"

如此看来，起句"归舟"乃是全诗之心灵眼目，以此心此眼观照世界，日光是那么明耀、车行是如此轻快、原野是格外嫩绿；岸柳迎风起舞，晓岚为我晴旷；池水消散了烟雨，荷叶分外清翠。回首在海南的几度春秋，结束了异域的险阻，了解了世事艰难；洞察了乡心民情，了然于人生最高的追求。尾联仿佛家乡在即，看到了那秀美雄奇的河山,即便是"陋室",也可重阅"春秋"。这"春秋",可理解为世事消长、人生变化,则我将重新开启新的生活;也可以理解为那本儒家经典,则代表着所有的中国古代典籍,将努力学习理解古代文化。诗是生活和文化的灿烂之花,生活和文化是诗的肥沃的土壤和强大的本根。从这里读者当会明白作诗的根基所在,当然,也还需要"才情"。

母校有感

十春风雨十秋霜,校友飘零信杳茫。

擢剑倚天心未尽,弯弓落月弩空张。

常怀故国山河壮,更盼新园桃李芳。

且把此身熔砚墨,太行悬壁写诗章。

【笺评】

　　介然叟曰:这是"文革"结束后,作者回到母校所生感慨。前两联写十年风雨,校友飘零四方,音信杳然;十年中,自己所学竟然像"屠龙之技"那样无用:虽然那个用正义之剑扫平污秽的志愿没有磨尽,也曾徒然把可以射落明月的雕弓拉满,却没有射箭的目标。这很容易理解,那十年是人类史上最无理性、最不讲法治的十年(江青曾说:"我就是秃子打伞——无发(法)无天!")。颈联出句一转,尽管如此,"我"并没有消沉,家乡壮丽的山河,使我心怀开阔,更盼望母校在重生中桃李芬芳。尾联吟诵出自己宏大的志愿:用生命之火熔铸铁砚,用生命之水磨开浓墨,一定在"与天为党"的太行山撑天的峭壁上,写下宏伟壮丽的诗章。"常怀故国山河壮"句为全诗张目:有此一句则全诗句句不空,句句如蓄势之剑、满月之弓,及时而挥,待时而发。

旧体诗无论长句短韵、古今体式,皆须有一语(词语或句子)作一诗之主脑。则玲玲如振玉,旋律不乱;累累如贯珠,主线分明矣。而作为"生命的形式"也就有了"精神"。

并州重阳

独上高楼瞩晋阳,汾河澄碧漫秋光。
梅山园里兰凝露,迎泽湖边菊染霜。①
忽忆漂流经困顿,每惭踯躅误华芳。
欣闻京阙纾忧患,且共军民一尽觞。

【注解】①梅山园:在原山西督军府(共和国为省政府)内,本为清代巡抚衙门煤堆,光绪七年张之洞巡抚山西,经过修整,改为"梅山",民国时期曾名为"进山"。迎泽湖亦太原名胜。

【笺评】

姚、汤《选评》:起句写登楼眺远,汾河波光潋滟尽收眼底。颔联写诗人看到了梅山、迎泽湖的旖旎风光。颈联作身世之叹。尾联方知此诗写作时间是在粉碎"四人帮"后。"四害"已除,举国上下喜气洋洋,诗人这种欣喜若狂的心情表现在"且共军民一尽觞"句中。此诗即事抒怀,有情有景。

介然曳曰:本诗于1976年重阳节作于太原。首联景象开阔,切题,写时与地。颔联取象清雅,以兰露、菊霜回应上句"秋光",喻作者的人格追求。此绝然是骚人风致。颈联则感慨人生——能够发这样的感慨,敢于发这样的感慨,正因为"京阙纾忧患"的背景,尾联的欢欣鼓舞之情也就自然渠成。又用一"且"字,绾住颈联的"经困顿"与"误华芳"的无奈——个人的命运与国家命运总是连在一起的,同其"困顿",共其"污隆",这是传统。即使在滔天陆沉的洪流之中,仍能饮兰露而不辍,餐菊英而愈芳,这样的人可谓国家之桢干。

按照通常的理解,"京阙纾忧患"是一个具有历史转折意义的重大事件,一上来就应该说这件事,然而作者却从眼前景说起,先用开阔的景象抒发("兴")胸怀,又用兰菊来展示("比")人格。有这般人格,也才在那个年月有了"困顿"和蹉跎华年的遭遇。作者感慨自己,也替天下有此才具品格的"士君子"舒了一口气。当然,这里应该说,"为国家前途和民族命运长舒了一口气"。但我总以为,国家、人民、生命和民族从来就不是有些人说的空洞的概念,一草一木,一山一水,一男一女,一老一少,一猫一狗……都是国家、人民、生命、民族的体现。士君子也是国家民族的一员,而且是一个时代能够替草木、山水、男女老少……说话的人,至少是记录他们命运历程的人,是一个国家和民族命脉即文化的承传者。士君子应该被尊重,士君子自己也应该尊重自己,尊重自己就是要坚守士君子的风骨。然乎? 不然乎?

暮雨山村

蒙蒙烟雨暗江流，隐隐蛙声溶暮愁。

隔雾村灯投慧眼，临风远卉送馨幽。

忘怀琐务舒胸臆，始信人生贵自由。

欲会洛神方入梦，嫩凉澹澹倚桥头。

【笺评】

姚、汤《选评》：颈联对仗工稳，"始信人生贵自由"尤佳。此乃诗人对宇宙人生所作的哲学性思考。李白《春夜宴桃李园序》中说"夫天地者万物之逆旅，光阴者百代之过客"，不正是如此看待宇宙吗？此诗意境高，炼句雅，尾联突发奇想，在朦胧的雨中，欲梦洛神凌波而来，构思巧妙。

介然曼曰：蛙声溶入了"暮愁"，似乎愁绪益发强烈；那烟雨遮盖（"暗"）江流，也就仿佛是有意为之。然而雾中的村灯投来窥视的目光（"慧眼"），那微风"送"来远处幽幽的花香，使人暂时忘记了烦琐的公务，也就改变了烟雨的郁闷和蛙声的愁苦之内涵——没有烟雨即雨雾隔着，那村灯也就不会呈现朦胧的"慧眼"；没有蛙声提醒"暮愁"，也就不会从琐务中解脱各种知觉，哪里还能闻到"远卉"送来的"幽馨"？于是，我们看到，诗人心中眼中的大自然现象，都不是无目的的"自在"状态。他用"暮愁"之"溶"和"灯光"之"慧"，敲醒了"投"和"送"的自觉意识，把大自然的景象全部"人化"了，用西哲的话说是，"大自然向人生成"。这才有了"舒胸臆"的乐趣，有了感悟"自由"的理趣，有了欲在梦中会洛神的情趣。这就是此诗的审美过程。所谓"妙悟"之道，有迹可循也。

村郊偶成

从容差使日悠悠，漫步村郊偷自由。

柳陌烟中风啸咏，桃蹊雨后鸟嘤啾。

访谈耕作农家苦，遂令无为薄宦羞。

诗韵莫教空浪费，追随老杜吁民忧。

【笺评】

姚、汤《选评》：如此题材，传统写法多为描绘田园风光，如陆务观的名篇《游山西村》。寓真先生的田园诗别具一格，既有对节序变化后山村景物的描写，又有对农民稼穑艰难的同情。诗人的心中是装着劳苦大众的。为劳动人民呼吁、立言，是我国诗歌的现实主义传统。从《诗经》《楚辞》，到杜少陵、白香山的诗，无不如此。脱离生活，习惯粉饰太平、歌功颂德的诗，是短命的。寓真此诗继承了我国诗歌爱国忧民的优秀传统。尾联尤佳。

降大任：忧愤出诗人。寓真身为官员，而以深厚的文化底蕴，系念国计民生，将新词语化为诗句，实属难能。"诗韵莫教空浪费，追随老杜吁民忧。"继承少陵遗风，又能以活泼的语言，形象地描摹现实，使古典与时代合拍，这本身就是一种创新。

介然叟曰：本来是想到村外偷一会儿"自由"，景色也很美，却在无意中发现了"农家苦"，于是决心追随老杜，为"民忧"呼吁。但并没有说"农家"的耕作是怎样的苦，所以，这是一首宣言诗歌创作意义的诗。就是说，本诗后两联是对前两联的否定：在农民备受苦难煎熬的同时，你却在农村寻求"自由"的快乐，在欣赏村庄美丽的景色，还有意义吗？所以颈联的"薄宦羞"，才显得十分沉重，而尾联的追随老杜也就来的十分必要。

关键是读者诸君能否体会结句历史的分量：老杜以前且不说了，老杜以后，至今也有一千几百年了吧，何以还要追随老杜？不是作者的时代感迟钝，而是"时"失去了"代"的应该转换的内涵，千百年都是不变的，因而，也许一万年以后也还需要老杜。

辛酉春偶感

半生劳碌逝如烟，兴致萧然也过年。
情意人间时冷暖，相逢座上各愚贤。
自将苦志付诗笔，谁与幽怀共管弦。
陋室昏灯春寂寂，尚书夜读更迟眠。

【笺评】

介然叟曰：这应该是1981（辛酉）年春节期间的诗作。从海南回到长治，已经六年（七个年头），这是无所作为的六年，这使作者兴致萧然。颔、颈两联写尽所尝人情冷暖和前所未有的孤独（"共管弦"者，知音也）。尾联写独自夜读《尚书》，像鲁迅当年一样，"回到古代去"。这是孤独感的总结，也是孤独的延续。

人生苦闷莫过于身怀绝技而无所用，在看不到希望的煎熬中，一年又一年地虚度。无人理解，无人过问，"倩何人，唤取红巾翠袖，揾英雄泪！"颈联"苦志"乃一篇之居要处。古者忠臣烈女有"苦操""苦节"，寓真如今有"苦志"，因"苦志"而感愤"半生劳碌"。何谓"如烟"，因为无半点价值，也就无半点痕迹。因"苦志"而在"兴致萧然"

中"过年";因"苦志"而尝遍人情冷暖,识得愚贤自环;因"苦志"而赋诗自解,知音难求。苦持其志,而其志弥苦:伴随的只有"陋室""昏灯",还有幽幽流逝的无边暗夜。其志愈苦,而持之弥坚:向往着,等待着,究竟得遇"幽怀"共弦的知音。

重　逢

斯世同怀能几朋,　每思荟萃感飘零。
京华芳草共香酒,　边域风尘对苦茗。
书简时通忧国志,　诗词难尽故人情。
重逢互看秋霜鬓,　待振精神更远行。

【笺评】

　　王玉祥:感慨人生,吟咏交游,向为诗人之传统题材。而此律能以积极态度着眼落笔,处艰难而思奋励,对霜发而常忧国,亦当代文化人之共通心理,固相宜而足可取也。通篇有感有忆,有景有情,而句句皆由眼前心底而出,不用典实而自然成章矣。

　　姚、汤《选评》:这是一首叙述故人重逢的诗。起句和承句感叹良朋难得,聚首更难。颔联追溯京城的相处欢愉,远别边塞时的艰难岁月。颈联说明道义之交,以忧国忧民相砥砺。尾联又回到现实中来,如今已是鬓点星霜,但依然志在千里。通观全诗有直有曲,互相交错。全诗格调高昂,催人向上。

　　张同吾:我们这一代人,时代赋予了一种自觉的使命感和责任感,不管在怎样的逆境之中,也要积极进取,同时又是那么珍惜亲情和友情,让真挚的情愫暖人一生。读寓真《重逢》这首诗,感觉到一代人的复杂情感、坚实的人生步履和审美走向,就都融汇于这波澜迭宕的意绪言语之中了。

介然叟曰:首联乃古今同慨,颔联回应首联对句的"荟萃"和"飘零"。颈联则说离别的日子里,书简往还,互通"忧国志";诗词赠答,难尽"故人情"。尾联点题:此次重逢,虽是两鬓秋霜,仍是互相鼓励,切勿消沉,有"老骥伏枥,志在千里"之意。

用语十分讲究:"荟萃",有精华聚会之意,又俯瞰下联"芳草",以喻君子之会(见王逸评屈原《离骚》),此自珍也。"飘零"对应下联对句"风尘",令人想起杜甫的《咏怀古迹》,此自惜也。颈联尤其慷慨于壮怀之大和友情之厚的融和,此自重也。我们看到,情感在短暂的会面和长久的离别之间跌宕起伏,志趣在相聚与分别中凝聚升华,可谓抑扬顿挫,气韵沉鸷。

寓真之诗风格多样,非可以"冲淡"概之也。

怀 乡

老树春风叙旧缘, 鸡声窑屋袅炊烟。
依山灵秀童蒙启, 傍水清纯古朴传。
驼背如弓吾父辈, 皱纹似壑有同年。
艰难岁月谁能忘, 奋进源泉是故园。

【笺评】

姚、汤《选评》:亲情、乡情是中国诗歌的永恒主题。远在异乡的游子对故乡总是梦绕魂牵,心中形成的情结,剪不断,理还乱。这首《怀乡》诗层层推进,从对故乡的老树、祖居、山、水开始描述,进而对父老乡亲、儿时同学见面时的唏嘘,十分感人。尾联"艰难岁月谁能忘,奋进源泉是故园",诚可催人奋进。

周笃文:乡情,其实是诗人的源头活水和圣洁的精神家园,诗人的无尽妙思和人生动力往往都与此有关。《怀乡》一往情深地写出先辈的辛勤与民风的古朴,最后表述了故园之思是奋进的源泉,可谓一语破题。乡情与母爱是人的最本原、最厚重、最持久的情愫。因为它是同生命的感觉与童年的梦想一道成长,是通过滤光镜片而获得的纯净的印象。它与山河大地的历史文明积淀融合在一起,对人的性格养成与人生道路选择产生了极大的影响。乡情,永远是游子心头的北辰,战士耳中的号角,诗人笔下的彩虹,这也可以说是读寓真诗给我的一种感悟。

介然叟曰:本诗作者告诉我们,家国情怀,蕴含的是生命的根基,是生命成长的原动力。这种情怀不是空泛的口号和概念,而是生命成长中那些十分具体的生活细节:父亲的一个眼神,母亲的一声叹息;邻居劈柴的身影,同学上学的呼叫;山野里的飞鸟,河水中的游鱼;屋后的杏花,门前的垂柳;鸡鸣狗吠,马嘶驴叫;牛棚味和烧酒香……更多的是二大爷、五婶、三叔、大舅、姑老爷、四姨们那些永远说不清的纠葛亲情。因此,起句的"旧缘"乃是全诗的"生长点":那旧缘就是鸡声、窑屋、袅袅的炊烟,山的灵秀、水的清纯,驼背如弓的父辈、皱纹似壑的同龄人,一句话,就是那些难忘的艰难岁月。其中无尽的苦涩和希望、各种点滴的温暖和孤寒,才是文学生命永不衰竭的源泉。

任职法院书怀

鼎新革故起雄风，不惑斯年有幸逢。
数载沉忧开锈鞘，满腔锐意试青锋。
受权莫可谋私利，执法唯当秉大公。
奄忽人生虽一瞬，报于民众是精忠。

【笺评】

张厚余：寓真耽于诗，又在极为严正的司法岗位上担当重任。一面是火，一面是冰；一面是感情的高扬，一面是理性的冷峻。在常规看来是极不兼容的矛盾冲突的两极中，我们的诗人却找到了相得无间的一致和平衡。你看这首《任职法院书怀》，诗写得总体上虽然直露，但那发自肺腑的凛然正气，亦可迸发强烈的艺术感染力。诚然，诗贵含蓄，但直露也可以产生艺术美。

王乾荣：寓真的诗风，早年多浪漫，于求索中遐思千载；而中年以后，渐趋写实，于沉稳中吐露出块垒。作为研习法条的学子和决讼断狱的法官，他也经历了由理想主义到正视现实的历程。我尤爱他后期的诗，因为其中十分清晰地袒露了一个"报于民众是精忠"的情怀。他的诗映现着他的事业；他的事业成就了他的诗歌。

介然夏日：那是一个充满希望的年月，寓真终于得到在所学专业的岗位上一展抱负的机会，怎能不满怀激越之情。此前，他感觉自己这把千锤百炼的青锋剑，似乎已经被锈蚀在剑鞘里了，现在终于可以出鞘一试锋锐。那是何等的幸运，何等的愉快！所以，又一次立志："不谋私利，秉公执法。"他要在短暂的人生中，精忠报答人民。"报于民众"，是这首诗的落脚点和出发点，也是这首诗闪光耀眼的地方。还在他读高中的时候，就已经看到了社会腐败的风气，后来一定看到和经历过更多更丑陋的腐败现象，看到和经历过更多更凄惨的百姓冤屈，他的"沉忧"大概已经到了极限。"报于民众是精忠"，这是他的志愿，也是誓言。说得出，做得到。顶天立地，不负初衷。

赞曰：天镜明明，铁律天平。寒光霜刃，八风不倾。

夜拟判书

拟文阅卷达更深，握笔感如千百钧。
罪责细勘轻或重，讼词详辨伪和真。
矜怜莫予害群马，刑罚不加无罪人。
掩牍推窗纵远眺，秋蛩安谧月如银。

【笺评】

姚、汤《选评》：这首诗是诗人用诗的语言记述的工作过程，中间两联的表述充分显示一个清正廉洁的循吏正气，心系斯民的高洁情怀。此诗"意境"高，颈联和颔联看似平铺直叙，并无曲笔，但对直抒胸臆之诗，淋漓痛快的直笔是不可少的。恰就是这两联，诗人亦营构了意象，虽为明喻，亦蕴含着诗人一种情结。尾联如行云流水，增加了此诗的韵味。

何西来：法官的职司是祛邪扶正，惩办凶顽，伸张正义，维护国家和人民的根本利益。法官执法，讲的是铁面无私，公正廉明，不能感情用事，更不可徇情枉法，只有这样，才能真正做到维护人间的公平和正义,保持社会的太平与稳定。但是法官也是人,也有情,而且是真情,寓真的诗,就是这真情的升华。"劳者歌其事",寓真有很多诗是抒写他作为执法者的情怀的。这是最有代表性的一首。拟写判决,翻阅文案,已经到了深夜,案情的轻重须细加考虑,判书的文词颇费斟酌。最怕的是放走了邪恶,冤枉了好人,害群之马一定要严惩,无罪之人则必须还以清白。判书断文一字千钧,关乎被判者的命运乃至生死,他怎么能不感到握笔沉重呢?诗以"秋蛩安谧月如银"做结,含蓄而蕴藉。拟完了判书,推开案卷文牍,感到沉重后的放松,揉揉干涩的眼睛,远眺窗外,月色如银,而寒蛩的鸣叫,更加提示了这个秋夜的静寂。

张结:法官诗人在拟写判决书之时,反复考虑绝不能放纵罪犯,也绝不能冤枉无罪之人,之后掩卷开窗远眺,"秋蛩安谧月如银",写出了他在作出公正判决之后的恬和、安静的心境,和眼前月光如银的景色一样的澄明。

刘征:我以为寓真诗集中最富特色的,是写他执法生活的许多诗作。看《夜拟判书》这首诗,明白如话,真挚动人,吐露了一位法官爱憎分明的感情和极其严谨的作风,爱无辜者之情,憎害群之马之情,深蕴其心中,充溢其笔端,令人想起"况钟的笔"。官法如炉,法律是无情的,但好的法官是最有情的。

介然叟曰:从笔法上看,首句点题,对句概写感受。颔、颈两联细写其心,回答何以"握笔感如千百钧"。尾联写经过反复推敲而后定的那种"如释重负"之感。结句悠远:因所拟判决轻重合宜,真伪明辨,罪责攸归,量刑恰当,做到"字字如钉,句句似铁",以其切于刑法,得于民心,方能惬于己意,换来"岁月静好"。"掩牍推窗纵远眺,秋蛩安谧月如银",诗人之心,正直的法官之心,亦天人之心也。

228

这首诗更加清晰地显示出作者严格理性思考的动力正是那火热的情感。

作者最善于运用传统的"比兴"手法:结句之所以魅力无穷,是自然地抒发了作者自己的愉悦,但更是一种法官希冀的社会秩序:人民心有所依,有了真正的安全感,生活恬静而美好。好画手可以画一幅"凭窗望月图"。

雨 途

夙兴夜寐未曾休,暮雨浇寒始觉秋。

淅沥声中惭岁月,崎岖道上振风流。

坑颠泥滑当留意,虫泣乌啼莫虑忧。

但有尚方金剑在,辟邪扶正镇蛇虬。

【笺评】

姚、汤《选评》:此亦即事诗,诗人处处不忘本身职责"扶正驱邪"。起句记叙夙兴夜寐审理案件卷宗,颔联说的是办案过程,驱车于山道雨中,颈联"虫泣乌啼莫虑忧"则暗喻排除干扰,秉公执法。尾联是颈联的继续,即以法律为准绳,除恶务尽。此诗充满浩然之气。

何西来:积案无止无休,夙兴夜寐也处理不完,忙得节令都忘了,车行道上,暮雨浇寒,才知道秋深了。诗的次联写雨中行车的景致和感怀,颈联则明写实景,暗寓宦情。坑颠泥滑,虫泣乌啼,当然是暮雨中行车所见所闻,实则提醒自己留意宦海浮沉的风险,却不怕来自邪恶势力的干扰。尾联"但有尚方金剑在，辟邪扶正镇蛇虬"，写到这里，人们不难感觉到诗人胸臆中骤然磅礴升腾的那一股浩然正气，一个巍然凛然的执法者的形象便站起来了。

介然叟曰：无日无夜的繁忙，以至于忘记了季节，好几首诗都说到这种情况，毫无疑问，这是法官工作和生活的常态。中间两联纯熟地运用"比兴"手法，极切题目"雨途"，并且写尽办案的艰辛，表达了诗人作为大法官丰富的内心世界：常有因不自满而自责的惭愧，也有经历重重曲折、取得突破之后的振奋和自豪；有对官场风疾浪险的担心，也有对各种邪恶势力暗算的忧虑——既在"话下"，就是"意中"；"莫虑忧"，正所以"虑忧"也。如此丰富的内涵，如果不是运用传统的"比兴"手段，是万难做到的。而法官思维的缜密和诗人情感的细腻，都在这四句中表现得淋漓尽致。至于诗律的精切工稳，尤其是寓真最应手处。所以他的一些诗既有陶隐居的潇散自在，又有杜工部的沉郁顿挫。

赴山镇宣判

山行迤逦远尘嚣，岫静峰闲意态娇。
绿水潺潺如雅瑟，红英灼灼是夭桃。
远村郊镇染污少，仁叟智童风尚高。
刁莠刈除民更乐，早收谷黍晚归樵。

【笺评】

姚、汤《选评》：如此题材，易罗列现象，写成流水账。但经寓真先生进行艺术加工后,别开生面,耐人回味。起句和承句是对途中的描写,颔联亦未涉及主题,继续首联的描述。颈联切入主题,尾联是感叹,只有清除害群之马,人民才能有一个安定的生存环境。结句"早收谷黍晚归樵"乃篇中佳句,余韵无穷。

介然叟曰:作者远赴山镇宣判,目的在于更直接地宣示法律的威严,具有生动的威慑和教育作用。这里所描述的一路风光,都在表现着远离都市生活的那种自然淳朴的生活,美好的人与人的关系,恬静稳定的社会秩序。但作者实事求是,只说"污染少",不说没有污染。"仁叟智童风尚高",简直是桃花源的"遗意"或"遗韵"。尾联点题,结句"早收谷黍晚归樵",正是人人盼望的宁静安和的农村生活,正是千百年来人们向往的"皥皥(浩浩)之民"的生活状态,(孟子曰:"王者之民,皥皥如也。"疏曰:"王者道大,故若天,浩浩而难知、难见者也。故民皥皥然,自得而已矣。")即"刁莠"刈芟后,民无所扰,恢复自由自在的生活。

山村新育法治林

绿荫如帐贮清凉, 翠鸟时聆巧啭簧。
眸水眉峰流盼美, 兰襟蕙袖染人香。
村边已见桑麻景, 郭外将添锦绣妆。
幼柏新槐真可爱, 他年林海好徜徉。

【笺评】

姚、汤《选评》:这是一首山村即事诗。既有对眼前景物的描写,又有对未来的展望,体现在尾联之中。读完此诗,给人以凉风拂面、绿荫蔽日之感。起句尤佳,绿荫如幔,凉气宜人,"贮"字用得非常恰切。颔联"眸水"给人以动感,顾盼生辉,"眉峰"形容连绵的山峰,恰到好处。从此诗可看出诗人在遣词炼句方面下了功夫,有很高的艺术造诣。以上特色均体现于诗人总体风格之中。

介然叟曰:绿荫如帐,方能"贮"其清凉,学陶用陶而胜于陶(陶诗"蔼蔼堂前林,中夏贮清阴")。最是体现寓真作诗功夫的是颔联这种句子,将山水、花卉拟人化,山水花草宛然一位绝世美人:眸似水,眉如山,顾盼生姿;兰做襟,蕙为袖,香气袭人。此中情味,理骚融骚(《离骚》:"制芰荷以为衣兮,集芙蓉以为裳。")。村边桑麻,回顾首联陶令田园精神所在;郭外锦绣,延伸颔联丽人意态服饰之美。尾联"幼柏新槐真可爱,他年林海好徜徉",又将口语入诗。整首诗雅而能俗,俗练而至于雅,如一品夫人盛装归来,脱去朝服,换上家居淡妆,各呈其美。你道如何?

政法会议赴上海

河汾别去雪情深,沪浦迎来雨意匀。

雅寓华灯迟入暮,秀园烟柳早来春。

安民靖世承肩重,激浊扬清放眼新。

盛会落帷言未尽,楼头极目夜氤氲。

【笺评】

姚、汤选评:此类诗最容易落入俗套,形成标语、口号、政治术语的堆砌,味同嚼蜡。寓真先生对一个非常"俗"的题材,写出了不俗的诗,难能可贵。起句回顾离别故地的时景,接着说明此次会议召开地的节候风光,宾朋相聚,气氛温馨。颔联写得极雅。尾联亦好,有余味,增加了此诗的艺术魅力。

马晋乾:"雅寓华灯迟入暮,秀园烟柳早来春。"并非单纯描绘会场的环境,诗人是表达在华灯下想到"承肩重",只顾"放眼新",而忘却时间,误以为"迟入暮"的感觉,表现了会议的热烈情景;又借园中柳树提早泛绿的细节,隐含着对尽早实现这次会议的目标,即实现"安民靖世"的信心。真可谓"状难写之景,如在目前;含不尽之意,见于言外"(欧阳修《六一诗话》)。

介然叟曰:首、颈两联以写景抒怀,表现了对这次会议的期待之深。后两联是议论,会议目标明确,顿感"仔肩"克重,前景可观;但觉得话还没有说透,意犹未尽。所以结句"楼头极目夜氤氲",蕴含深而远(古人所谓《诗》人忧深思远"者也):何以"楼头"? 未成眠也。缘何"极目"? 胸怀远也。何谓"夜氤氲"? 夜色朦胧也。因朦胧而有未知变量在,故有模糊之忧虑隐隐于内心深处,如夜色弥漫。

尽管如此,诗人还是积极乐观的:"安民靖世承肩重,激浊扬清放眼新",是本诗着眼处。是会议的中心,此前满怀希望,此后希望满怀。温柔敦厚,特《诗》人欤?《诗》人之特也!

花乡随想

香雾纤秾弥绿野，女郎袅娜步芳尘。
入园衣袖沾红雨，过路车轮绕锦茵。
金橘嫣然迎瑞日，粉梅粲丽报佳春。
风光满眼思治道，信是安民须富民。

【笺评】

介然叟曰：前三联写花乡的美，美景和美人。景之美在花在香，人之美在行在德。景之美不必细说，人之美只在两句：首联承句的"女郎袅娜步芳尘"，这是行动的美，外在的美在"袅娜"，内在的美在"芳尘"，此言"德"也；颔联对句的"过路车轮绕锦茵"，过路的车辆都自觉地绕过美丽的草坪，而不是图近便，直接从草地上开过去，这当然是一种"德行"的美。

这给了作者极大的启发，"治道"何在？"信是安民须富民"。《管子》云："仓廪实则知礼节，衣食足则知荣辱。"不过这是有前提条件的："上无量则民乃妄，文巧不禁则民乃淫，不璋两原则刑乃繁。"明人刘绩注曰："璋，当为章，明也。两原，谓妄之原，上无量也；淫之原，不禁文巧也。能明此法者，则刑简。"这才是社会稳定的条件。

太湖夜旅

仙霭飘飘梦幻间，兰舟漾漾紫微天。

芳林香散蠡园月，钟磬声回鼋渚烟。

清籁幽悠闻雅颂，霓灯绰约看婵娟。

浮云富贵平生愿，难得闲闲枕水眠。

【笺评】

姚、汤《选评》：此诗起句承句、颔联颈联均是对太湖景物的描写。尾联"浮云富贵平生愿，难得闲闲枕水眠"是言志，坦露出诗人身在宦海，并非沽名钓誉、醉心名利之辈。随园论诗云："诗人者，不失其赤子之心者也。"此之谓欤！

介然叟曰：写景的句子须切地、切时、切意，无此三"切"，不得谓之"好句"。首联切题即是切时。颔联切地：蠡园月色、鼋渚钟磬，皆太湖实有之景。颈联写船上歌舞，反顾首联之"仙霭""兰舟"，而"雅颂""婵娟"，极尽歌舞之妙。尾联"切意"，没有"浮云富贵"之心，何来闲情逸致？没有"闲闲自得"之意，又何能观察前六句那么细腻的切地切时之景？"闲闲"（出自《诗经·十亩之间》），从容自得之貌也。"枕水眠"一语，写足了以"浮云富贵"之心来彻底休闲一晚的"闲闲"之意。

中央党校咏怀　五首选二　其二

西风昨夜过园林，著脂涂胭景又新。
红叶明妍铺锦路，黄花淡雅寓精神。
何尝镜里悲华发，且把中年当妙春。
情盛方知秋色好，采英撷萃献黎民。

【笺评】

姚、汤《选评》：此诗炼句精巧，足见锤炼功夫。颔联，"黄花淡雅寓精神"句，以菊花寓人格。颈联，诗人并不作流光易逝，青春难再之嗟叹，而是要奋发向上，为人民做出新贡献，显示了积极的人生观。

介然叟曰："著胭涂脂"，是秋色之美，有道是"霜叶红于二月花"，但作者却用了少女常用的化妆品来染秋，则此"秋色"不但非"迟暮"之色，且比杜牧之"红于"春花，更具有鲜活的生命情态。"锦路"，锦绣之路也，喻祖国前途，则作者之胸怀可知；"精神"，司空图以为最精粹的人品是"人淡如菊"，则作者之心仪可见。既有如此情怀，颈联之意也就笔随意到。尾联出句总前六句之意，对句以"献黎民"作结。

本诗可归入"言志"一类。"情盛""献民"，不失杜少陵之情怀；"采英撷萃"，具三闾氏之精神。文化传承之统系，所由来久矣。余每每叹其承传之所由，正在于有历朝历代之余绪绵绵不绝，所谓土壤犹在，利弊由生也。"民主"者承其"和"，"主民"者续其"同"也。

中央党校咏怀　其三

霞彩炘炘明主楼，浮雕栩栩蕴风流。

仰思先烈怀崇敬，回首虚年感愧羞。

所剩光华尤可贵，唯穷真理是追求。

暮园漠漠烟如织，漫步金风筹远猷。

【笺评】

姚、汤《选评》：此诗乃诗人中年入校进修，见到校园景物抒发的感慨，即咏物寄怀也。对审美客体的表述，往往是由作者的学识、才能、性情、人生际遇诸因素决定。杜少陵遭逢天宝之乱，颠沛流离，故有"感时花溅泪，恨别鸟惊心"之句。汪元量目睹赵宋王朝的覆灭，悲愤发于诗中，有"桃林塞外秋风起，大漠天寒鬼哭哀"之句。寓真先生生逢盛世，所考虑的则是建功立业和对真理的不懈追求。读先生诗，足以催人奋发。

介然叟曰：首联以"炘炘"状霞彩之艳，用"栩栩"以貌浮雕其神。各得其宜，又两相辉映。颔联"仰思"对"回首"、"崇敬"对"愧羞"，一先烈，一自我，感慨系之矣，遂生颈联之思。尾联以"暮园"回照颈联出句"所剩光华尤可贵"，与古之有为者同其心态。且直用《菩萨蛮》词成语，令人想到李太白所设人类千古的终极思考："何处是归程，长亭更短亭！"顿时提升了本诗的内涵。此时此地，答曰："漫步金风筹远猷。"进一步回应颈联急切之务。"漫步"，从容之态，见思虑之深。"金风"者，西风也。"筹"，思谋、探索、设计、规划……自觉担当重任。"远猷"，用《诗经·大雅·抑》之语，立觉其雅。人问谢安最喜《诗经》中哪一句，答曰："远犹(通猷)辰告。"远犹(猷)

者,大道、大计,事关国家法治,此诗人终其身为之努力者也。

赞曰:少志立人,月明其身。长而为器,庙堂是珍。

家思　二首选一

飘絮终风旷荡回,家门应已雪成堆。

寒衣窗下早齐备,课业灯前岂失陪。

误却篱边同采菊,待归陌上共寻梅。

身肩尚有无穷事,何日酬偿有限杯。

【笺评】

介然叟曰:家思,思家也。家者何,妻也。终风,见《诗经·邶风·终风》:"终风且暴,顾我则笑。"《毛传》:"终日风为终风。"陆德明《音义》引《韩诗》云:"西风也。"在中央党校学习的这一天,忽然大风飘雪,抬眼望去,无边无际,想来远方的家门也该是雪已成堆了。一个人,只要是心心念念在想一件事,无论眼前出现什么实情,都能和所想联系起来。颔联写妻对自己及对子女的关怀,颈联写耽误了"同好",亦即耽误了那份情,但还能共同"寻梅"。尾联含道歉意。

看情愫的真伪厚薄,端在细处着眼,说寒衣"早备齐",正在一"早"字上看出妻对自己的关怀之切之厚,这也是"情从对面飞来"的写法。"岂失陪"者,灯下看照儿女做作业而从不失陪也,这又见出妻对下一代的关怀亦足深厚。颈联写出了作者与妻平日相处的雅趣和品位的高洁。尾联"无穷事"对"有限杯",歉意何其长,何其深,又何其厚!

母亲来京匆匆

菊篱佳色桂飘香，细雨京西秋早凉。
车远还萦慈母影，楼高不见故园桑。
平生劳瘁堪回首，寸草春晖总断肠。
夙夜在公无懈怠，何时归里奉高堂。

【笺评】

介然叟曰：寓真奉母可谓至孝。这是在京西党校学习期间接母亲到京，又匆忙送母回晋，其情可知：欲尽孝而又匆匆，如何如何！

首联写秋色正好，而京西却是细雨早凉。颔联出句对应首联起句，菊黄桂香，正该请母亲好好游赏一番，然而却不得不匆匆离去，车走远了，慈母的身影还在眼前，京城楼高而不能望见故乡的桑麻。细雨蒙蒙，一阵凉意袭来，不是秋凉，是做儿子的心凉。颈联出句的"堪回首"，是问句，不堪也。因为尽管"劳瘁"，却没有报答母亲的深恩，想起来就会肝肠寸断。以后呢？尾联依旧是一个遗憾：公务在身，何时能够回去侍奉高堂，何时？无时也。这一问，真真五内俱焚，无限感伤。

如此，回看起句的"菊篱佳色桂飘香"，是美景，是乐景，正因为是在美好的时光、有如此这般美好的景色，请母亲欣赏一番，并非难事，然而母亲竟然匆匆离去，儿心如何！因此，起句看似赞词，其中所含的悲伤却是极致的，到了难以具说的境地。此正是王夫之所论"以乐景写哀"的又一例证。寓真之善于抒情，正在此等处见之：亲情第一等，诗法第一等。以此写情，至矣，尚矣，不可以加矣。

夏日思乡 三首其一

围城苦夏似蒸汤，绿影蒙茸忆故乡。

八水泉幽如泻玉，两坪果熟正飘香。①

棘风习习依窗静，檐雨匀匀滴梦长。②

一觉醒来忽晴夜，满天星斗好清凉。

【注解】①八水泉、两坪：作者故里的地名，一处山泉，一处果园，诚然是最令人怀念之地。②棘风：吹棘之风，南风。见《诗经·凯风》。作者故宅的窑屋顶上很多酸枣丛，其"棘风""檐雨"，写实也。

【笺评】

姚、汤《选评》：寓真先生《仲夏乡思》组诗是绝妙好诗，压卷之作。笔者认为先生对范石湖田园诗可能作过研究，即景抒怀有石湖风韵。此诗平起，由城中酷暑引发思乡之情。颔联和颈联则是对故乡景物的描写，充满自豪，充满眷恋，如清泉汩汩流淌，沁人心脾，顿生凉意。最后以"满天星斗好清凉"作结，因受炎威之苦，全诗突出了一个"凉"字。

介然叟曰：题曰"思乡"，则本题三首，都是"思"中之事也。前两首实写记忆中的乡间仲夏这个特殊时间段特殊的"趣味"。第一首写少年时期老家仲夏的"闲趣"。

仲夏是一年中较长时间的农闲期，那时没有后来的扰民运动，辽东地区称之为"挂锄"（大田已经锄过，野草不再生长。离种菜、种荞麦、种黍还有些日子。为防止锄头生锈，把它挂在"仓房"的墙壁上）。孩子们也都在暑假中，这才有可能感受到那种"闲趣"——人一旦到了累得除了吃饭就是要睡觉的时候，哪里还有"审美"的情趣？读了这首诗,仿佛体会到陶渊明那种做"羲皇上人"的味道,满眼的幽静,满纸的恬静,满心的清静,正所谓"虚室有余闲"啊。

夏日思乡 其二

先人开第造山庄,青石锅台黄土床。
蟋蟀草丛余梦幻,蜻蜓河上记童狂。
野霜屏息挖田鼠,村霭闻铃归牧羊。
仰睡露天听说古,流萤闪闪入迷茫。

【笺评】

姚、汤《选评》: 这是一幅描绘田园风光的民俗民风画图,语言清新明快,如潺潺流水,如云卷云舒,其颈联尤为精妙,说明先生善于捕捉生活镜头。写诗如做到情中生景,难度极大,先生则举重若轻。公安派诗评家袁中郎有云:"诗之奇、之妙、之工之所不极,一代盛传一代,故古有不尽之情,今无不写之景。然则,古何必高,今何必卑哉!"寓真先生此诗已通古人、直逼古人也。

介然叟曰: 此思乡第二首写的是乡间山庄的"野趣",准确地说是村童的"童趣"。最是记忆真切的,是那青石锅台,那黄土坯垒的暖炕,这两样一是吃,二是睡。然后就是斗蟋蟀,逮蜻蜓:斗得忘了吃饭,"鞋克拉里"的蟋蟀没分胜负,两个蟋蟀的主人的头却互相撞起了包;蜻蜓没逮着,却被太阳晒得满头是汗,依然顾不得擦汗,小心翼翼地伸出手……至于"仰睡露天听说古",更是一大野趣。说古:讲述古代的故事,辽宁东部作"讲古",这是农闲的文娱活动。那里没有舞台，没有礼堂，在一块随便的空场上，全村人都来"听古"。听着听着，孩子们就睡着了——就在那露天的土地上。这些都是"野"，但野而不蛮。世世代代这么生活下来，培养了人对自然的亲近感，也都在不知不觉中承接了传统的礼义廉耻。至于"挖田鼠，归牧羊"，那是秋收以后的事，虽是捎带说的"陪衬"，却也是野趣十足啊。

夏日思乡　其三

仿佛莺声在绿杨，但闻人事已参商。
井枯盛夏焦田土，雨断新秋秕黍囊。
病困乏医多损寿，育生不节尽成行。
合当归去分忧虑，邀集四邻筹小康。

【笺评】

姚、汤《选评》：读完此诗，心情沉重。寓真先生由城市的酷暑联想到家乡农田龟裂，禾黍干枯，实为空壳。颈联"病困乏医多损寿，育生不节尽成行"，真实反映出贫困山区缺医少药，盲目生育这一严酷现实。如何解决这些问题呢？诗人在尾联表示：应该回到故乡去，为民分忧，和乡亲共同研究脱贫致富的办法。当然这种想法未必能实现，但诗人这片热爱家乡，与民共忧患之情，却难能可贵。

介然叟曰：此思乡第三首写的是"乡梦"。家乡已物是人非，但是贫困依旧。千百年来，每一年农民都抱着一个丰收的希望，也就是能够过一个温饱的年罢了。然而到现在，依旧不免"苦般般"。颔、颈两联述其苦。病根何在？如今，"合当归去分忧虑，邀集四邻筹小康"，表现了诗人急切的心情和恳至的责任心。但愿家乡"小康"不是梦……

病　吟

寒衾病榻一宵雨，悴意憔情半鬓霜。

逝影难回云浪远，前程望断朔鸿翔。

哪堪风疾摧林秀，可笑茅高妒艳芳。①

若不四方留壮迹，何如归去务麻桑。

【注解】①李康《运命论》："木秀于林风必摧之，堆出于岸流必湍之，行高于人众必非之。"屈原《离骚》："世溷浊而不分兮，好蔽美而嫉妒……何琼佩之偃蹇兮，众薆然而蔽之。惟此党人之不谅兮，恐嫉妒而折之。时缤纷以变易兮，又何可以淹留！兰芷变而不芳兮，荃蕙化而为茅。何昔日之芳草兮，今直为此萧艾也？"

【笺评】

姚、汤《选评》：此诗是诗人病中抒怀。凡受疾病煎熬之人，即使是平时开朗乐观之人，亦不堪其苦，表现为心情颓废。此诗病中所忧者，国运民瘼也。尾联是一个循吏的从政观之表白。虽沧海横流仍有中流砥柱，晋室虽危尚有临流击楫之祖豫州也。虽说当下腐败成风，但有一批愿留政绩于人间的好官在，中国有望焉。

介然叟曰：本诗言"病"。首联先说病的环境："寒衾""病榻""一宵雨"，造就一个万分寂寞的空间；紧接着说病态："悴意""憔情"

"半鬓霜",组成一幅衰病憔悴图。在这种情境下,颔联的叹息也就倍感锥心——此惜时伤暮之病也。颈联所言之"风"之"茅",虽亦可笑可叹,然如"间黑白"之苍蝇,亦可恶矣——此妒贤害能之病也。尾联说"去病"之方,"不留壮迹"是病根;然何谓壮迹,仁智之见不同。老子曰:"圣人不病,以其病病。"寓真,可乎哉?

"云"与"朔"对,除了通常的意义外(云,云天。朔,朔方,北方),还可以两个传统州名(云州、朔州)对仗,可谓奇巧。

秋　晓

灯昏昨夜乏文思,搜索枯肠枉睡迟。
曙色号鸣声颤颤,秋云梦断绪丝丝。
霜林微醉染红靥,冷月半眠弯翠眉。
徐步花蹊理杂感,静观流水续残诗。

【笺评】

姚、汤《选评》:此诗为秋晓即事,道出了诗人勤于思考,刻烛敲诗的艰苦创作过程。颈联"霜林微醉染红靥,冷月半眠弯翠眉"是尾联的铺垫、准备。观物候之变化,以霜林、冷月为触媒,引发诗心之萌动,而结句"静观流水续残诗"则是萌动诗情所使然。

介然叟曰:一觉醒来,想到昨晚文思不济,一首诗未能续完。中间两联写秋晓所见景物,切题。"号声颤颤"写"曙色"之冷,极尽形容之能事;说"秋云梦断",是进入传统审美系统之词,"绪丝丝"写透残梦心绪,至于"霜林""冷月",完足秋晓情景。尾联回应首联:早起清理感想,花蹊漫步;清晨搜索诗韵,溪畔徘徊。

　　原来这是一首写作者如何成篇的写作过程的诗。你道寓真写诗总是那么"思如泉涌",总是那么"好句迭出"吗? 那个创作过程是一种"呕心血"的事。有时候为了一首绝句,也可能颇费周折呢。这种极尽辛苦的写作过程,对于本诗作者而言,可能不过是"偶一为之",但也足见创作的艰辛。

　　我们看到,寓真把作诗真正看作一件大事,夜以继日,晨以续夕。不如此,焉能有如此成就? 作诗尚且如此,做人又当如何!

雨　晨

环境安恬梦亦馨,雨喧方觉曙窗明。

美霖似酒醺园醉,幽籁如弦伴鸟鸣。

红落清涟飘洒洒,绿添花木秀亭亭。

但将心事酥溶尽,乃悟人生致远情。

【笺评】

　　姚、汤《选评》:诗人写的是暮春清晨景色。起句和承句点明一夜春雨潇潇,黎明雨霁,曙色透窗。颔联和颈联是对园林景物的描绘,落英飘洒,绿暗红稀,雨后树下,苍翠欲滴。诗中有画,亦诗亦画。由此诗人乃有心旷神怡之感,从而顿悟人生致远之理。若无尾联言理之胜收,则此诗显得平铺直叙了。

　　介然叟曰:诗眼在"酥溶"。酥者,美物也;溶者,溶化。横物在心,耿耿也;将其美化(事无绝对,恶物可以转化为美物),继而溶化，则心地开阔，思路畅然矣；宁静无累，致远之道也。则前六句，皆言"酥溶"之道。只有心中恬淡，连睡梦也是恬美的，这才能明晰地感知"曙窗明"，"美霖似酒"，"幽籁如弦"。对落红见其飘洒，而无春归之恨；看苍绿赏其挺秀，并有夏长之忻。孔子曰"耳顺"，则无不顺矣。

寂　园

搁笔窗前月一轮，寂园何处接芳邻。
函来每问升官路，客访原多谋利人。
风义过从怀旧友，诗文切磋待闲宾。
世风变化真难料，留得童心且自珍。

【笺评】

介然叟曰：寂园，寂静之园，寂寞之园也。缘何寂寞？中间两联说其因：也有信来，是问如何升官；也有客来，是问如何发财。高风亮节者、切磋诗文者，却难得相见。尾联感慨世风日下，自勉珍重。

结句"留得童心且自珍"，读者当记得卷一作者高中时期那句自励的诗句："月高昭品行，星灿启聪明。"再回头看起句"搁笔窗前月一轮"，就会明白，窗前那一轮明月，绝非无心之景：那轮明月，在诗人心中早就是他人格的象征，在他的一生中，永远是"皓月当空"，有如人生纯洁的"童心"。一个人能够始终保持一颗童心，也就注定了一生多的是孤寂。昔蒲留仙说："胆欲大而心欲小，智欲圆而行欲方。"予谓：想得到的十有八九，做得到的十不一二。谈何容易！

圆明园遗址

镂云开月何处觅，荒园断石与残墀。

风掀历史鸣新树，雨打人心洒旧池。

铭刻百年凌辱柱，化为一阕振兴词。

灵魂久蛰当苏醒，气宇高扬是此时。

【笺评】

姚、汤《选评》： 此诗是诗人凭吊圆明园后，发怀古之幽思。起句和承句描写的是眼前的凄凉景象。颔联感叹往史悠悠，连绵的雨点洒落昔日池塘，诗人的心因伤感而冰凉。颈联是对比，屹立的石柱是中华民族近百年屈辱史的见证，但也可以激励后人，振兴祖国，以自立于世界民族之林，洗尽国耻。尾联爱国之情更喷薄而发。

介然叟曰： 人言寓真诗冲淡，此诗却雅："镂云开月""断石残墀"，用语之雅也。"风掀历史""雨打人心"，造语之雅也。"凌辱柱""振兴词"，训义之雅也。"灵魂久蛰""气宇高扬"，风骨之雅也。你道为何？任何风格或景色必须有"三切"（切地、切时、切意）才算好诗。圆明园，是世界古今不可逾越的名园，形容她的美，在律诗中宜简不宜繁。只"镂云开月"四字，配以"断石残墀"，则已足称帝王气象。而"风掀历史""雨打人心"，纯是寓真新造，从"虚"中令人想象历史，却不说"令人痛心"之熟字、俗字，非雅而何？"凌辱柱"，那些遗存的石柱，上面镌刻着民族的耻辱，多少人面对它，会读懂那上面的"无字"之耻，又有多少人能够化而为"振兴词"，非爱国者兼"雅人深致"之真诗人，可知之否？可知之而又能化之否？指出"灵魂久蛰"之悲，又能够气宇轩昂、面对未来者，非风骨之雅者与？

缅 怀

关山晴翠意悠悠，犹记当年战寇仇。

似剑云峰英气在，如茵芳草血痕留。

蟠龙河畔寻残垒，长乐碑前正艳秋。①

彩笔欲将干气象，经纶还为故园谋。

【注解】①1938年4月8日，八路军在武乡县长乐村的河谷中，发起对日军的袭击，取得重大胜利。长乐突袭战是当年粉碎日军"九路围攻"的决定性一战，此地有碑纪念。蟠龙河指浊漳河，河畔的蟠龙镇曾被侵华日军占据。1943年武乡军民两万人对蟠龙敌人展开围困战，迫使日军残部逃离，扩大了抗日根据地，是为反扫荡斗争的重要战役。

【笺评】

姚、汤选评：此诗是作者凭吊抗日战争战场后写的。起句写景，承句切入主题。颔联和颈联是由眼前景抒发心中之情。颈联之蟠龙河与长乐碑地名相对比较工整。结句是抒感和勉励。全诗层次分明，井然有序，情景交融。

介然叟曰：首联起句"关山晴翠意悠悠"，纵贯全诗，以下各句皆言其"悠悠"之"意"。颈联对句之"艳秋"，照出当年战寇仇的壮烈，得有今日之壮美。尾联宕开一笔，实则为"关山"的另一层"悠悠"之"意"：延续先辈的"英气"，成就一番大业。

秋　情

并州古树满秋声，激荡平生万里情。

南海飘摇回啸咏，北山萧瑟对狰狞。

漫天落箨同鸡唱，彻夜行云送雁鸣。

但使流霜存爱惜，粲然寒菊绽金英。

【笺评】

姚、汤《选评》："秋情"为题，突出了秋风的肃杀。秋天多西风，西方属金，金主杀戮。早在西周，诸侯征战均选择秋天，一是时值农闲，二是马正肥壮。面对节候之变化，诗人对自然景观有不同的感触。王仲宣的《登楼赋》、杜少陵的《秋兴》八首均充满故园黍离之悲。先生此诗颔联和颈联亦继承了古人以悲愁为美的诗歌传统。尾联别开生面，虽然是对秋风的祈盼，却似乎是隐喻应该施德政于民的一种深思。

介然曰：首联写并州秋声，激起万里之情，令人想起范仲淹《渔家傲》："塞下秋来风景异……浊酒一杯家万里……"那种复杂的情感。颔、颈两联具象诗人的"万里情"：南海飘摇，北山萧瑟；漫天落箨，彻夜雁鸣。多少凄凉，多少期望；几分悲愤，几分悲壮。那年头，曾经埋没了多少国之精英！诗人发出了王昌龄一般的亘古呼唤："但使流霜存爱惜，粲然寒菊绽金英。"是祈求？是惋惜？是盼望？是悲悯？剥一句范仲淹："人不寐，哲贤白发骚人泪！"

过　年

秒摆丁丁催岁月，舞歌宛宛趣人生。①

良辰亦有登门丐，除夜犹闻叫卖声。

轩冕之中宜淡泊，尘嚣自远耐伶仃。

闲涂墨迹寻真意，深印年轮入鬓茎。

【注解】①趣，可两解：一、趣味（为人生添一点兴味）；二、音促，催促。

【笺评】

姚、汤选评：以书面语言入诗易，以寻常语入诗难。先生此诗通篇均用时代语言，此乃旧瓶装新酒也。此等诗必然拥有读者，必然具有生命力，应该提倡。颔联述及除夕之夜仍有乞丐行乞，仍有商贩叫卖之声不绝，此种社会现象令人感触。颈联是言志，甘以淡泊自处，远离闹市，这是诗人在寻找一种洁净的心灵驻地的心声。

阎凤梧：诗歌是人格的化身，肺腑的吐露，心灵的呼唤。优秀诗人的人品与诗品是一致的。寓真在个人品格上特别标举"淡泊"和"伶仃（孤独）"，"轩冕之中宜淡泊，尘嚣自远耐伶仃"，正是他的自警箴言。寓真诗词中多处可以读到类似的警句，他的《叶零吟》写道："生活淡中好，诗词闲里工。"

张同吾：寓真的诗词还鲜明地表现出二十世纪六十年代跨入社会的一代人的道德操守和人生理想。我们深受传统文化的熏染，既忧世愤俗，又淡泊名利，这首《过年》引我共鸣。

介然叟曰：人性有善恶，品行具高低；此本不与其地位之贵贱、财贿之富贫也，然一旦居高位、握巨金，则贵其贵而贱其贱，富其富而贫其贫。所以《论语》中师徒曾有过讨论:"子贡曰:'贫而无谄,富而无骄,何如?'子曰:'可也。未若贫而乐,富而好礼者也。'"一般来说,子贡的想法已经很好了,但老师有更高的要求。他老人家常夸颜回"一箪食,一瓢饮"如何如何,也曾自夸"饭疏食,饮水,曲肱而枕之"如何如何,请恕不敬,试问夫子:连"疏食饮水"都没有的时候,该如何?那还能"乐"得起来吗?面对"良辰亦有登门丐,除夜犹闻叫卖声"的时候,富贵者能以"礼"、敢于以"礼"来正视吗?于是,本诗才有了颈联和尾联的独白。

居轩冕能否有淡泊之志,处朝市能否持隐者之心,乃是中国历来知识界衡量士大夫精神的一个标志,最后能够真正找到自己本性(本真)者,盖寥寥也。

寓真淡泊朝市,伶仃自处。看花开花落,任霜染华颠;敝屣富贵,浮云其身。诗书者,亦其求"真我"之一涂,寄寓真性之具耳。

五十感怀

风霜伴奏雨吟哦,五十春秋一首歌。
节拍任催还守节,和声虽寡自平和。
琴心剑胆知音少,粉面红衣戏子多。
犹有痴情求所爱,岁华不觉竟蹉跎。

【笺评】

朱先树:我和寓真是同代人,感同身受,寓真的诗写他自己,却能引起我们这一代人的某种感情回忆。的确人生五十,经历了风雨坎坷人生冷暖，已算成熟了，但却未能随时事变化而学得"聪明"些，仍坚守着自己的做人标准和操守，放眼望去，正直与真诚的人少了，而浮华世界充满着虚假伪善，虽然仍要追求美好理想的实现，只是年岁不饶人，时光流逝太快，目标仍在前方。这是一种感慨，一种忧思，也是二十世纪六十年代走向社会的一代人的感情。这类诗写的人很多，但能引起广泛共鸣，而能让人思考回味，却并不是容易的事情。

介然叟曰：在知命之年回首往事，所历不过风霜雨雪、阴阳晦明，其吟哦者在是，其歌唱者亦在是，此人人之所同焉。然而能不受其促而守节者，寡矣；守其节而能和之者，尠矣。当周遭迎合围绕者众，能识其"知音"与"戏子"之别者，寡且尠矣。尤难能者，一扫"粉面红衣"之云烟，痴痴地追求其初爱，竟尔蹉跎年华而不悔，问世间男儿能有几？

当然，尾联之"痴情"可作屈原"虽不周于今之人兮，愿依彭咸之遗则"，"伏清白以死直兮，固前圣之所厚"来读。而"岁华蹉跎"，亦可作"没跟上'促节'而落伍"读。究竟如何读，端在于读者读此诗之时之情绪也。

顺便说一句，中国人一向对问题都是只求"独解"或"一解"，从古至今，人们读诗也追求"唯一正确"的那个注释或解说，这无疑是儒家大一统思想教育的恶果。欧洲人则求其"多解"，解释或答案越多，人们的思想越是活跃，这才有多向探索，人类也才能进步。读诗是一种审美活动，为什么非要把李商隐的"无题诗"政治思想化呢？或者非要说那是爱情诗，不允许别的解说存在呢？

议改革

秋风掠过满园清，仰望长天浩气生。
大势不容因旧制，宏心应敢探新程。
为求法律悬明镜，莫使民间有怨情。
众议蒸蒸方热烈，黄花窗畔似聆听。

【笺评】

姚、汤《选评》：郑燮论诗，强调"立意"的重要，同时讥讽了"三应"（应制、应酬、应景）诗低下的审美趣味。板桥尤推崇少陵，认为杜诗"只一开卷，阅其题次，一种忧国忧民，忽悲忽喜之情，以及宗庙丘墟，关山劳戍之苦，宛然在目，其题如此，其诗有不痛心入骨者乎？"

寓真先生此诗选题涉及政治，若褒贬失当也许会影响个人的宦海沉浮，而先生对此题材作了恰当处理。颔联"大势不容因旧制，宏心应敢探新程"是展望，是认识，充满责任感。颈联就法治建设提出了秉公执法，伸张正义，保护人民的主张。结句是警策，赋予黄花以生命，含蓄蕴藉，属胜收一则。

朱先树：对于工作和事业，既有热情，更有长远的设想和思考，这是诗人的社会职责的一种诗意表达。这类诗表面看都写得较实，但表现的真诚是感人的，这是诗的一种现实精神，将永远充满生命力和闪耀艺术的光辉。

罗连双：这本应是一首豪放风格的诗，但第一句的"满园清"和结句的"黄花"首尾呼应，又有一点婉约之情，使全诗呈现生气，这就避免了写成受人贬斥的政治诗。

介然叟曰：题中有"议"字，此非以议论为诗，乃以诗记其议论也。所议内容是法治改革。首联说"秋风"一过，满眼清肃，引起诗人仰望长天而顿生浩气，何谓也？古人认为，秋主肃杀，主刑律之季，古称秋"刑官"。诗人身为法官，面对秋风，自然想到本身的责任。中间两联说改革之必要和改革的目的。尾联出句点题，结句"黄花聆听"众议，亦非点缀风景之闲笔——菊花乃秋季应令之主花，又在"岁寒三友"之列，预示法治改革的结果定如黄花之灿烂。此诗人之善取象也，为本诗增无限韵味。

春　望

绿漪粤水因风暖，红杏燕山着雨鲜。

鼓浪迎归台北楫，鸣钟催发浦东船。

更登云月八千里，留驻春晖一百年。

昂首寰中竞骐骥，邀杯海外共婵娟。

【笺评】

姚、汤《选评》：这首诗以《春望》为题，不能不使人想到杜少陵的诗："国破山河在，城春草木深。感时花溅泪，恨别鸟惊心。"当年老杜经历安史之乱，别妇抛雏，辗转千里。寓真先生写此诗时是在改革开放的今天，故所发多盛世之音。此诗跳跃极大。从起句粤水跳到承句燕山，从台北跳跃到浦东。颈联豪气干云。有第一等襟怀，才能写出第一等好诗，此即诗之"基"也。

张炯：读寓真此诗，祖国统一和世界大同之意尽在其内。他的诗富于时代的特征和气息,所以,形式虽旧,却仍然让读者感受到我们这个新的时代和扎根于这个时代的新的情感。

介然叟曰:"春望","望春"之所见所感也。首联写"天下皆春"之意,以"粤水风暖"与"燕山杏红"概之。颔联写沿海发展迅速,写尽一派繁忙兴旺景象。颈联出句,意深且长,所望高且远——是可见"民族复兴,民富国强"之象,担得起"尧天舜日,福寿康宁"之祥;对句"春晖",象征母亲,此则指祖国。更有"八千里路云和月",中原历史之国耻在焉,则发愤蓄劲,倘能"留驻春晖一百年",华夏之天步亨焉,而勠力斯谐。由此而出尾联,结于世界大同。

本诗论格律,八句四联,对仗工稳,纤毫不爽;论气局,高迈豪踪,开阔奔放;论取象,远近合宜,蕴含深厚;论格调,壮丽典雅,直追盛唐;论语义,结言端直,意气骏爽,堪称风清骨健。全诗大气磅礴,金声玉振,真有古人所谓"庙堂气象"。

赞曰:赫赫明明,岳崎渊渟。为其不为,乾清坤宁。

入　春

对视峰青见旧痕,忽闻溪唱报新元。

天霖啬薔渴黄土,春色蹒跚登古原。

芽吐萌生将茁茂,根盘节错本虬繁。

芳期悬念巫山瘦,风雨无情覆又翻。

【笺评】

姚、汤《选评》:此诗是言志诗,选择"入春"为题,独具慧眼。中国诗歌的本质特征是"言志""缘情"两大学说,这对诗歌本质的认识,是符合诗歌本质特征的认识。不管言志也好,抒情也好,均要求真实反映现实,抒发真情实感,并强调寄情美刺,体现诗歌的社会功能。先生此诗乃借物抒情,借物言志,含蓄蕴藉。尾联言在此而意在彼,给读者以朦胧之悬念。

介然叟曰:本诗极类李商隐的"无题"。首联起句"对视",谁与谁"对视"?显然是诗中主人与青峰。与李白、辛弃疾同调。这对视很长时间,一直见到"旧痕",见其期盼之久。"侧闻"溪水解冻潺潺之声,春天的季节是来了。然而春色却迟迟未见——颔、颈两联言旱象严重,雨水"吝啬",春色"蹒跚"。本是新芽茁壮生长的时节,本来又缺少雨水,而老根却在下面盘根错节地争夺、纠缠不休,美好的季节就将错过了。尾联则直言"芳期"已误,即美好的约会时间在期盼中溜走了。怨谁?只能说天意难料,风雨无情。正如《诗经·卫风·伯兮》所叹息的那样:"其雨其雨,杲杲出日。"(一位思妇盼望她出征的丈夫归来,听说战争已经结束了,丈夫该回来了,然而却没有回来。就像那天气,都说要下雨了,要下雨了,却偏偏出了明晃晃的太阳)。

《诗大序》说:"诗言志,歌永言。"孔颖达疏曰:"情志一也。"(情与志是一回事,无无情之志,亦无无志之情)所以《大序》又说:"吟咏情性。"

从尾联出句悬想因"芳期"已误,而"巫山瘦"来看,本诗或是"言情"之作,抑或是有感于当时社会的某种不遂顺的情状。

山 访

苍山捧着夕阳卮，醉啸一声豪气弥。
我至荒城访契友，风摇高树语相思。
饮杯棘汁胜于酒，掬把村泥好入诗。
尘碌尽消方致远，清凉露卧看星移。

【笺评】

姚、汤《选评》：寓真先生有些诗质朴无华，有情有景，诗中有我。《山访》一诗，起句构思巧妙，拟人化手法运用得生动形象。颔联"风摇高树语相思"赋予草木以情。颈联"掬把村泥好入诗"炼句精，寄意深。袁枚论诗云："诗有干无华，是枯木也；有肉无骨，是夏虫也；有人无我，是傀儡也；有声无韵，是瓦缶也；有直无曲，是漏卮也……"按以上标准评估先生之诗，乃有干有华，有肉有骨，有直笔且多曲笔，读之使人得到启迪、美感。

介然叟曰：这一回看到了古代仙家所说的"餐霞饮露"了，大概是"餐霞"的一种方式：苍山把夕阳当杯，霞光做酒，直饮得漫天酡颜；一阵清风吹过，仿佛苍天一声长啸，那才是豪气千里。何等气势，何等豪迈！可谓神来之笔。接下来说此行的目的，到"荒城"访友，是"契友"。"荒城"未必荒，因这位"契友"在此没有朋友，这才感到"荒凉"（参看李白"孤帆远影碧空尽，唯见长江天际流"句，长江日夜帆影如林，"孤帆"者，言孟浩然之孤独也；其实非言孟浩然之孤独，乃从对面自言孤独也），下句"风摇高树语相思"，相对无言，所有的思念和此时的激动，都在那"风摇高树"的声音中了。这是对"荒城"的补叙，也是对首联"醉啸"的呼应。此处见得寓真诗思缜密处(古人称"针线绵密")。颈联之"棘汁胜酒""村泥入诗",同样是什么都不要说,只此两句,已将见面后的那份契合入骨的至情表达得淋漓尽致。有如庄子所言"相视而笑,莫逆于心"。这种在"契友"面前彻底放松、彻底随意的心理,使人回归天真本性,得到了真正的自由。尾联自然是水到渠成了。

题目是《山访》,却是"访友",为何不说"山中访友"?只缘这山便是"友","友"即是"山",山与友已经融而为一。这在第一句中已经表现无遗:作者看着夕阳在山,友在眼前,"契友"的情感已经令人陶醉了,多年的思念化作一声长啸,就像那晚霞弥漫天际,这声音也弥满天地,那友情自然也就弥满天地了。颔联写山中"荒城",山岭高树,山所产之棘汁,山坡上的泥土,样样是山,样样是情,也就样样都是诗。斯时也,不知所见是山耶?友耶?山物耶?情景耶?

清明扫墓记

山如禅定静中观,云绕岚回春意寒。
墓草初生芽色嫩,炷香如泣泪痕干。
萦心旧梦思无尽,埋骨黄泉魂自安。
欲为栖禽栽翠柏,恰闻风过送幽兰。

【笺评】

姚、汤《选评》:一般写清明的诗,少不了纸钱、麦饭、杜鹃凄切啼叫,及对先人的缅怀等。先生此诗,一脱前人窠臼,另辟蹊径,以奇取胜。起句和承句,以坐禅入定比拟青山,颔联对春草、炷香的描绘更为生动。颈联寓有哲理,这是提出了一个人的生死观,发人深省。尾联尤为精妙,墓庐植树是为了鸟的栖息,若深入剖析,有树必然招来幽禽,晨昏鸟鸣聊可慰亡灵之岑寂也。

介然叟曰:写诗而题曰"记",盖强调纪实也。首联写清明这日墓地所在之山之静、清明之寒:静非常静,如禅定般的静,那是非常的肃穆之静。在如此清静肃穆的情境中,高处有云绕岚回,顿生寒意,这寒意来自时令,更来自内心,是曰"冷静",冷而且静也。这就把读者带入了清明墓地的环境和情境中。此清明扫墓之一记也。

额联出句写墓草生芽,正所谓"无情草木年年发",而人却是"一去黄泉不再回"!先人永背,生命无常。其悲何如!对句"炷香如泣",那是写作者看着炷香一小段一小段香灰从香头上"滴落"下来,与诗人之泪同落,直到香冷泪尽。此清明扫墓之二记也。

颈联"旧梦",旧事也。那些活在诗人心中的往事,诉说不尽,父母对"我"天高地厚之恩,每一思之,亦如面对厚地高天,如何说得尽(编者读至此处,泪潸潸然)!对句说先人魂魄已安,不宜再嚎啕诉说。那些事,那些爱,那些恩,那些情,永远与自己的生命、与儿孙的生命同生息,直到永远。此清明扫墓之三记也。

此时,大山从禅定中转回,山雀啁啾,想到为觅食的禽鸟栽几株柏树,以供栖息,以作墓表,且有繁茂之象。正欲说出这一想法,却有一阵幽兰的芳气飘来——在春寒料峭之山野,何来"幽兰"之香?其实是"心香"之喻,即中心虔诚之喻,也是虔诚的优秀后人之喻。仍从本诗题目"记"的意思来看,可以说这是一句暗喻的纪实:自从屈原说他"既滋兰之九畹兮,又树蕙之百亩"之后,人们就把"芝兰玉树"隐喻为优秀的子弟。最典型的是《世说新语》中谢玄的说法:"谢太傅问诸子侄子弟'亦何预人事而正欲使其佳?'诸人莫

有言者,车骑答曰'如芝兰玉树,欲使其生于阶庭耳。"后世泛称之
为"谢家宝树"。不妨猜想,正当寓真在坟前有植树想法之时,还没
有说出来,有子孙则曰:"这墓地四周,该植些松柏。"诗人心中之慰
藉何如! 结句无疑是向先人告慰:"吾家有后矣。"此清明扫墓之四
记也。

本诗开得肃穆,记得实在,收得悠远。

重上白云山

书生昔日任飘蓬,粤海纷纷看落红。
寻径登山沾袖雨,临巅望海鼓襟风。
重游空谷成芳苑,共与林岩入鸟笼。
二十五年朋侣散,几分意气尚存中。

【笺评】

姚、汤选评:诗人旧地重游,浮想联翩,既有对往事的追忆,又
有对眼前景物变化的感慨。表述方式是起句点旧地、忆旧景,中间
两联描绘眼前景。尾联感叹,人生聚散无常,昔日之良朋,而今已劳
燕分飞,但青春豪气与真挚的友情却铭记于心,不能忘怀。此诗景
中有情,"临巅望海鼓襟风"乃豪壮语也。

介然叟曰:"昔日飘蓬",言当年毕业分配将赴海南的流离岁
月;"纷纷落红",暮春时节也。额联写实。颈联言重游所见之变化之
美:原来的空谷,变成了旅游景点,而且一处整个的山谷被围笼起
来,其中绿荫森森、花香扑面,饲养了各种异鸟珍禽,供人观赏。尾

联感慨:朋侣虽散,而意气犹存。是何意气? 是当初的那份"书生意气",那种无所畏惧的豪情,那种家国国家责任的担当,还有朋侣情感的纯真⋯⋯这都是人之初的最是珍贵的情怀。

结句如果作问句读,亦有另外的兴味:经历了二十五年的世事沧桑,各自有自己的家业事业,诸君那份豪情志气,如今还存在多少? 感慨系之矣。

春　兴

簌簌雪笺才报信，姗姗春步已闻声。
风摇湖面青漪暗，雨濯枝头红蕾明。
俊健龙驹鸣得意，娉婷美女舞多情。
苍山静眼观棋局，涌浪豪心赴远征。

【笺评】

姚、汤选评:这是一首春日即事诗,诗中有对节候变化的描写,也有诗人襟胸的表白。承句"姗姗春步已闻声"极雅。颔联层层推进,江面碧波潋滟,枝头红杏闹春。尾联异峰突起,赋予青山以生命,冷静观察时局之变化。结句豪情激荡,如离弦之箭,如扬蹄奋进之骏马。此类诗容易形成公式化,但经先生铺排后别开生面,新意灿然。

张欣如:寓真的七律,对伏工稳,意旨清雅,境界新美,颇令喜好联偶句的笔者所喜爱。他写景写情,更抒发凌云豪气,表现了一个司法工作者的宽阔胸怀。"苍山静眼观棋局,涌浪豪心赴远征。"苍山、涌浪,拟人,意很深沉;"静眼"尤妙。人世之沧桑在作者眼中如棋子之腾挪变化,而苍山作为一位观者,暗喻一切善恶都在被历史和宇宙的鸟瞰着,审视着。

介然叟曰:"春兴",因春事而生之感想、联想,与老杜"秋兴"同。起句言早春之雪,似洁白的信笺报告着春之消息。"簌簌",雪落之声也,统下"姗姗"句,极连得紧。毕竟是春天了,雪迅速变而为雨,故颔联说到"风雨":出句"摇"字,极富人情味;"青漪"而"暗",写阴天里看湖面,最是真确;对句"濯"字,极富使者味,"红蕾"而"明",写微雨中看花蕾,极其切当。两句一摇一濯,青漪动,红蕾静,一下一上,一暗一明,极尽安排措置之能事,信乎诗家妙手,独得天成之美。颈联"俊健龙驹"与"婷婷美女"不必写实,可作多重"兴"义理解:工业与农业,陆地工作者与海洋工作者,实业工作者与文化工作者,刚性工作者与柔性工作者,硬件与软件……总之,春天来了,万物勃兴。尾联升华为哲学思考,犹孔子所谓"仁者乐山,智者乐水;仁者静,知者动;仁者寿,智者乐",本该各得其所。

重游上党门

上党巍巍古郡门,风云壮烈气犹存。
少年情意堪寻味,旧梦依稀欲断魂。
钟鼓楼高秋月影,榆槐树绿夏香痕。
重登却是冬寒日,四顾茫茫乾与坤。

【笺评】

马斗全:上党居天下之中,古来为兵家必争之地,故多风云壮烈之气,诗人少年时曾居住此处,自然对其多情。上党门为古上党之象征, 此诗但抓住最能引人思绪之城门以抒重游之情,思绪翻涌,多少岁月与生命之感,俱在不言中。尾联甚佳,"四顾茫茫",真有陈子昂"念天地之悠悠"般深感。诗得如此,便耐咀嚼。

介然叟曰:当生命的年轮凝聚或积淀了古今历史的风云之气,那就是拥有了一个地区或一个民族古今发展变迁的文化内涵,其人之心胸气概可知矣。此本诗首联所言,不可以诗词点缀之语轻轻放过。然而何事而竟使诗人"旧梦依稀欲断魂"也?是少年锺心之初爱,还是纯洁无瑕之友情?是惊天动地的人生变故,还是师长醍醐灌顶之觉悟指教?从颈联那忘不掉的"鼓楼月影"和"槐绿香痕",可以窥见一二。然诗之取象所含非止一端,仁智之见,盖人人殊,由读者去想象吧。

尾联言登楼正是寒冬,景物丕变。不变者,其唯此心乎?就像那宇宙乾坤。昔苏东坡有言曰:"自其变者而观之,天地曾不能以一瞬;自其不变者而观之,则物与我皆无尽也。"记忆中的上党门,在吾心者,"皆无尽也"。我想,人人心中皆有一"上党门",人人皆有其"无尽"的记忆。那美好是恒久的。然乎?不然乎?

秋　粟

秋风十月粟香多, 恰上新楼好放歌。
熟透田园红漫野, 酿成美酒醉汾河。
披荆历尽千千苦, 收获方能穗穗禾。
其乐无穷唯奋斗, 耕锄不辍更常磨。

【笺评】

姚、汤《选评》：《秋粟》以满怀激情歌唱丰收之喜悦。亦可视为通过稼穑之艰难，暗喻创作规律。"披荆历尽千千苦，收获方能穗穗禾"。古人成功之路不正是遵循这样一条道路吗？左太冲写《三都赋》历时十三年，"洛阳纸贵"争相传抄，连讥讽他的陆机也大为折服。贾岛、孟郊的成功，不也是历尽艰辛吗？当代诗坛不少沽名钓誉，拾古人牙慧，自封名家者，应该一读此诗，三省吾身，必有补益。

介然叟曰：前四句言"秋粟"之多之好，落脚于"酿成美酒醉汾河"，令人想起李白的"醉杀洞庭秋"。但这美好绝非轻易得来，须经过一番披荆斩棘的千辛万苦，耕耘不辍。由"恰上新楼"句看，作者此时应是完成了一项建设事业。然推想人生事事如此，非止一端。每一件事的成功，没有付出，绝然没有结果。事业越大，付出越多；付出越多，所得越大。俗云"好事多磨"，奋斗中磨炼，那结果是双份的收获：既得成果，又增才智。

夜　读

吝啬春光仅一梭，芳园空剩柳婆娑。
苦吟境界诚难达，静读时间恨不多。
莫羡舞厅灯闪烁，还将笔墨夜消磨。
谁知潇洒其真味，大道之行乃可歌。

【笺评】

姚、汤《选评》：这首诗是作者再次入中央党校进修时即事抒怀,诗中有自我,形象栩栩如生,而在遣词炼句方面又平淡无异,无摹古之痕迹。袁枚评香山诗有一段精辟的话:"白傅改诗,不留一字,今读其诗,平平无异。意深词浅,思苦言甘,寥寥千年,此妙谁探?"寓真先生深邃的思想,总是用平淡浅显的语言来表述,可谓得香山诗学之真髓也。如此诗颈联之流水对,通过对比,充分表达了勤奋向上,学而不倦之意。

介然叟曰:凡伟大的思想家、艺术家、作家、诗人,永远是孤独的,时间对他们永远是吝啬的。诗人需要独立地寻求某种境界,需要"苦吟",以准确地创造某种境界,同时也需要时间读书,以不断汲取能量。这是前六句要说的话。尾联出句是说世人懂得真潇洒者寥寥,真潇洒者,在自由;然而,世人真懂得何为"自由"者,亦寥寥也。结句是说,真的"潇洒"在于"大道之行"。那时真的是"人间无苦",世人皆"离苦得乐",那才是真正值得歌颂的日子。

"大道之行乃可歌",此诗人语乎,法官语乎? 法官是社会的良知,是社会的医生也。

赞曰:乾乾夕惕,君子斯为。襟怀天地,大道骙骙。

重到丹河

斜阳又立旧桥头,倾圮栏杆水断流。
闹市纷争情愈薄,人家烦琐事无休。
稚朋已似流云散,慈母不堪风烛忧。
唯见瓦棱残雪里,少年梦影尚余留。

【笺评】

姚、汤《选评》：丹河应有寓真先生故居所在，一股浓浓的乡情，在诗中流淌，十分感人。诗的起句和承句是铺垫、是写景，颔联则是诗人发出的感叹。"闹市纷争情愈薄"之句，似从陆务观《临安春雨》"世味年来薄似纱"化出，但无一字雷同。颈联作人世沧桑之叹：少年时代的朋友如劳燕分飞，而高堂老母已是风烛残年，令人忧虑。结句尤为精妙，"少年梦影尚余留"，有余韵无穷、余味无穷之感，读之不能不使人唏嘘再三。此诗层次分明，以情取胜。白居易在《与元九书》中有云："诗者，根情、苗言、华声、实义。上至贤圣，下至愚呆……未有声入而不应，情交而不感者。"纵观全诗，以深刻的情感力量去感染人，难能可贵。

介然叟曰：首联"斜阳""旧桥""栏倾""流断"，一派萧瑟衰败景象。在此景象笼罩下，其心情可知。颔、颈两联说人事浇薄："情薄""事烦""朋散"，又有不堪"忧亲"之虞——一派冷漠揪心情境。尾联更是令人忧闷：那瓦楞中的一抹残雪，曾经有诗人少年时期夜望星辰的记忆，那里曾经寄寓那少年多少美好的希望，一定也浸润着小友嬉戏的纯真，还有友邻互相守望的温厚……如今就像那断流的丹河，残照中倾圮的旧桥，目光掠过眼前的一切，不敢停留，不忍停留。那些真，那些醇，那些情，那些爱……消逝了，但愿不是永远！

本诗首尾相照，中间两联全用"赋"法，所赋是事，所铺是情。以情见景，以情铺事，以情收束，流溢情满矣。

沐雨东山岭①

鸿蒙目尽海同天，只觉潮音到耳边。

洪水东归留峻岭，汪洋旧梦是桑田。

相思枝上花苞湿，少女掬中红豆圆。

远客摩崖读残史，山头瞰世屹前贤。

【注解】①东山岭：在海南省万宁市，山上有潮音寺，据说是特为南宋抗金名将李纲修建的——建炎二年(1128)，李纲被贬到万安军，即今万宁。

【笺评】

　　姚、汤《选评》：起句和承句是对海南岛东山岭环境的描绘，涂上一层感情色彩，为全诗定下了基调。颔联是感叹，沧海桑田，人世多变。颈联又回到现实中来，写的是眼前景。尾联点出了南宋名相李纲，因坚持抗金而开罪高宗赵构与秦桧，招致流放之命运，东山岭上今立有李纲雕像，结句是诗人对这位爱国政治家的景仰。统观全诗，起伏跌宕，沉郁苍凉。

　　屠岸：整首诗写的是海南岛东山岭的景象。岭上立着李纲雕像，诗句凝结了诗人对这位古代爱国者的崇仰之情。用一个"瞰"字写出了前贤雄视百代的胸襟，一个"屹"字写英雄顶天立地的伟姿。一俯一仰，爱国者的精神风貌跃然纸上。

　　介然叟曰：本诗是对一代爱国英雄的敬仰与缅怀，但中间忽然插入少女手中"最相思"的红豆，却是为何？初读，好像与全诗情调极不协调——"鸿蒙""潮音""洪水""峻岭""汪洋""桑田"，这是一组宏大横放的意象，组成的是一幅莽莽苍苍的图景，诚如东坡幕士所言,这本是"关西大汉执铜琶铁板唱大江东去"的情调,如何杂有十七八女孩儿唱"杨柳岸晓风残月"? 仔细看,此为写实之笔也(东山岭生长红豆树)。作者感慨于先贤的作为,而少女们是否也感动于李纲的英气? 是否也动情于民族的苦难和英雄的遭际? 尾联解开谜底似的,告诉读者,前面所有的铺垫,都是因为那座"山头瞰世屹前贤"的英雄。再回头看前两联所写的大画面,才明白,那是一个象征:从洪荒以至今日,几度沧桑,然而自从有了人类,就有了不变者在,那就是"人"的精神。

通什太平山

林岩深莽访遗民,瀑白溪清花果珍。
山猎惯于行赤脚,村姑今已不文身。
茅亭小卖椰蓉嫩,竹筒烧炊米味醇。
欲问风流俚俗事,嫣然黎妹笑声频。

【笺评】

　　姚、汤《选评》:这是一首绝妙的民俗诗。没有生活底蕴,没有一双观察生活的慧眼,写不出如此好诗。这首诗展示出一幅黎寨画卷。首联写入山,颔联写民俗:男子赤脚行猎,女子已不文身。颈联写黎寨的食俗。尾联写黎族姑娘们乐观、开朗、诙谐与好客。此诗层层铺垫,井然有序,语言清新流丽,读之令人拍案叫绝,乃当代诗坛难得的好诗。

　　介然叟曰:"遗民",非明之遗民、清之遗民,亦非民国遗民,乃是仍然过着原始生活、不为现代文明污染的原始部族之遗民也。结果是未能访得。但见林岩山莽,瀑白溪清,一派原始自然环境。不过有些生产、生活习惯还保留着原始的遗迹,如男人在山间打猎仍然赤脚,煮饭仍用竹筒;而有些原始习惯已经彻底改变,如女子已不文身,茅亭下已有小买卖可见。想问一问"风流俚俗"的原始状态,比如黎族的原始恋爱、婚姻,还保留着哪些原始遗留,黎族姑娘却是笑而不答,因为她们已经熏染了现代文明,觉得有些俚俗难于启齿。

中间两联用原始生活遗存与现代文明两两对比,十分鲜明。结句以"嫣然"写黎族妹子灿烂的笑容,用"频"写其含蓄中的明白,羞涩中的爽朗。足资想象。

谒海瑞墓

芳茵青树映幽园,霜墓风碑对海天。
古国凛然存正气,边山肃立仰高贤。
罢官一幕如雷电,抗志千秋壮雨烟。
大法奉行有艰阻,秉公还赖脊梁坚。

【笺评】

　　姚、汤《选评》:此诗乃诗人凭吊海瑞墓后所发感叹。颔联是对海瑞人格的褒誉和景仰。颈联"罢官一幕如雷电,毁誉千秋任雨烟"联系现实。"文化大革命"带来一场灾难,其导火索即从批判《海瑞罢官》开始。斯时人妖颠倒,冤狱遍于国中。但历史是无情的,随着时间的流逝，必将做出公正结论。尾联谓当今社会秉公执法之艰难，其关键在于执法者应该有海瑞精神，一身正气，刚正不阿。此诗有情有景，有议论，有升华，非泛泛之作。

董耀章：这是诗人兼大法官的心声折射。诗写得意象鲜活，诗情浓郁，寓意深刻，铮铮有声。

张同吾：在海瑞墓前，寓真会比别人有更深切的感触。如果我们能了解，他在执法过程中的艰阻，就更能理解历史的前进是何等的曲折与艰险。他继承了古典诗词的忧患意识，融入个人禀赋的正直凛然，这类诗作就更显得有血有肉、正气浩荡了。

介然叟曰：以法官的身份前去拜谒海瑞墓，感慨綦深。首联起句总括海公墓园大印象，盖远望也；而承句陡然变调："芳茵青树"变为"霜墓风碑"，这是近看。"霜风"暗喻其墓其碑所经历的政治"风霜"，"对海天"见其大气浩然。颔、颈两联，诗意由"霜风"引出。"古国"说古，有味，鲁迅说"古人毕竟忠厚"，其然其然！"罢官"，包括古今两次，古之罢官，欣然奉母回琼岛，"饱看那绿水青山"；后之罢官则雷鸣电闪，掀天揭地，穷极折腾之至。结句是深会其中冷暖之语——作者与海瑞虽相距四百多年，而心灵是相通的，因为所处、所历，有诸多相似处；别说海瑞，就是与西汉之诸名公巨卿、正直的大清官，也可以相通，因为所处、所历仍旧也会有某种相似之处。

海口访旧

蕉叶又聆珠雨密，椰林重访故人稀。

堪思草屋飘摇日，且共华楼歌舞时。

荣辱半生皆淡淡，情恩几缕总依依。

举杯同祝身康健，苦苦甘甘一笑之。

【笺评】

　　姚、汤《选评》：这首诗是记叙故人重逢后的感慨，属即事抒怀诗。起句对环境进行了渲染，雨打芭蕉用"惊心"形容，这是为承句"椰林访遇故人稀"的准备、铺垫，是为了说明留在海南的故人已经很少了。颔联是回顾友朋，昔曾共患难，今且同欢乐。颈联说明诗人对人生的认识，表示出旷达通透的老庄思想。但人非草木，孰能无情，想到"情"与"恩"又不能不作儿女态。尾联加深了颈联的抒情内涵，风雨人生已成过眼烟云，不如一笑置之。结句迭字用得好。

　　介然叟曰：起句"又聆"，暗示"访旧"，承句"重访"点明题目。"稀"字，略存烂柯归来之感。颔联出句言昔之草屋堪忆，那是生命真切的历程，那份共对艰危的情谊是生命的一部分；而今坐华楼、对美酒、赏歌舞，虽欢而浮，"且共"已含"姑且"之意。颈联出句直言淡泊荣辱，对句言旧情却说"几缕"，作者依依，听者何如？尾联"一笑"，是洒脱，又似轻消，总觉得此次访旧有歉于怀。请读者比较戴叔伦《江乡故人偶集客舍》的尾联："羁旅长堪醉，相留畏晓钟。"当然，情境各异，心情不同，情有远近，谊有厚薄，亦各得其所也。

乡 情

乡情乡事读来亲，故土故人牵我心。
驱寇雄风思往昔，富民大计话当今。
秋高古塔铃声远，春到关河云水深。
怀梦依依何寄托，佳音传递值千金。

【笺评】

姚、汤《选评》： 亲情、乡情构成的情结总是令异乡游子"剪不断，理还乱"。故乡的山山水水，故乡的亲人，故乡的民俗民风，总是令人梦绕魂牵。起句和承句，点明主题。颔联跌宕，由对战争年代保卫家园的回忆，转入和平时期故乡的建设。颈联又转折到对故乡古塔、河流的回忆，在诗人笔下，读者似乎可以听到在秋风中塔上清脆悦耳的铃声。结句是高潮，"片言信息值千金"说明诗人对故乡关切之情。整首诗层次分明，布局合理，对仗工稳。

介然叟曰： 这一回是乡亲们来信，商量家乡脱贫致富的事情。诗是对家乡父老"乡讯"的回复，不能写得太含蓄，要直抒己见，须是一看便懂，而且决不能有文字歧义，因此写得比较直白。颔联的今昔两件大事，都是决定乡亲前途和命运的事情，铢两悉称，足以证明作者绝非应付。颈联以古塔铃声和关河云水，印证了作者对家乡不能忘情。尾联重申乡音在自己心中的分量。古人所谓"一篇之中，三致意焉"。这样的作品，有心的读者当能细心体察之也。

春节省亲途中

驱车又蹈旧行踪，起伏高原雪半融。

无奈相思人去远，又教岁月水流东。

京城惊骇出奇案，市井哗然议腐风。

峰岭皑皑如鬓白，忧思尽在不言中。

【笺评】

姚、汤《选评》：此诗写回乡省亲之感。起句切入主题,承句描写归途之景:高原如波浪起伏,腊尽寒消,积雪阳坡半已融化。颔联是诗人发出的感叹,思乡情切,年复一年。颈联峰回路转,回到现实中来,京城发生大案而令人震惊不已,腐败之风致使舆论哗然。忧国忧民情怀,深透纸背。结句有余味,多弦外之音,言外之旨。"忧思尽在不言中",其炼句极精。

介然叟曰：这一年春节省亲路上,作者忽生两种无奈:一是相思之人远去,而岁月如流,此私事也;二是京师大案,腐败成风,此公事也。鬓白如雪,幽思无限,真堪古今同慨。

卷五

七言律诗（下）六十五首

登长治老顶山①

半晴天气夹寒风，同学相随游兴浓。

壮岁流痕皆淡淡，童山变化竟葱葱。②

少年植树留春梦，当午野餐寻旧踪。

炎帝像前思邈远，唯祈乡国振豪雄。

【注解】①老顶山，在长治市东，海拔 1378 米。又名百谷山，山有炎帝神农氏尝百草、种植百谷等传说。上党长治、长子、高平一带，是神农氏活动传说最集中的地区。②《管子·轻重篇》："有虞之王，枯泽童山。"宋·戴侗《六书故》卷二十九："山无草木者谓之童山。"

【笺评】

姚、汤《选评》：这是一首纪游诗，睹眼前景，引发出对往事的回忆。宋人对于诗中用事的利弊，已早有所察。《石林诗话》云："诗之用事，不可牵强，必至于不得不用而后用之，则事辞为一，莫见其安排斗凑之迹。"观此诗，使事无牵强之痕，层层推进，充满激情。尾联尤佳，由瞻仰炎帝像而祈求国泰民安，赤子之心可见也。

介然叟曰：首联点题。颔联一"竟"字，把当年所见与梦想，到而今居然现实与惊讶轻轻拈出。颈联则追叙当年植树情景，一者回应这"竟"字缘何而起，二者暗示何以独独不忘植树之梦。尾联炎帝像前之思，看似"邈远"，实则切近——尝百草与播百谷，是人类生产和生活方式的伟大转折。结句宕开一步，又寓"百年树人"之义。整首诗的思绪在过去、现实、未来之中回环往复地穿插跳跃，遐思无限。

本诗对仗工稳自不必说，其中颔联之"壮岁"对"童山"，可谓奇对，词意并不成对，而字面对得极其工整，这让我们想起杜甫的诗句："酒债寻常行处有，人生七十古来稀。""寻常"与"七十"词义也不对，而字面意义是对应的："八尺曰寻，倍寻曰常。"所以"寻常"可以当作数词来用。这需要把握汉语丰富的词汇，还需要灵活运用词性的转化，否则万难办到。

上述姚、汤《选评》说到此诗"使事无牵强"，并引《石林诗话》之语，此处须商榷。古诗文中所谓"用事"，非后世的"叙事"，乃所谓"用典"也。《石林诗话》论用事那段话后，即举例曰："苏子瞻尝为人作挽诗云：'岂意日斜庚子后，忽惊岁在巳辰年。'此乃天生作对，不假人力。"东坡此挽诗，指《孔长源挽词》二首之二。"岂意日斜庚子后"，典出贾谊《鵩鸟赋》。"忽惊岁在巳辰年"，王十朋注云："郑玄梦孔子告之曰'……今年岁在辰，明年岁在巳。'既寤。以谶合之，曰'辰为龙，巳为蛇。岁至龙蛇，贤人嗟。知命当终矣。'"（见王十朋《东坡诗集注》卷二十）。可知《石林诗话》之论用事，正所谓用典矣。

登五台黛螺顶

人间难得夏生凉，雨色青青浴佛乡。

云幕落来山半露，钟声飘出寺深藏。

缆车头上歌灵羽，岩岫脚边繁野芳。

暑恼炎烦吹散尽，清风胸次顿洋洋。

【笺评】

姚、汤《选评》：纪游诗最忌罗列景观写成流水账。先生此诗虽为直笔，但直中有曲，营构了一组意象，且语言清新流丽，遣词炼句非常讲究。颔联"云幕落来山半露，钟声飘出寺深藏"，对仗工稳，"半露""深藏"，一显一隐，且闻钟声，未见佛寺，推测"寺庙"必藏在树林中。纪游诗如此谋篇布局，可见艺术功力之深。

张炯：寓真有的诗很富哲理，但并不干涩，仍能饶于诗意。"云幕落来山半露，钟声飘出寺深藏。"实在堪称奇绝之笔！不但对仗工整，而且意境幽深，诗意如画。

介然叟曰：首联即使不言"佛乡"，只起句"人间难得"已离烟火气矣，加之"夏生凉"，则佛国意味十足了。中间两联写景，乃首句之延伸：以云绕半山，言山之高峻；以只闻钟声，写寺之深藏。暗喻佛境高且深；所谓"灵羽"，常沐法音，鸟亦灵也；佛光普覆，野花播芳。尾联消尽"暑恼炎烦"，即消尽人间争名夺利之"热恼"，顿觉自在洋洋。没有相当的佛学修养，说不出这番话来。俗话说"到什么山上唱什么歌"，首先胸中得储备天下之山都有"什么歌"，否则如何唱得？寓真诗笔不拘时地，触处生机，以其多识，且能融识于情，以情化识，此即诗家法门。

山　宿

欲向青峰忘白头，风光多媚又重游。

山中兰蕙有缘遇，世上知音不易求。

寂寞心中情未死，流涛水底影长留。

京郊夏夜初温静，雨作潇潇已似秋。

【笺评】

姚、汤《选评》：这是一首即事诗，实际上诗人借事抒怀，是对人生的一种哲学性思考。颔联"山中兰蕙有缘遇，世上知音不易求"，反映出诗人一种卓荦不群的人格。不正是"冠盖满京华，斯人独憔悴"吗？在商潮汹涌、物欲横流的当今之世，人与人之间缺少真情。因此先生怀念往日情爱，感叹知音难得，引人共鸣。

介然叟曰：向青峰而能忘白头，已透露那里曾经是青春结情之地，今日"重游"，也因那份情才觉那山"风光多媚"。那人儿本是"山中兰蕙"，清雅高洁，世间难求，无缘再遇。从青春到白头，只缘情根萌动，遂觉时光寂寞。岁月的波涛巨澜，淘不去水底的芳兰倩影。猛然间，发觉窗外夜雨潇潇，初夏的温静，顿时变得秋夜一般凛然——不是气温骤降，乃是心中的寂寞生寒。

读此诗，深信寓真乃深于情者也，亦深信寓真乃属于天地间第一等有审美情趣者之列。才情，才情，有才无情，不能成诗人；有情无才，无以成诗人。无情无才，亦不可妄议诗人之诗也。

圆明园新游

绮春重建勉为难，稍整凄容亦可怜。

清泪半泓蓬岛畔，劫灰一把远瀛前。

残楹残石存凝重，新彩新亭总淡然。

但得圆成强国梦，何求旖旎复当年。

【笺评】

姚、汤《选评》：这是一首怀古诗。起句诗人对重建圆明园持保留态度。耗巨资修园，以招徕游客，不伦不类，非此园本来面目，真不如保存断瓦残碑，唤起国人不忘国耻。颔联是诗人睹物伤怀，发出的感叹。颈联是议论，与起句相呼应。尾联写得好，结句尤佳。此诗通篇饱含着对历史的反思和对后人的警策。

林岫：诗论新意，指"创意立言，皆不相师"（见唐李翱《答朱载言书》）。意新语工，都自惨淡经营，真积力久而来。诗有新意才有价值。譬如写圆明园，惯见的多写民族恨、强国志，或者激励奋发湔耻、箴警居危思安，近几年又有主张重建圆明园以张扬强大辉煌的，而寓真先生偏写"残楹残石存凝重，新彩新亭总淡然。但得圆成强国梦，何求旖旎复当年"，点出"残楹残石"有铭耻警世的重要美育作用，对重建圆明园表明了坚决否定的态度。不蹈陈意，选择一个新的角度，表达一种新思考，就是新意。

杨光治：诗人没有着力描绘这历史名园遗迹的残破面目，而是集中表现心中的苍凉和抒发对重建的看法，后两句是点睛之笔。这样的纪游诗，具有荡动心弦的力量。

介然叟曰：圆明园是不可重复的，正如所有的艺术不可重复一样。且不说任何重修者都不具备当年的文化积累,即便是起当年所有的工匠和设计师于地下,"举倾国之力",让他们重建,即使与原来的一模一样,也不可能是原来的圆明园!作者用"可怜""淡然"来形容重建者,非常恰当。"清泪",痛之深也;"劫灰",劫之惨也;"残楹残石"所以"凝重"者,耻之甚也。本诗的意义在于强调要留下历史上反人类暴行的证据——历史上不论打着什么样的旗号,有什么样的借口,说着多么动听的话,抢劫、毁灭文明成果,都必然留下证据,谁都逃不脱历史的惩罚!

三亚寻踪

曾踏晚涛村渡行,斜晖淡抹写伶仃。
半壶酒醉鹿回处,一夜乡愁山籁声。
怀旧重吟横槊赋,叹今骤变旅游城。
惟余婉约仙姑在,知我飘萍一段情。

【笺评】

姚、汤《选评》:这首诗意象纷纭,诗人在八句诗中营构了斜晖、壶酒、鹿回、横槊、旅游城、仙姑等意象群,错落有致。意象有个体运动与整体运动。在意象的个体运动中,诗人先有情思在胸,后召表像于前,以单个表像为对象,使其裂变为意象,然后组合成诗的整体。由"象"的内外结合升为意境,以达到审美意象的超越。此乃上诗感人艺术魅力之根本。尾联甚佳。

介然曰:本诗用四句回忆旧日行踪:那一次实在是太不寻常

了——踏晚涛，趁斜晖，伶仃随身半壶酒，醉卧鹿回头，一夜山声伴乡愁。颈联出句说"寻踪"，对句言变化，缴足题面。尾联紧接言变化之大，从前的行踪已不可辨，只剩下那个神话传说了。或许神话中的仙姑，还能记得我当年那天那夜的伶仃萍踪吧？言下有无限怅惘，心中涌起的是说不明的情愫。

　　这里出现一个问题：人为什么要"寻旧"？为什么要重新"看一遍"生命中曾经的一段"生活"？每一个人的感受可能不尽相同，前四句所叙，本是一件事，诗人却说是"一段情"。是啊，人生经历如果没有"情"，那经历就是一段朽木头，不值一顾，只有渗透了"情"的经历，才能永志不忘，那"情"在一个人成长的过程中，是生命的一部分。司马迁说："人穷则反本，故劳苦倦极，未尝不呼天也；疾痛惨怛，未尝不呼父母也。""乡愁"，虽不至于"疾痛惨怛"，但肯定是"返本"的表现，其中饱含着或者说主要就是对父母的怀恋。于是，我们看到了，每一段情，都返回父母，回归本源，"寻旧"，亦复如是。

天涯海角

天涯柱石仰天立，海角沙湾抱海眠。
碧浪匀柔宜入梦，银帆远淡似飘烟。
岂因吊古寻荒址，只为瞻高攀峻岩。
历史镌成几个字，风云转眼又千年。

【笺评】

姚、汤《选评》：这是一首纪游诗，起句点明主题，承句是对石壁环境的描写。颔联深入对浩瀚无垠大海上波光、帆影的描绘,使审美客体注入了诗人的情感因素。颈联"岂因吊古寻荒址,只为瞻高攀峻岩"是议论,诗人不只是为了凭吊古人而来,且更有高瞻远瞩之意。尾联突出了此处景点因古人题词"天涯海角"而名传海内外,悠悠往史转瞬已近千年。此诗立意好,炼句精,含量大,是一首好诗。

介然叟曰:"天涯"仰天,"海角"抱海;天乃众生之祖,海为万物所归。这是诗人对天与海的诠释。所以,颔联才有"宜入梦"之句,因为那匀柔的碧浪,恰似母亲给孩子的拂煦;远处的帆影淡似飘烟,天海合一。本可于此入梦,但是诗人是不安分的(安分了,就做不成诗人了),他还要攀岩瞻高。这才是一种精神,一种盛唐人的精神,永不停歇,勇猛精进,这是一种闯放的胸怀(鲁迅)。尾联转入议论,前哲镌刻的几个字,作者偏说是"历史镌成",重复地说,寓真总是把事情放在历史中考虑,那才能真正考察出一件事的分量。一千多年过去了,它不减分毫,其"历史"的积淀真的"如天""似海"。回看首联的"仰天""抱海",你还觉得那是随意的点缀吗?

风雨旅思

东风方趁旅思宽,天雨斜吹乍又寒。
纷扰身心人易老,淫威冬夏路行难。
攥拳自视昂山岳,舒掌纹中漫水澜。
莫比春花当日艳,愿如霜叶落犹丹。

【笺评】

　　姚、汤《选评》：诗人羁逆旅发出感叹，为言志也。颔联"纷扰身心人易老，淫威冬夏路行难"，谓公务羁身，草草劳人，而冬季严寒，夏季酷暑，游子不堪行役之苦。颈联忽跳跃作壮语，一扫颓靡之气。尾联重点是言志，不要去趋时尚，去奔走权门，而自甘作经霜红叶，虽零落盈阶，仍折射出灿烂的红色光芒。此诗是诗人心迹的袒露。

　　介然叟曰："风雨旅思"，可读作"风雨人生的思考"。前两联"思"身外的"天"。人生天地之间，而"天道无常"，本来是春天了，东风送暖；怎料到忽又刮起了风，下起了雨，寒气袭人。请注意：是"天雨"，天想下冷雨，天想刮斜风。谁能管得了！颈联接着说"天威淫暴"：不断地以各种出乎意外的琐屑纷扰身心，人就在应付这种种烦琐中老去。更难于忍受的是，冬有严寒，夏降酷暑，还不断地制造泥淖冰雪，恰如李太白所言："欲渡黄河冰塞川，将登太行雪满山。"后两联则"思"自身的"人"。攥拳舒掌，自有山川；言此中亦自有天地丘壑焉。可以自己做主的是，不攀比、不趋附，任他春花争艳；我则甘愿在寂寞中老去，如霜叶飘飞，随秋水流丹，亦不改夙心往志。

香山吟

　　芳林雨后水痕鲜，身憩西山心欲闲。

　　季节行声催正急，峰峤在望履方艰。

　　敢临峭壁松刚劲，为达高标路宛环。

　　乃悟风华不可负，须留业绩在人间。

【笺评】

姚、汤《选评》：这是一首即事抒怀诗。起句说明雨后的西山苍翠欲滴，承句表明诗人在繁忙中难得有一次身心俱闲的机会。颈联"敢临峭壁松刚劲，为达高标路宛环"虽为写景，实隐喻诗人壮心不已之襟怀。尾联用直笔，是对人生，对事业的思考、认识。此诗值得一读，对那些为官一方声名狼藉者，或可以此为座右铭。

介然曳曰：好地方，好季节，好风光，好心情。王勃所谓"四美具，二难并"，身憩心闲，今日得宽余。然而诗人是不能憩，亦不能闲的。颈联言季节催行，峰峤难登，是说时光流逝，人生的高标难达。颈联说其决心，尾联再说一生不能白过。

想人生有一首诗得以流传后世，足矣；有一文布在人口，可矣。抑或从事一项工作，有业绩可存，亦不枉然世上走一遭。寓真，何所不有？为法官其所判讼案不可胜数，为作家有惊世长篇，但我想说的是，他永远没有满足，一天都不曾停止思考和努力，这就是他能够在多个领域里有所作为的原因。年轻的读者诸君，其有以鉴之乎？

新法颁布

瞩目春光久倚栏，东风初染一枝丹。
欲将满树新苞绽，冲破半边残雪寒。
民主汛来何浩浩，文明帆举莫姗姗。
桅杆已出地平线，美景且登高处观。

【笺评】

张不代：寓真诗词的"新"，也新在内容上，他作品几乎没有过去诗词中那些抒发个人得失的酬答文字，总是在表达自己在时代潮流和现实生活中的感受。属于这个时代的诗篇，必然伴随着属于这个时代的思想感情。《新法颁布》一诗，赋情于形，以"汛来""帆举""桅杆已出""且登高处"四个动态，使得本来抽象的"民主""文明"获得了鲜活的生命。诗的意象是全新的，思想也是全新的。

张结：寓真长期从事法律工作，而法与诗如果不是绝缘的话，至少也是相同点极少，像历史上的包拯很少写诗。但在寓真笔下，法与诗却自然地融合在一起，其原因，我想是他的感情真挚，法理最终也合乎人情。如《新法颁布》所写的，是很难在过去的诗中看到，但为诗人所强烈感受，也为广大读者所共鸣的感情。

介然叟曰：这是一首纪实的诗。重新翻开当年全国各大媒体，都有与作者同样的声音，这是一首史诗："久倚栏"，可见盼望那一缕"春光"之切、之久。如今还只有向南的那一枝有了花苞，期盼满树花开，那一半的残雪也被融化——天下皆春。放眼环宇，民主潮汛浩浩荡荡，顺逆之势已经非常明白。文明的风帆的桅杆已经突出地平线，登高望远，那一派美景应该是无比壮丽的。我们大家和作者一样，怀着一颗童心盼望着……

新院落成

艰辛何足道三年，崛起如同在瞬间。
郊野遥青秋色好，高楼洁白剑光寒。
双悬天镜清于水，两臂民情重似山。①
仰望国徽誓宏愿，鞠躬法治献忠肝。

【注解】①天镜：山西省高级法院大楼两侧有两个大圆造型，比拟镜子，寓"天鉴明察，无私无隐；天下共鉴，公正廉明。天公地道，万民所瞻"之意。两臂：法徽中的天平两臂，寓意公平，永不倾斜。

【笺评】

杨光治：按目前流行的手法，凡是写工程的落成，多是描绘其如何美丽、宏伟，然后加几句赞颂作结。此诗却不。他仅用"洁白"二字来写楼宇的外观，其余都是抒发对大楼建成的感受，使诗脱离了模拟的樊篱，构思甚雅而精巧。"洁白"配上"天镜""剑光"，创造了执法严明公正的氛围，突出了机关的特色。诗既道出了作者的愿望，也表达了芸芸众生的心声。

姚、汤《选评》：这是新建法院落成时，一个人民法官发出的誓言。在贪污腐败已成社会公害的今天，如此豪情满怀地写出此诗，诚为可贵。诗中有情有景，情景交融。颔联"郊野遥青秋色好，高楼洁白剑光寒"尤为精妙。如此好诗，读之使人抚卷唏嘘不已。

屠岸：寓真在山西省高级法院院长任上写此诗，他是大法官，又是诗人。执法是他的本职，写诗是他的爱好。我国古代以诗取士，为官都能为诗，优秀的诗人往往也是一方的良吏。韦苏州"邑有流亡愧俸钱"成为千古名句。而寓真与前人不同，他是社会主义时代的人民公仆。"诗言志","诗缘情",寓真的诗词反映了他作为人民公仆的丰富感情和高尚情操。此诗写新建的法院落成。全诗回荡着人民法官应有的清气、正气、浩气。当今腐败现象腐蚀着党和国家的肌体,简直可以说,我们正处在存亡绝续的关头！此时此刻,执法者的公正廉洁,刚直不阿,敢于碰硬,对于老百姓来说,无疑是旱季的甘霖。这首诗的好处在于它回答了人民的愿望。颔联中的"秋色好""剑光寒"对仗工整,情景交融,蕴涵深刻。"剑"是古代武器,但它所蓄积的象征意义,不是任何现代武器所能替代的。颈联是个宽对,却语重心长,掷地有金石之声。末二句正面点明主题,仿佛"曲终收拨当心划,四弦一声如裂帛"。这是作者的修改稿,初稿为:"若到风熏无讼日,好观汾水倚桥阑。"写美好愿望,余韵依依,也有情致。

韩玉峰:经过三年艰辛努力,建成山西高院审判大楼时写下的这首七律,是寓真自己感到最满意的诗,它已成为激励全省法官的警示诗和座右铭。

介然曳曰:首联切题,经过三年辛苦,新的省高级法院大楼建成了。时值清秋,正好借景生义:"秋色好"是果,"剑光寒"是因——没有法治维护公平正义的社会秩序,何来百姓安稳美好的耕耘成果？于是,责任随之而出:"双悬天镜清如水,两臂民情重似山。"说得如此重大,因为事关国运民生;这是所有法律工作者应该牢记的金科玉律,但是真正做到,那可是万难！于是尾联也就十分必要:"仰望国徽誓宏愿,鞠躬法治献忠肝。"

有一稿的尾联是:"若到风熏无讼日,好观汾水倚桥栏。"是说经过法制工作者的努力,如果能够达到人类有史以来最大的社会和谐,即孔子所说的"无讼",消除了打官司的现象,那才是理想的人类社会。到那时,我们就可以靠着汾河桥上的栏杆,迎着温煦的南风,观赏悠悠南流的水波……据传说,上古尧舜时代,就有过"刑措不用"的时期,即所谓"尧天舜日"。大舜弹着五弦琴唱道:"南风之熏兮,可以解我民之愠兮。"五千年来,生活在长江黄河流域的华夏族群,所有的努力、斗争、流血牺牲,就是为了实现这个理想的社会。看看历朝历代的开国君王的承诺,还有臣下对其歌颂的"谀辞"("四三皇、六五帝"之类),也能明白"无讼"是多么吸引人的"梦"。所以,原来的这个结尾意义重大,理想宏伟;现在的这个结尾更明白,也更通俗。

听 雨

窗檐雨滴铮铮落,阶上飘芳点点寒。
抬眼豪情襟万里,躬身事务感千端。
勤研大法公心在,受制多方独立难。
不愿等闲头已白,还将泥路更登攀。

【笺评】

刘征:秉公执法必然遇到很多困难,诗人在《听雨》中吐露出这种无奈。最大的困难是什么?诗中一语道破:受到多方面的干预,不能真正实现司法独立。诗人比之在风雨泥泞的路上行走,但在泥泞中仍不息登攀。这是法官的诗,身在其中,肩负重任,其它人是写不出来的。一般来说,诗需要浪漫主义。但是,诗的表现方法是多式多样的,有些诗,特别是反映社会现实的诗,只须以白描的手法勾勒出某种社会现象，不需要错助想象，反觉得冷面多情。白居易的《长恨歌》显示出多么美丽的浪漫主义，但他的《秦中吟》《新乐府》都是严格的现实主义。寓真的作品很少雕饰，但因有真情在，有生气，有内涵，显示一种朴素的美。

介然叟曰："檐雨铮铮""芳寒点点"，何谓也？有心者，可以省身，可以察志。而身份不同，情境自殊，其志各异。李清照听了就是"怎一个愁字了得"！寓真身为法官，想到的是"铮铮铁骨"；作为诗人，想到的是"流芳岁寒"。颔联颈联正言法官面对的现实：纵有豪情万里，经不住千般掣肘；自以为大法在握，明镜高悬，殊不料更有大力揭箧，乾坤挪移。尾联表示"莫等闲白了少年头，空悲切"，还是要泥路攀登。简直就是屈原"路漫漫其修远兮，吾将上下而求索。""伏清白以死直兮，固前圣之所厚！"

回乡道上

半路纷纷雨作声，方知时节到清明。
骑牛不见牧童影，邀酒但承村女情。
都市官多常冷漠，乡间物故总温馨。
青山出浴春容美，带泪桃花伴我行。

【笺评】

介然叟曰：半路上因为下雨，才知道已是清明时节。于是想到杜牧的诗，然而不见牧童，却得到村女的邀请。颈联出句"冷漠"指城里酒店老板对待普通顾客的态度，对句"温馨"是说作者对待"乡间物"的态度,乡间酒店用的是村里自己种的蔬菜,所以总觉得很温馨。尾联看雨后青山,有如美人出浴一般美艳;桃花上的雨滴,好像含泪一路伴随着"我"。

颔联对句乃一篇心眼:小酒馆的村女有情,顿时把"清明时节""欲断魂"的冷峭,变得温馨可人。且与城市里而今人情淡薄的况味形成鲜明对照,乡间物事件件都觉得温馨可喜,以至于青山也美不可言,桃花也恋恋不舍。"青山出浴",绝对是一个创造——关于青山的种种描述和形容,都源于作者对山的一个总体感受:山,是一位最值得尊崇爱慕的女子。这只要看看作者写过的山就明白了。这一回又以"出浴"来写其"春容"的美,令人称绝。结句"桃花带泪伴我行",本意是说"我"留恋不舍,却反过来说"桃花带泪",从对面着笔,益显情深谊长。

天末有怀

讼事纷纭百虑侵,儒冠枉费一生心。①
厦门腐案震朝野,洛埠火灾哀古今。
官样文章还照旧,民间矛盾日增深。
迷魂我亦招不得,翘首遥天霜满林。②

【注解】①杜甫《奉赠韦左丞丈二十二韵》:"纨袴不饿死,儒冠多误身。"②李贺《致酒行》:"我有迷魂招不得,雄鸡一声天下白。"

【笺评】

时新:诗中所表现出来的这种忧思,正是基于诗人对于现实的深入思考。其中，并没有肤浅的愤慨，更多的是忧心；没有指责，更多的是沉思。这种忧心与沉思让人清醒，也催人改进。诗，总有着"诗教"的责任，寓真的诗同样也承担着新的历史功能，但他的诗并不是简单地批评现实中的不良现象，而总是与他对于人生和社会的深刻思考联系在一起的。解读人生，就是诗的当代主题。

　　介然叟曰：首联言一生心血都浇注到纷纭的大小案件中，然而却是"枉费"。以下两联言何以说"枉费"，举出震惊全国的厦门红楼"远华"腐败案和洛阳东都娱乐城火灾惨案，诸如此类事件连续发生，反映出社会不安定因素和矛盾的广度和深度。社会问题将如何解决，诗人不禁忧虑和困惑，只觉得天降寒霜，似乎"天意"不能问，"天意"不可违。作者曾经为立法依据（理论）和各项法条做过探讨，付出过心血，对建设法治社会寄寓了极大的热情和希望。作为法官，应是维护社会健康的医生、社会安全的卫士，经手的各种案子数不胜数，历史和经验都证明，一切问题只要依法而行，和谐社会指日可待，大量的法律工作当然并不是真的都枉费了。然而结果也并不是那么理想，"枉费心血"不过是法律工作者的一种愧疚心情。而看本诗的尾联，更是说尽了天下有良知法官的心中感结。

病　树

芳园春景正繁萌，新蕾何由未发荣。

药剂徒劳枝上洒，害虫却自底根生。

防疴方悟内丹养，除患须从源起清。

最叹惩贪难治本，而今腐败益骄横。

【笺评】

朱先树: 这就是法官眼中的"病树"。从树遭病虫害而想到惩贪反腐涉及不光治标、更要治本的思考。这种思考是深刻的,许多社会问题如果只是就事论事,即使严惩解决了,留下的遗患仍是无穷的。从这首诗中我们看到了,作为法官的忧思和诗人的良知是如此高度统一。

介然叟曰: 首联一问,是"病象"之表。颔联言其因:枝上撒药已无可救,害生自根。颈联展开颔联医治根本的话题,防病须从无病时养护,除病要从根源上清理。尾联说到题旨:治贪医腐亦然,不治根本,贪腐分子反而会日益骄横,一旦国本腐败,何方可医?还是老子说得好:"圣人不病,以其病病。"只有把病根儿当作病来治疗,才能彻底清除肌体的疾病,真正健康起来。"治大国如烹小鲜":"烹小鲜"是说做菜,要做一道好菜,第一不要瞎折腾,第二要找好各种佐料,用好佐料。中国历史就是这样:知道毛病在哪里,药方也开得好,社会问题就是不能解决,而且有些问题仿佛是一个永久性的存在。

路　遇

轻风微雨桃花岭，底事鸣冤跪地平。

扶杖翁言半嘶哑，携儿妇泣不成声。

官多谁与解纷讼，吏酷偏能施重刑。

蔽芾甘棠何处在，哀矜折狱是民情。①

【注解】①蔽芾甘棠：低矮的甘棠树。《韩氏》作"蔽茀"，《毛诗》作"蔽芾"。甘棠，杜梨。典出《诗经·甘棠》。《诗序》曰："《甘棠》，美召伯也。"《毛传》："蔽芾，小貌。甘棠，杜也。"《郑笺》云："召伯听男女之讼，不重烦劳百姓，止舍小棠之下而听断焉。国人被其德，说其化，思其人，敬其树。"《韩诗外传》卷一："昔者周道之盛，召伯在朝，有司请营召以居，召伯曰：'嗟！以吾一身而劳百姓，此非吾先君文王之志也。'于是，出而就蒸庶于阡陌垄亩之间而听断焉。召伯暴处远野，庐于树下，百姓大悦，耕桑者倍力以劝。于是岁大稔，民给家足。其后在位者骄奢，不恤元元，税赋繁数，百姓困乏，耕桑失时。于是诗人见召伯之所休息树下，美而歌之。诗曰：'蔽芾甘棠，勿翦勿伐，召伯所茇。'此之谓也。"宋·王应麟《诗考》："昔召公述职，当民事时，舍于棠下而听断焉。"哀矜折狱：从哀怜的角度去审案断案。哀矜，哀怜；折狱，判案。

【笺评】

　　介然叟曰：大官路过某地，街头拦路告状，这事自古有之，这回让寓真碰到了：车过桃花岭，一翁、一妇携儿跪地拦车鸣冤，他们已是多处投诉，无人理睬。于是，作者想到古代的清官召伯。他巡查地方，为了不骚扰百姓，就在一棵甘棠树下，临时搭一个草棚子，作为断案的公事房，"百姓大悦"。如今，那种象征廉洁奉公的甘棠"何处在"？假如为官者都有"礼义廉耻"之心，则今日鸣冤之事何由发生？

　　结句"哀矜折狱是民情"，乃是法官和"苦主"因"路遇"碰撞出来的"法中情""情中法"的耀眼的火花。哀矜，同情也，可怜也，怜悯也，悲悯也。悲悯谁？首先是悲悯无权无势之民，严刑逼供者乃害民之虎狼魑魅也。每一个人都有哀矜和被哀矜的权利，不但哀矜原告，也哀矜被告。宋·郑克《折狱龟鉴》卷八曰："古之听狱者，求所以生之,不得其所以生之者,乃刑杀焉。"就是说,即便是杀人犯,当已经判处死刑之后,还要以"哀矜"的态度,为犯人寻找可以不杀的理由,实在找不到不杀的理由了,然后再行刑。也就是说,这种哀矜是普遍适用的,如此判处的结果才是最公平的裁决,才可以得到民众最广泛的信服,法律的权威才可能真正树立起来。假如"哀矜"这一符合民情(人民普遍需要之情)的法则得到彻底的贯彻,那么"民主"就可能从此生发并建立起来——谁说中国古代传统思想里面没有"民主"的基因?

社会哀矜的缺失,是社会集体怀恋过去的根由。此诗不只是简单的"清官为民"而已,诗中所提到的"蔽芾甘棠"和"哀矜折狱",乃是对"哀矜"的召唤,从来没有人可以游离于人类发展的普遍规律之外,要么顺着历史的大潮前行,要么被无情地淘汰。

寓真还有一首《上收死刑复核权之提案》也说到"哀矜",是他当年在全国人大会议上牵头联名提案(请将死刑复核权收回最高法院统一行使)时所写。其诗云:"玉兰嫩蕾挂寒烟,料峭初春二月天。散步早晨霞映面,沉思中夜露侵肩。哀矜至宝唯生命,省觉陈规曾草菅。提案联名文写就,心情此刻顿怡然。"

云冈石窟

皇都久废落红尘,楚楚雕镌风韵敦。
白月寒泉余古意,青烟岩窟绕禅魂。
苍生寄托疮痍泪,兵燹无情刀斧痕。
五万三千佛同瞰,春秋依旧转乾坤。

【笺评】

姚、汤《选评》：面对眼前景物，发怀古之幽思，这是通常套路。此类题材重在对历史的认识。章碣《题焚书坑》一诗，好在"坑灰未冷江东乱，刘项原来不读书"一联。寓真此诗咏名胜古迹云岗石窟，颈联极佳，起句和结尾遥相互应，整首七律环环相扣，无粘滞之病。诗中寄托了悲天悯人之心，读之有厚重感。

介然叟曰：皇都久废，风韵犹存于雕凿的佛像。颔联远望，紧接首联，深入一层：怀古意，伴永恒之白月；感禅魂，绕不朽之岩窟。颈联近察，叹石窟疮痍，实乃苍生泪滴；看佛像残破，正是兵燹刀痕。这两联取象深邃，联想真实。沉重的历史感，令人肃然而生无限敬畏。尾联仰望五万三千诸佛菩萨，他们经历了多少劫难，仍然以悲悯之心，俯视人间；春秋代谢，乾坤依旧。后之视今，亦犹今之视昔。无论直接还是变相灭佛者，他们都将以反人类文明的暴行，得到应有的惩罚。

洛阳龙门石窟

金粉前朝未尽销，洛伊春水近风骚。①
千龛石佛残妆美，万古龙门器宇豪。
商海堪忧污染重，文林只是噪声高。
香山诗魄余馨在，正气中原尚可招。②

【注解】①《诗经·郑风·溱洧》"溱与洧方涣涣兮"。涣，宋·李樗："毛氏曰：'春水盛也。'"按《毛传》："溱、洧，两水名。涣涣，盛也。"《郑笺》云："仲春之时,冰以释,水则涣涣然。"又《汉书·地理志》:"郑武并虢郐之地,右雒左泲,食溱洧焉。"雒,即洛。②据传,白居易晚年将其诗文集整理抄写四部(一说五部),分别藏在四座寺庙中,洛阳香山寺就藏有一部。

【笺评】

姚、汤《选评》: 洛阳乃古都,山川形胜为历代诗人咏叹,留下甚多的珠玉篇章。此诗起句发沧海桑田之叹,承句写的是眼前景。颔联见龙门石窟被风雨侵蚀,人为破坏而痛心。颈联写的是当今社会商潮汹涌、人潮污染,为害于历史名城、文化景观。尾联近乎是发出无可奈何的叹息,但诗人希望白香山的诗魂仍在,诗教能够化育芸芸众生。这种美好的愿望,不会只是"镜花水月"吧。

介然叟曰: 首联赞美洛阳历史文化之丰厚。颔联叹龙门石窟虽经历代劫难,即便是残破的佛雕,也掩盖不住前贤那宏大胸襟的美,掩盖不住器宇轩昂的盛唐气象。颈联则忧虑商品经济对古代文物的污染。文化遗产,无论是物质的,还是非物质的,一旦商业化就会发生不可估量的毁坏,而经过散发铜臭文人的渲染,更会发生釜底抽薪式的破坏,"文林噪声"即其类也。尾联"香山"实指洛阳香山寺,"香山诗魄"却是代指一切古代文化,与首联呼应——经过大浪淘沙,中原雄厚的文化底蕴一定会还其真实面目。

本诗用典极隐蔽,又极切实。说"隐蔽",是说稍不留意,就把典故划过去了;说"切实",是说作者只说"近风骚",而不夸大为"润风骚"或"孕风骚"。其实倒是"周南"之地,与"春水"(溱洧)很近,离河南南部(古楚地)亦不甚远。如果把"春水"概括的洛阳文化与"风""骚"之近的典故放弃,也就放弃了洛阳深厚的文化底蕴,亦辜负了作者的用心。

慕田峪长城

每仰前人气势横，汉关秦月角弓鸣。①

为寻磅礴登城堞，漫踏苍凉念古情。

心共龙旗飘广宇，耳闻鼙鼓震藩营。

莽原夏草萋萋发，造化寰中正返青。

【注解】①横：横放，言气势之豪壮，不可阻遏。明·唐元竑《杜诗攟》："公诗如《眼见客愁》等绝，已自淋漓，至《江畔独步寻花》诸作，直是飞扬横放，一往难遏。"宋·欧阳修《文忠集》"李白杜甫诗优劣说"条："'落日欲没岘山西，倒着接䍦花下迷。襄阳小儿齐拍手，拦街争唱白铜鞮。'此常言也。至于'清风明月不用一钱买，玉山自倒非人推。'然后见其横放。"《东坡全集》卷三十三：《滟滪堆赋并叙》："蜀江会百水而至于夔，弥漫浩汗，横放于大野。"皆言气势之浩大壮盛。

【笺评】

姚、汤《选评》：这是一首怀古游历诗，首联、颔联表明诗人登长城之所思所忆。一是寻觅秦皇汉武的豪壮遗迹，二是面对苍茫发怀古之幽思。颈联是诗人产生的遐想，审美客体深重的文化意蕴，引发审美主体心灵的激荡，用诗化了的语言，喷薄而出，写出了涂有情感色彩的一草一木。尾联极有力度，结句尤佳。

介然叟曰：首联先说来登慕田峪长城的缘由：用一"横"字，把长城气势摆出来，然后将王昌龄"秦时明月汉时关"具象化为鼓角、弓弦争战之声，如闻"五更鼓角声悲壮"。颔联"登城"，始缴足题面。句中"寻磅礴""踏苍凉"，将形容词名物化，既巧妙又准确。"磅礴"

应着起句"气势横","苍凉"绾住承句"秦汉情"。于是,目之所见"磅礴"在前,足之所踏"苍凉"在抱;而心想当年龙旗飘于广漠之宇内,似闻鼙鼓动地震撼藩营,何其壮哉!此联蕴含深至,尽在不言中。尾联是站在长城上远望景色,但见莽莽原野,夏草萋萋,也由此表明了登城的季节。

结句"造化寰中正返青"之"返青",值得回味:"返青"本是初春时节小麦返回头年秋季青苗之"青",但前面已言"夏草",此又言"返青",岂不矛盾?作者说"造化"如此,那么,"寰中"也就并非专指此地一处,泛指环球宇内各地;进一步又泛指"环球"的和平青绿。人类各个族类、各个国家之间的隔阂,就像这座"伟大的墙"(俄语直译)被这青绿覆盖一样,定能"返青"了。有这般心胸的民族,一定会为人类文明作出自己的贡献。

诗需要灵气,那是赋予客观事物以生命的灵动之气。需要一种能力,那是能够以"才情"化实物之沉重为空灵之精神和情感的能力。本诗的"气势横",是从多种古代文明"实物"中提炼出来的,如长城、故宫、秦皇陵之冰山一角的兵马俑,巨大的青铜器,云冈、敦煌、龙门等石窟,乐山大佛……"磅礴",从"横"衍化出来;"磅礴"本是形容"物"的,作者要寻找的并不是"物"的磅礴,而是"磅礴"本身,是"物"中的精神;同样,"苍凉"也是从"物"即"秦时明月汉时关,万里长征人未还"中提炼出来的。而颈联又是把"磅礴"和"苍凉"化作具象的战场,或者是"万里长征人未还"的"苍凉"的具象化。这种具象化暗示着长城的本质,然后从中生发出尾联的大仁大爱——最值得尊崇的"磅礴"。这才是这次游览长城最高层次的精神升华,也是这次游览的最大收获。

八路军总部旧址

将帅当年驻武乡，同仇敌忾气轩昂。

山庄新景俏红杏，战地旧情萦白杨。

铁血遗痕任磨洗，史诗不锈总辉煌。

为吾邦国金汤固，永此精神铸太行。

【笺评】

姚、汤《选评》：抗日战争期间八路军总部驻地在山西省武乡县，亦即寓真先生的家乡。此诗是拜访故址后抒发的感慨。首联是对历史的回顾。颔联是对山村的描绘，一株白杨为当年朱德总司令手植。颈联"铁血遗痕任磨洗，史诗不锈总辉煌"，道出了流光虽逝，丰功伟绩永垂青史，不能磨灭。尾联结句是高潮，太行巍巍像一座丰碑，是历史的见证，将永远铭记那些赴国难的将士的伟大的爱国主义精神。

介然叟曰：既是总部，当然是将帅的驻地。首联先来点题。颔联是因果关系：因为有了那棵象征当年抗战的白杨，也才能有今天象征山庄新景的红杏。这里的白杨不寻常，折断任何一段树枝，其横断面都呈现一颗红色的五角星，不知起于何时；但人们说这是抗战时期八路军总部在这里驻扎，朱德总司令手植此树才有这样的五星。如此想来，颈联就出来了：岁月如河，流不去抗战的记忆，越是生活好了，越是凸显了那场抗战的意义和辉煌，所以，"总辉煌"也是"愈辉煌"。结句延伸了颈联的意蕴，也回应了首联"同仇敌忾气轩昂"。

过西柏坡①

苍崖碧水衣袖熏，夏露晨岚旅意欣。
历史一篇余灿烂，田园四望正芳芬。
映晖斗室开鸿略，如豆油灯著檄文。
敢信当年大决战，指挥就在小山村。

【注解】①过：访问，有专门造访之义。《战国策·齐策·冯谖客孟尝君》载，当孟尝君以"车客"待遇待他之后，冯谖驾车、扬剑，"过其友，曰：'孟尝君客我。'"是说冯谖专意去探访他的朋友，以显示自己的荣耀。唐诗中如王维《过香积寺》，孟浩然《过故人庄》之类，皆"访问"之义。

【笺评】

　　姚、汤《选评》：首联点明瞻仰西柏坡时间在夏日，对环境作了画龙点睛的交代。颔联是议论。颈联是对历史的回顾。尾联是对西柏坡历史作用的肯定。全诗结构井然有序，不落俗套。

　　介然曰：全诗意在渲染西柏坡这一小山村的"不起眼"和它的"了不起"：首联言西柏坡所处地理之偏，颔联说其野，颈联著其简而陋——此其"不起眼"处。然而每一句都有其相对应的褒词：言其偏，却是有仙之苍崖、有龙之碧水，在那个决定中国命运的大决战之机，正是中国的中心；说其野，那时可是天下最富文采风流、散发最芬芳大德的原野；凸显其简而陋，那"斗室"中却展开了中国历史上古今尠有的"鸿略"、那"油灯"下却写出了最富鼓动性、最具战斗性、最犀利的征伐"檄文"——此其"了不起"处。尾联末尾应该是问号，"敢信"，你敢相信吗？这一问，撼动天地！中共领导的伟大的

革命斗争是多么艰苦卓绝地一步一步走向胜利的，这首诗所写从
"不起眼"而到"了不起"，简直就是一部党史的浓缩。

静夜思

还是千年以前月，又来撩我故乡情。
叮咚钟摆如泉响，恍惚风吹见野耕。
父老谆谆无限意，孤行落落几分成。
低思举望谁能解，倏闪流星过夜城。

【笺评】

　　姚、汤《选评》：起句写明月中天，承句由望月引发思乡。颔联由
钟摆、风声产生联想，联想到故乡的山泉、田野。颈联进而想起父老
乡亲的殷切祝福……。尾联谓心中的思乡情结无人理解，倏忽见流
星从城市夜空划过。此诗有情有景，多情中景，诗人举重若轻，见其
艺术功力。

　　介然曼曰：千百年来，明月引发的诸多情绪莫过于乡愁。"又"
字，见得古今同情，而我已经无数次地望月怀乡。钟摆的声音有如
故乡的泉响，别忘了，诗人的故乡有八水泉，那响声一定各有音律；
恍惚间，诗人仿佛看到了微风中，野老鞭牛春耕的光景。最忘不了
的是家乡父老的教诲，然而自己一向独来独往、落落寡合能成几分
功业？尾联出句"谁能解"，当指寓真心事、性格。结句暗喻人生短
暂，忽如流星。本诗情感非止一端，有怀念，有向往，有遗憾，有郁
结，有感慨，有落寞……

秋　吟

久劳案牍夏炎苦，又送年华秋雨侵。

名利最终如粪土，人生难得是知音。

晓风残月词中泪，流水高山琴上心。

反顾凭谁信高洁，自乘骐骥邸芳林。①

【注解】①唐·骆宾王《在狱咏蝉》其序云："……仆失路艰虞，遭时徽
缫。不哀伤而自怨，未摇落而先衰。闻蟪蛄之有声，悟平反之已奏。
见螳螂之抱影，怯危机之未安。感而缀诗，贻诸知己。"其诗尾句云：
"无人信高洁，谁为表予心？"《楚辞·离骚》："乘骐骥以驰骋兮，来吾
导夫先路。"《楚辞·涉江》："步余马兮山皋，邸余车兮方林。"王逸注
曰："邸，舍也。"朱熹集注曰："邸，至也。"此句合用《离骚》与《涉江》
两典。至于改"方林"为"芳林"，则取《离骚》"香草（芳树）美人以媲
君子"之义也（详王逸《离骚经序》）。

【笺评】

姚、汤《选评》：此诗重在表现诗人情怀："名利最终如粪土，人
生难得是知音"。颈联尤精。"今宵酒醒何处？杨柳岸、晓风残月"表
达的是羁旅之情；"高山流水"表达的是知音难遇，伯牙因此而碎
琴。寓真先生乃性情中人，非仅能作壮语者。

屠岸：寓真诗在对仗上颇下功夫。这里颔联与颈联的对仗工整
而蕴含深永。颔联不仅词性对，而且内涵对，反差强烈，爱憎分明。
颈联则对仗中暗含典故。"晓风残月"是柳永词中名句。柳永有"忍
把浮名换了浅斟低唱"句，连宋仁宗都说柳"何用浮名，且去填词"。
"流水高山"是俞伯牙所奏曲名，钟子期听曲能心领神会：志在高

山,峨峨兮若泰山;志在流水,洋洋兮若流水。柳永一生潦倒,与上联"名利"相联系;伯牙为友碎琴,与上联"知音"相呼应。这两联寓巧于朴,寓工于真,体现了高洁的情操、旷达的襟怀。

杨光治:寓真集子里的一些述怀之作极有情味,笔者尤其欣赏其中的《秋吟》。大可这样理解:"秋"既指景候,也喻年华。叙事、议论、抒情交织,造句精工,感情真挚而抒写得体,使诗充满了思想美和艺术美。

介然叟曰:首联点题,且是"互文":惜年华消磨于案牍之中,随夏炎秋雨而流逝。问题的关键是,作者乃体制中人,身为大法官,且热爱自己的工作,为何劈头就是一句"久劳案牍夏炎苦"?体会其这一心境,对全诗表现的情感便可迎刃而解。

中间两联,风华骨劲。尾联越初唐而遥接湘灵,一笔括尽古今圣贤之孤独——"反顾",顾前贤至于己身也;"自乘",兼先圣及于自我也。松泉月韵,清音独远。用"邸",而不用"舍"或"抵",直指"邸余车兮方林"之大孤独者:"鸷鸟之不群兮,自前世而固然!"此屈子悲哀处,亦作者之甘心处——邸,我取王逸"舍"义——芳林,乃诗人毕生向往皈依之所也。

作者诗不多用典,此诗却几乎句句用典,尤其后四句。颈联"晓风残月",典中有典:最初出自唐人韩琮《露》诗,亦写离人泪别。(《露》:"长随圣泽堕尧天,濯遍幽兰叶叶鲜。才喜轻尘销陌上,已愁新月到阶前。文腾要地成非久,珠缀秋荷偶得圆。几处花枝抱离恨,晓风残月正潸然。"《文苑英华》卷一百五十六)为强调用柳永词意,作者特指出"词中泪",因为柳词所写正是知己离别之泪。至于对句"流水高山琴上心",仍旧是典中有典:一出《韩诗外传》卷九锺子期、俞伯牙事,一出《史记·司马相如列传》"以琴心挑之"。"琴心"可以挑动文君,因卓文君亦懂音律,是知音者也。两典相较,后一典尤重——知己、知音,重在知心也。尾联出句用骆宾王《在狱咏蝉》句,结句迭用《离骚》《涉江》双典,厚重异常。关键在于如此重迭用典,读来却浑然不觉,正是用典高手。作者尝言"心存先哲书常读,下笔方能有逸思"(《学诗随笔一》),读此诗,信夫!

借此机会,容我再啰唆几句:何谓"文化"?有了知识,不等于有了"文化";有了"文化",不等于有了修养。知识就是"文",以"文""化"其心,谓之"文化";继而能见之于言行,是谓修养。如果不明白"文化"和"修养"的根本意义,读读寓真这首诗吧。

季 节

春红妖冶扮娇姿, 夏翠浓妆画黛眉。
最美秋容绯欲醉, 尤宜冬景静如诗。
雨风四季轮歌舞, 草木一生空喜悲。
人在戏台随导演, 属于自己是儿时。

【笺评】

罗连双:"人在戏台随导演,属于自己是儿时。"人生跨入社会以后,往往受着世事的趋使,不得自由,无可选择,难免要使人叹一声:"草木一生空喜悲!"这首诗里深含哲理,热烈和空寂是人生的两个方面,感悟人生也会有益于人生,有什么必要去争名夺利呢?寓真在另一首诗里还写道:"天地舞台原小小,人生歌罢觉空空。"不禁令人深深叹之,久久思之。

介然叟曰：本诗以一年四季的变换来比喻人生少、青、壮、老，每个季节都有其美好的特点，风雨霜雪，李斯所谓"四时充美"。俗云："人生一世，草木一秋。"但最后还是归于"空无"。因此作者发出感慨："草木一生空喜悲"！回想起来，每个人作为社会存在的一员，他的人生道路，他在人生大路上如何作为，大都不是"从心所欲"，而是另有一只手，在冥冥中控制着他的走向和动作。真正属于自己的那段季节，算来只有上学以前的儿童时期。一旦上学了，人的脑子就属于社会了。他们开始被社会普遍认可的道理塑造着心理……这是孔子说。但还有佛说……上帝说……道君说……父亲说……母亲说……老师说……领导说……老婆说……孩子说……这些人就是作者说的"导演"。人生的每一段的每一个自己都没有说，说了也不一定算！本诗把人生总结得如此透彻，愿世人早日了悟。

毕业三十年聚会

神京犹记雨纷纷，北走南漂各浪奔。

相见初惊容大改，通名乍喜谊重温。

同歌秋艳如春色，更赴新程洗旧痕。

惜此团圆何日再，今宵欢乐愿长存。

【笺评】

姚、汤《选评》：这首诗是寓真先生参加校友聚会时写的。共分三个层次：首联是回顾，从中可看出先生是在"文革"动乱开始毕业的；颔联写重逢后感慨，同学们容貌变了，但友谊长存；颈联是互勉;尾联既有勉励又有依依惜别之情。此诗层次分明,语言质朴,如行云流水,卓见功力。

介然叟曰:青少年时期曾经在一起,几十年后再见时,古今的感受大体相同:"问姓惊初见,称名忆旧容。"如果说,这是久别重逢的感慨,顺着这个逻辑往下想,每一次的再见也就都是不同的——生命之所以可贵,就在于其不可重复。凡是过去了的,就不会再来,生命的每一天都是"唯一"(为什么要珍视"当下",为何要"过好每一天"),能够再度团圆时,已非从前的你我。所以,只有一个希望:"今宵欢乐愿长存。"

悼　友

闻君别去痛肠肝，堪忆华年剑铗弹。
心事拿云轻世俗，校园结义重金兰。
天生俊杰才何用，地长荆榛路总难。
彻夜回思不能寐，窗前落月杏花寒。

【笺评】

江岚:寓真笔下善于翻新。"天生俊杰才何用？地长荆榛路总难。"前者从李白"天生我材必有用"化来,后者似从明人短诗"浮云漫漫白日寒,天荆地棘兮行路难"化来,而有自己的新意。

介然叟曰:好友逝去,乃人生至痛之一。回想读书时代,才智相当、志趣相投者总会在一起,那时的心事意气,上干云霄,何等豪迈！然而命运又是何等不平,"天生我材必有用"吗？除了"万言不值一杯水"，李白"有用"吗？问古今多少俊杰，凋落在满布荆棘的道路上。"大道如青天，我独不得出！"这一夜，诗人彻夜"思怀"，直到"窗前月落"。"杏花寒"，早春的清晨，寒气料峭。在阴冷的时刻，想着阴冷的故事，阴冷的历史……那些永无休止的循环。

无　眠

案牍如山劳至晚，神疲身困岂安眠。

城中燥燥愁烟重，天半蒙蒙恨月偏。

回梦双飞如蜃景，剩余一粲是诗缘。

豪华比屋不堪住，杜曲早归应有田。

【笺评】

马斗全：诗人而身陷官场，或人生一悲也。案牍如山及至身困之叹，殊令人同情。故知归田之望，确为心声。"剩余一粲是诗缘"，诚为好句，予甚爱之。唯因有此诗缘，方得为有性情者。

介然叟曰：这世界就是怪：年轻人拼命考公务员，一心想钻入官场那个圈子，尤其是世代务农的村人，因为那里有权，也就有钱，他们想。而两袖清风的官员，又一心想突破官场的限制，做一点有益于身心健康、相对自由的事情。各自在苦恼中度日如年。作者饱受案牍劳形之苦，"神疲身困"，夜夜无眠。还要时时呼吸雾霾，日月无光，当然也还有那颠簸曲折、荆棘丛生的道路。青年时期的生活梦想，已成幻影……于是想离开这豪华的城市生活。仿佛这是二十世纪的"归去来兮辞"！

　　我忽然想,何以唯独中国的官员中有人有那么强烈的"归隐"意识? 甚至于有后人在重复一千多年前的叹息? 让人忽然若有所悟:循环,中国的历史就是一部循环史。借用鲁迅的话说就是:人们单是老了些,一切都没变! 如果说有变化,那就是贪墨者、误国害民者都越来越精明,因为他们越来越"老于世故"。

午　雨

> 小寐窗前雨啸频,梦中得句尚疑神。
> 十年未改官衔旧,百字重填词意新。①
> 听讼每忧连国事,解纷无怨累吾身。
> 园林沐浴方添秀,也借良机洗我尘。

【注解】①百字令:因全词一百个字,故名。又名《念奴娇》《酹江月》《杏花天》,以苏轼有"大江东去"句,又名《大江东去》。这里以"百字令"代表写诗填词。

【笺评】

　　介然曼曰:作诗填词对于作者而言,虽是"余事",却也真正是专意入神的事情,不然也绝不会写出这么多的好诗隽词——连做梦都在作诗呢。颔联是对首联的"坐实"。颈联才说到本职工作上来,这两句是互文。他把每一起大案都与国家的命运联系起来,当然很累。尾联回到题目上来,园林得到沐雨,我也可以借机洗尘。

　　颈联也是对前两联的解释:写诗填词不过是为了排解自己劳烦的一种方法,转换一下思维方式,可使"法律思维"得以休息。笔者亦有一徒,绝顶聪明,看书做题不觉累,问其故,曰看专业书累了,就看英语书,马上就觉得是一种休息(二十六岁在海牙国际学术论坛上发表论文,被美国科学院评为"国际间有贡献的科学家"),世上确有此类人物。当然,寓真作诗填词也不光是休息,还有他对诗词那份视同生命一般重要的热爱:那种创作中获得"新意"的快乐,简直无与伦比。结句的"洗尘"非洗身上之尘,乃是雨后清爽的空气,感觉洗去了心中之尘。与枚乘《七发》所言"观涛",是一样的感受:不仅可以洗净五脏,还可以"澡雪精神"。

本诗可以看作是作者如何处理法官工作与诗歌创作关系的一个自我表白。

琐　记

> 雨棹风帆走险涡,　书生弱笔对干戈。
> 亲丧十载谤无止,　官擢千员怨愈多。
> 工作再忙都扯淡,　文章虽好不登科。
> 幸亏天赐半聋耳,　任使四周敲鼓锣。

【笺评】

韩石山:临近晚年,历经宦海风雨,多年忧世伤时,我们的诗人可以说是思绪烦乱,身心俱疲。然而,几十年勤苦吟哦,已浑然老杜一个。最能表述他任职后期的心情的,该是这首《琐记》。看看颔联两句,就知道诗人愤懑由何来了。前一句定有故实,不便考究。后一句说得明明白白,在他十多年领导任上,提拔的下属官员甚夥,换来的是什么呢？怨愈多！这就不能不让人把一切都看开了。于是诗人乃深悟"宦海浮沉皆戏剧，人间浪漫是诗歌"，于是他在《暮晚登临》一首诗里写道："更上楼台追往事，玉箫声里忆秦娥。"

介然叟曰："琐记"不"琐"，都是一生的苦恼事。首联说尽一生所为，无非一个"敢"字：敢于"走险"，敢于面对"干戈"。语曰："公生明，廉生威。"此"敢"之所由生也。但这并不能止谤、弥怨，颔联言"谤无止"因亲丧而生，"怨愈多"由擢官而来。鲁迅有诗曰："我说，桃花红，李花白。没说桃花不如李花白，桃花可是生了气，满面涨作杨妃红。"有时候，实不知谤缘何而生，怨亦不知因何而起。难矣哉！所有这一切，都与努力工作无关，当然，文章写得再好也没用。事情到了"扯淡"这一步，不可为矣。司马迁曾感愤万千地说："尚何言哉！尚何言哉！"我相信，颈联的牢骚，绝非寓真一人。尾联则是无奈的愤慨：庆幸自己是个半聋之人，听不清四周那噪闹而又空洞的锣鼓声。

朔州有感毒酒案

忽有悲声动地来，雁门风啸雪徘徊。
酒中剧毒谁曾信，地上横尸不忍埋。
记者刊登醒目字，罪人押上断头台。
官方事过便无事，多少民家永世哀。

【笺评】

何西来：寓真诗词的创意，走着"五四"运动以来许多仍以旧体诗词名世的作家、诗人、文化人的路，如鲁迅、田汉、郭沫若、聂绀弩、何其芳、邵燕祥等人。首先，我所说的创意，指的是表现现代生活，表现作者在现实生活中的独特的、真切的体验，是为情赋诗，不是为诗造情。寓真诗词，凡是写得好的，都是有感而发。他遇到了极大的情感的强烈冲击，发而为诗。事是具体的事，情是具体的情，不蹈前人窠臼，便有了创意。这首《朔州有感毒酒案》便是一例。朔州毒酒案，曾是轰动全国的晋省大案，因误饮有毒成分的勾兑散酒而毙命者甚夥。作为高级法院的院长，当然知道勾兑毒酒者罪不容赦，但他的思考并没有停留在只是惩凶结案，交差了事这个千古以来无可非议的官家立场上，而是看到了、想到了死者家人，他称之为"民家"的永世哀痛，这甚至已远远超出了案件善后事宜的范围。这里的"民家"，不光包括了因误饮毒酒而毙命者的家人，而且也包括了抵罪者的家人。诗的最后两句，只有具备广博的仁爱之心，才能在"官方事过便无事"的地方，念及民家永世的哀伤和悲痛。诗的深致处、创意处、感人处，正在于此。

朱先树：一起震惊全国的大案，判决完了，法官们松了口气，庆贺任务完成也在情理之中，这时作为当事者的诗人却有别样的心情，他想到那许多受害者，他们家破人亡，无可补救，案件其实是了犹未了。他怀着悲怜之情，心灵的余痛促使他写了这首诗。这是人性的同情，是诗人的忧患意识，也是大众的心声，虽然是一首纪实的诗，却有了永恒的艺术力量和价值。

马斗全：诗人者，不失其赤子之心者也。朔州毒酒案，神州为之震惊。此诗不独叙事工稳深沉，更教人爱读者，其中正气也。"忽有悲声动地来"，开头一句即奇绝警人，尾联字字更有千钧之力，当引读者与诗人同声一哭！

介然叟曰：首联"悲声动地"，实写晋省这起大案之重；"雁门风啸雪徘徊"，极言悲恸之深，真正的惊天大罪。中间两联字字写实，字字痛心。尾联"官方事过便无事"，与前面一首诗(《天末有怀》)中的"官样文章"，同一笔致，同一声口，同一心情，同一迷惑。本诗字字句句皆写事，却又字字句句都是情。结句"多少民家永世哀"，把问题提向社会，提向"官方"：能不能不再敷衍？能否从根本上解决问题？如果不能，那才是真正的"永世哀"！

繁峙金矿爆炸后抛尸灭迹

鬼哭尸抛沟壑里，风凄雨冷昊天悲。
淘金豪主富无比，卖命生民贱若斯。
堪使人间悬两极，纵观治道复三思。
坑灰满目狼藉处，何年草木再荣滋。

【笺评】

闻山：寓真的诗语言生动，情深志坚，我觉得最有分量的是写他工作中感受到的悲伤和愤怒，如这首"鬼哭尸抛沟壑里"，感慨道："堪使人间悬两极，纵观治道复三思。"还有《路遇》对老百姓鸣冤告状的描画和自己心中的感悟，这些诗都使人感到满腔正气。诗如其人，诗的意境高低深浅，取决于诗人灵魂是崇高还是卑下。只想图名得利做诗人，不把人民疾苦、国家兴亡放在心上，是写不出激荡时代风云的诗来的。

朱先树：诗人对社会现实问题，有着特殊的敏感和观察角度，一方面可能是传统教育的影响，另一方面也可能是出于他的职业的责任感，因此表现出强烈的忧患情绪。

介然叟曰：首联以"鬼哭尸抛"和"风凄雨冷"，把矿主抛尸灭迹的惨状摆出来；以"昊天悲"来抒发诗人的悲愤情怀。颔联用"淘金豪主"之"富"，与"卖命生民"之"贱"做对比，强烈地谴责，尽在不言中。颈联出句"堪使人间悬两极"，当是一问；对句是一答。"纵观"，言"上下察也"。从何时起"纵观"？自孔夫子起，两千五百多年；自秦始皇起，两千多年了……何时可有身为"民"者（再大的富豪也是"民"），敢于把因工致死者的尸体焚烧灭迹？尾联再睹惨绝之事，与首联呼应，并以何年草木再生作结，见其祸及草木，暴虐之至，残忍之至。不言悲愤，其悲愤乃不可以言语形容之也。

答诗友

无端锦瑟思华年，日短寒催又雪天。
难得闲暇随雅意，每因琐务到愁边。
早离宦海交诗友，且作山人不羡仙。
毕竟文章千古事，光芒万丈有前贤。

【笺评】

朱先树：寓真的作品中，有一些表现不受世俗束缚的自由心灵的诗。这首《答诗友》，表示了早离宦海、潜心诗文的意愿，这倒不一定是消极出世，而是要寻求感情世界的另一种补充。这也应该是一个现代人心灵世界丰富的一种自然状态。

介然叟曰：以"无端锦瑟"发端，寓真心事与玉溪生不二；华年不再，岁暮又来。此古今圣贤之所同心一志之叹也。颔联直说"难得闲暇"，不是一般的闲暇，而是能够"随雅意"的闲暇，即从容于诗歌创作的时间和空间，自然就因堕入做不完的政事、理不清的烦琐公务之中而发愁。遂生"早离宦海"、隐居深山、与诗友交游之愿，不但友今人，且友前贤。尾联用杜甫《偶题》和韩愈《调张籍》句，表明自己立志追随古贤，从事那不朽的事业。曹丕曾说："盖文章经国之大业，不朽之盛事。年寿有时而尽，荣乐止乎其身。二者必至之常期，未若文章之无穷。是以古之作者，寄身于翰墨，见意于篇籍。不假良史之辞，不托飞驰之势，而声名自传于后。"曹丕自然是发挥《左传》"三不朽"（立德、立功、立言）之"立言"说。杜甫又从而以"千古"视之，这是一个"千古不朽"的优良文化传统。然于"三不朽"，作者亦无愧于"有焉"二字也。

赞曰：日月飞驰，圣贤所悲。千古事业，斯文在兹。

晚　籁

逍遥山右大河滨，踏破藩篱放眼新。
笔墨苍苍堪傲世，衣冠楚楚几完人。
归来闲事抚琴剑，谢绝尘缘远鬼神。
目尽夕阳云鸟寂，惟闻天籁至纯真。

【笺评】

蔡润田：首联状写诗人退休后的情境，仿佛诗人优游自得地漫步河畔,穿过一道道篱笆、木栅,放眼看去,尽是一派新颖奇妙的景象。其间,有人、有景,构成一幅绝美的图画。然而,这只是表层意象。妙在实中有虚的象外之致:"逍遥",自然意味着退休后角色转换的适意。"藩篱"则颇耐人寻味,这一意象似不可拘泥字面意义,毋宁说它更富于"界域""屏障"之类的抽象意义。虽然,"藩篱"不似"樊篱",并无贬义,但为官自有为官的限定。在位时的所思所为必得有所遵循,有所忌避的。如今不在其位,自然无此羁縻了。为官时清规戒律的界域可谓是"踏破"了。"放眼新",这一个"新"字,环境新,交游新,思虑新,心境新、境界新……给人无穷联想,显示了诗人退休后的旷达与欣幸。颔联异峰突起,遽以凌云健笔、诗文名世自雄。看似奇兀,实则诗人旨在凸显人的潜质、内蕴,以反衬对句之意蕴,即以苍劲有力、形同天籁般的率真诗文与伪饰下的道貌岸然侪类形成鲜明对照,对那些徒有其表者流甚表睥睨。这一联写高下。接下去,颈联写好恶、亲疏、即离。出句化用陶渊明诗意,以"归来"拟退休。陶渊明有句云"息交游闲业,卧起弄书琴"(《和过主簿二首》)与此意蕴相埒。"琴剑",琴与剑。两者为古时文人随身之物,"琴剑",与陶渊明所说读书弹琴的"书琴""闲业"相仿佛,实为文人的象征,诗人以这一固有的古典意象,隐喻其身份的改变。同时见出诗人的艺文雅兴。有所近,有所远,有所为有所不为。出句"抚琴剑",对句"远鬼神",亲疏、好恶、爱憎判然分明。"鬼神",盖指横暴之势的人物。而做到"远",端赖"归来"(退休)"谢绝尘缘"的缘故。尾联呼应首联,也以景语出之。夕阳西下,云静鸟寂。对应首联之"眼观",此处则是"耳闻",与看到的"新"相对,这里听到的是"真"。"惟闻天籁至纯真",词调看似冲淡,实则寄意遥深,透露了诗人桑榆晚景之年仍执着于以"真"为至境的人生信条,和对纯真心性和至情的崇尚与追求。此是景语,更是情语。以天籁自况,点出题旨。宋王禹偁《村行》有句云:"万壑有声含晚籁,数峰无语立斜阳。"晚籁,傍晚时的各种天然响声。诗人以此隐喻退休之后迟暮之年所追求的人生境界和诗文旨趣,让人想到嵇康的"越名教而任自然"之境界。全诗夹叙夹议,有景有情,对仗工整,句中自对而又两句反对。大抵都是反义相对,出句与对句绝无"合掌"之嫌。

介然叟曰:题以"晚籁",写晚年回归自然之"天籁"也。全诗皆言如何得闻天籁、如何得与于天籁。"天籁",不只是一种自然造化之声,且是自然造化之运动节奏。

一起首便标出"逍遥"。逍遥者,按庄生之说,乃是自觉后的"大自在",即"与道偕逝"的自由。说"山右大河滨",是说其逍遥的空间;然而空间从来就离不开时间,"山右大河滨"同时就是历史。看寓真诗文所涉,看他的学术著作,就明白他是怎样自由地(逍遥)驰骋于"山右大河滨"的。退休后,他不但打破了公务员与诗人的"藩篱",也打破了文学创作与学术活动的藩篱,而文学创作之涂也非一端,诗歌(旧体诗、新体诗)、散文、报告文学……学术活动也非一域,除法学、史学研究外,还涉及金石研究。每一个领域,他都做得得心应手,诠释了"逍遥"的内涵。他实实在在放开了眼界,也实实在在地进入了人生的全新境界。

颔联直说逍遥"笔墨"事,自然并非只是作诗,而是寓真全面的文化活动,即古人说的"文章"。"苍苍",《毛传》曰:"老青色。"此杜甫之所谓"老健"也:"庾信文章老更成,凌云健笔意纵横。"确实"堪傲世",确可"逍遥一世之上,睥睨天地之间。"其"衣冠楚楚"者,不足道也。"几完人",是问话。这一鲜明的对比,尤其显现了笔墨活动过程的自由节奏和律动,逍遥而"傲世"的天籁之真之纯。

颈联"归来"，固然是回到属于自己的天地（"家"），更是回归了自我本性的真如自在。"闲事"，可分开曰"闲"曰"事"。闲者，陶渊明所谓"虚室有余闲"之"闲"也。"虚室"，心也。只有心之闲，才是真正的"闲"，才可能逍遥于"事"。其事即从容地抚琴弹剑，这才是真能逍遥于天籁的节律之中——有目的而无目的的，有为而无为。对句"鬼神"，切勿误认，此非自然界之鬼神，乃尘缘中之鬼神也，乃"楚楚衣冠"内之鬼之神也。

尾联"目尽夕阳"，大有嵇中散"目送归鸿，手挥五弦"之致。"云鸟寂"，李白所谓"众鸟高飞尽，孤云独去闲"也。所有的尘世藩篱，一切的神神鬼鬼，都已寂然远去，这时才能真正体悟至真至纯的天籁之音——那些从遥远的洪荒时代发出的声响节律，回荡在无穷无尽的心宇之中，而心宇与之同构，心律与之同律。

赞曰：逍遥无为，云去鸟飞。尘表独立，万法斯归。

春兴　八首选三　其二

偶作酒狂千岁忧，笑他诗病几时瘳。①
盎然旧籍重温读，恍若青春回梦游。
携旅激流三部曲，别家瘴雨六春秋。
文心每欲成灰烬，剑气而今不肯休。

【注解】①《文选·古诗十九首》六臣注："生年不满百，常怀千岁忧。"善曰："孙卿子曰：'人生无百岁之寿，而有千岁之信士，何也？曰：以夫千岁之法自持者，是乃千岁之信士矣。'"向曰："人生不满百年，而营千岁之计，常以为忧也。"瘳，病好为瘳。

【笺评】

  介然叟曰：本诗"千岁忧"，非李善引《荀子》之忧也，看颔联便知，所忧者在家国、在文脉也。而今"诗病"多矣，病于情志，病于胸襟，病于比兴，病于风雅，病于诗法，病于诗律……"诗教"之坏不可胜道也。其病根在不读书，在虽读书而不求解；"不求甚解"可也，蔑弃"章句"亦可也，而不求正解，可乎哉！此诚千岁之忧也。颔联言一翻旧籍则兴味益然无穷，恍然又回到了青少年时期，那个求知若渴的年代，那段豪情万丈的岁月。"回梦游"，梦一般的绚烂，梦一般的华采。依然是皓月当空，依旧是心雄万夫。那些旧籍携带着，伴随"我"度过了艰难岁月，好像经历了"激流三部曲"（《家》《春》《秋》），在海南的瘴雨中磨砺了六个春秋。在涅槃一般的熔炼又重生的历练中，多少回"文心欲烬"，而终成干将莫邪，气冲牛斗。

  本诗起句乃一篇之"警策"：此"千岁之忧"从头直贯到尾。无"忧"则无"笑"，无"忧"则无心"旧籍"，亦无"回青春"之"梦"，无"忧"则忘却"激流"，无"忧"则"文心必烬"，无"忧"则何以有"剑气"！忧患心理，乃千秋士人风骨之所由出也。

  寓真此诗系风骨于千古之上，起衰气于千载之下。噫，读此诗者，尚有以所立乎！

春兴　其五

春风昨夜峭城南，竹叶青醇一饮酣。

遥见郊原又草绿，奈何浊气不天蓝。

九歌忠愤堪怀念，三顾频烦付笑谈。

乱语胡言多失态，退休无虑世人谗。

【笺评】

王亚：读寓真《晚籁集》可以看到诗人以细腻之笔、古朴之法、浩然之气，在尽情描绘渲染四季景物的同时，不仅赋予了四季不同色彩、不同韵味，而且融入了自身的不同心境、不同感怀，进而情景交融，浑然天成，丰富了诗的内涵，升华了诗的意境。无论是《春兴》的"春风昨夜峭城南"，还是《夏吟》的"半亩日窥陶令园"，无论是《秋感》的"秋林暮见尽霜容"，还是《冬咏》的"高原秋尽感深寒"，都展现出四季节令变化，看似写景，实则以景寄情，因景生情。如果没有这些景语作为铺垫、衬托、对比，便难以发出"遥见郊原又草绿，奈何浊气不天蓝"等等针砭时弊、振聋发聩、令人警醒的感慨。

罗连双：署名范梈的《诗学禁脔》将五、七律的篇法分作十五格，其中有"两句主意格"，主要特征是颔联应第一句，颈联应第二句，《春兴》之五正是这样的结构，"春风昨夜峭城南"，是第一句，与它相应的是"遥见郊原又草绿，奈何浊气不天蓝"，这是写景，可喜的是草绿，可叹的是天浊。太原乃煤气之城，空气污染是历年难治之患，引申到政治生态，近年来也污浊不堪。"竹叶青醇一饮酣"是第二句，与它相应的是"九歌悲愤堪怀念，三顾频烦付笑谈"，举杯畅饮，情思激荡，不禁想到了屈原和诸葛亮，屈原出身贵族，忠而难申,才而遭妒,一腔忠愤,见于《九歌》等一系列作品。诸葛亮也为忠贞楷模,但三分筹策,六出祁山,最终落空,落泪满襟。"三顾频烦付笑谈",用了两个诗典:杜甫的"三顾频烦天下计"和杨慎诗"古今多少事,都付笑谈中"。结句为"乱语胡言多失态,退休无虑世人谗",抓取的是退休人员共有的一个特征:身在事外,心在事中,依然在关心着天下大事,想说就说,该骂就骂,认"乱语胡言"为失态,言外之意还是谨言慎语,不失态为好。将敢言与慎言统一起来,有个度的底线,符合作者原有身份。

介然叟曰:初春峭寒之夜,在城南与朋友畅饮竹叶青。酒酣耳热之际,想到两件事:春来草绿而雾霾遮天,此颔联之意;然后一下子跳到两个值得怀念的古人,一个屈原,一个诸葛亮,这是颈联。颈联两句实为互文:都值得怀念,也都尽付笑谈中。尾联说出原因:屈原是"忠而被谤",诚如鲁迅所说,屈原不过如贾府的焦大,只不过说了句为老爷好的真话,是"忠言",结果"遭来满嘴的马粪",屈原两次被流放。所以,还是慎言的好。"退休无虑世人谗",写这首诗的时候,可能没有想到不能"无虑",究竟还是有些天真。

首联起句一"峭"字,已把"时令"之寒嵌入人心,这"春风"亦已见其可畏;颔联"遥见"其"绿"以应之,有多"遥"?对句"奈何"把"春风"的本质拈出。颈联之"堪怀念"者,以其"忠愤""忠贞"而至死不悔也;其"付笑谈"者,因无人再信其忠贞高洁,"死而后已"值几文钱?以此大酌,如何不醉?尾联以醉结之,半是"怀念"之愤,半是"笑谈"之痛,良有以夫!

春兴　其六

致仕散人随所安，何须对镜惜朱颜。①

烟中俏影化烟去，树下横琴倚树弹。

待月尝怀吟古剑，观星只觉出尘寰。

算来故旧皆疏远，满世炎凉付笔端。

【注解】①散人：对社会无用之人。《庄子·人间世》：匠石之齐，至乎曲辕，见栎社树，其大蔽牛，絜之百围，其高临山千仞而后有枝。其可以为舟者，旁十数。观者如市。匠伯不顾，遂行不辍。弟子厌观之，走及匠石，曰："自吾执斧斤以随夫子，未尝见材如此其美也。先生不肯视，行不辍，何邪？"曰："已矣，勿言之矣，散木也……"匠石归，栎社见梦曰："……予求无所可用久矣，几死，乃今得之，为予大用。使予也而有用，且得有此大也邪？且也若与予也皆物也，奈何哉，其相物也？而几死之散人，又恶知散木。"

【笺评】

　　介然叟曰：既是"散人"，则当随遇而安，此一篇之精神所注意处，当然也就无须对华年的逝去而惋惜。"烟中"句是说自己消逝的青春，"树下"句言于今雅趣盈满，已进入自由状态。"待月"句言曾经怀想和吟诵过"古剑"。关于古剑的名堂和传说太多了，都是说铸剑的艰难过程，其中不乏象征和比喻——人的成长和成就的熔炼、磨砺过程。作者从少年时期就把自己比喻为一把剑。这是经常对"古剑""怀"与"吟"的原因。何以"待月"时"怀吟"？本书第一卷第一首诗已经作了"开宗明义"的"宣示"：明月加古剑，是诗人一生全部生命之所寄。明月象征着作者追求的品行和人格、胸怀，古剑象征着作者用世的器识和胆气、豪气(见本组诗第二首)。本联对句"观星"正对"待月",如果说"待月怀剑"是用世之雄,那么"观星出尘",则是出世之逸;面对广漠的宇宙群星,个体生命何其渺小,曾不如微尘!但作者没有这么消极,他要"出尘寰",作"逍遥游"。颈联足以表现作者丰富的内心世界。尾联更是回应首句,"疏远"者任其疏远,"炎凉"态正是"诗料"。诚如庄子所言,"散人"才是"无用"之"大用"——自由与长寿的条件。如果从审美的角度讲,说庄子的"无用之大用"乃是审美之"用"(审美效应),那么,寓真退休后的"散人"状态,乃是一种绝美的审美世界,这才是生命的自我超越。

夏吟　八首选四　其一

陌室何妨昼掩门,午窗睡起懒书翻。
十株春种湘妃竹,半亩日窥陶令园。①
感念熏风怜老病,借将细雨洗嚣烦。
斯人莫道独憔悴,自有诗中倜傥魂。②

【注解】①日窥园:反用董仲舒典,又加陶渊明典。《汉书·董仲舒传》:"董仲舒,广川人也。少治《春秋》,孝景时为博士。下帷讲诵,弟子传以次相授业,或莫见其面。盖三年不窥园,其精如此。"师古曰:"虽有园圃,不窥视之。言专学也。"陶渊明《归去来兮辞》曰:"园日涉以成趣,门虽设而常关。"其后亦时有反用董生之典者,如元·许恕《北郭集》卷二《题吴士益抱瓮轩》:"山人归老信乾坤,日日窥园懒出村。无数嘉蔬连药圃,有时新涨到柴门。服勤自喜机心息,用拙

还知道气存。约我轩中春听雨，挑灯剪韭共清尊。"②宋·郭知达编
《九家集注杜诗·梦李白二首》："冠盖满京华，斯人独憔悴。"引王洙
注："左太冲诗：'济济京城内，赫赫王侯居。冠盖阴四街，朱轮竟长
衢。寂寂杨子宅，门无卿相舆。寥寥空宇内，所讲在玄虚。'"王洙引
左思《咏史》诗，意在说明从古至今，贤人多寂寞憔悴者。

【笺评】

介然叟曰：首联以"陋室"起，则一篇之琼思瑶想，皆在此"陋
室"之中矣。因其"陋"则"门虽设而常关"，俗客不来，雅客稀也。午
睡慵懒，逍遥之常也。陋室东偏，看十株湘竹，日下婆娑；陋室西畔，
有半亩小园，霞中涉趣。老病畏寒，感熏风之我顾；嚣烦叵耐，沐细
雨而觉酥。心远地偏，莫道斯人独憔悴；志洁怀迥，自有文心复倜
傥。然则所谓"陋室"者，"何陋之有"！

赞曰：餐英饮露，大道是偕。竹风日浴，雍雍喈喈。

夏吟　其二

长条浓碧暑风吹，短发萧骚旧帽垂。①

烦事消除花睡处，好歌听到夜深时。

砚田勤作又芒种，诗国豪吟翻黍离。②

身世几人能百岁，天荒地变复谁知。

【注解】①宋张孝祥《于湖集》卷三十一《念奴娇·过洞庭》："短发萧
骚襟袖冷，稳泛沧浪空阔。"②《诗经·王风·黍离·序》："《黍离》，闵
宗周也。周大夫行役，至于宗周，过故宗庙宫室，尽为禾黍，闵周室

之颠覆,彷徨不忍去,而作是诗也。"

【笺评】

　　介然叟曰:起句说季节,承句说老境;颔联说家无烦事,夜深听歌;颈联说勤于写作,吟诗抒豪;尾联感慨人生。说季节以物候,则身临其境;说老境以貌相,则如见其人;说无事安闲以花睡、听歌,则心闲可见。言勤于笔耕,以"砚田勤作"言,则可味可品;写豪兴吟诗,以"诗国豪吟"说,则如闻其声。

　　诗中用事融情,故不觉其生涩,如"短发""花睡"皆实情实境;用词奇巧,然不造作,如"芒种",既是实际季节,又谐"忙种"之音,以应"勤"字;"黍离"本《诗经》篇目,此处代指古代典籍,然用"翻"字,大有汉人藐视"章句"、陶渊明"不求甚解"之意,以应"豪"字("翻"字,亦可作"反"字解,有杨雄"反离骚"之义)。

　　"奇巧"非硬凑而巧也,此后学者当谨慎处。

夏吟　其四

华都何处识耕桑,酒肉膻腥脂粉香。

嫁与金钱亡艺术,标高身价岂文章。

读书曾慕隆中对,听戏犹迷上党梆。

天意无常谁猜得,贞心不改锻成钢。

【笺评】

　　介然叟曰:首联"华都"者,华都之人也;"识耕桑"者,犹周公所谓"知稼穑之艰难"也。只知酒肉,只知膻腥,只知脂粉香,此老杜所谓"纨袴不饿死"者矣。颔联言作家中有拜金者，但绝无真正的"艺术"；有身价标高者，但非古人所谓"文章"。颈联说自己仍然坚持传统文化。尾联归于"天意无常"——世事无常，乃"天意"无常所致。时尚亦随之而变，三五年这样，三五年又那样。固然，宇宙在变，世界在变，一年四季是变，每个人的成长也都在变，但是这种变化是有规律可循的，是正常的变化。而"无常"之变，乃是逆着规律、逆历史发展趋势的"逆变"。有四月洪灾，有六月飞雪，数不清的异常天象，此起彼伏的社会暴戾事件……"天意"果何如哉？结句表明作者的态度，无论"天意"如何"无常"，他的"忠贞"之心已锻造成纯钢玄铁，绝不会有丝毫的改变。

全诗重在"天意无常"四字。前两联之诡异，乃"无常"之果。颈联乃说"我"之"常"。结句对"无常"而发，又回应颈联、遥斥首、颔两联。

夏吟　其七

感叹人情翻覆波，吾诗谁与作弦歌。
书成甘苦十年剑，身历霜飙万事磨。
挥扇引风航一苇，观棋忘世烂残柯。①
蓦然回首相携处，隐隐夏山如翠娥。

【注解】①《诗经·卫风·河广》："谁谓河广，一苇杭之。"《毛传》："杭，渡也。"《郑笺》云："谁谓河水广与？一苇加之，则可以渡之。喻狭也。"梁·任昉《述异记》卷上：信安郡石室山，晋时王质伐木至，见童子数人,棋而歌,质因听之。童子以一物与质,如枣核,质含之,不觉饥。俄顷,童子谓曰:"何不去?"质起,视斧柯烂尽。既归,无复时人。

【笺评】

介然叟曰:本诗乃作者感慨人生之作。首联感慨人情翻覆,人不知其所作旧体诗之真价值也。颔联说著书十年乃成,招来冰霜狂飙一般的磨难。颈联言时空短而狭,以喻人生短暂。尾联慨叹旧谊。"人情翻覆"以"波"喻之最切,盖波浪随"风"而起伏也。承句"弦歌"有说头:《史记·孔子世家》:"三百五篇,孔子皆弦歌之,以求合韶武雅颂之音,礼乐自此可得而述。""谁与作弦歌"等于说谁来作出正确的符合实际的评价?非独寓真自信其诗如此,笔者尤以为其诗符合"韶武雅颂"和"礼乐"——既符合传统文化之精髓,又不失现代文明进步之义蕴。人或"翻覆"毁誉之,然"尔曹身与名俱灭,不废江河万古流"!

颔联言著书如十年磨一剑,其中甘苦如鱼饮水,冷暖自知;可是涉事者反复究诘甚至纠缠,如霜气飙举,而作者自如也。

前两联言其作诗为文之所历。颈联则是对人生空间和时间的概括,于人于己,于古于今,荣辱沉浮,缠斗究诘,刹那其间已。不言感慨,感慨自在其中矣。再回首时,所能记忆的只有"相携处","相携"之人已不在,只有"隐隐夏山",有如绿衣美人——山在作者心中眼中,永远是各种姿态美丽的女子。山是恒久的,美也是恒久的。

本诗以"感叹"始,以感慨终。

秋感　八首选三　其一

满衣尘土忽西东，咏唱何须倩小红。①
短志苦于充大理，余才乐得做诗翁。②
一腔曾为民生热，两耳却因时事聋。
偶梦潇湘结山鬼，残星点点半窗中。③

【注解】①小红：歌伎名。《历代诗余》卷一百十八："姜尧章自序曰：'淳熙辛亥之冬，余载雪诣石湖，留止匝月。主人授简索句，且征新声。因作《仙吕宫》二曲。石湖把玩不已，使工伎肄习之，音节谐婉，乃命之曰《暗香》《疏影》。'小红者，石湖家青衣也。色艺俱妙，尤善歌二词。及姜归，石湖以小红赠之。"（《古今词话》）②大理：大理寺的简称，秦以后所置主管刑狱的机构。此处泛指法院。③山鬼：山中女神。屈原《九歌》之一。

【笺评】

罗连双：首联概括了自己的奔波生涯。这种奔波，不论何因何故何事何情，总是随着吟咏，而吟咏途中，却无小红相伴，这是作者与姜夔的不同。姜夔是南宋著名词家，如果评选中国古代十大词人，他一定在内，词能登峰造极，吟诗与作曲也属一流。他虽一生未仕，但与亦文亦官的杨万里、范成大、尤袤等人为友，潇洒清雅。1191年除夕，他带着范成大送的歌女小红回家，一路说说唱唱，还作了十余首诗，其中一首为"自作新词韵最矫，小红低唱我吹箫。曲终过尽江南路，回首烟波十四桥"。这便是"小红"出处。

颔联"短志苦于充大理，余才乐得做诗翁"承接首句，"忽西东"或因官事或因诗事，这两事也是他人生的概括，苦乐均在其中，写得准确到位,是客观描述。颈联"一腔曾为民生热,两耳却因时事聋",由客观转向主观,是内在感觉。前一句豪、直、明,后一句婉、曲、隐。因何而聋?改革三十多年,既成就巨大,也问题惊心:生态破坏,道德滑坡,贪腐横行,两极分化。如果是普通百姓,可以放言无忌,亦怒亦骂,作为高级官员的寓真,可以急在心中,不必怨于言中,"两耳却因时事聋"反映这种心态,亦为巧妙。

屈原《九歌》中有一章《山鬼》,歌咏的是一位婉丽纯洁的女神。在屈原作品中,美人香草是理想的化身。"偶梦潇湘结山鬼"是表达对美好未来的向往,而结句写了梦后的夜色:"残星点点半窗中",用词微妙,有秋凉之意。这两句收尾,似乎将理想信念与危机意识统一起来了,有意味,有风骨。

介然叟曰:"秋感"与"秋兴"义略同,因秋而产生的感喟和联想。首联言奔走四方,自己作诗填词,自咏自唱,无须央求小红。虽然寂寞,但也自由。颔联出句自嘲,对句自豪——并不是所有的人都具有"做诗翁"的"余才"。颈联出句说"热",为百姓伸张正义而热血沸腾;对句说"聋","时事"诡异,弄昏了头脑,自然也弄聋了两耳!对"时事"和报道时事的混乱厌烦至极。尾联说美好真实的感受,大约只在梦中:多年来,偶然于梦中与潇湘的山鬼结交,美丽之神,深厚之谊。请注意:那不是字面的意思,而是一个纯洁真诚世界的象征;一觉醒来,寒气袭人,看窗外的夜空,只有几点残星,闪着困惑的眼光,俯视人寰:人类到底是怎么了?

秋感　其二

秋林蓦见尽霜容，感绪纷然满露丛。
富豪洗钱迁海外，劳农失地浪城中。
财亨愈显不均患，物博何堪暴殄空。①
愧我在官还袖手，关河自古事无穷。

【注解】①《论语·季氏篇》："丘也闻：有国有家者，不患寡而患不均，不患贫而患不安，盖均无贫，和无寡，安无倾。"暴殄，任意浪费，糟蹋。韩偓《再思》："暴殄由来是片时，无人向此略迟疑。"

【笺评】

　　蔡润田：这首诗中，诗人由秋霜起兴而感怀世事之严酷，直抒胸臆，痛诋时弊。颔联以富豪与劳农对照拈出两类畸变世相，一面是巧取豪夺的富人移居海外安富尊荣，一面是无地可种的农民涌入城中浪迹市井。一"海外"，一"城中"，都是畸形社会中产生的怪胎。富豪、劳农两者看似都在寻梦，却是两种截然不同的人生。这两句明白如话，却是言近旨远，实中有虚，不乏韵外之味。状写现实情境的同时，寄寓着诗人强烈的爱憎与悲悯情怀。颈联直指社会痼疾的症结所在。经济发展，财富增多，但因为社会财富大量集中在少数人手里，越发显出贫富不均所招致的弊端。丰富的物质资源也经不住奢靡无度的耗费。于此，诗人忧患、愤激之情沛然溢乎纸上。尾联自嘲自宽，面对如此现实，反诸自身：我当初身居官位，尚且袖手尸位，如今唯有愧疚而已，流露了忧国是而回天乏术的痛切与感喟。最后说，亘古至今不公、不平之事就有许多，又奈之何？看似无奈语，实际却引人深思，催人奋起改革也。

　　介然叟曰：首联言感慨之大。"尽"字"满"字，见其感慨充满天地。颔、颈两联说感喟的具体内容。尾联自愧，但也无计可施——说不起，管不了，法治改革，势在必行。

　　首联比兴，直是老杜气象。"感绪纷然"，是全诗之键钮：这纷然的感绪皆因"蓦见秋林"之"霜容"而起，此所谓"因景生情"者矣。"霜容"，经霜之貌，枯黄斑驳之象也。景所以能生情，是景色引发或诱发、诱导出久蓄心中与眼前景能够"通感"的情绪。颔联和颈联所言即是久蓄胸中之不平——富豪的无耻无法，劳农的无力无助；贫富悬殊，空怀古圣之患；暴殄天物，不畏上天之谴。表面的繁华，掩不住脂粉修饰下的"霜容"。

秋感　其四

　　　　静味深宵足可珍，暂抛琐务忘酸辛。
　　　　风吟城上飘零叶，灯影街头踯躅身。
　　　　法治不行枉学法，人间混迹我何人。
　　　　自嘲反道诗家幸，古句拈来尚似新。

【笺评】

　　罗连双：乐于诗，苦于诗，力于诗，名于诗，这是寓真的儒雅人生。他与以前那些成就卓著的诗人一样，寓真在创作题材、风格、手法上都兼具众式，是集大成者。如若不便通阅其诗集，细读《秋感》八章，也可对此有所体会。秋天既是收获的季节，又是凋零的时日，人们不约而同产生多种情感。杜甫即以《秋兴》八首为代表作，后来诗人步韵杜甫秋兴的很多，倒也不乏名篇。想来寓真也在学习杜甫，这组七律意象丰富，情感热烈，悠远深沉，高迈老到，具有较强的感染力。试读他的《秋感八首》其四：秋夜已深，徘徊街头，欲待何为？原来本欲暂忘酸辛，却又苦于法治不行，人间混迹，因而夜不成眠。与老杜一般的忧国忧民之情于此可见一斑。

韩石山：是诗人，也是官员，尤其是在行省臬台这样的高位上，惩治凶顽，纠劾贪墨，对世相的感触，对人情的体味，比常人要多得多，倾注于诗赋，便多了几分沉郁与苍凉。而这样的诗风，并非一以贯之，乃是经历了多年宦海沉浮之后才渐而致之。起初多的是豪情与自负，待到毁谤加诸自身，烦恼如影随身之际，诗人所有的家国情怀之外，又加上身世之叹，合为一种悲愤莫名的感慨。这些年或许是探究聂绀弩的牢狱之灾，连带对聂绀弩的诗风深有体味，他的诗作也有了明显的"聂味"。更加旷达不羁，也更加雄健沉郁，拗句入诗是一个明显的标志，像"侧身寒啸凄厉也，领受批评唯诺之"，"宁神离远汽车道，静耳关聋电话铃"之类的句子，就有老聂的格式在焉。最能见出后一时期诗风，也最能见出其才情的，该是仿老杜《秋兴》而作的《秋感》八首。秋天大概是一个易惹诗思的季节，古往今来作于秋天的诗赋格外的多。炎夏既往，寒冬在前，落叶纷纷，淫雨绵绵，平生的感叹，不由得就流溢于笔端。虽说生活在现代，我们的诗人多的却是古典的情怀。毕竟时势不同，所感怀的对象也有所不同，不过，从这首《秋感其四》看来，真正到了悲愤难抑的时候，诗人的沉痛绝不亚于那位唐代的老翁。

介然曼日：一个秋日的深夜，暂时从烦琐而令人感到辛酸的事务中摆脱出来，能够体味深夜沉静的滋味，是多么珍贵的美好时光——首联自叹。城市的上空，风吟唱着叶的飘零；街头灯影下，是作者踽踽的身影。这是典型的《诗经》中"比"的手法——颔联自比。（如风中一叶，心境孤独冷落极矣）。何以又生此孤独冷落之情？只因一心的期望法治社会尚未能实现，感慨"混迹人间"——颈联自责。如此世界，诗料无限，令人想到赵翼"诗家幸"的话头——尾联自嘲。这自嘲中蕴含着沉痛——那种不幸，时刻牵着诗人的心，试把古人悲叹时事的句子随手拈来，仿佛就是今天刚刚脱手的新作，回头看看首联的"酸辛"语，此意就可明白。像鲁迅说的那种埋头苦干的人，拼命硬干的人，为民请命的人，若是到了"人间混迹"的情况下，怎能不"酸辛"？

冬咏　八首选三　其四

西山冬望气萧森，镇日寒烟碧影沉。
骤雪盖天旋盖地，回风惊耳复惊心。①
民生通货频飞涨，腐败膏肓愈人深。
腊鼓将闻春未远，此时万马岂能喑。②

【注解】①《楚辞·九章·悲回风》："悲回风之摇蕙兮，心冤结而内伤。"王逸注曰："回风为飘，飘风回邪，以兴谗人。言飘风动摇芳草，使不得安，以言谗人亦别离忠直，使得罪过也。故己见之，心冤结而伤痛也。"②清·秦蕙田《五礼通考》卷五十七《荆州岁时记》："十二月八日为腊日，谚语'腊鼓鸣，春草生'村人并击细腰鼓，戴狐头及作金刚力士，以逐疫。"案《礼记》云："傩，所以逐疠鬼也。"《吕氏春秋·季冬纪》注云："今人腊前一日，击鼓驱疫，谓之逐除。"

【笺评】

介然叟曰：首联写严冬气象，颔联写"骤雪"之大，"回风"之猛；颈联言通胀有害民生，腐败已成社会膏肓之病；尾联言腊月将到，春草将生，万马齐暗，不知其可也。诗人吟风啸月，非徒咏物；裁花剪雪，必有所兴。《文心雕龙·物色》云："春秋代序，阴阳惨舒。物色之动，心亦摇焉。盖阳气萌而玄驹步，阴律凝而丹鸟羞。微虫犹或入感，四时之动物深矣……是以献岁发春，悦豫之情畅；滔滔孟夏，郁陶之心凝。天高气清，阴沈之志远；霰雪无垠，矜肃之虑深。岁有其物，物有其容。情以物迁，辞以情发。一叶且或迎意，虫声有足引心。况清风与明月同夜，白日与春林共朝哉！是以诗人感物，联类不穷；流连万象之际，沈吟视听之区。写气图貌，既随物以宛转；属采附声，亦与心而徘徊。"这里抄写刘勰之论如此不惮烦，只在提醒读者，诗中所有的景物描写，都是"诗人感物"之"兴"，那里面有诗人所寄焉，且勿负诗人之苦心也。

冬咏　其六

朝发京师奔井陉，野原白雪道中冰。

太行山雾闻声破，娘子关风随兴乘。

归去三餐且薯豆，难将万里若鲲鹏。

短墙小院门长闭，不是钓台亦子陵。①

【注解】①《后汉书·严光传》："严光字子陵，一名遵，会稽余姚人也。少有高名，与光武同游学。及光武即位，光乃变名姓，隐身不见。帝思其贤,乃令以物色访之(原注:以其形貌求之)。后齐国上言,有一男子,披羊裘钓泽中。帝疑其光,乃备安车玄𫄸,遣使聘之,三反而后至。舍于北军……除为谏议大夫。不屈,乃耕于富春山。后人名其钓处为严陵濑焉。"原注引顾野王《舆地志》曰:"七里滩,在东阳江下,与严陵濑相接,有严山。桐庐县南有严子陵渔钓处,今山边有石,上平,可坐十人,临水,名为严陵钓坛也。"

【笺评】

罗连双:这是一首从北京返太原,一路观感之作,结构紧凑,气脉贯通,是一篇成功的七律佳制。作者为写作和出版关于聂绀弩和张伯驹传记的著作,到北京搜集资料,商定出版事宜,数度奔波,虽然辛苦,但老有所为,毕竟是一件十分快意的事情,反映在这首诗中,激情奔涌,痛快淋漓。"朝发京师奔井陉,野原白雪道中冰",冰天雪地,凛冽寒冬,但一个奔字,快车快意,置诸眼前,严寒之中有热烈气氛。"太行山雾闻声破,娘子关风随兴乘",这里是乘风破雾,"乘破"二字,恰到好处。以上两联起承十分自然。第三联如何转呢?且看"归去三餐且薯豆,难将万里若鲲鹏",颔联原是眼前之景,这里转到心中之想,身仍在车上,心已到家中,家有薯豆,养生之品,还有一份温馨在其中。虽然自己也曾扶摇直上过,毕竟不可能成为那九万里凌云鲲鹏,则可燕居自乐了。"短墙小院门长闭",三个物象,写出了家居状况,特征抓得很准。"不是钓台亦子陵",这里用严光典故,耐人寻味,也可能属意于来日,还有若干年退休生活,像严光那样高台安坐,聊可"视通万里,思接千载"吧。

介然叟曰:本诗写从京师返回太原的一次愉快的旅程。前两联写途中所见,首句不写"回太原",而写"奔井陉",一"奔"字,非以见其急切,正以见其"轻松"也。颔联看是写景,实则写心。太行山的雾气闻车声而破其帘障，到了娘子关，车随人兴，乘风而过，这是愉快心情的表现（李白《早发白帝城》与此正同）。后两联悬想回到家中的日子。颈联出句说以俭养德：薯者有二，马铃薯、红薯，此两物旧时皆穷苦人之主食；豆者，其类甚伙，古者盖称曰菽，亦贫民之所食也（见《诗经·豳风·七月》）。这里是一种"兴"法，言从此过一种安静朴素的平民生活，不再做鹏程万里之梦。尾联进一步说隔绝人间往来，做一个隐于市的隐者。

本诗一身一心之轻快，都寄托在前两联行车之轻快中。后两联则是车中想象远离尘世之快乐。所以，首联的"奔"字，说是"急切"亦可，所急者，急于回家过那种"无事"的日子。无事则不生心，能不生心，便是省心；能够省心，便是羲皇上人般的日子，其乐何如！

冬咏　其七

寒锁园门久断香，枯枝败叶漫飞扬。
欲从残雪寻诗句，独立西风问远芳。
无友自斟加饭酒，为人莫作嫁衣裳。
蓬莱此去杳音信，又见苍山下夕阳。

【笺评】

介然叟曰："园"，是一个独立的世界，其中自有四时，然而这一回"寒锁园门"，为时太久，因而久无花香。"久"字兼上下言也："寒锁园门久"，因而"久断香"。我们说过，时间的久暂和空间之远近，在诗中，许多情况下是心理效应，而非物理效应。一年四季的长短每年都是一样的,而今年觉得冬季分外的"久",心之寂寞甚至孤寒可知矣。既然是"四时充美",冬日应有冬日之美,然而诗人此时需要的是春夏之美,于是,所见冬日就只有萧瑟的"枯枝败叶"了。以下三联皆由此而生也:残雪中无诗句可觅,只能在西风中独自向虚空叩问遥远的"春信"。"独立",无友也;"远芳",远方知己之"玉人"也,由尾联之"蓬莱此去"可知。于是独自饮酒,自劝加餐,由此而思及此生做过多少助人之事,却是"官擢千员怨愈多"(《琐记》),故而"为人莫作嫁衣裳"了。尾联言知己音信杳然,与颔联之"远芳"相呼应,徒然在西风黄昏中等待。"又见",非一日矣。作者"敦厚"之情可见,而其固持此情之"心苦"亦可知也。

如此,"寒锁园门",就是一个有深厚意味的"意象",并形成了一种内涵固定的意境——心灵的园门被寒气锁定,并由此而生发出连续运动的思想情感之流。尾联之"蓬莱此去杳音信",令人想起李商隐"蓬莱此去无多路"的名句,正是思念之苦的表现——玉溪生尚有"青鸟殷勤为探看",而寓真则"杳音信",在夕阳的等待中,一次又一次地失望。其"寒"可知也。还是那句老话:深于诗者,必深于情。

杂诗 五首选一

雪落初春寒峭侵,长安西望意萧森。
退休忽觉人中冷,思考始能诗里深。
战国策携尘旅读,花间词对夜灯吟。
为文却恐雷池越,欲说民生费酌斟。

【笺评】

蔡润田：退休人冷与春寒料峭相照应，把天时与人事，自然与人文融为一体。退休感觉如时令的"寒峭"，都市的"萧森"，使一个"冷"字有了着落。然而，这种境遇却赋予了诗人另一番天地，在心神虚静、冲融和易情境中得以在作诗为文中思致缜密。人情冷而诗意深，更能属意于诗文载籍的读写生活。《战国策》《花间集》，泛指诗文载籍，志于道，游于艺。虽说诗人有了抒发情志的余裕，但为文摛藻还得有所忌避，对于关涉国计民生的问题，尚须斟酌辞句。此诗临了还能见出诗人的自律和某种程度的局促，然而，毕竟少了许多束缚。如果说在职期间读书写作尚属职司余事，难得从容为之，那么，卸职之后，就其诗文癖好而言，可谓得其所哉。后期写的诗中有不少"余才乐得做诗翁"之类诗句，即可见证。

介然叟曰：春寒料峭，关涉自然与世事，于承句"意萧森"之"意"见之。污染天地，寒烟漠漠，故谓之"萧森"。在如此这般的环境中，人伦道丧，公私乏德，退休觉冷，人情之常。没有了干扰，才有了时间琢磨，诗思始深；没有了干扰，才有了时间读书，文藻始茂。然而载籍多矣，诗词别集、总集夥矣，何以《国策》《花间》为？缘《战国策》乃是中国士人最自由的时代的产物：士可以朝秦而暮楚，可与诸侯王霸平等对坐、"抵掌而谈"，秦始皇而后，还有吗？只有一个汉文帝，也只有一次，还是与贾谊谈鬼神！而贾谊对待汉文帝的心态与战国时期士人对待诸侯的心态那是绝然两样的。《花间集》，词之本色存焉，最是言情之渊薮。诗人向往自由，且深于情者也，颈联这两句最能凸显其至性及其一生之追求。尾联言作文写诗之难。屈原"行吟泽畔"，还可以"吟"，那是战国的事儿；杜甫、白居易指陈时弊，还可以"陈"，那是大唐的事儿。到康乾时期，忌讳日甚，文网日密,号称什么"盛世",那是汉人忘祖者对皇清的颂辞,而中国历史上最后一个封建专制王朝也就在这种颂声中逐渐完结了。"欲说民生"自然是要学习前贤的"吟"与"陈",而不是学习康乾时期的颂辞,这样的写作当然是要费一番斟酌的。

无题用李商隐韵

寒峭春朝寒峭风,征尘南北梦西东。
楼台倚望白云远,锦素难凭青鸟通。
倾耳莺啼斟薄酒,低眉芳径避残红。
柳丝依旧青青揾,一缕温馨系断蓬。

【笺评】

蔡润田: 在寓真诗词中,偶或也能看到一些抒写情爱的章句。对爱的执着、向往、追求往往是人性美的真情流露。诗人于此既情感深挚,又笔触温婉。此诗当写于旅途或寄居他乡之时,抒写了诗人系念远方伊人的深挚情愫。春寒料峭的晨风里,四处奔波只有幽梦相随的诗人不禁伤感。楼台倚望,路途迢递,云山阻隔,只能凭信息互通款曲。回想往事,昔日情境宛在眼前:伊一面在他耳畔低语,一面为他斟酒;相偕漫步在游园花丛中,小心翼翼地唯恐踩踏落花。一番情意缱绻回想之后,面对现实,差可欣慰的是,仍然柳丝依依,仿佛远方那脉脉深情的牵念,足以慰藉我这个身似飘蓬的人了。"断蓬":漂泊无定,行踪不定。王之涣《九日送别》诗:"今日暂同芳菊酒,明朝应作断蓬飞。"柳永《双声子》词:"晚天萧索,断蓬踪迹,乘兴兰棹东游。"李商隐"昨夜星辰昨夜风",抒写的是诗人曾与所钟爱的女子一夕宴饮,旋即应官而去的怅惘之情。寓真这首诗用李商隐诗韵,不惟诗韵,其意蕴也有拟古寄情的意味。

介然叟曰:这应是一首情诗。起句之"寒峭",亦非独关节令,更在"心寒",孤独之寒也;行程南北,而"梦"在东西,言所行与所思亦相背也。处处相思,方觉处处相背;时时相念,才见时时乖违。首联言相思之切。颔联言相思之无奈。颈联言相思之深。人类所有的活动, 只有细节才是真确可信的, 也只有细节才构成生命鲜活的历程。最难忘,酒场上,她关切地轻声耳语;在飘香的小路上,她低眉柔婉的步履,唯恐踏着地上的落花——多么知心,又多么温馨。尾联更言情与生命同在,在内心深处,那份温情永远牵系着你我,尽管如断蓬随风。题曰"无题",且用玉溪生原韵,诚然以为玉溪生之"无题"皆为情诗矣。

为《聂绀弩刑事档案》答诘询　三首选一

手提肝胆付吟哦, 绀弩诗中血泪多。
莫怪吾曹翻档案, 但忧世事易蹉跎。
苍生痛楚难忘也, 冤狱真情敢隐么。
历史并非由尔我, 乾坤日夜走江河。

【笺评】

介然叟曰:关于聂绀弩刑事档案一书出版后,质疑者有之,诘难者有之,说和者有之,请作者声明撤回者有之……但事关"苍生痛楚"和"冤狱真情",事关"国史"教训和法律尊严,作者斩钉截铁地回答:"不悔吾文就那样,愿闻众议更如何。"他坚信:"历劫终归天道永,直言何惧世人谗。"笔者生也晚而鄙,历也偏而狭,不知大冤案如聂绀弩者,有几人得如此翻之出之而天下明之也。我不禁想起文天祥的《正气歌》所歌之"董狐笔"和"常山舌"。首联起句即惊天动地:"手提肝胆付吟哦"!闻"手提髑髅"矣(杜甫《戏作花卿歌》),闻"手提文锋"矣(窦庠《于阗钟歌送灵彻上人归越》),亦闻"手提倚天剑"矣(白居易《自蜀江至洞庭湖口有感而作》),亦闻"手提金桴"矣(贯休《送颢雅禅师》),亦闻"手提石廪与祝融"矣(韩驹《题湖南清绝图》)……从未闻"手提肝胆"者。只此一句,即足以醒其迷,破其疑,止其诘,警其妄。以下皆此肝胆之"吟"也。承句"绀弩诗中血泪多",即绀弩自诉其身历身受血泪之多也。颔联之"莫怪"和"但忧",明白昭示天下:多少冤假错案都因有意无意之"蹉跎"而永沉冤海!颈联出句直指苍生苦难之难忘,冤狱真情不敢隐瞒,此法官之天职也。尾联正告人们:历史的真相非由某个人所定,看乾坤运转,江河奔流,大浪淘沙,真相自存。一篇关系国运民命的刑案史事,真相实存,将说明许许多多问题。此诗乃法治之诗史也夫!

杭州看西泠拍卖

三月闻莺曾柳岸,深冬沐雨又杭州。
有钱竞拍悲鸿马,无欲甘当鲁迅牛。
灵隐寺前烟迷暮,梅家坞里夜初幽。
噪音满世不入耳,枕上自聆溪水流。

【笺评】

高峰：寓真先生说过，他读诗，一向"注重反映社会现实"之作。那么他作诗呢，更是始终心系生民、心系社会，直面现实、直面生活，从而不间断地叩问良知、叩问灵魂，从来不写阿世附时、无病呻吟之作。这首七律，写作者一年两度有事赴杭州，又因酷爱祖国传统艺术，所以可能得闲去逛了艺术品拍卖市场，当看到有人数十万、成百万甚至上千万、达亿元收藏或投资艺术品时，就不由得发出了"有钱竞拍悲鸿马，无欲甘当鲁迅牛"的浩叹。当然，"悲鸿马"并非实指，"有钱竞拍"亦无可厚非，关键在于有多少人在一掷千金时，又有多少儿童失学、老年断养，俯首为民的"鲁迅牛"是否已如"黄鹤一去"、恍若隔世了呢？而"水光潋滟"、"山色空蒙"的西子湖畔，也只剩下"千骑拥高牙，乘醉听箫鼓"的"噪音满世"之柳永气象了。那么，长此以往，会不会再发展到"暖风熏得游人醉，只把杭州当汴州"的林升所担忧的景象，作者这么想了吗？他没写，只是面对"不入耳"，写了"枕上自聆溪水流"的落寞与孤寂。这是在明示无奈呢，还是在曲泻忿怨？那是读者怎么理解的事了。而"有钱竞拍悲鸿马，无欲甘当鲁迅牛"，则是一个时代国人精神面貌的传真写照，能成为名句吗？

介然叟曰："有钱竞拍悲鸿马，无欲甘当鲁迅牛"，如何理解"无欲"？高峰君解作"不想"，没错。不过是否还可以作老庄或佛家的"无欲"解：没有名利之争，才能作鲁迅所说的"孺子牛"。那么有钱者的"竞拍"，显然是为了争利，他们也就不可能甘当孺子牛。但是也还存有一种现象，即张伯驹那一类舍得破家购买文物，交给国家博物馆，这也是一种"竞拍"，这种竞拍就是"无欲"的活动，那就可以甘当孺子牛。如果说只要有钱"竞拍"，就是"无欲作牛"，那就排除了"有钱竞拍"而又"无欲"的可能。然欤？否欤？

　　"烟迷暮"，显然有厌恶之情；"夜初幽"已安静下来。颈联这两句，分别照应颔联的"有钱"与"无欲"；尾联的出句，则回应颔、颈两联的出句。可谓"上下钩连"，收回环往复之效。结句则以枕上独自聆听溪水，总结自己内心的倾向，终于走出"竞拍"的嘈杂和烟幕！

时事偶记

> 社交闭塞赖传媒，读罢报刊茶冷杯。
> 土地任由官府卖，钱财聚向富人来。
> 尝夸百代行秦政，却咏三唐感杜哀。
> 止暴安良何计有，苍茫独立叹吾衰。①

【注解】①作者注："此诗记于 2010 年 11 月。当时浙江宁海县某村 16 户村民，因不满强制征地，声称问题克日不能解决将"集体自杀"。据媒体报道，其中有以宅基地转卖问题而愈显复杂，村民数年间曾经频繁上访。此事引起舆论，当地政府已派工作组介入查处。"作者偶见此报道，联想相关现象而有所感触。"苍茫"句，出杜甫《乐游园歌》："此身饮罢无归处，独立苍茫自咏诗。"

【笺评】

　　高峰：此诗文字浅显，但文学性和思想性极强。第三联上句为："尝夸百代行秦政"。"百代行秦政"不算什么典，是史实中的常识，而冠以"尝夸"二字，似乎又有了一点"典"的味道。古往今来夸"秦政"的人不在少数，无须细解。下句："却咏三唐感杜哀"，是说读唐诗深深感受到了杜甫的悲忧、悲哀、悲愤所在。那么杜甫的悲忧、悲哀、悲愤所在又是些什么呢？可以"朱门酒肉臭，路有冻死骨"一联为代表吧。他以"穷年忧黎元，叹息肠内热"的一片忧国忧民之心，写下了《三吏》《三别》等大量富有人民性的不朽诗篇，一首《茅屋为秋风所破歌》，以悲天悯人的情怀，表达了自己"安得广厦千万间，大庇天下寒士俱欢颜"的渴望与理想。那么"杜哀"与"秦政"有什么关系吗？有！看看媒体不绝于耳、不绝于目的有关"土地任凭官府划，钱财聚向富人来"的新闻、有关暴力拆迁屡曾致死人的报道，在我们某些地方，"秦政"与"杜哀"的现实版岂非就在眼前吗？这也就可以理解作者"止暴安良何计有，苍茫独立叹吾衰"的感叹所在了。

介然叟曰：年老耳目闭塞，幸有报刊可看。这一回看得认真了，以至于忘了喝茶，因为看那条关于强征农田的消息，茶水都凉了。茶水是"冷"了，但更冷的是作者之心。说"尝夸百代行秦政"，而这种侵犯农民利益的事在封建社会却是屡见不鲜；说"却咏三唐感杜哀"，而杜甫复生恐怕也"无语"了。诗人欲问"安良何计"，却只有"苍茫独立"，何谓也？旧注杜甫"苍茫"引赵（殿臣）云："在景物荒寂言之也。"其实这只是一种心理感受，犹如李白说"拔剑四顾心茫然"，一种四处荒寒，看不到具体的敌人，只是茫然一片烟雾。鲁迅在《野草》中说，战士举起了投枪，但是，看不见敌人，四周所见，是一式的点头。说到这里可知，此诗其实是在呼吁：在我们的这块土地上，这种戏剧不可再重复上演了！

庚寅冬月有感通货膨胀

迟暮深知世事难，登楼犹为望乡关。
富豪日赌金千万，贫户时愁菜一盘。
忆国史曾无数泪，哀民生尚此多艰。
年光涨价声中度，冬至旋将小大寒。①

【注解】①庚寅冬月，即 2010 年农历十一月，当月十七日为冬至节令。

【笺评】

高峰：看到这首诗，不禁想发点感慨。作者是一位到龄荣退的有相当级别的高干，国家的待遇、社会的声誉、家庭的生活都很好，无论是"富豪日赌金千万"的奢糜，还是"贫户时愁菜一盘"的贫寒，干翁底事？看看人家欧阳修，没事了带一帮人临溪而渔，酿泉为酒，觥筹交错，众宾喧欢。"苍颜白发，颓然乎其间者，太守醉也……太守归而宾客从也……人知从太守游而乐，而不知太守之乐其乐也。醉能同其乐，醒能述以文者，太守也。太守谓谁？庐陵欧阳修也。"我说：太守所述之文者何？游山玩水、潇洒痛快、不关民瘼、洋洋自得之《醉翁亭记》也。按寓真先生的声望、交游和才学功底，经常联络上一帮老少朋友打打猎、游游泳甚至玩玩高尔夫，回来再写一些文笔很美的打猎记趣、游泳记爽之类的寄情遣性、你唱我酬之闲适诗文，都是不成问题的。何苦要端坐案头，"忆国史曾无数泪"；还要俯首乡关，"哀生民尚此多艰"呢？无奈寓真先生还只能是寓真先生。他少年时代从太行深处的小山村一路走来，读万卷书，行万里路，社会的变迁，人间的冷暖，都在考问着他、历练着他、坚定着他，也塑造着他。既然国史已经读了进去，那他将会继续"读"下去；既然离别已久的"乡关"没有从他心头消失，那他也必然会一如既往地"望"下去；既然"涨价声中"的确有人"时愁菜一盘"，那他就消解不掉很不潇洒的心头"杜哀"；既然"年光"不会跳着流淌，那他就有理由担忧，"涨价声中""时愁菜一盘"的人家，"冬至"过后，该怎样应对接踵而至的"小大寒"呢？年光，年光！年光催人老，但年光不欺人。杜哀，杜哀！杜哀是忧伤的，但洒向人间的都是爱。年光的无情，照白了人们的头发，这使有些人变得颓唐，趋向及时行乐。而年光的丰富复杂内涵，也使一些人加深了"杜哀"，深感时不我待。读寓真先生近作，不知为何，诗中"年光"与"杜哀"这两个似乎并无必然联系的词，一直在我脑海里萦回。

介然叟曰：诗人多情，而情在乡国。越老（迟暮），经历的事越多，越觉得"世事难"。"富豪"与"贫户"之间似乎永远也不能平衡。读国史而泪流，哀民生之多艰，这牢骚屈原早就发过了："长太息以掩涕兮，哀民生之多艰！"所以，顿觉屈原这诗仿佛刚刚脱稿。

重九回乡夜看电视恰演包剧

回乡情怯又秋寒，感愧何言獬豸冠。①
权贵天生藐法治，读书千万莫为官。
忠勤乔任连三届，干扰横加每两难。
谢职重观铡美案，不由心泪涌悲酸。

【注解】①《后汉书·舆服志》：“法冠，一曰柱后……执法者服之……或谓之獬豸冠。獬豸，神羊，能别曲直。楚王尝获之，故以为冠。”《异物志》曰：“东北荒中有兽名獬豸，一角，性忠，见人斗则触不直者；闻人论，则咋不正者。楚执法者所服也。今冠两角，非豸也。”

【笺评】

罗连双：如果按照白居易的诗歌分类，寓真此作兼有讽喻和感伤。对权贵的“藐法治”和“干扰横加”予以讽刺，对自身的“两难”深以为憾。白居易虽以刑部尚书致仕，但他实任刑部侍郎仅一年多便辞谢。而寓真的大法官却连任三届，个中悲酸，外人难知。我读寓真诗，常常想到白居易，不仅两人是同等官职，而且在诗歌方面有共同的思想和风格。他们都强调诗的政治性，“文章合为时而著，歌诗合为事而作”，这是白居易的名言，他以“新乐府”和“秦中吟”等组诗直面现实，鞭挞丑恶，在诗史上谱写了重要篇章。寓真诗集中，从众多侧面批判了当今腐败。他们均高举批判现实主义旗帜，在诗歌风格上，皆能雅俗共赏，以通俗为尚。用清代赵翼之言，他们作诗“快如并剪，锐如昆刀，无不达之隐，无稍晦之词。工夫又锻炼至洁，看似平易，其实精纯”。中唐时代，白居易为首的通俗派与韩愈为首的奇警派曾双峰并峙，千年之下，通俗派读者更多，地位更高。北宋江西诗派追求尖新生涩，到南宋便被陆游、杨万里等弃置。从诗史来看，通俗浅近是正道。寓真常以现代语汇入诗，通俗、新鲜、雅致，获得了较高成就。

介然曳日：这一次回乡，心情复杂：既怯又寒，既感动又惭愧。原因就在于自己身为一省最高的执法官，卸任后，回想所历（中间两联），感慨多多。有的高官权贵藐视法治，当然也就藐视法官，那是有封建观念传统的。在封建社会里，法和法官从来就是政治和各级各类主官的附庸。用不用法，如何用法，都以政治经济利害为标准。有些高官权贵的封建官制观念非常浓厚，在他们那里，永远不可能有真正的法治观念。他们对司法横加干扰，使法官常常陷入两难境地……在观看《铡美案》时，剧情与作者沉重的经历相碰撞，不由得"心泪"潮涌，浮现万千悲酸。正因为如此，才发出这样的浩叹：读书千万莫为官！（京剧《铡美案》包拯唱词："教子南学把书念，千万读书你莫做官。"）

此诗五十六个字，是寓真不可言状的"心事"和"心史"。

谒元好问墓并野史亭

野冢孤亭觅莽丛，苍苍古树傲西风。
诗魂铸就千秋史，笔力铿然一代雄。
莫道人心随势异，愿能气味与君同。
抚碑环视烟霏处，正待天霜染叶红。

【笺评】

罗连双：格律诗讲结构，结构也称作章法。诗到元朝，因为已有唐宋两代的丰富实践，经验积累得多了，讲诗法的书也就多了起来。在元朝的大诗人中，署名范梈的《木天禁语》和《诗学禁脔》，对律诗的多种结构进行研究，虽然有功于学诗者，但由于分类过细，反而使人难以掌握。倒是另一位大诗人杨载，总结为起承转合四字，人们记得往，用得上。寓真这首七律，是起承转合的典范，景起，事承，志转，情景合。第一联"野冢孤亭觅莽丛，苍苍古树傲西风"，是眼见为实,完全写景,人眼为冢、亭、草、树、风等五象,高度概括了所示对象之形貌,以莽、苍、傲等字眼托出雄浑之势。第二联怎么承呢?由眼见转向心想,这是非常自然的承接法。想到什么呢?"诗魂铸就千秋史,笔力铿然一代雄",想到了元好问的功绩和地位。元好问著作既存诗,也存史,无愧"千秋史";他的诗比肩陆游,他的词追步苏轼,无愧"一代雄"。这样概括元好问非常准确。第三联转到自己,抒怀言志,"莫道人心随势异,愿能气味与君同",不愿与世浮沉,要像元好问那样在文化事业上有所作为。第四联合得也很到位,"抚碑环视烟霏处",回到第一联,合到景上;"正待天霜染叶红",回到元好问和自身,合到情志上,呈现出一片浑厚苍劲、积极向上的境界。

介然叟曰:首联写景,然景物中含有无限悲凉、无限仰慕之情。"野""孤"已然见得一代伟人身后的凄清;"莽丛"而须"觅",更增加了"野冢"之"野","孤亭"之"孤"。当代人对历史文化的冷漠,于此可见。承句一转,那苍劲的古树正傲然挺立于西风之中,此正比喻元好问在古代文化领域的地位,他那伟大的成就,是任何凌厉的寒风都不能使之凋谢的。颔联从"诗"与"笔"两方面正说其成就。颈联言作者不会随波逐流,希望能够与之同气相求——此作者"尚友古之人"也。想遗山有知,定然感到大慰。尾联又回到周遭景色:"抚碑",心之所寄也;"烟霏处",景色深远,思之所在也;"待染",志之所归也。范仲淹曰:"微斯人,吾谁与归?"然则回望首联,"野冢"不野,"孤亭"不孤矣。

南行归来染病

登览何求轩冕荣，游归劳顿又疴萦。
气温零下十五度，麻雀去来三两声。
满院风霜寒瑟瑟，几枝松竹尚菁菁。
衰漓惟有增信念，静待冬残春意生。

【笺评】

罗连双：这首作品从思想内容看,在病痛中,在寒冬里,保持松竹情怀,积极顽强,乐观向上,是足可称道的。从艺术形式看,两联对仗也能引发我们的深入思考。关于对仗,诗界有不同看法。有人认为工对好,精致优美;有人认为宽对好,灵动活气;还有人主张在律诗的两联对仗中,一工一宽。确实,过分求工,难免拘谨呆板;一味放宽,难免粗疏松散;在二者之间寻求一个适度,可能造就中和之美。寓真这首七律,颔联对仗为宽,颈联对仗为工,就在有意无意之间趋向中和。"气温零下十五度",完全是当代语,古汉语中绝对无有,而且是大白话,单读这一句,不是诗家语;然而,与下句的"麻雀去来三两声"配成一对,便觉鲜活。"十五度"与"三两声"可以分解成单字对,饶有趣味。这一联之趣味,还在于出句是拗句("十五度"三仄声),下句第五字"三"是平声,作了"拗救"。"麻雀去来三两声"的"三"字,两用于"拗救":一是救本句,免孤平;三是救上句,颈联便完全合律,用字巧也。

介然叟曰：细味本诗,乃写病中之"趣"也。首联说旅游的心情,并非为了享受一下高官的待遇,言下之意是"一生好作名山游"而已,但旅途劳顿又染了病。颔联言冷和静,静中的趣味就在于那两三只麻雀的叫声中。那声音忽大忽小、忽高忽下,知其来来去去也。不是很可爱吗？听风声吹霜,知寒气瑟瑟;料想东墙几竿绿竹,西墙一棵青松,定然依旧翠翠的。不是很可亲吗？就这样,细细地听,朦胧地想,让愉悦充满心扉,让身体自己慢慢地恢复元气。其趣何如？陶行知说:"生活,就是生动地活着。"如何才能"生动"？那就得有一种"生趣",即发现生活中的乐趣。于是生出尾联,不管如何"衰漓",都要在趣味中生出信念——春天一定会来的。

七十二岁初度

老眼雾中聊看花,晚登笑对夕阳斜。
脱身犹自观沧海,痛饮焉能语井蛙。
听戏长嗟失空斩,作文曾慕鲁茅巴。
何须岁月悲虚度,小院霜枫满树霞。

【笺评】

罗连双:作品抒写"老骥情怀",以乐观豪迈之情感染人,鼓舞人。首联"笑对夕阳斜",使人想起了叶剑英元帅的"老夫喜作黄昏颂,满目青山夕照明",雄心壮志依然在怀。颔联暗用两典,一是曹操的"东临碣石,以观沧海",一是《庄子·秋水》:"井蛙不可以语于海者,拘于虚也",承接首联自然妥贴,使人联想到曹公的"老骥伏枥,志在千里"。颈联转到作者的文化生活,听戏,《失街亭·空城计·斩马谡》,感叹诸葛亮"出师未捷身先死,长使英雄泪满襟";作文,仿效鲁迅、茅盾、巴金,三位文学大师都创作了关注社会、直面世事的好作品。听,值得听;慕,应当慕。尾联"霜枫满树霞",回应了首联的"老眼看花"和"笑对夕阳斜",合得工稳。因此,这首七律,思想内容,积极健康;艺术形式,中规中矩,是一次十分成功的创作。

介然叟曰:首联言老而不衰:雾中看花,自有其美;笑对夕阳,一样灿烂。中间两联说退休后的生活:观海、痛饮,不失豪情壮志;听戏、作文,也都追求极致。尾联自乐:岁月不曾虚度,霜枫满树红霞。没有通常的叹老嗟卑,更没有庸人的得过且过。

借曹公诗以赞寓真:养怡之福,可得永年。幸甚至哉,歌以咏志!

登　楼

乾坤无限耀三光,　自信人生岁月长。
犹记少年为冠领,　任教才气显华章。
疏狂曾慕东山卧,　咏谑还倾北海觞。①
忽见凤巢栖噪雀,　楼头登望正苍茫。

【注解】①咏谑,吟咏谈笑。《世说新语·容止》:"公徐云:'诸君少住,老子于此处兴复不浅。'因便据胡床与诸人咏谑,竟坐甚得任乐。"

【笺评】

罗连双:这是一首抚今追昔,感事抒怀的作品。首联,"耀"三光(日月星),"岁月长"(毛泽东语:"自信人生二百年"),充满了乐观自信。颔联,承接上联,为什么自信?因为从小就有才气,为冠为领。颈联,以两位历史名人自比自励:东山再起的谢安与负才使气的孔融。唐代李邕与汉末孔融都曾在北海为官,后来都被称作北海,这里当指孔融。孔融爱才乐酒,失势后常叹曰:"坐上客常满,樽中酒不空",因此留下了"北海樽"和"北海饮"的典故。尾联是这首诗的核心所在,雀占凤巢,从古至今皆为普遍现象,因而才高者不禁一叹再叹。

现在创作律诗用典与否均可,但在民国初期,律诗是强调用典的,用典曾与押韵、平仄、对仗同等重要。用典可引发联想,扩张诗的空间,适当的用典当然是上乘之举。文史知识广博的专家相互之间唱和,用些生僻典故,也能自得其乐。但就广大诗词爱好者来说,生僻典故使人不知所云,不如不用。因此用典美在适度,正如寓真此诗。

介然叟曰:首联以"乾坤无限"比"人生岁月",言自信也。颔联说少年时期才气纵横,冠领侪辈。颈联言少年"疏狂",拟仪谢安,"东山高卧时起来";再言北海,"吟笑犬豕视曹瞒",何其壮哉!尾联感时伤世,作者又效老杜"独立苍茫"矣。

赞曰:乾坤不老,三光永耀。谦曰疏狂,胸怀大道。雀栖凤巢,昊天不吊。登斯楼也,太息浩浩。

小满节令自京归来

闰四月初天趣知,柔风秀野澹晴波。
浑然观象长城岭,宛尔闻声清水河。
笔底闲文方写罢,心中杂事已无多。
花香草绿当盈院,边角馀畦种薄荷。

【笺评】

罗连双：作者由京返晋，走的是清代京城人士朝拜五台山的路径。长城岭，是五台县与河北阜平县的分界，清朝皇帝朝山，于长城岭下筑有行宫。清水河是由五台山的几条清泉汇集成的河流，一路婉转，最终奔向天津入海。首联是对初夏风物的概括性评论性总写，具有一定抽象性。颔联是客观具象，颈联是主观具象，尾联是前瞻，整体结构层次分明。法国结构主义美学家和文艺理论家罗兰·巴尔特指出：文学作品是阅读性成分和创造性成分的统一。阅读性成分是读者从作品正面接受的东西，创造性成分则在于读者的再生产，也即由读者去想象的东西。我们怎样去生产或想象呢？儒道佛同源合流，原本就是中国传统知识分子的主张，走在朝拜五台山的路上，心中不免升起佛家情怀。浑然观象，宛尔闻声，闲文写罢，杂事无多，可与花香草绿为伍，正好从五台的清水河边挖一丛薄荷，回去栽到自家院里，这种种闲适便是佛家境界。我们约略感觉到一位博览群书的高级官员在退出公职、摆脱烦事后的那种放下、淡薄、超然、优雅的情怀。

介然曩曰：这是一首"言趣"的诗。想来诗人在北京办完了一件大事，以后也就没啥重要的事情了。恰逢小满日，颇有象征意义。首联言闰四月初夏，有十分"天趣"——承句连用四个意象：柔风、秀野、晴日、澹波，以示"天趣"，并以示诗人十分愉悦的"兴趣"。颔联出句言登高观象，"浑然"，观其"广大无外"之乾象、坤势，眼界放而愈广，胸怀阔而至大；"宛尔"，察其"微细无内"之天籁、地韵，心感知于微秒之末，耳闻之于渊泉之下。长城岭蜿蜒天际，觉宇宙之无穷；清水河源流地表，知养怡可得永年。此言闲中登山临水所得之"理趣"。颈联照应首联，言心情愉悦的原因：计划内的写作任务已经完成,一身轻松;心无杂事,神驰物表。此时似乎把一生的负担,有形的、无形的,全部释放到那山水之中了。此言了却身心内外事的"生趣"。尾联言归去来的打算:家中庭院,莳弄花草,边角隙地,可植薄荷。最终归于"闲趣"。有此数"趣",诗才耐于琢磨,俗云"有嚼头",此之谓欤?

七月廿一日北京暴雨成灾

谁惜河山好画图,废耕湮水作欢娱。
官商代数低能者,田地几何高尔夫。
一旦狂霖天震怒,万顷浑浪祸须臾。
可哀黎庶丧生命,徒使衣冠萃帝都。

【笺评】

罗连双:此诗写于 2012 年,是直面现实,即事抒怀的一首佳作,写的是破坏自然生态,引发天灾人祸的一个情景。颔联用了代数、几何两个词,意味深长。"官商代数低能者",字面意思是那些官商勾结者,只醉心于牟谋私利,因此代数水平很低,算不清长远利益和眼前利益,盲目上项目,特别是高尔夫球场一类的娱乐设施,破坏了山水,破坏了生态,造成了长久的损害。隐含的意思我们可以理解为改革开放以来,官场贪腐愈烈,官员素质看来,也有不少低能者。"田地几何高尔夫",字面意思是千百年来自然和人工造就的农田一片一片颇似几何图形,但现在却作了高尔夫球场。隐含的意思我们可以理解为官场上有几多人等能高于平民百姓。这样，这一联就幽默巧妙，有了话外之音。中国美学，特别是中华诗词十分看重含蓄，此为极佳一例。

介然叟曰：《诗序》云"刺也"。"谁惜"，无人惜也。天天讲爱国，须知爱国不是一个空洞的概念，而是十分具体的表现：走路时把地上的塑料瓶捡起来，放到垃圾桶里；街边的花倒了，把它扶起来……援病助幼、怜贫恤老，与人为善、与物为善，才是真爱国。而一些口喊爱国，实则祸国者，却干着"废耕湮水"、圈良田做高尔夫球场的勾当，官商勾结，获利无算，然而其惨痛的后果却只有普通百姓来承担。

颔联用"代数"对"几何"，不但十分新鲜，也十分工稳，但已经完全不是字面的意义了。能够把新的学科词语如此灵活地用于旧体诗中，关键在于具备巧妙的才思。而结句的"衣冠"和"帝都"，又是用旧词语表现了全新的意蕴。厥旨渊放，忧其远而志其大；托兴遥深，言在此而意在彼。这既是厚实的古代文化修养的表现，又是古代诗文"透过一层"法的熟练运用。用作者的话来说，就是没有"昔年书读遍"的功夫，就不会有"诗意慰余生"的成就和乐趣（见于其所作《夜暗兼感白内障》一诗）。

闻哈尔滨塌桥作打油诗①

桥塌楼倾闻不暇，无端灾患到人家。
权中自有黄金屋，世上偏多豆腐渣。
好大喜功危岌岌，丧魂落魄乱麻麻。
悲夫传统沉沦久，腐败何曾彻底查。

【注解】①2012 年 8 月 24 日，哈尔滨一座通车不到一年的阳明滩大桥发生坍塌，造成四辆大货车坠桥及人员伤亡事故。

【笺评】

　　罗连双：这首诗以点带面，针砭了发展中的主要问题，那就是盲目追求高速度。GDP 的发明，是二十世纪世界经济活动中的一件大事，它对各国经济的总量评价和相互比较有了可能，因而许多国家都将这个指标置于首位，我国也不例外。重视 GDP 无可厚非，但一直追求 GDP 的高速增长却未必理智。这种模式在传统经济学中称作扩大再生产，那是要大批上项目的，一需要增加货币发行量，二需要人才和技术。纸币可以多印快发，人才和技术却非朝夕可以造就。这样，所上项目难免重复建设，也难免"豆腐渣"工程。上项目开工程，多数承包到个人，官商勾结从中渔利则势不可免，暴发户不断冒出，两级分化日益严重，再加上货币贬值，引发了社会广泛不满。一句"腐败何曾彻底查"，道出了当今社会第一心声。

　　介然叟曰：本诗之"髓"在一"权"字。当权者好大喜功，大搞"政绩"工程，又与大贾巨商相勾结，贪腐成风，桥塌楼倒事件一个接一个，是"权"给百姓带来了"无端灾患"。这种"权"是公权的私有化。诗中把"黄金屋"与"豆腐渣"作对照，突出了"权"的滥用。以"好大喜功"与"丧魂落魄"相对比,显示了滥施"权力"的因果。尾联的"悲夫"之叹,令人痛惜"淫权"使美好文明传统沉沦,而能够彻底清除腐败之"权"岂能不用,而应当加大反腐力度、深究彻查啊!

村 舍

村舍暑残时正佳, 晴风澹澹入窗纱。
友情浓郁汾阳酒, 诗味清新龙井茶。
山道行间逢野牧, 夕晖尽处访农家。
芼羹香溢晚餐桌, 兼食邻人自种瓜。

【笺评】

马斗全:2016 年寓真回太行故里,携同中镇诗友一道消夏时,写有数首七绝,合为《山中组诗》,《村舍》即其一。读此,即想到古人一些同类诗作如陆游《游山西村》,家常,亲切,令人爱读。笔者当时同在行道村舍山居,诗中"汾阳酒""龙井茶""逢野牧""访农家",以及晚餐与瓜,皆实记其事其情,手法亦近乎白描,不过古人所谓眼前景与心中语。然此景此语,所抒山居优游之情,给读者以完美享受,百读不厌。观今人一些诗句,一味追求巧妙而空洞无物,让人不知所云,于古法相去甚远。寓真先生此乃大巧,所谓大巧若拙。

介然叟曰:前两联极清雅:语雅,事亦雅。后两联则在极雅语中有极俗语和极俗事:"芼羹",芼,首见于《诗经·周南·关雎》:"参差荇菜,左右芼之。"羹,顾炎武《左传杜解补正》:"《尔雅》:'肉谓之羹。'"(羹,在先秦是指带汤汁的肉,后来则专指汤。)芼羹,最早见于《礼记内则》。"苇乃为菜,用菜杂肉为羹也。"(宋卫湜《礼记集说卷六十九》)看看,是不是极雅?然而,紧接"苇羹"的"晚餐桌",是现在极俗的俗话;结句"自种瓜",又是俗语。所以,我倒觉得寓真的诗语是雅俗融和,这种融和恰到好处,就像《世说新语》所记晋宋间人的对话那样,雅则见庙堂之美,俗则有家居之趣。当代人写旧体诗能做到这一点的,其尟其尟。

吟　坛

吟坛正是子云亭,坐见青山诗自成。
幽境始闻天地语,旷怀可贯古今情。
鸡声嘹亮连朝雨,星斗阑珊忽夜晴。
已扫闲庭陈衽席,还将樽酒叙前盟。

【笺评】

马斗全:《山中组诗》之一。题之"吟坛",非谓诗坛、诗词界,而指名为"行道村舍·中镇吟坛"的中镇诗社在太行山的活动场所,乃作者重修祖居而成,故有尾联之谓。中二联抒怀、状景,情景交融,甚佳,而予更爱首联。振起全诗之"坐见青山诗自成",语浅而神远,看似自然、寻常,然寻常诗人不能道也。

介然曳曰:本诗言"吟坛"的"雅趣"。首联"子云亭",盖以刘禹锡《陋室铭》结尾"何陋之有"为言,以喻吟坛是个高雅的去处。下句"坐见青山诗自成",是对"子云亭"的解释,正所谓"雅人深致"也。颔联再申言其"雅":所谓"幽境",即刘郎"无丝竹之乱耳,无案牍之劳形"者也。何谓"天地语"？以自然造化言之，盖所谓"天籁"也。以友朋聚会言之，正所谓"谈笑有鸿儒，往来无白丁"矣。心胸旷达，情怀高迈；视通万里，融汇古今。其雅兴何如！颈联出句言夜连朝，令人不禁想起"风雨如晦，鸡鸣不已。既见君子，云胡不喜"（《诗经·郑风·风雨》），"雅"在其中矣；对句言平明时分忽然雨霁天晴，但见满天星斗已"阑珊"，星空净虑，清气澄怀，更觉清雅无限。尾联言期待"雅集"，高朋来聚，诗酒欢叙，令人向往不已矣。在满世界崇拜"阿堵物"的时候，有"吟坛"聚雅，洵可贵也。

大　雨

村居但愿养心闲，暴雨忽惊消夏湾。
阵阵狂飙横大野，重重寒雾掩群山。
舟帆辕马阻行处，天柱地维摇坠间。
竟夜无眠频起望，几时日月破云还。

【笺评】

马斗全：此亦《山中组诗》之一。一"闲"一"惊"，所谓兴起。中二联甚好，足见其"惊"，尤其"舟帆辕马阻行处，天柱地维摇坠间"，极见气势，读之击节。尾联盼晴，实又归至"闲"。颇有章法，句又皆好，堪为学诗者法。

介然叟曰：咏大雨，类似古之咏物诗。首联言欲闲而遇惊，言雨之大且暴。"横"字，见其横扫的狂野；"掩"字，见得水气的广漠。颈联言洪水之凶猛，阻绝交通，天地"摇坠"，使人"意夺神骇，心折骨惊"。尾联遂至夜不能寐，盼望天晴，回应首联，由惊而愁，侧写大雨之淫且长。除颔联直写狂飙和寒雾外，余皆侧写，此亦借鉴古诗状物之法也。然尾联"频起望"，似有所寄，其在读之者之用心耳。

雨夜怀旧

雨夜深沉赋子虚，渔灯明灭忆江湖。

关山跋涉披霜老，战场归来荷戟孤。

曾未惜身何患有，但能忘我百忧无。

清魂寄托寻幽旷，信有辋川如画图。①

【注解】①清魂：原出扬雄《甘泉赋》："惟夫所以澄心清魂，储精垂思。"颜师古曰："言絜精以待异神降福。""清"，这里用作形容词，是指自己精神清白洁净。幽旷：清幽宽阔之地。陆云《陆士龙集》卷九《与陆典书》："亡灵处彼黄塘，幽旷在远之忆。"唐崔护《郡斋三月下旬作》："春事日已歇，池塘旷幽寻。"杜甫《咏怀》二首其二："皦皦幽旷心，拳拳异平素。"《辋川图》原是王维所作名画。辋川在今陕西蓝田，王维并有《辋川别业》《辋川闲居》等到诗作传世。

【笺评】

马斗全：古来诗词，惟感深方能出佳作，此诗意深沉而通首皆佳，予尤爱"关山跋涉披霜老，战场归来荷戟孤"一联，堪称名句。一位辛苦跋涉积极奋斗的战士，老来回顾一生，感何多也。此等诗，读后方能给人以启发与思考，愈咀嚼愈觉韵味无穷。

介然叟曰：看题目"怀旧"，似乎是一首怀念旧友的诗，但仔细读来，却是一首自我怀念既往经历的诗。首联言雨夜赋诗忆旧，一生经历最终都归于"子虚乌有"（见司马相如《子虚赋》）。眼前只有渔灯在风中明灭闪烁，言下无限伤怀。数说，是人们怀旧的常态，中间两联即数说自我一生的经历和性格。他有如跋涉关山的老将，历尽艰辛（"披霜"），令人想起范仲淹的名句："羌管悠悠霜满地，人不寐，将军白发征夫泪。"但是，即便战地归来，也没有放下他的责任，依然"荷戟"自守（戟，亦可作自防自律的道德规范和法规纪律解），然而却是孤独的。"孤"，是一种心境，就个人坚持一种不同流合污的操守而言，更是一种境界。颈联写他无私的献身精神："何患有"，连性命都置之度外，还有什么患得患失的一己私忧？这种忘我的豪迈胸怀，品格自在其中。尾联言在生命的最后一段光阴，想去寻找那块寄托他"清魂"的所在，相信会有像辋川一般优美如画、清幽开阔的地方。颔联和颈联气韵沉雄，不禁想起王维的《老将行》："一剑曾当百万师，汉兵奋迅如霹雳。""自从弃置便衰朽，世事蹉跎成白首。"尾联"幽旷"，写其居所环境，更在于写其品格胸襟。

访　山

别来无恙问青山，莫笑吾今已老颜。
久味世情全淡漠，复观天象大循环。
流烟飘雨风何疾，援石攀松人欲闲。
携薄尘缘无俗事，优游与尔共云间。

【笺评】

介然叟曰：诗人之于山，有一种不可名状的情怀。盖生于山，长于山，看山，赏山，游山，乐山，心与山通，情与山共，生命与山同其终始。自"出山"之后，虽想山、忆山、眷山、写山、梦山、咏山，终究是世事匆匆，不曾全身心地投入山之怀抱，从容地与山对话。这一回告别了俗务，可与山推心置腹矣。

首联先问候一句，再道歉一句。"莫笑"，有两层意思：一者，非复青春仍倜傥，恋山依旧如红颜；二者，人间不是无存处，长往云霞度晚年。以下三联是对山敞开肺腑之言。

颔联说经历太久，了知世俗情缘淡漠；观察天象可知，"天下"又一轮大循环开始了。所谓"大循环"者，何谓也？须看中国史，须看世界史，须看人类史，便知端的。味人情世道，可叹；观天象事变，堪惊。此可与山诉说，难与俗人言也。

颈联言因"风疾"而流烟飘雨，其烟流而肆，其雨飘而暴，或令人不知何以为人，物不知何以为物，直是人间梦魇，感切觚哉之叹。今我来兮，固已悬车赋闲：援石而石援之以灵窍，攀松而松攀之以秀枝。此情与石同其坚，此性与松共其寒。

尾联与山商量：我今尘缘已疏远，心无求于利禄；俗事尽退，身无视于荣名。这便与你朝夕共处，优游于云起霞飞之间，可乎哉？其可乎哉！

赞曰：品月贞松，尽瘁功成。身退丘壑，水约山盟。

前　身

前身恍惚岂容窥，诗魄诗魂乃我师。

流放夜郎缘一姓，飘蓬琼海未同时。

仰天大笑烹鸡酒，冠绝平生啖荔枝。①

千古情怀无别异，唐风宋韵至今宜。

【注解】①李白《南陵别儿童入京》："白酒新熟山中归，黄鸡啄黍秋正肥。呼童烹鸡酌白酒，儿女歌笑牵人衣。高歌取醉欲自慰，起舞落日争光辉。游说万乘苦不早，著鞭跨马涉远道。会稽愚妇轻买臣，余亦辞家西入秦。仰天大笑出门去，我辈岂是蓬蒿人。"苏轼《六月二十日夜渡海》："九死南荒吾不恨，兹游奇绝冠平生。"又，《食荔枝二首·其二》："罗浮山下四时春，卢橘杨梅次第新。日啖荔枝三百颗，不辞长作岭南人。"

【笺评】

介然叟曰：所谓"前身"者，是谁都不能知晓的一个谜，但可以肯定的是，古代的诗魂诗魄决然就是"我师"。所谓"诗魂诗魄"，乃是指全部优秀的古代诗人和诗歌。具体地说，自己平生所仰慕的前代诗人，仿佛都是自己的"前身"。比如和"我"同姓的李白，也曾流放到蛮荒地带；苏轼，同样漂泊琼海，只是与我所处时代不同。泛开来说，从《诗经》而下，屈原以来，差不多每一个杰出的诗人，都被流放过，即使"身"不被流放，"心"也被边缘化。因为古今诗人都有独立的思想和高尚的人格，也都有同样的经历，其情怀（"魂魄"）也就毫无二致。

首联"恍惚"，模糊之词也，这才引出更其模糊的"诗魂诗魄"，

365

则"前身"殊难说清。"魂魄"乃一篇主旨所在。所举太白、东坡,不过是"诗魂诗魄"的代表而已;进一步说,唐风宋韵,也代指全部中国古代优秀诗歌的魂魄(精神)。尾联所总括的诗人"情怀",也就是诗之魂魄。

这首诗可以看作是诗人一生追求的总结。

赞曰:月照青莲,千里婵娟。诗魂诗魄,绝徼翩跹。

卷六

古风歌行十五首

海南行吟歌

南海之水碧于天，潮如白云汐如烟。长风破浪明月夜，直挂云帆渡极边。霞山雾港驻征骖，椰风蕉雨拂尘衫。巨蟒长蛇横古道，鹿蹄熊迹满苍岊。丛林密莽问路前，萍水相逢自有缘。野餐黎乡芒果寨，醉眠儋耳菠萝田。昌化江水自天来，遥见白练挂云台。绵绵渺渺七百里，妆饰人间何美哉。老城遗迹满苍苔，松山落照野猿哀。青涛渺渺家何望，乡愁化入万古埃。荒极难交天下才，平生怀抱向谁开。飘泊轻舟随风去，直把荒江当蓬莱。海头黎姑眼相猜，草笠半遮粉红腮。莫愁天涯无知己，崖上野花可为媒。开我蓬窗对岩岫，相看不厌两悠悠。海月边风消永夜，闲云野鹤忘春秋。足登草鞋环岛游，踏波涉浪不乘舟。雨泥山道难行处，荔林饱啖乐无忧。月照野山真静幽，朦胧之间化蝶周。苏子遗踪今尚在，诗篇传世足风流。

【笺评】

姚莫中：寓真诗集中，拟古部分所占比例偏小，却大大吸引了我。《海南行吟歌》等篇大气磅礴，动人心魄，冲口而出，情真意切，置之古名家集中，亦毫无愧色。殆亦作者的忧世、旷怀、处逆、惊遇之所致，不仅由于写作技巧之卓异。

介然叟曰：姚先生所论极确。本诗四十句，写毕业后分配海南那个特殊的环境中之所见、所闻、所遇、所游和所感,表现了寓真青年时期那段经历及其心境——看似写环境景色,其实在写人生的各种际遇:有平淡,有险巇,有梦想,有孤独,有臆想的艳遇,也有更多的苦闷……这与李白写《蜀道难》极其类似,但李白强调的是险巇,而寓真之路则丰富多彩。

全诗可分为五个段落:首段写乘船渡海,到了海南岛,立刻就被那里独特的景物锁住双眼:霞山雾港,椰风蕉雨。前几句算是初登海岛的表层印象,到第二段,则猛然间才看到海岛的真面目:蛮荒(巨蟒长蛇,鹿蹄熊迹,丛林密莽,人烟稀少),却也充满野趣(野餐芒果寨,醉卧菠萝田),壮观(江水似乎来自天上,瀑布恍若云间泻出),而倒有几分古雅(老城遗迹,落照猿哀)。第三段写孤独,如此这般,使作者陷入极度的孤独之中。第四段从"飘泊"句到"闲云"句,写苦中寻乐:荒江可以当作蓬莱仙境,黎族姑娘可以作为红颜知己;更有孤峭的岩岫相看不厌,海月边风相伴不倦。这真是闲云野鹤一般的生活啊!第五段更进一层作自慰自娱,即便是公差,足蹬草鞋环岛一行,胜似旅游。恍惚间还能做庄周化蝶之梦,醒来再看坡仙当年的遗迹,"我"也可以与之同其风流。

起得壮丽,结得悠长。

本诗的风格气度,姚先生已经说过的,不再重复。我体会到的审美效应,更在于人的生命历程中思想情感的多样性,正如自然界呈现的各种景象那样,并不是单一的:有疾雷风暴,也有风和日丽;有波澜山立的惊险,也有平如镜面的宁静;有惊涛裂岸的江河,也有淙淙潺潺的山溪;有莽莽苍苍的昆仑大野,也有峦峦峭峭的江南螺髻……而这种种复杂情境的变换和转折,在诗中表现得如此自然,迤逦而来,曲折圆转;逶逶迤迤,忽上忽下。读起来真正是酣畅淋漓,胸臆舒张。

　　题曰"行吟歌",既有屈子行吟泽畔之意,又有李白长句歌吟之慨,而这两位文化先哲的文化基因已经遗传在寓真的文化生命中,表现在他的诗歌创作过程中,最后凝结在其诗歌人生的作品中。"长风破浪""直持云帆""水自天来""落照猿哀""相看不厌"⋯⋯这些词语是《离骚》的元素,是《行路难》和《梦游天姥吟留别》的元素,如今复现在寓真诗中那迥然不同的情景中,产生了一种既熟悉又新颖的感受。这让我们看到了生生不息的文化生命之传承与创新的关系。循此而往,足可探索旧体诗如何在完全不同于古代文化土壤的环境中,养其根,长其干,开其花,结其果。

秋风歌

　　秋风起,秋熟香飘山村里。秋风吹,红枣打罢叶纷飞。秋风吹过崖岭阳,一片镰声收割忙。秋风吹过曲溪岸,洒落满溪秋收汗。妇姑摘棉腰弯断,男人担谷肩磨烂。儿童来送饭,堰上就风餐。争说年成好,苦辛一解颜。喷香新米粥,胜过酒肉筵。野芳吹面格外鲜,岂似都市充乌烟。秋风凉,黍饱豆圆场上扬。秋风紧,马急犁快如翻云。掬把泥土如握金,乡情民情润我心。

【笺评】

　　姚、汤选评:《秋风歌》这首杂言古风,为读者勾画出一幅农村生趣盎然的农家苦乐图。长杆打枣,粗手挥镰;妇姑摘棉,男人担谷;儿童赶路送饭,堰上临风就餐。秋风飒飒,谷香阵阵,繁忙而热烈,辛苦又欣慰。诗人笔至神随,读来赏心悦目,足见诗人对生活之熟悉及表现生活、驱遣文字的不凡笔力。句末"掬把泥土如握金,乡情民情润我心"两句,直抒胸臆,与民同喜同乐的抒情主人公的儒官形象跃然纸上。这类杂言古风,不必一韵到底,亦可随意转韵,若两行一韵则有点像民歌了。

介然叟曰:这是一首歌颂秋收、秋耕的诗,可分前后两部分。前一部分以"秋风起"和"秋风吹"为引子,歌唱收秋辛苦中的甘甜。第二部分以"秋风凉"和"秋风紧"为引子,歌唱秋粮上场和秋耕。全诗紧张、热烈,虽是"腰弯断""肩磨烂",但"年成好""一解颜",把"新米粥"和"酒肉筵"、"野芳吹面"与"都市乌烟"相比较,古朴自然的野趣呼之欲出。第二部分较短,只用一句说"打场"中的最后一个步骤"扬场",前加"黍饱豆圆",写足丰收气象。然后以"秋风紧"造成秋耕的紧张气氛,"马急犁快",与"秋风紧"照应;"如翻云",那被犁铧犁开的泥土,像云一样翻卷着铺向犁沟两边。以"掬把泥土如握金,乡情民情润我心"两句作结,此"写心"之句也,何等亲切,何等自然!

地震歌

七月初一昏沉夜,天摇地撼崩山河。燕山噩梦未及醒,唐山毁灭于顷俄。楼倾城圮坠渊穴,地裂岩喷卷漩涡。嚎啕一片瓦砾里,苍生廿万归阎罗。暴雨三日更助虐,妇孺啼泪齐滂沱。哭我人类千千世,历尽劫难万万多。离乱频仍少靖定，短暂欢笑又悲歌。地大物博隐忧患，陵高谷深藏邪魔。曾闻桑田成沧海，甫见都市埋沙坡。荒年粟帛朽府库，多少饿莩横野阿。①总是天灾与人祸，不遭瘟疫遭干戈。征伐不断人相戮，尸积如山血涌波。一旦强暴无法治，凌弱只当拍飞蛾。生灵涂炭岂有罪，天地不仁愈刑苛。②古史悠悠且莫道，来日漫漫将奈何。我对上苍高呼吁，救民水火莫蹉跎。凯风时雨滋阡陌，人间十月纳嘉禾。③科学民主旗高举，平治天下永泰和。

【注解】①粟帛朽府库：《汉书·贾捐之传》："元狩六年，太仓之粟红腐而不可食，都内之钱贯朽而不可校。"其后，历代言其国家昌盛者皆袭用其辞。然而，民间却往往是路有饿莩。杜甫诗云："朱门酒肉臭，路有冻死骨。"②天地不仁：《老子》云："天地不仁，以万物为刍狗。"③十月纳禾稼：见《诗经·豳风·七月》《郑笺》云："纳，内也。治于场而内之囷仓也。"即把秋收后的粮食储藏到粮仓内。这里象征民生安定，民权有属。

【笺评】

姚、汤选评：这是一首七言古风。诗人对无法逆转的地震所造成灾难与生态环境的人为破坏而带来的袭扰，表现出强烈的忧患意识，对饱受天灾人祸的人民寄予深切的同情。读此诗，使人不由想起诗圣杜甫的《茅屋为秋风所破歌》。《地震歌》是一首颇具人民性的诗。开篇切入正题，描写当年可怖的唐山大地震以及所造成的凄惨景象，共十句，均有表现力：高楼倾覆，岩浆喷涌，一片瓦砾，万人号啕,暴雨助虐,生灵归西——白描出唐山这场地震灾难所造成的惨不忍睹的画面。诗人以此为铺垫,接下来对世人遭遇不幸的抒写议论也就顺理而成章了。这首七言古风一韵到底,是否有点"作茧自缚"?古风允许换韵。一般四句一转,此篇一韵到底,情愿"戴着镣铐跳舞",而且跳得如此洒脱自如,殊堪称道。寓真不仅近体诗写得好,小令、中长调词做得好,古风也做得好,足见诗人对中国古典诗词修养之全面。

　　介然叟曰:一篇"地震歌",实则一篇探求地震之元之歌。前四句言听到毁灭性地震,接下来六句直接写地震的惨烈。然后"哭我"以下四句,写"人类"千万年来的灾难不断,非止唐山地震而已。劫难之多,不外是天灾和人祸:"天地不仁,以万物为刍狗;圣人不仁,以百姓为刍狗。"老子一言以蔽之矣。历来遭遇"不仁"的情况太多太多了。《尚书·太甲中》:"天作孽犹可违,自作孽不可逭(huàn)。"传曰:"孽,灾;逭,逃也。言天灾可避,自作灾不可逃。"正是"一旦强暴无法治,凌弱只当拍飞蛾"!作者痛心疾首地呼吁"上苍":"救民水火莫蹉跎"!《尚书·泰誓(中)》:"天视自我民视,天听自我民听。"寓真热切地盼望"听于民""视于民"的传统能够再现,可得"凯风时雨滋阡陌,人间十月纳嘉禾"的安宁静好的岁月;扬传统之精华,弃前古之糟粕,提出响彻宇内的呼唤:"科学民主旗高举,平治天下永泰和。"

丙辰中秋咏

昔年乱云遮玉盘，今宵碧空舞婵娟。金樽共举酒卖尽，都为京中佳讯传。相邀谈笑宴平乐，①胜似乘风游月边。素为琐事各缠束，此时一刻值金千。同学当年钟鼓楼，每论时事家国忧。十年离乱庆安定，兴来尽可放歌喉。简席便肴酒满斟，篱边坐花一散襟。终身不渝为契友，纯洁无瑕是童心。世事纷纷话流年，亦哂亦叹忆艰难。从来人间无直路，抖落征尘放眼观。少年意气固难平，还为写诗苦经营。荣辱身外无多虑，李杜当时亦飘零。负累沉重须爱身，地位低微更自珍。樽酒车书好作伴，气厚神全病回春。国家励精图治日，书生竭忠尽智时。虚度韶华诚堪惜，催鞭追失未为迟。酒过数巡肠中热，谈笑风生面颜酡。举头欲邀蟾华舞，挥毫醉写浪漫歌。满地琼瑶不忍踏，睡城朦胧不忍惊。街头辞别言难尽，玉兔有情共送行。

【注解】①宴平乐：李白《将进酒》："陈王昔时宴平乐，斗酒十千恣欢谑。"注曰：曹子建封陈王，为《名都篇》曰："归来宴平乐，美酒斗十千。"平乐，观名。《后汉书》李贤注曰："平乐观，在洛阳城西。"

【笺评】

介然叟曰：这是1976年的中秋节，作者喜庆"文革"结束，与同窗聚饮抒怀之作。本诗共四十句，换韵九次，除开头八句一韵外，以下皆四句一韵，一韵一层意思。平时各自被工作和家务琐事缠身，难得一聚,这一聚非比寻常。既然是终身契友,那就无拘无束,无所不谈。除了国家大事,就是各自的平生志趣、工作、爱好、家庭、身体等等,有艰辛,有欢乐,有感慨,有叹息,有伤感,也有无奈……对于在座的每一个人都要写到,每一种感受都要照顾到,还要不失聚会整体的欢庆氛围,这是本诗的难下笔处,也是本诗频繁换韵的原因。

诗以中秋"碧空舞婵娟"开始,以"玉兔共送行"结束,象征同窗同志关系的圆满。中间实实在在、满满的都是契友之情——郑玄说"同窗为朋,同志为友",既是同窗又是契友,在十年动乱刚刚结束的时代,已属难得。寓真以长诗记录了这份人人向往的"朋友"之情,弥足珍贵。

频繁换韵与一韵到底,其难易殊难分说。要一韵表示一层意思,一韵表达一种情感,需要仔细地结构布局,孰先孰后,孰轻孰重,用什么韵表达什么样的情感,是高扬的,还是低沉的,是平缓的还是抑郁的,那是有讲究的。当然,这对于不同的作者和同一位作者处于不同的情景,对声韵的感受是不同的。比如,本诗两处用"庚青"韵,都有压抑、低沉之感,前者是互相安慰,后者是无言的送行。可能寓真此时此刻的这种心情就适于用这个韵来表达。而一韵到底似乎选词造句难一些,但却少了一层一层的布置安排之功。加减乘除,此消彼长,殊难一例概之也。

我特别喜爱结尾的前两句:"满地琼瑶不忍踏,睡城朦胧不忍惊。"前一句是今夜的"婵娟","不忍踏"(这可能化用苏轼"莫教踏碎琼瑶"句意),诗人对美好事物的爱惜写到极致。后一句是对十年动乱后难得的静好时光的珍惜,更把一份仁心写到极致。而且两用"不忍",旧体诗中尟见,因为前人强调同一首诗里,特别是上下句尽量不要重复使用同一个词语，但这里实在不好换一个别的词语了，换了，就不能把作者的心情充分地表现出来。两个"不忍"，绝非无谓的重复，而是起到强调的作用。此诗人写心之妙也。

修整农田记

落叶满路时暮秋，驱车出城望平畴。父老世代勤垦辟，上党盆地沃如油。熨云镀霞初雨后，秋野漫赏胜春游。霜树耀眼飞黄紫，翠鸟入耳歌婉幽。寒流夜度太行东，漳河上下霜蒙蒙。星寒月冷天方曙，出征农田旌旗红。苍苍大野忽纷腾，晓霜化作热气冲。众人翻土列锄阵，独轮推山穿梭丛。农家待我如宾客，惭愧更念耕耘难。早午两饭送田间，瓜菜米粥就风餐。白月挂树收工迟，归途说笑暂忘疲。放情欲作陶公醉，并无肴蔬送酒卮。暝色山树影团团，松吟犹似诉辛酸。寒冷袭窗衾被薄，民情枕上梦未安。

【笺评】

介然叟曰：本诗写"文革"结束之初，作者还在晋东南地区工作时，机关干部下乡"支农"的经历。全诗二十八句，五次换韵，可按韵分作五段。

本诗善用对比法：前面对秋野的美，极其含蓄地点了两笔，读者期待着后面精彩的画面，但是没有，表面热烈的劳动场面掩盖不住贫穷的现实,写完劳动写吃饭,"瓜菜米粥",把贫穷写足。作者特意加了一句"农家待我如宾客",吃的却如此寒酸!美丽的秋景和热烈的场面与清冷寒酸相对比,令人大失所望,把贫困赤裸裸地显现出来。这是第一层对比。第二层对比是,用前面八句秋野景象和八句劳动场面,与后面作者心理"冷"和"寒"的感受形成又一个强烈对比,遂使冷者愈冷,寒者愈寒。这是大的对比,小的局部对比,如"苍苍大野忽纷腾,晓霜化作热气冲"的热烈,与"早午两饭送田间,瓜菜米粥就风餐"的冷清对比,"白月挂树收工迟,归途说笑暂忘疲"的轻松,与"放情欲作陶公醉,并无肴蔬送酒卮"的窘迫相对比……也都十分强烈。

　　本诗的语言与寓真其他作品一样,具有极大的含蓄性,有些话够你品味半天。比如"父老世代勤垦辟,上党盆地沃如油",这么好的传统,这么丰厚的资源,后代又如此勤苦劳作,早起晚睡地拼命,为什么就过得如此辛酸?为何连一口饱饭都吃不起呢?而这也正是诗人所谓"民情枕上梦未安"的原因。正如古贤对《诗经》的作者评论所言:"《诗》人,思深哉!"

秋夜述怀

　　白露秋分际, 陋室寒风袭。痹症似添重, 浅酌稍有益。古诗诵七言, 夜蚤鸣四壁, 目昏觉困倦, 忽念旧踪迹。北海雪景美, 昆明春波碧。假日克游心, 书馆览羣籍。饼干作午餐, 傍晚乃归息。每感国贫弱, 自信知识力。欲炼切玉剑, ①待取描龙笔。立志荐轩辕, 殚精在不惜。求索漫漫路，骤间起云雾。造反旌旗乱，停课学业误。名为再教育，分配远边戍。京国惆怅别，沧海从容渡。烈日黎山行，暴雨茅棚住。不虞久劳顿，竟至患疾痼。逸目多甘华，②羁心结愁绪。苍黄北归日，局促落身处。终得平纷乱，同庆开云宇。文兴笔方健，心畅病可愈。民意不可违，史轮不可逆。苏复乾坤壮，冰融澜涛激。梦里金鞭挥，③更将丹诚沥。中夜起遥望，天高繁星密。北斗正辉煌，④我心自安谧。

【注解】①《列子·汤问》："周穆王大征西戎，西戎献锟铻之剑（原注："昆吾，龙剑也。《河图》曰：'瀛州多积石，名昆吾，可为剑。'《尸子》云：'昆吾之剑可切玉。'"）其剑长尺有咫，炼钢赤刃，用之切玉，如切泥焉。"②逸目：犹纵目、放眼。李贺《昌谷集》卷三《春归昌谷》："逸目骈甘华，羁心如茶蓼。"盖言放眼看去，到处都是甘华（甜的和美的）成对，而自己的那颗被羁縻的心却是像茶蓼那样苦。作者此处直用李贺原句之意，表现了同样的心情。③金鞭：旧时多指富贵者或勇于建功立业者所有，此处当是作者梦中得到了金鞭，认为是一个征兆：他将踏上通达的道路，为国建功立业，如骏马配上了金鞭（寓真生于1942壬午年，属马）。高适《送李侍御赴安西》："行子对飞蓬，金鞭指铁骢。功名万里外，心事一杯中。虏障燕支北，秦城太白东。离魂莫惆怅，看取宝刀雄。"李白《流夜郎赠辛判官》亦有句云："夫子红颜我少年，章台走马着金鞭。文章献纳麒麟殿，歌舞淹留玳瑁筵。"④北斗：旧时诗文中多指国君或朝廷（中央政府），有如杜诗所云"北极朝廷"。《论语·为政》："子曰：'为政以德，譬如北辰，居其所而众星共之也。'"宋人邢昺疏曰:"《尔雅·释文》云:'北极谓之北辰。'郭璞曰:'北极,天之中,以正四时。然则极,中也。辰,时也。以其居天之中,故曰北极;以正四时,故曰北辰。'《汉书·天文志》曰:'北斗七星,所谓璇、玑、玉衡,以齐七政……斗为帝车,运于中央,临制四海,分阴阳,建四时,均五行,移节度,定诸纪,皆系于斗。'是众星共之也。"

【笺评】

介然叟曰:本诗共五十句,用入声韵(质、陌韵为主),中间换韵(遇、御、麌),结尾数句又转回到入声韵。用通韵、转韵是通常的古风作法,据王力先生研究,唐人用通韵的古风,"并不纯然取其韵宽,少受拘束,可能还有一种仿古的心理。"

本诗"诗眼"在"立志荐轩辕"(显然出自鲁迅《自题小像》),因此一句,全诗各层各句俱有所系。是那"荐轩辕"的不昧灵光,促使他勤于读书,也才支撑他渡过那场大劫难。所以,那一片"荐轩辕"的赤诚,是诗人永恒的精神动力。

叙事结构严谨,开头言"痹症似添重",结尾则说"心畅病可愈";前言"待取描龙笔",后面则说"文兴笔方健";前言"骤间起云雾",后面则说"同庆开云宇";前言"立志荐轩辕",后面则说"更将丹诚沥";前言"目昏觉困倦",后面则说"中夜起遥望"。古贤论文章结构所谓"前注后顾"之法,此诗有焉。最后以"北斗正辉煌,我心自安谧"作结,心志稳定,寄托深远,使"立志荐轩辕,殚精在不惜"这个人生主题得到了充分的体现。《诗》云:"靡不有初,鲜克有终。"《记》曰:"念终始。"诗人从少年到白头,用王勃的话说就是:"老当益壮,宁移白首之心;穷且益坚,不坠青云之志。"噫,人能如此,虽愚必明,虽弱必强,此足以为青少年者鉴矣。

茅屋歌

五指山苍莽，奔流昌化江。江水摇我桨，茅草盖我房。竹竿做梁柱，泥巴抹四墙。荆编矮门户，石支小藤床。欲睡蚊乱扰，如厕蛇不防。蜈蚣忽横地，蚂蚁自成行。壁破流冷气，檐低避炎阳。屋窄无贵客，行简少衣装。拉琴弓不展，进出头莫昂。接受再教育，个性宜掩藏。封锁旧书籍，回避谈文章。恋人弃我去，友朋尽杳茫。所喜邻竹树，暗比杜草堂。出门见云岫，举步迎野芳。溪水淌明月，草虫奏宫商。羁旅苦中乐，身心病后康。莫道茅屋陋，足可慰凄凉。家国逢离乱，何处得靖安。两派方休战，山河血未干。大政失纲纪，民生多辛酸。更有无辜者，尚在囚牢关。才能遭毁弃，忠耿辱腰弯。风尘飘飘际，容身处处难。我虽沧波里，尚有一叶船。飘泊愈偏远，反而稍安全。狂飙折大树，小草仍泰然。雷雨倾高厦，矮屋可安眠。赖此蓬门陋，陪我度乱年。事过似已久，回味有馀酣。忧劳能兴业，逸豫不可贪。艰辛既经历，粗粝食如甘。风波满世界，疾苦在民间。老杜遗篇诵，人生百虑宽。非忧己屋破，但愿天下欢。先哲照胸臆，永存一寸丹。

【笺评】

    朱先树：人生总不会是一帆风顺的，难得的是遭遇坎坷时，也能泰然处之。寓真在大学毕业之后，曾分配海南黎族山乡工作，条件艰苦，一呆就是多年，有不少诗就是写他这段时期的生活感受的。其中这首《茅屋歌》足可代表他那时的生活和感情经历，写得很真实具体，也很动情。读此诗的前半部分，足见其生活的艰辛窘迫，但他却能自寻心理平衡，比较动乱中许多人遭不幸，这就是最好的了。这种自慰是苦涩的，但也是真实的，可贵的是诗人能从中引发出这样的感怀："忧劳能兴业，逸豫不可贪。艰辛既经历，粗粝食如甘。风波满世界，疾苦在民间。老杜遗篇诵，人生百虑宽。非忧已屋破，但愿天下欢。先哲照胸臆，永存一寸丹。"这首诗题材内容以至艺术表达都有老杜遗风，这种经历对人生信念的坚定，的确起到了重要作用。

介然叟曰：本诗可按前后换韵，可视为前后两大部分（前为江、阳韵，后为寒、删、先、覃韵）。前部分是说自己的遭际，后部分是说个人与国家的关系。胸怀开阔，确有老杜遗风。前后两部分又分别可以分为几个小段落，一层一层逐渐展开，诗人讲述的逻辑清晰可见。

前一部分先说茅屋所在地，作者把昌化江和茅草都人格化了："江水摇我桨，茅草盖我房。"表现了作者和江水、茅草的亲近。然后用十四句写茅屋的简陋、草率、破败、狭小和低矮。再后说来到这里的原因：接受贫下中农的再教育。只因如此遭际，恋人和朋友都乘了黄鹤。接着一转，说自己的苦中作乐：近有竹树为邻，堪比杜甫草堂；远有云岫可观，野花随地播芳；溪流明月，虫鸣宫商。简直生活在无限诗意之中。这一部分叙述结于"莫道茅屋陋，足可慰凄凉"。王夫之所谓"以乐景写哀，以哀景写乐。一倍增其哀乐"，此之谓矣。当然，我们也可以看到作者年轻时旷达的一面。

　　下部分转韵,诗意亦变——由个人而念及国家天下。此乃诗人心胸所在,非常人所及。可分三层:从"家国逢离乱"到"容身处处难"为一层,叙家国不宁、乾坤流血、民生艰辛、才人毁弃,忠耿遭谤。从"我虽沧波里"到"陪我度乱年"为又一层。写自己在这次大劫中的"幸运",仍然是"自我安慰"式的苦中寻乐。最后十四句写自己经历了苦难,学会了苦中知足之道,前贤如杜甫是自己的榜样,他们那种为国为民的精神之光,照亮了"我"的心胸,使"我"丹心永存。

　　叙事诗与叙事文一样,不可一味平铺直叙,要有起伏,有波澜。这种起伏波澜不光是事件的曲折,更在于思想认识和情感的起伏——事件本身是苦的,然而苦中有乐;茅屋生活本身是不幸的,然而作者看到了也体会到了其中的幸运;平常人只能感受到自身的苦乐,但作者却从中看到了国家和百姓的困境;如此等等,足见诗人之心,实乃国人之心、天下人之心也。而在这些曲折起伏的变化中,让我们认识了诗人丰富的内心世界。

　　这种起伏还表现在平常语言与奇妙的诗语时时见于叙事中。"江水摇我桨,茅草盖我房",诗的开头,作者就把自己与江水、茅草融为一体,实则是把自己和那片土地、人民融为一体。这才能为后面的所感、所思打下最牢靠的基础。叶燮论诗强调诗人的胸襟,认为那是"诗之基"。看那段苦中所见之乐、以景抒情的诗句:"所喜邻竹树,暗比杜草堂。出门见云岫,举步迎野芳。溪水淌明月,草虫奏宫商。"情境交融,是"真凄凉"中的"真乐",切不可作简单化理解。(你看他时时处处想到的古人,就可知其胸怀志向的"起点"不凡,能够明白古代说"命"者所说"福祸自招"的道理。)其中"溪水淌明月,草虫奏宫商",简直是亘古新鲜。那个"淌"字,在诉诸视觉的同时，也诉诸听觉，怎么理解都是一幅绝美的有音乐伴奏的"溪水流月图"。试拿"明月松间照，清泉石上流"来比较一下看，不必强作轩轾，但一定是各有千秋。还有下部分的第二层中一系列的对比："偏"与"安""窄"与"鲜""大树"与"小草""高厦"与"矮屋"，令人大开眼界。何谓"知足"？何谓"旷达"？何谓"独善"？何谓"守拙"？何谓"藏真"？何谓"在愚"？读此诗当有所悟矣。

寒屋吟

朔风下高原，寒袭敝庐轩。老父身不适，幼女啼声喧。下班妻归晚，劳累更愁添。急忙生炉火，连夜制门帘。展书心难静，提笔目含酸。外界阅纷纭，内心愈孤单。惭愧飞难进，彷徨罢考研。①苟且本不忍，奈何家室牵。月冷天邃远，肠断向谁言。寄意荃不察，何计出篱藩。②听风待曙色，吟句聊失眠。少小不畏命，中年始信然。知音或可遇，取我旧琴弹。若遂删述志，垂辉映人间。③

【注解】①飞难进：用骆宾王《在狱咏蝉》"露重飞难进，风多响易沉"句意。连下句"罢考研"、"何计出篱藩"看，其心境真与骆宾王何其一致！②《离骚》："荃不察余之中情兮，反信谗而齐怒。"指楚国国君不理解屈原的做法和远大志向。鲁迅《自题小像》云："寄意寒星荃不察，我以我血荐轩辕。"③李白《古风》第一首："我志在删述，垂挥映千春。希圣如有作,绝笔于获麟。"删《诗》述《书》,本是孔子一生的伟大事业,寓真引用李白的诗句表其志向,是指能够从事继承古代文化传统的文学创作。

【笺评】

介然叟曰:这是一首述志诗,大约写于1978年冬。全诗二十八句,每四句一个转折,一共七层意思,六个转折。

"文革"结束后,中央第一个大举措就是恢复高考、恢复招收硕士研究生。这段经历是老五届又一次面对人生的选择。寓真有诗《放弃读研》有句曰:"忧心反侧尘氛扰,远志徘徊家室牵。"为家室所累而放弃读研者,岂止寓真一人!那是一段太酸楚、太窘迫的生活;是一种太寂寞、太孤苦的心境!上有衰病之父,下有待哺之女,夫妻都工作,更兼所有的繁而又烦的家务,每日是"两眼一睁,忙到五更",真是"展书心难静,提笔目含酸"!仰望苍天,无可告诉;冷月不解,寒星闪烁。正所谓"寄意荃不察,何计脱篱藩"。可贵的是,在如此艰涩酸辛中,没有磨灭那盏心灯灵明,始终坚守少年立下的初志——其人生之取境也高,且以夫子为准的;其终极目标也远,更以"删述"为己任。寓真今日之硕果,正缘当日之所砺也。后生者当有以鉴之矣。

一篇文、一首诗,其开头大不易也。王夫之所谓"开门见山",那"山"不宜过远,亦不可太近。过远,面貌模糊,半天缠绕不清;太近,遮蔽眼目,何以有腾挪之地?以"朔风下高原,寒袭敝庐轩"开头,则全篇所有的活动皆在这一寒彻骨、冷透心的舞台上展开,所有的情景都被蒙上一层"寒凉敝庐"的灰暗色彩,也就凸显了一代知识分子曾经的生活状态和精神状态。说"笔力"之轻重,谈"手笔"之大小,于此其庶几乎可见矣!

本诗前半部分重在叙事,后半部分重在抒情,间有议论。倘若分析本诗的叙事、议论、抒情,实在难于指陈哪句是叙,何者是议,又何者是抒情。大体说来,是叙事和议论中皆含其情。比如"老父身不适",是叙事语,然而却又是极沉痛之情语也。白天因夫妻都工作,把幼女托付给身体不适的老父照料,此情此景,能不痛心!"幼女啼声喧",是叙事,叙述其病痛在身的老父哄不好幼女的啼叫,则是始而烦躁,烦躁幼女之"啼"而且"喧",请注意,不是"哭",哭是带有情感的悲声,"啼喧",则是小孩子饥饿或要求抚慰的吵闹声;终而揪心——既悲惜老父之不堪其扰,又怜爱幼女之不得父母之爱,其中有非常复杂的情绪。没有生活经验,决然体会不到。

有的诗句是有暗喻作用的,如"知音或可遇,取我旧琴弹",一"或"字,是一种希望的不确定性;"旧琴",暗喻旧时立下的理想和志愿。尾句给自己许下高远的愿望:"若遂删述志,垂辉映人间。"在如此困境中发此大愿,此古人所谓"希仁""希圣"者也。暗含着曾子所倡:"士不可不弘毅,任重而道远——仁以为己任,不亦重乎?死而后已,不亦远乎?"

看 霞

艳阳下西山,灼灼火云燃。有若牡丹丽,或比玫瑰妍。游动锦鳞羽,飘浮水晶莲。衬着湖蓝底,镶作橙黄边。雪纱罩翠帔,彩罗换绣衫。橙红转墨绿,轻烟迭紫岚。长空何寥廓,变幻景千般。琳琅呈仙苑,浩瀚荡清澜。久囚斗室里，何曾极目观。事务常劳顿，难得此时闲。友人席地坐，天光映朱颜。相叙酣怀旧，仰云欲手攀。人生离或合，道途顺与艰。宠辱皆须忘，心灵一超然。晚风翦翦拂，且枕石头眠。吾生当永忆，此夏傍晚天。

【笺评】

介然叟曰：这是一首写景抒怀诗：景以引怀，景以悦怀，无此景则此怀久迷；怀以明景，怀以毓景，无此怀则此景空丽。本诗共三十二句，前十六句写景，后十六句抒怀。晚霞写得绚丽无比，辉煌无比：牡丹不足喻其丽，玫瑰未必有其妍；湖水与霞光相映，锦鳞同俊鸟嬉潜；雪纱翠帔，彩罗时换绣衫；橙红墨绿，轻烟又加紫岚。幻景变幻于长空，仙苑琳琅于清澜。观赏者在赞叹之余，引发了久埋心底的自由诉求：比起大自然来，自己的居室不过是狭窄的囚笼，大有陶渊明"久在樊笼里"之感。什么东西能够比人的自由更宝贵呢？于是大家都有了"宠辱皆须忘，心灵一超然"的共情同理。作者最后说"吾生当永忆，此夏傍晚天"，因为这晚霞实在是太美了；因为这美丽的晚霞，激发或者说是诱发了他最美好的人生感悟。

晚霞，在文化传统中有人生"晚景"之喻，所以，本诗的整体寓意应该是抒发寓真对晚景的期待——自由之光照亮晚年的灿烂和美好。

送母回乡

慈母迈古稀，精力显衰微。病痛宁自忍，不愿人难为。调治尚未愈，执意故里归。远道驱车送，山谷密云随。苍山不曾老，孰知老人悲。本是农家妇，生计尽艰维。野田勤耕作，粗粝强为炊。饥荒每暗泣，战乱更愁眉。操劳身心悴，育儿血气亏。满面皱如刻，一头白雪飞。辛苦被人忘，迟钝遭人非。子女媳孙众，侍奉能靠谁。乡土老更恋，人事苦多违。雨落黄昏泪，天布暮凉霏。怅然此分手，车远还欲追。顿感慈恩德，更比山高巍。世道诚不古，空言报春晖。涧水汩汩去，山烟阵阵垂。

【笺评】

姚、汤选评：这首五古，是诗人送母回乡时之感叹。先生恪尽孝道，从乡下将老母接进城，颐养天年。无奈老人不习惯城市生活，老病之躯，疾未痊愈要求回乡。诗人亦不敢逆老人意，只得依依送别。此诗含量甚大，佳句甚多。有描写老人生计维艰的段落，"野田勤耕作，粗粝强为炊。饥荒每暗泣，战乱更愁眉。"有描写老人羸弱之躯的段落，"满面皱如刻，一头白雪飞。"有描写儿孙侍候不周到之段落，"辛苦被人忘，迟钝遭人非。子女媳孙众，侍奉能靠谁。"有描写慈亲恩德难以报答的段落，"怅然此分手，车去还欲追。顿感慈恩德，更比高山巍。"读此诗，为人子者，不能不反思，不能不抚卷唏嘘！此诗通俗易懂，有香山风格。

降大任：读寓真诗,有一种悲天悯人的情韵,回肠荡气,不禁感慨百端。《送母回乡》夹议论于抒情,余味无穷。此诗写老母体谅儿子的苦衷,忍病不治而返乡:"调治尚未愈,执意故里归。远道驱车送,山谷墨云随。苍山不曾老,孰知老人悲。"诗中追述了老母一生抚育儿辈的艰难,活画出了这位勤劳俭扑、苛己持家的农妇的可悲可敬的形象,供天下为人子者同声一叹,为掬一把同情泪。在诗末作者送母在暮色苍茫中离别:"怅然此分手,车远还欲追。"其依依不尽之情,跃然于纸上。"顿感慈恩德,更比山高巍。世道诚不古,空言报春晖。"既是自身对母爱伟大的颂歌,也是对无力亲奉的愧疚,更是对当今那些不念亲情、苛待老人的不孝子的谴责与警示。结句以"涧水汩汩去,山烟阵阵垂",以写景收束,余味深长,令人想起《西厢记》送别句"四周山色中,一鞭残照里"的句法(然立意迥别)。流水滔滔,暗喻思亲之念永无断绝;山烟阵阵,则衬托出惦念缕缕的无限怅惘。这种传统笔法,运用在今日,尤显翻新出奇的匠心。这首诗堪称寓真诗作的代表性作品,以家常话刻画母子情,胜过多少直白式的老调,是继承了"温柔敦厚"的诗教而又富于当代的情怀。须知寓真身为省级高干,却不失赤子之心,他笔下的老母固然是自己的亲人,却又富于典型性而观照着天下的母亲,为天下的母亲写真。谁说共产党人只讲党性,不讲人情? 读寓真诗自可了然,传统孝道之精华正在共产党人的道德情操中发扬光大。而诗中教化淑世之功能亦由此突显。传统与新风并不对立,而是一种升华扬弃的关系,可谓古韵新声,情真意切,诗歌创作亦当依此而获得新的启迪。

王春林：《送母回乡》这首诗中,诗人一方面以极其简洁凝练的笔触概括表达了母亲那其实充满了艰难坎坷的一生,另一方面,却也真切地传达出了诗人内心深处对于母亲的深厚情感。其中诸如

"饥荒每暗泣,战乱更愁眉","满面皱如刻,一头白雪飞","怅然此分手,车远还欲追","涧水汩汩去,山烟阵阵垂"之类的诗句,可以说能够给读者留下极深刻的印象。

介然叟曰:这首诗太有名了——曾经好多年在好多媒体平台上流传(与另外一首《暴雨途中》的句子相混),说是唐人李商隐的诗,还被收入许多少年儿童的古代诗歌读本。

这诗的好处就在于:以家常话写母子情,最是得体,最显真切,亦最是感人。开头六句为一段,写母亲不愿连累儿子,执意回老家。"病痛宁自忍,不愿人难为",两句最平常的家常话,却是写尽天下母亲为儿子着想的心态——"慈母"之"慈",端在于此。接下来四句是一个转折,写驱车送母。以一路"密云随",写作者心情的郁闷(这手法见于曹丕《赠白马王彪》)。"苍山不曾老,孰知老人悲",这两句最能体现为人子者的悲伤:苍山不老,只因苍山无情。然后着力写慈母这一辈子的辛酸经历("老人悲"):野田劳作,粗粝难炊;饥荒暗泣,战乱愁眉;操心劳悴,育儿血亏……一生付出后,留下的却是"满面皱如刻,一头白雪飞"!接下来又一转,老人的辛苦如今被后辈忘记了,反应迟钝,每每被晚辈非议;孙男娣女一大堆,但是一个也靠不住(读至此处,老叟不觉泪涔涔下)!请注意诗中"非"字,不一定是语言表现出来的"非议",大多数是脸色的变化,脸色也不一定就是不满,大多数是讶异,比如发现老人行为迟缓时的惊讶和关切,脸色有了变化,这时老人很可能就觉得对方的情绪不对劲儿,于是,因误会而生嫌隙……所以孔子说"色难",即"色养之难",所以才有"久病床前无孝子"之说。这个"无孝子",是双方面的——在人子者这方面,很可能因为久病而不耐烦;但在人之父母一方,他(她)的病苦使他失去了保持正常情绪的耐力,精神的失常,使他

（她）对子女任何一点表情的变化都觉得是针对他（她）的不耐烦，于是借机会发泄内心的积郁，甚至以为子女"不孝"……凡属于情感方面的问题，很难用理性去判断是非。这倒应了那句古话："百善孝为先，论心不论迹，论迹世上无孝子。"

"乡土老更恋，人事苦多违。"人老了更留恋老家，然而邻居熟人大都不在了。接着"雨落"四句又是一转，黄昏的雨水与眼泪同流，日晚的雨雾有如天幕般隔断母子的视线。"怅然此分手，车远还欲追"，写足对母亲的不舍。这时，顿然感到母亲的恩德比山还高，感慨世道不古，说报答母恩只是一句空话。最后以两句景语而实在是情语作结：涧水汩汩，喻诗人痛彻心扉，眼中泪、心中泪长流不断；山烟阵阵，喻作者望断母亲的去路，眼中雾、心中雾永难消除！

自古以来，写母亲恩德的诗不少，以长篇写母亲的诗，仅见。寓真以长韵抒发了如江似海的母爱，也替天下为人子者抒发了这份对母亲的拳拳之心。

需要再次指出，家常话之所以感人，就因为它能够重现母子间日常相处的情境，把所有的读者（人之子）带入对母亲的记忆。虽是家常话，但又都是经过提炼的"诗语"，比如那段叙述母亲辛酸经历的诗句，字字是家常话的叙事，又字字饱含着锥心扎肺的抒情；再如"辛苦被人忘，迟钝遭人非。子女媳孙众，侍奉能靠谁。"都是经过提炼的叙述家务事的话语，因为是生活细节，所以真切；因为真切，所以动人——把读者藏在心底几十年对母亲的记忆发掘出来，无论你如何孝顺母亲，回忆起来总觉得万分亏欠。这是天地间的一种至性，只有质朴的语言才能与之相配。语言的质朴敦厚，与其表现的思想感情的质朴厚重相一致，一有修饰，顿失于虚假矣。

戊寅闰五月暴雨途中

擦耳夏风啸，过眼午云稠。预报雨将至，行急岂优柔。云头涌万马，车猛胜骅骝。都市乍时远，山峻路转幽。逶迤子洪口，^①雨打骤来稠。乱箭穿河面，白浪激潮头。断崖狂飙啸，连壑墨云浮。头顶霹雳下，脚前洪水流。四山皆崩溃，万瀑泻难收。巨石滚滚坠，道中垒陵丘。仰见分水岭，险绝似天陬。^②北川正上涨，吼吼欲吞楼。南水肆横溢，汹汹漫村洲。停车茫茫顾，困我成楚囚。感伤从中起，悲泪哽在喉。慈母方病重，欲将良医投。车接今在急，天竟情不留。母爱无所报，人生更何求。驱车克险阻，前行决不休。愿能感天地，佑民病全瘳。

【注解】①子洪口，位于祁县东北15公里，是进入晋东南地区的重要隘口，两山夹谷，山势险峻。②天陬：天的一角。这里指天的一角破裂了。黄庭坚《再作答徐天隐》："执斧修月轮，炼石补天陬。"按《淮南子·天文训》言共工触不周山，天倾西北。又，古代传说（如古本《列子》，见《路史》引）女娲炼五色石以补之。黄庭坚取"天陬"入诗，特指天倾西北而言。本诗用黄庭坚典，自然取义同，用以形容暴雨之烈。

【笺评】

姚、汤选评：这是一首五言古风。四十句二十韵，一韵到底，难度不小。可诗人驱遣自如，淋漓尽致地写出了暴雨中行车之艰险，及雨中驱车接救病母之焦灼，足见笔力之雄健。诗人作为国家干部，爱民如子；作为人子，又恪尽孝道。这般情怀，令读者感到亲切。诗写得行云流水般，自然老到。特别是关于雨势的描写，"乱箭穿河面，白浪激潮头"，"头顶霹雳下，脚前洪水流。四山皆崩溃，万瀑泻难收"，尤为生动传神。句末由"母病"及"民病"，祈盼天佑国人，保民康健，使全诗主题蓦然升华。

何西来：《送母回乡》《戊寅闰五月暴雨途中》两首都是关于母亲的诗，也都写了雨，都写得非常感人。诗人夏日驱车去接重病的母亲，而中途为暴雨所阻。诗中写道："停车茫茫顾，困我成楚囚。感伤从中起，悲泪哽在喉。慈母方病重，欲将良医投。车接今在急，天竟情不留。母爱无所报，人生更何求！"爱母亲，出于人的天性。我以为，爱故乡、爱国、爱民族、爱天下人，都是从爱母亲这个人类情感的元点开始的。推己及人，而后有"老吾老，以及人之老；幼吾幼，以及人之幼"。一个连自己生身母亲都不爱的人，还会爱别人吗？还是寓真写得好："顿感慈恩德，更比山高巍"。法不容情，这当然是铁则，但是作为一个执法者却不能无情无意，而是应有大情大爱。寓真的诗中，表现的正是一位大法官的大情大爱，这情这爱，是至真至纯的，因为它是从对慈母的爱生发开去，广被人间的。这是我读寓真诗的一点最深切的感悟。

介然叟曰：全诗四十句，用了二十八句写路上突遇暴雨的过程。前八句写天气预报有雨，所以车开得极猛，司机在与暴雨争夺时间。到了子洪口还是下了暴雨。然后就一句紧似一句，一句快似一句，用了十六句来写路上遇到的这场暴雨之"暴"，司机在与暴雨争夺道路。一直狂奔到分水岭，这是晋中与晋东南的分界岭，山北的水流向汾河，山南的水流向漳河，在分水岭前看到北川上涨、南水漫涌的险势,只好停了下来:"停车茫然顾,困我成楚囚"。下面才转到为何暴雨途中奔命:"慈母方病重,欲将良医投。车接今在急,天竟情不留。"怎么办?继续前行,非常危险,但是,作者一想到"母爱无所报,人生更何求"——如果不能报答母亲的深恩,活着还有什么意义呢?于是毅然决然地决定"驱车克险阻,前行决不休",决心要冒险前行。这两句,如果仔细思量那洪水滔天的情景,你就会有一种恐怖感,此时前行,确实是冒着生命危险的举动,作为人之子对母亲的关切之情于此毕现。最后,作者只能把自己的性命交给上天:"但愿感天地,佑民病全瘳。"诗人此举,感天动地,撼动心灵。

　　本诗大段描述途中暴雨的情景,可谓惊心动魄。诗句的快节奏——"逶迤子洪口,雨点骤来稠"以下十四句,由于语义的限定,阅读时无法停下来,只能一句跟着一句滚动式地读下去,与暴雨的"暴"节奏、作者心情的"急迫"节奏完全一致。直到"困我成楚囚",把作者的情绪逼迫到绝境,然后才发生感天动地的一幕:"驱车克险阻,前行决不休。"这种表现手法,在中古早期的五言叙事诗,如《孔雀东南飞》《木兰辞》中都有体现。但是用这么多句子组合的一个长长的句群,从各个角度描写一路所遭暴风雨的景象,用以表现急切决绝的心境,古今是少见的。因此,本诗对五言古诗的艺术表现手法具有拓展性的意义。杜甫说李白"笔落惊风雨,诗成泣鬼神",用以评论此诗,亦不为过。

　　"母爱无所报,人生更何求",乃本诗诗眼所在,全诗前后所写一切都为此两句所设。

己卯初夏杂录①

夜喧雨来梦，晓静风过墙。几时曾姹紫，此番尽销香。春魂应无着，余痕倚垂杨。何其驹光疾，令人速老苍。②慈严归天后，举目若无亲。由来孤独性，反怨物候新。暮树鸦噪噪，危途犬猖猖。履艰更负重，守拙且甘贫。远隅有战事，咫尺见云烟。③凌侮国人忿，飙起学生先。大局求稳定，急电发连篇。又到敏感日，警武枕戈眠。京华迎烈士，哀恸号长风。④遥瞩人间世，变幻正无穷。抚膺每自叹，职微敢言功。推窗询时令，夏炎已熊熊。去岁丁忧痛，偏遇乱云横。鼻息干虹霓，屈志固难平。⑤笔待千军扫，气从五腑生。⑥但愿缰索断，任策马蹄轻。友朋邀相聚，酒阑忽忘机。玩赏有骨董，俾吾一解颐。吟哦家国韵，丹青山海姿。和陶偶所得，学杜未为迟。

【注解】①己卯，农历己卯年（1999 年）。②驹光：日光。典出《庄子·知北游》："人生天地之间，若白驹之过郄，忽然而已。"郭注："白驹，或云日也。""郄或作隙，隙，孔也。"范成大《怀归寄题小艇》："日出尘生万劫忙，可怜虚费隙驹光。"③1999 年 5 月 8 日，我国驻南斯拉夫使馆遭到美国为首的北约轰炸，三名记者牺牲，使馆人员全部受伤。事发后，我国政府发出强烈抗议，同时北京各高校学生首先上街游行，多地爆发反美示威。④同年 5 月 12 日，驻南联盟使馆牺牲的三位记者遗体运送回国。⑤李白《古风》其二十四："路逢斗鸡者，冠盖何辉赫。鼻息干虹蜺,行人皆怵惕。"又《答王十二寒夜独酌有怀》:"君不能狸膏金距学斗鸡,坐令鼻息吹虹霓。"⑥宋人李之仪《姑溪居士前集》卷十三《回贺新及第》:"伏惟新恩宣德,才当数面,笔扫千军。"《白石道人诗集》卷下《送朝天续集归诚斋时在金陵》:"翰墨场中老斲轮,真能一笔扫千军。"

【笺评】

介然叟曰:题曰"杂录",就所录事件而言,确实有些"杂"。然细绎之,实在是"杂而不越"。本诗五次换韵,可作五层读。五层,分别记五件事,比较"杂";说其"杂而不越",以其五件事却是以"忧"之一线贯穿始终,正所谓"一以贯之"。那句"吟哦家国韵"乃一篇主旨,首一层已寓深深的国之忧,第二层是以"物候"之变寓时事难测之忧,第三层直言国耻之忧,第四层是作者因其工作中所身遇之困难,感之更切,忧之尤甚,第五层看似潇洒,其实忧时愈深——陶渊明真就那么"浑身静穆"吗?鲁迅早就说过了,他还有"金刚怒目"的一面,他隐退的最后根源正在其"忧国""人格尊严"之忧。而杜甫就更不用说了,那是一生都在忧患中度过的。"学杜"正是学其忧国忧民之大情怀。寓真这首诗写在他母亲去世的翌年,犹有"举目若无亲"的余哀,而在此时他的执法工作似乎并不顺利,从诗中可以感觉到他的一些不平之气,他的家国情怀是和丧亲的丁忧、感慨个人"速老"之忧交织在一起的,由此见得作者并非假装"圣人",也没有把自己打扮成全然不顾自己身家性命的英雄。

"生年不满百,常怀千岁忧。"忧患,似乎是中国古今士人生命情怀的主导思绪。而诗人尤甚,似乎无事不忧、无时不忧,"忧"是诗人独有的气质,没有"忧"就没有诗。忧患情绪,也是中国诗歌永恒的审美源泉。

神农架访仙歌

我来神农架，欲访神农氏。人间纷乱不堪闻，惟有此处尚原始。绝壁万仞仰浑莽，架梯直插云雾里。登架采药不归来，日月已度千千纪。遍尝草卉百而万，总为苍生医忧患。却恨世俗不可医，靡丽污浊愈泛滥。自然风光躔殆尽，碧水青山忽灰暗。怀我先贤心敬畏，咏之离骚意惨淡。欲使灵魂归纯净，追寻神农攀岩磴。白鹿迎我红花垜，青蟒横过松萝径。鼓乐惊耳青蛙洞，花芳照眼杜鹃岭。竹林百里吼风飙，瀑泉万道飞日影。入山未备弓与弩，猛地窜出熊与虎。四顾茫然求救谁，仰面苍穹呼神女。深潭大鲵娃声啼，古洞海燕金丝羽。神女不来山鬼来，披带薜荔窈窕舞。山鬼丰姿亦绰约，屈原去后何寂寞。曾牵虎豹以驯化，或与野人相出没。野人遍体红毛发，长爪捕饮鱼鸟血。大脚疾走如奔马，飞涧跃岭不可捉。苍山方落照，野人呜呜叫。惊魂动魄漫天声，却是风卷松涛啸。雷霆夜半山撼摇，闪电顿似剑出鞘。天门垭上雨瓢泼，野马河中洪波暴。岚雾横空飞来去，骤雨骤晴孰可料。一阵骇飙万树乱，蓦然杳寂风云散。铁肩杉边圆月挂，碧玉天上星斗灿。攀月直上神农顶，神农恰在云崖栈。仙风道骨非凡身，银须飘飘容颜焕。欲问采药何时终，目光炯炯穿时空。信可采得救世药，将为人间拯颓风。语罢瞬间云霭隐，晦冥西山曙光东。更将去向问童子，答曰只在此山中。

【笺评】

介然叟曰：这是作者2002年游历神农架时所写，发表后成为当年中华诗词学会"华夏杯"获奖作品。诗中的"红花垛""青蛙洞""杜鹃岭""天门垭""野马河""神农顶"等，都是神农架的真实地名和景点。"记实加传说和想象，虚实结合"，评委认为"有古风遗韵，意境不凡"。这个评价是公允的。且试言之：

长句一开头就点出了神农架的价值："人间纷乱不堪闻，惟有此处尚原始。""原始"就是她的无与伦比的价值，这也是本诗的主题。先用两句写其"原始"的状态。然后说神农采药不归，是为了苍生。然而"医得了病，医不了命"；命也者，乃个人于社会活动中必然的行程和归宿，所以，才"却恨世俗不可医"。《左传》说"大医医国"，其实那些"大医"也只是为专制独裁的国君出点主意，稍微"疏泄"一下社会脓肿毒瘤的毒液而已，故曰"小补之哉"。

人间社会既不可治，污染殆尽，那就还是来这里追随神农的踪迹，使心灵归于纯净。下面写追随神农氏的一路风光，这风光有两道：一道是现实的，是实的：红花垛、松萝径、青蛙洞、杜鹃岭，百里竹林，万道飞瀑，其间有白鹿、青蟒、蛙声、花芳，风过竹林，卷起万丈绿涛；日照瀑布，飞出千尺彩虹。目之所视，无非原初形色；足之所履，皆是原始苔藓。处此淳境，真可以疏瀹五脏，澡雪精神。疏瀹其心，除嗜欲也；澡雪精神，去秽累也。息机心于纷扰，置怀抱于真寂。另一道风光则是想象的，是虚的：没有带弓箭，一旦熊虎突出，将何以堪，那就只能呼救于神女了。"神女不来山鬼来"，那山鬼还是屈原描写得那么美，她既可以"乘赤豹兮从文狸"，那就可以驯服熊虎,甚至可以与野人相处。下面作者极尽想象之能事,把传说中的野人描述一番。然后是松涛呼啸,夜半雷鸣,天门垭的暴雨,野马河的惊涛;一会儿又是雨晴云散,风住虹垂;杉树挂月,星斗满天。然后攀月而上神农顶,在云栈上恰好遇到神农,又将神农描述一番,与神农话救世之药,东山见曙,倏然不见。这种内容描写,神乎其神矣;这种技巧使用,神乎其技矣。

本诗主题可以用诗中开头所说"人间纷乱不堪闻,惟有此处尚原始"来概括。根据诗中所描述的情境,这个"原始"可以分为两个层面,即自然界的原始状态和人类社会的原始状态。如果说"原始"的第一层意义,自然的原始状态可以"疏瀹五脏,澡雪精神",那么其第二层意义就是学习人类社会的原始精神,像神农氏那样,与自然合而为一。这是救治人类社会的最根本的药方。

作者想象奇特而合理,与屈原《九歌》、李白《梦游天姥吟留别》合看、合勘,可以看出寓真的浪漫情怀所自。所谓"虚实结合",不止是写现实与写想象,还在于写实中有想象,如"白鹿迎我""蛙声鼓乐""竹吼风飙""瀑飞日影",无想象,则实景绝没有如此灵动;在想象中又有现实,如"入山未备弓与弩""深潭大鲵娃声啼""屈原去后何寂寞""天门垭""野马河",都是想象中的实有,没有这些现实,想象就失去了"真"的依存,则想象落入虚假。

正因为如此,诗境尚实而不失空灵,古朴淡雅而又奇丽壮美。古人在七言歌行中,一般少用"律句"或偶句,因为律诗的对仗显然有了人工美的痕迹,有伤于歌行类所宗尚的"古朴"美。但寓真不忌讳,诗中时见"偶句",如"深潭大鲵娃声啼,古洞海燕金丝羽",甚至出现偶句句群:"白鹿迎我红花垛,青蟒横过松萝径。鼓乐惊耳青蛙洞,花芳照眼杜鹃岭。竹林百里吼风飙,瀑泉万道飞日影。"但是我们读起来并不感到有故意雕琢的痕迹，反而有洪荒壮丽之美。正如刘勰所说："造化赋形，肢体必双；神理为用，事不孤立。"对偶既然是造化所赋，那就是天然的，也就不会伤害古朴之美。寓真又特别善于运用传统意象"造境"，如"苍山方落照，野人呜呜叫"，"苍山落照"十分传统，十分熟悉，一般写落寞或寂寞的忧伤或惆怅之情，但与"野人呜叫"组合，则一派古野的荒寒之气扑面而来。又如"攀月直上神农顶"的"攀月"，一般情况下则写"踏月"或"披月""戴月"，甚至可以想到"带月""背月""肩月"，李白甚至说"人攀明月不可得，月行却与人相随"，寓真却偏学李白而反其说直言"攀月"，而且就是在"攀月"中登上了神农顶，创造了古今最美的画面，令人拍案叫绝。（按古人或言"攀月桂""攀月窟""攀月计"，而不直言"攀月"。）结尾"更将去向问童子，答曰只在此山中"，这是沿用贾岛的《寻隐者不遇》中的句子，用在这里，作为结尾，直觉"神乎其神"，韵味深长，悠然远引。

有志者，可以据此编写一部生动有趣且具有历史文化意义的"动漫"大片。

空中读报记①

碧空如洗碧云游，江山俯看黄花秋。出席法院咨询会，长风送我赴杭州。斟茶送报空姐好，笑容嫣然服务周。孰料突兀一行字，仿佛骤然乌云至。顿觉心中一震愕，俯瞰尘寰百感系。多年悲剧几类似，何以屡发不能止。此篇文字何处刊，都市快报新闻栏。只因征地引事端，枪杀村民何惨然。可怜死者名树杰，三十六岁正壮年。辽河西畔盘山麓，二十里村有家园。自古耕耘为衣食，土肥水美禾稻繁。官方修建气何壮，征占良田谁敢抗。却念日后无土地，生活何堪城中浪。补偿钱够几时用，焉能不算将来账。更将宅院强拆迁，一家老小心悲酸。若非纷难无处解，谁肯轻易上告官。一纸诉状呈法院，寄望正义在人间。有待公堂是非辩，克日开庭已票传。县官眼中岂有法，出庭何如动警察。耀武扬威声轧轧，毁田铲稻挖掘机。稻粱正肥谁来护，炙手可热权势赫，人心不服矛盾发。稻粱正肥谁来护，农家自有镰与斧。何至燃油焚自身，可悲男儿一气赌。警官开枪竟无忌，直将一弹穿胸脯。草菅人命何若此，始信苛政猛于虎。父老哭儿妻哭夫，悲怨惟向苍天呼。惟尔公务常有理，难道百姓死有辜。织以暴力抗法罪，国法专治平民乎。我将赴杭有所议，共与建言倡法治。倘若不能讲真言，何必开会空作戏。民主政治漫长路，治平天下匹夫志。民生多艰圣贤悲，屈子太息曾掩涕。不察民间此疮痍，想见前贤自羞耻。飞机降落日影西，钱塘江上秋风起。仿作古调数十句，一片冰心在此耳。

【注解】①作者 2012 年 7 月赴杭州参加最高法院咨询委员会之时所作,发表于当年《当代诗词》杂志四期,翌年《诗国》一卷转发。

【笺评】

　　介然叟曰：此篇七十句，换韵八次，一韵一意，可按韵分八节。开头六句写机上轻松愉快的心情，下六句写情绪骤然发生变化。第三节十句，写《都市快报》所载政府征地，引发警察枪杀村民的新闻。第四节六句，写农民反抗之由。第五节八句，写法院已发传票，克日开庭。第六节六句，写县官目中无法，悍然下令挖掘机毁田挖稻，这才引发悲剧。第七节十四句，写村民以自焚反抗，警察开枪射杀村民，反而罗织农民罪状为"暴力抗法"，这不是无中生有的谎言吗？最后第八节十四句，作者坦言自己这次去杭州开会，一定要讲真话，建言建设法治社会，否则，开会就是做戏。诗人不无沉重地说："民主政治漫长路，治平天下匹夫志。"两千多年以前的屈原就为民生多艰而太息流涕，今天"此疮痍"则使诗人感到"羞耻"。我想，凡是读到本诗的读者，凡有仁爱之心者，也都会感到羞耻。最后，作者表明："仿作古调数十句，一片冰心在此耳。"诗以"江山俯看黄花秋"始，以"钱塘江上秋风起"作结，并延伸到"一片冰心在此耳"，让我们想起屈原"朝饮木兰之坠露兮，夕餐秋菊之落英"的名句。这里面有决心，有钢骨，有松柏之本性，有兰菊之冰心。

老牛湾传说

　　黄河九十九道湾，湾湾都有故事传。故事如诗亦如梦，波涛不尽悲欢连。中国远古洪荒里，上天悯民降灵泉。神牛受命下凡界，铁犁开河溉田园。犁出青海奔东去，飞蹄直跨黄土原。本当一犁达海边，忽听鸡声动人襄。老牛惊神问所到，此地名叫偏头关。鸡鸣三省晋蒙陕，高山灯火真奇观。南面火烛光夺目，那山正是明灯山。老牛兴奋不可抑，一甩金尾急转弯。黄河自此向南流，进入山西十六州。边塞雄山卧如虎，崔嵬惊绝鬼见愁。神犁骤作狂飙起，一劈千里峡谷幽。黄水喷涌出壶口，咆哮惊破天汉秋。老牛用力何其猛，何等刚烈气概遒！孰料顿时精力竭，猝然仆倒在犁沟！幸有小牛已长大，继承父业攟壮猷，终使大野翠满畴。送我山乡碧玉水，感天动地老牛一命休，人民悲泪溢河洲。泪悠悠，水悠悠，老牛湾里祭老牛。河滔滔，史滔滔，历尽沧桑至今朝。为有老牛感动在，兴亡日月斯民铁肩挑。男人奔走西口杳，女儿持家苦菜掏。民生艰难度，世代稼穑折断腰。生生总不息，治山治水志乃豪。万家寨前挽狂涛，管涔山底凿河槽。源源引与城乡饮，迢迢更把万顷浇。水迢迢，水弯弯，黄河入晋第一湾。此湾英名垂青史，鞠躬尽瘁精神永浩然。长河日夜高歌唱，高瞻未来福乐盈大千。诸君饮水须思源，切莫忘了老牛湾。

【笺评】

　　姚、汤选评：此诗大气磅礴,溯本追源,记山川之形胜,对景点的历史渊源、传说作出了合理的诠释。竹垞论诗曰："诗以道性情。性情有厚薄,诗境有浅深。性情厚者,词浅而意深;性情薄者,词深而意浅。"此诗长于抒写性灵,其中有"我",于是一草一木、一山一水皆着"我"之色,长歌洋洋洒洒,而用词既有书面语言,又有口语,词浅而意深者也。

珍尔：近读作家社出版的《全国第三届新田园诗歌大赛获奖作品集》，从中看到寓真写的一首《老牛湾传说》。这是一首夹杂在自由诗集子中的古风，犹如在繁华的都市街头，满眼是西服洋装的红男绿女，忽然看到一个穿对襟小褂的清新可人的村姑，令人有耳目一新之感。这首古风，取材其实是相当现代的，写的是山西的万家寨引黄工程。与其他同类型题材的诗人们所讴歌的当代愚公战天斗地的豪情壮志截然不同，寓真采用了一个极其独特的视角，他从机器轰鸣的现代的工地上拾起的却是一个相当古老的传说。诗中讲述了在上古洪荒时期有一头下凡的神牛，来到鸡鸣三省的黄河边上为人间造福的故事。"泪悠悠，水悠悠，老牛湾里祭老牛。河滔滔，史滔滔，历尽沧桑至今朝。为有老牛感动在，兴亡日月斯民铁肩挑！"这富有韵味的诗句一唱三叹，把历史和今天、传说和现实神奇地穿在了一起，使人不禁感叹作者受古典诗歌的影响，而独特地营造出来的那种琅琅上口的韵律，和有别于自由体诗的一种雅隽的音乐风味。

介然叟曰：全诗六十五句，四换韵，一韵一意。起句说"湾"，"开门见山"。老牛湾的传说，是农耕文明的颂歌。历史传说和民间神话，也总是把神牛和神农联系在一起，全国数不清的炎帝庙、神农庙、神牛庙、牛王庙，其实供奉的都是神农。这就是我们这个农耕民族珍贵的历史记忆。作者用七言并杂用三言、五言、九言的歌行体，使这一颂歌节奏富于变化——复杂的节奏与作者要表达的对神牛复杂的情感相适应（有关节奏的重要性及其与抒情的关系，可参考刘勰《文心雕龙》和德国学者格罗塞的《艺术的起源》）：有敬仰，有赞美，有惊异，有感恩，有悲哀，有怀念……

作为叙事诗的语言颇具个性，"边塞雄山卧如虎，崔嵬惊绝鬼见愁。神犁骤作狂飙起，一劈千里峡谷幽。黄水喷涌出壶口，咆哮惊破天汉秋。"把神牛劈雄山、开河道的气势写得何等惊人。当神牛力尽气竭，作者这样写："送我山乡碧玉水，感天动地老牛一命休，人民悲泪溢河洲。泪悠悠，水悠悠，老牛湾里祭老牛。"其中的九字句，读起来似乎一口气读不完，从节奏上限定了人们的流畅感，这种"反流畅"，有如哭泣的人被悲愤噎住了喉咙，上不来气、说不出话那样，也就把悲哀充分地表现了出来（古代的墓志铭的铭文一般都是四字句，不用五言和七言，我的北师大的古汉语老师告诉我，那就是表明孝子或祭奠者在诵读铭文时，因"悲戚"而"气咽"的情感）。而三字句本来是快节奏，但是紧接在"人民悲泪溢河洲"之后，本来的快节奏，也就不能不慢下来。这是作者善用歌行体诗歌节奏之处。

叙事中杂以"兴"法，如"泪悠悠，水悠悠"，由河水的永远不竭，以兴（联想、象征）泪水的长流不断。"河滔滔，史滔滔"，以黄河不干，兴史传不绝，倍增抒情成分。辛弃疾说："郁孤台下清江水，中间多少行人泪。"此法古人惯熟，故知寓真乃"善继"者也。

补　辑

关于寓真诗词的总论

刘　征：李君，诗人也。诗眼诗口诗肠诗骨，有一股诗之灵气。其诗多登临之作，词华焕采，妙想干云，与山川相辉映，时有道人所未道之处，尤令人叫绝。

李君又是官人，听争讼，判是非，衡律条，定刑惩，凭一笔之轻重，干众人之命运，其所任事不与诗相凿枘乎？不然。君实以另一支笔写另一部大诗，其为诗也，更为宏大，更为精严，无声律而悦耳，无华采而感人。双管齐下，一管秉铁面无私之正气，以解民困；一管写声情并茂之新声，以乐民心。两笔相济，官人之诗之美尽于是矣。"一生贵在为苍生"，"采英撷萃献黎民"，寓真诗中固已言之。

屠　岸：我读寓真的诗词，感到很大的美感愉悦。他年轻时就开始诗词创作，如今已是创作丰硕、卓有成就的诗人。他写诗注重格律，讲究平仄、对仗、布局、构思。我没有发现他的律诗有失粘、失对之病，他的诗词的更为可贵之处，在于立意新颖，反映了我们这介时代，道出了现代人的思想、情绪、心态和意志。

寓真的诗在用韵方面基本上按平水韵，但并不拘泥。他这种不拘泥的诗的用韵，使诗思少受束缚，却保持了音韵的悠扬。在入声字的运用上，均按该字原来的声调归属，不因其在今天普通话中改换门庭而变化。发如《山宿》第一句第六字"白",《秋思》第七句第七字"惜",是按原来仄(入)声用,若按普通话读成平声便不合律了。我赞成这样的处理。今天许多地区仍存在入声,寓真的故乡山西虽属北方语地区但仍有入声。入声的调节乐感上有不可替代的作用。

张同吾:浏览《寓真诗词选评》书稿时,确有新风扑面之感。他的诗词大多是寓情于景或即物咏怀之作,记录了他的心路历程,也抒发了他的人生感慨,意趣盎然,笔致圆融,不仅富有诗的情韵,而且颇具独特的气韵和风采,这倒引发了我关于旧体诗词创作和新诗如何汲取古典诗词精华,从而继承我国诗歌传统的思考。

一般来讲,它(旧体诗)的审美功能大于思想功能,倘若能够很熨帖地融入一些当代意识和价值判断,而不是生硬地说教和空洞的呐喊,既有古典诗词的韵味和艺术上的精致,又有当代生活的真实性,意境优美,寓意深邃,余音袅袅,情思绵长,也便难能可贵了。我正是以这种价值尺度和审美尺度,来看待寓真的诗词作品的,他也确实让我感到欣喜,这些作品体现了他的继承、融化与开拓,虽非字字珠玑,却可视为诗词上品。

从寓真的诗词中,我们能够感觉到,他既有深厚的诗学功底,又富有诗的灵气和诗人独有的感觉方式。他的作品既有流动着的古典诗词的情韵,又时而融入时代气息,熨帖自然,可谓古韵新声融于一体。写旧体诗词,即使颇有诗的底蕴和动力,极易显得陈旧迂腐,而寓真何止寓其真,又能寓其美,寓其文化江河的流动,寓其个性特征和时代风采。

还是要讲内容与形式的统一,从诗的特质而言,形式也是内容,世界上没有任何一个民族的诗歌,像中国汉语诗歌这样,让感觉美、视觉美和听觉美相统一,这使我想到我国新体诗的继承与发展,重要的课题是以当代意识和文化底蕴重铸语言,给名词以诗化的命名,给动词以中国化的柔情似水,给形象词以精约而典雅的形式,这是继承也是发展。寓真有两句诗:"更登云月八千里,留驻春晖一百年",我对诗的未来,便有这般期望。

林　岫:读寓真的诗,比读他的散文更觉轻松。总的印象,雅健可诵者多,委婉细致者少,激昂处似放翁,议论似稼轩,写生如画和自然脱口处又似诚斋。其诗,七言多胜五言,诸体中以七律偏擅,亦见功夫。五绝《读〈聊斋〉》、七绝《夏游杂吟》、五律《送友》、七律《圆明园新游》,堪称压卷。清代袁枚说,诗须"味欲其鲜,趣欲其真。人必知此,而后可以论诗"。(见《随园诗话》)。若分缕具体论之,我认为,寓真诗恰好可得"趣真、味鲜"四字。

先说"趣真"。意趣真挚,即言诗之真情难得。寓真诗不做作,不晦涩,不无病呻吟,不掉书袋,读者就是朋友,他用诗吐述心声。本色来去,让人感到实在和亲切。例如《开封包公祠》的"一泓碧水挹清芬,或是包湖旧绿痕",《夏游杂吟》的"会复文繁无尽日,何如远走访山乡","欲剪一方苍翠去,携回城市避乌烟";《仲夏思乡》的"一觉醒来忽晴夜,满天星斗好清凉"等,一种推测,一句独白,一个念头,一点惬意的感受,皆思到语出,如对面话语,自然动人。纵然是那些慷慨激昂的疾俗痛恶之作,读之,也分明可见其人。从"酒中剧毒谁曾信? 地上横尸不忍埋","官方事过便无事,几处民家永世哀","但有尚方宝剑在,辟邪扶正斩蛇虬","矜怜莫予害群马,刑法不加无罪人"(见《朔州有感毒酒案》等诗),读者不仅读出了他的心声,也同时看到了一个在扼腕、在感叹、在呐喊的实实在在的人。

真性情诗,必须是有真情实感的诗。诗欲动人,自然贵真。"身之所历,目之所见,是铁门限"(清王夫之《姜斋实话》卷下)。寓真集中，"幼柏新槐真可爱，他年林海好徜徉"，"何尝镜里悲白发，且把中年当妙春"，"故乡热土已非家，仍挂云帆归海涯"，"忘怀琐事舒胸臆，始信人生贵自由"等，皆如何想便如何说，发自肺腑，所以真挚。又《圆明园新游》的"残楣残石存凝重，新彩新亭总淡然"，《怀乡》的"驼背如弓吾父辈，皱纹似壑有同年"，《故园》的"疏叶难遮枣嫩红，霜清露白最玲珑"等，皆如何见如何想便如何说，"身之所历，目之所见"，景真方得清真。

真性情诗，因是诗人真情实感的自然流露，所以必然要表达出诗人对客观事物（社会生活）的真实认识和评价。唯真，而后可言善、美，诗歌才会具有真正感人的魅力。寓真先生身为"行有三先思有慎"的法官，写诗不戴面具，不矫情作势，应属难得。如《春节省亲途中》的"峰岭皑皑如鬓白，忧思尽在不言中"，《谒海瑞墓》的"大法奉行有艰阻，秉公还赖脊梁坚"，《病吟》的"若不四方留壮迹，何如归去务桑麻"，《议改革》的"大势不容因旧制，宏心应敢探新程。为求法律悬明镜，莫使民间有怨情"，《新院落成》的"双悬天镜清于水，两臂民情重似山"，《仲夏思乡》中写山区缺医少药和盲目生育的"老病乏医多损寿，育生不节尽成行"等，无论是对历史的深思还是对现实的关注，无论是对自己重任在肩的鞭策，还是对祖国忧时爱民的深情，读者都不难从中见其襟怀和志气。千古诗文，"传真不传伪"（见《礼记》）。是吐真性情，才能与读者沟通并引发共鸣。看来，古人说"为官难做性情诗"，比诸寓真，也算个例外。

再说"味鲜"。诗味鲜美，即言诗之新意难得。寓真集中有不少意新语工的佳作，颇耐细品。譬如写人生志向，一般总以党的教导或对祖国母亲的爱为力量的源泉，寓真作为农家子弟出身的干部，却写"艰难岁月谁能忘，奋进源泉是故园"，拈出贫穷落后的故园来说,情真言信,以此表白诗人立志改变故园旧态的决心,也能使人耳目一新。

　　诗文以意为主。有新意,才有新语、新句。"只有想得妙,才能写得好"(茅盾语)。集中"洗衣村女手纤纤,指路山中带雨鲜","史碑漫漶生苔绿,落日依然小卵黄","犁敲黄土如弹键,奏响人间浑厚声"等,都是构意新妙又富于生活气息的新语、新句。新,就是诗人的独创性。唯新,诗才具有鲜活的生命力。诗贵新意,但新意并非闭门苦思冥想而来,必须在丰富多彩的生活中去寻觅和独创,捕捉更多反映生活、表现时代的灵感。寓真的诗,生活气息很浓。生活酝酿丰厚是他的诗能够"味欲其鲜"的优势和基础,从"窑洞人家来燕鸣,坡田呒雨好开耕","两窗青翠傍腮过,一片桃红照远行","斜阳晕淡抹寒山,疏树萧村鸡犬闲","苍山捧着夕阳卮,醉啸一声豪气弥"等写生如画的诗句中,我们都会强烈地感受到"江山相助"蕴育出的一片自然生机。

　　张　炯:古人说,"诗言志"。又说:"在心为志,发言为诗""情动于中,而形于外"。诗不但贵乎情思,还贵乎美的意境。当然,还贵乎表达得好,遣字用词,既要精炼,还要恰到好处,言有尽而意无穷。玉臻同志的作品是很合乎上述要求的。他的诗题材广泛,形式也多样。他相当熟练地运用绝句、律诗、长短句各种词牌,写山水,写游子之情,思乡之念,别离之意,或孝于母,或念于友,或发静夜之幽思,或抒利民济国之宏想。真是写山则情满于山,咏海则意溢于海,情文并茂,诗意盎然。他富于诗人的敏锐而细腻的艺术感受,又擅长熔铸美的诗歌意境。

　　孙轶青:寓真是当代诗人中一位具有典型意义的人物,诗词修养很高。他一方面是党的高级干部、大法官,另一方面又是有成就的、成熟的诗人。诗人们过去以为诗与法的距离比较远，诗人与法官不可能是一回事。大多数群众也会认为"高官"写诗是附庸风雅。但寓真的诗与法，人与官是一致的，一致在情上，在理上。志是理，诗是情。志是诗的筋骨，情是诗的灵魂。寓真的诗在处理形象思维与逻辑思维的关系上是有研究的，形象思维与逻辑思维的结合，形成了寓真完整的诗风。寓真的诗不仅注重情的抒发，更注重理的展示。他的若干诗作都蕴藏着崇高的思想。大诗人的成果就是思想与艺术结合的结果。历史上许多诗是形象思维与逻辑思维的结合，都具有一个共同特点，知识面宽、阅历广、身份高。如果领导干部写诗，艺术性强，那他的思想性一定较高，一定对文学、对他自身的工作有好处。寓真的个人经历也很有代表性，吃了不少苦。但他本人在苦难中磨炼自己，从不全面否定这种经历。这种经历的好处是得到了常人得不到的锻炼，坏处是付出青春年华。

郑伯农：读《寓真诗词选评》，我有张生"惊艳"之感，选得很精，不敢说字字珠玑，可以说都是有情致、有韵味、有品位的。林岫先生认为"诸体中七律偏擅"。我同意这个说法。我觉得七律是最精彩的。绝句、五律、长短句中亦有不少佳篇。不论写民情、乡情、亲情、友情、山水、政事，都鲜明地透露出抒情主人公的忧患意识和历史责任感。作者也从王、孟身上汲取了恬静淡雅的传统，如"欲剪一方苍翠去，携回城市避乌烟。"而更多的是杜甫、陆游式的深沉凝重，忧国忧民。好诗常常给人留下了难忘的警句。寓真的诗中，不乏这种妙句，如："双悬天镜清如水，两臂民情重似山"；"书简时通忧国志，诗词难尽故人情"；"欲对衰风呼正气，莫教浊秽染明霞"。读这样的诗，能给人的灵魂增加营养，给人的脊梁骨增加硬度。它不是古董，更不是当代人仿造的假古董。他的境界，与古人大不相同，与柳亚子式的"壮士横刀看草檄,美人挟瑟请题诗"也不可同日而语。它展示的就是活脱脱的当代知识分子的情怀。有人说,在"三讲"的时候应该读读寓真的诗。此言并非戏说。

如果说对寓真的诗歌创作有什么进一步期待的话,我认为,他定可以在抒情的力度上再进一步。他有一些撼人心扉的佳篇,也有一些虽也是真情实感的流露,却还没有提炼、发挥到一语惊人、淋漓尽致的地步。杜甫说:"为人性僻耽佳句,语不惊人死不休。"这不仅是语言的锤炼问题,也是诗情的提炼问题。当然,提炼、锤炼不是拔高、造情,情感是要自然地流露出来。

何西来:诗人的真情与诗中的意象有着某种内在联系,在一个诗人的作品中,反复出现的意象,一定是最能触动他真情的事物。寓真诗中非常重要的意象是"雨"。每逢落雨,他都会感慨丛聚,意兴云屯。如他在公务繁忙之中,写了"忘怀琐务抒胸臆,始信人生贵自由"。这两句诗,是在一次山村暮雨中写的,他偶得空闲倚于桥头,体味着淡淡的夜凉,做着欲会洛神的遐思冥想,有一种梦幻的感觉。这时江流幽暗,蛙声溶愁,雨外村灯明灭,风里远蕙香细,他的身心都沉浸在一种朦胧的境界里,有一种物我一体的感觉。

唐代诗人李商隐是非常喜欢写雨的,留下许多脍炙人口的名作名句……不知道寓真是不是受了李商隐的影响,有没有维特根斯坦所讲的"家族相似",但他的许多诗情诗思确实由雨而引发。《秋吟》里,"久劳案牍夏炎苦,又送年华秋雨侵。名利最终如粪土,人生难得是知音",这是炎夏后的秋雨,引发了他人生的喟叹,功名利禄粪土而已,期望的是知音,期望的是俞伯牙、锺子期那样的高山流水的相契。《海口访旧》里,"蕉叶又聆珠雨密,椰林重访故人稀",叙友情,淡荣辱,"苦苦甘甘一笑之",兴会也是从密雨中引出的。《病吟》里，"寒衾病榻一宵雨，悴意憔情两鬓霜"，也是一夜冷雨，触发了翻涌的思潮，形诸笔墨，发而为诗的。五言古诗《送母回乡》《暴雨途中》两首都是关于母亲的诗，也都写了雨。都写得非常感人。

李　瑛：寓真同志是搞法院工作的，我想法院工作是很严肃的，是要理性来衡量法律，是诗意比较少的地方。但是他能够运用形象思维，表达那么多的很有情致的、有诗情画意的所见所闻所感，这是很不容易的。寓真的诗思非常美的。如这首《牧》："原草青青半掩沙，陶然塞外住人家。牛羊漫撒无鞭影，牧者临风自饮茶。"我读着就很觉喜爱。要用那种古典诗词的规律来表现今天新的思想和新的感情，我觉得他能够驾驭到如此熟练的程度，写得如此得心应手，表现了他内心的世界，表现了他非常深邃的感情世界。在选择的意象，在形象以及语言的锤炼上下了很大的功夫，表现作者自己的追求和他的人格，和他对周围世界的所思所想，所以我读起来是非常之高兴。

吉狄马加：作为诗友，我读寓真的诗有几点感受，一是整个创作体现了他是一个农民的儿子，土地的儿子，这是所有诗人的生命原素，如果离开了养育他的文化历史，诗人不会写出优秀的作品。从他的作品中看，诗人的骨子里有着对人生、对人民、对土地、对时代的真情。一个诗人要保持一生的创作激情，就要保持对生活的热爱。现在要特别强调这一点，因为当前这样一个大的背景下，物化的东西是很多的。但寓真的诗中所表达的始终是一个真正诗人的思想情愫，是对生活的美好向往，可以说是从骨子里流露出来他是一个真正的诗人。再一点，从诗的美学角度来说，现在好多东西是值得思考的，许多外国诗人、学者也在研究中国的唐诗宋词。寓真的诗意、语言、灵感、意象,都值得我们研讨,他是如何向唐宋诗学习的,面对新时代如何创造人民喜闻乐见、有时代气派的诗歌？寓真的创作中做了很多这方面的探索和尝试。他写旧体诗较早,中间写过新诗,后来又写旧体诗,创作道路与很多诗人相近,对这些加以研讨,对我们都有借鉴作用。第三点,我还认为他的这本《四季人生》是一本编年史,作品真实地记录了一代人的心路历程,与我们国家民族的命运紧紧联系在一起,不管诗中有多少忧患,都对国家的希望充满信念,充满美好理想。这样的作品从客观的角度来说,是对社会进步起到促进作用的, 这就为我们提供了一个很好的范本。

丁国成：这几年来使我更加感到了新诗旧体互相学习、共同提高的必要,寓真的《四季人生》在这方面做了可贵探索。他说："情是诗的灵魂。"他"不是写工作,不是写政务,只是写感情"。(《四季人生·小叙》)。又说："不是我刻意模写古诗的格律",而是"古典韵律融入了我的情绪中。或者说,是我的诗魂融入了古典韵律中"。尽人皆知,有情有味,才是真诗;无情无味,便是赝品。在这里,诗与律,关系密切,但不等同。诗是诗,律是律,诗不等于律,律也不等于诗。是诗,不一定有律;有律,不一定是诗。例如优秀的自由诗,并无格律;拙劣的"格律溜",绝不是诗。确像寓真同志所说,诗人写的是诗,而不是律。写诗又兼写律,便是律诗(广义);刻意写律而忽视诗情,纵然合律,也徒有诗的形貌,而无诗的灵魂,根本不能成诗。因此,我认为,格律诗词要向优秀新诗学习,淡化格律,强化诗魂。

《四季人生》中有些作品,似诗词,又非诗词,因为不大讲究格律,但它诗味浓郁,意境优美,所以是诗。——应当说明,寓真的诗词基本合律,但他不为格律所束缚。我以为对他的艺术探索应予肯定,尽管还有某些不足,需要改进。这种探索精神很可宝贵。

杨金亭:2001 年春曾在中国作协召开过寓真诗词研讨会,新诗界和旧体诗词专家一起参加讨论,《文艺报》曾作过专题介绍。《四季人生——寓真抒情诗选》一书出版后,《文艺报》(2005 年 1 月 29 日)再次用整版评介。他的作品引起诗歌评论界的关注不是偶然的,这是中华诗词从二十世纪后期开始活跃、到进入二十一世纪空前繁荣这个背景下出现的,这标志着五四以来旧体诗词"运交华盖"六十年历史的一个终结,也标志着在世纪之交旧体诗词向当代诗坛过度的开端。有种说法称旧体诗词是"另一个诗坛","两个诗坛"是历史不正常现象。寓真这本《四季人生》给人面目一新的感觉,"桃李不言,下自成蹊",评论文章说他"打破诗体的坚冰",他已经走出了旧体诗范畴,进入当代文学界,象征着从"两个诗坛"向一个诗坛过渡。寓真诗词中大胆吸收了大量的现代口语,既化用前人的语汇,又吸收现代文学语言,更有大量口语诗化,当然也还有的诗化工夫不够,不够贴切自然之处。总的来看是从古文言向今语言的转化,这也是寓真诗词的一个贡献。

高　昌:寓真的《四季人生》,确是一株奇花。读这本书,首先感到一颗纯净的心,倾听到的是一个真诚热忱的灵魂的歌吟。这样的一株奇花是过去的诗坛上所没有的。它的艺术探索,预示了旧体诗坛一种崭新的美学方向。他把旧体诗写得不像旧体诗,反而更像新诗了。过去采用日常口语入诗,如果单论近体诗的话,大多局限在打油形式的嬉怒笑骂,像大观园里刘姥姥那样,即使上了大席也根本做不了主客。而寓真先生把口语直接引进了诗词创作中,让刘姥姥坐上宴席正坐。这是一种大胆的创新。我不赞成写旧体诗为求古色古香就故意采用一些古人词汇,反而因为装腔作势而流露出另一种浅薄和冬烘先生的酸腐气。寓真先生的不像旧体诗的旧体诗，给我们带来许多美学上的启迪和艺术上的反思。他的笔调清丽明快，境界自然朴素，淳厚中有清灵，流畅中有沉郁，自成一格，别有风姿。既不是雕龙，更不是雕虫，因为他仿佛干脆就不用雕琢，天然去雕琢，如同清水出芙蓉，清风徐来，水波荡漾，亭亭玉立，顾盼生香，让人读了这本书回味悠长，身心自爽。

周所同：看寓真诗，有两点感受。一、人品与作品的一致。"人品之清浊，决定作品之高下"。读寓真的诗，对这一点感受尤深。在艺术创作过程中，在一个优秀诗人那里，人品与作品一致是必需的，它突出的是个性特点，体现的是一种与他人区别开来的力量，唯有如此，其作品才有可能达到高度的和谐与完美。因为，诗写到一定层次的时候，语言与技巧这些属于艺术范畴的因素，已经退到次要的位置；决定作品之高下的就是人格，人格的魅力和人格的力量。一个诗人在面对善恶、是非、正邪、美丑、以及功名利禄时，如何认知、选择、取舍和评判这些不得不面对的东西时，诗人的价值观、哲学背景、精神向度以及做人的良知，所有这些与诗人灵魂、人性深处最隐秘、最闪光、最起决定因素的人格力量就会突现出来。换句话说，好的艺术作品必须具备两个车轮，一个是技巧的轮子，另一个是思想的轮子，前者形而下，后者形而上，二者缺一不可，这就是艺术的辩证法。在寓真的《四季人生》集子中，达到如此境界或高度的作品很多，恕不一一列举。二、艺术追求与现实生活中姿态的一致。读寓真的诗，常常为他诗中的那些与时代生活、与人民近距离关注、凝神的作品所打动。他虽然身居领导岗位，但他来自农村，来自生活底层的那颗心没有变，依然保持着平民本色。是否可以这样说，寓真是在舍弃了可能的浮华之后，才获得并真正开始了他的艺术追求和创作？因为，一个诗人只有眼光向下、心灵向下、姿态向下，他才有可能听到生活底层的声音，老百姓及芸芸众生的声音，真正源于生活的声音。对于一个诗人而言，这十分重要，寓真诗集中那些质朴、淳厚、善良、自然、大气、内心充满关切与悲悯的诗篇，正是他的艺术追求与现实生活姿态保持高度一致的结晶。他的诗是血液流动的诗，眼泪浸润的诗，心潮涌动的诗，因真情流露而不干枯，因实感充沛而不强说闲愁。一个好的、优秀的诗人，对艺术的苛求，对现实生活的关注与凝神，从来都是同步和一致的，古往今来，概莫例外。那些既有艺术品位，又有生活气息和真情实感的厚重之作，只能产生在这类诗人之间；千万不要以为这是媚俗，努力创作反映现实生活的作品，不仅不会降低诗歌应有的品格，相反，它是一种高标准、更有难度、更能考验一个诗人的良知和综合素质。无疑，诗人寓真以他的几十年创作实践，已经充分地证明了这一点，他的作品受到大家高度的评价和认可，也就是一件再自然不过的事了。

马斗全：寓真先生曾言，自己第一是诗人。从其诗里可以看出，他把诗看得比官位还重要，这在当今社会是极少见的。"耽好吟诗如醉颠"，如痴如醉，能不有好诗吗？如今诗集教人能读进去的少，《寓真律诗小集》，本人读了好几遍。令人爱读，是其工美、沉郁，吸引人。诗词，深得人们喜爱，除精美的形式外，很重要的一点，就是真实感人。是个人生活、思想感情的真实记录，以真情胜。所以我们作诗填词，首先必须要求真。有人说的贴近现实、主旋律，总不如一真。寓真先生的"寓真"，据我猜想，除了与其名字谐音外，就是寓其真情的意思。而他的诗，确是真情的记录。这样才能感人。从他的诗可以看出，不管抒写一己之理想、豪情，还是亲情、友情，叙乡情之不尽，叹知音之难遇，尤其是忧国忧民之情，身为法官，对法治与民主建设，多所关注和忧虑，而且勇于表达真实感受，对一些现实的无奈、抨击、感慨，都是真情。其例甚多，读来比比皆是。他的诗，没有辜负"寓真"二字。无论做什么工作，什么身份，官员也好，无业者也好，作诗时，则须纯粹是诗人，如寓真一样，要真情真话。

诗词创作，有人说，绝句应轻巧，最需才气、灵气，七律厚重，最见水平、功夫。没有多年的训练和较深的功夫，律诗是绝对作不好的。有了一定的训练和功夫，加上必需的真情，还有阅历、见解、肝胆等等，才能作好。没有见解，没有肝胆，人云亦云，跟风喊叫，或无病呻吟，哪能有好诗。这一点我们应向寓真学习。寓真七律风格，用语易懂，用典而不觉，大家读来自能感觉到。七律要整体好，要像一块铁，完美、结实，掂在手里沉甸甸。不能像木头雕刻的工艺品，花哨好看，但太轻，没分量。

今谈七律的功夫，很大成分表现在对仗。寓真七律对仗便颇见水平，有不少工对，而且对得很轻松，此为功夫。"沾臆几多家国泪，凝眸一片海桑情"，"无奈相思人去远，还教岁月水流东"，"千古文章后世绝，一方净土幸存难"，对得多么自然。"天地玄黄正扰攘，人生奋进莫蹉跎"，"薄薪掷去何当惜，好酒沽来足可歌"，"所剩人生尤可贵，惟穷真理是追求"，"一年又见新秋色，四届余留老委员"，就像平实地讲话，抒其心情，娓娓而谈，却是工整的对仗。尤其是"荒地初游无故识，莽原多趣且安家"，"一路风尘还踯躅，半生情绪少缠绵"，"斯民元气应深蕴，明日春潮看激扬"，"好景寻来每意外，仙风不觉到诗中"，"时事讳言空议古，春秋读罢怅凭栏"等，似这样读来令人不觉之对，其实最好。不给读者刻意对仗的感觉，甚至读来没感到在对仗，其实对得很工。而如今不少七律的对仗，为对仗而对仗,对仗的目的(抒情、打动读者)却没达到。寓真七律对仗联多有迭字对,迭字对很好,也不举例了。没读的人,应该寻来认真一读。

李旦初:《寓真律诗小集》选了将近半个世纪中创作的五、七言律诗,共三百首,其中作品大都合乎法度,写得很好、很美,显示出作者的才气、灵气、底气。第一,意境深厚。无论咏古伤时、纪游状景、怀乡酬友、议政述职,都不是单纯的客观描述,都渗透着深沉的忧国忧民之情,忧患意识贯穿于二十世纪六十年代至二十一世纪初的不同时期的作品之中,表现为不同形态,都有个性,有性情,成为"有我之境"。第二,结体绵密。起承转合,一意贯通,前呼后应,波澜起伏。第三,语言鲜活。如:"疏浓斜燕雨,寒暖落花天",体物细腻,形象很美。"星波月浪渡琼州",不说"惊涛骇浪"之类的熟语,而用"星波月浪",用字一以当十,是为表现特定时空、特定情景的创新语言。"亲人阔别鸾临梦,雏女初生燕问归","春风叹息伫腮旁","椰意蕉情挽行客","檐雨匀匀滴梦长","带泪桃花伴我行",诸如此类佳句,均可见语言创新的工力。第四,格律严谨。押韵基本用平水韵,而且擅用窄韵、险韵,有多首用"侵"韵,而无一字出韵。对仗尤见工力,不仅平仄、词性、句式对称工稳,富有美感,而且许多对仗句凝聚着人生哲理,成为言志抒情咏怀的警句。这不是雕虫小技,而是雕龙大手笔,亦可见诗人做到了思想内容与艺术技巧的统一,诗品与人品的统一。

苏利海:读寓真先生的诗词感受到的不是旧瓶装新酒,而是老枝著新花,散发着老而愈艳的阵阵清香。这种清香既沉淀有古典的悠长韵味,又折射着新诗的明朗自然。大致而言,寓真先生的诗体现出如下几个特点:打通新旧,以真动人,以韵见长。

寓真先生不以诗人自居,他的诗自觉地脱离现代诗歌主流,保持一种以诗抒情,自说自话的创作状态,由于脱离了主流,诗歌反而带有一种自由、活泼、清新的气息和浓厚的人文关怀。他的诗新旧兼通,但并非有意加入新旧之争,固执地找寻二者间的相通之处,而是随手拈来,不分新旧,只为达情所需,任意挥洒。这种看似散漫的创作状态反而寻到了诗歌的真谛:诗歌体裁无非是诗人情感抒发的工具,真正的诗人眼中并无新、旧之别,他完全可以在新旧体裁之间游刃有余,穿梭无间。

在诗歌创作上,寓真先生自觉地追求"真"的理念,这种"真"体现在诗的生活性、历史性和批判性上。生活性即是以诗来记载自己的成长岁月,感受着个体的悲欢苦乐;历史性即这种个体的感知同时折射着历史的演义,时代的变更;批判性,即在反映生活、历史的同时,诗人并非是完全客观的映射,而是带着批判性目光来反思自我,反思社会,反思历史。可以说,寓真的诗既是自己成长的真实记录,也是映照时代变迁的一个镜子,沉淀着他对自我、对时代、对历史深重的反思。如他的《水龙吟,中秋访友聊谈记之三》所说:"文学现形社会,最鄙夷、粉描饰绘。千年专制,百官贪贿,兆民贫匮。删述之心,解纷之志,樽前长喟。"诗人无疑也希望自己的诗歌能达到删述历史,笔伐丑恶,代民诉怨的批判作用。

在诗歌意境上,寓真先生的诗体现出对"韵"的痴迷。正如诗人所说:"我不明白诗是什么,也许是记了些人生的琐碎,只要小舟不在浪涛中沉没,总会不断地摇出些韵味。"(新诗《写诗》)"原谅我以往的幼稚吧,故乡。我读了一生才读懂了你呵,这部诗集,原来是那样深沉那样缠绵那样悠长。"(新诗《我的故乡》)可以看出,寓真先生的诗不仅仅是一种个体、时代的忠实记录,更是埋藏了他对人生诗意美的无限追求。诗化的人生,人生的诗化二者交融一起,生活与诗融合成了一个美丽晶莹的水晶体,处处透射出"韵"的光环。寓真先生诗词中体现出的韵,因为继承了古典诗词情景交融,以景结情等诸多手法,给人一种回味绵长之感。

求通、求真、求韵是寓真诗词的明显特点,他的诗篇处处折射着诗人独到的眼光和情愫,给当下诗坛不少有益启示。无需讳言的是,其诗词中仍有部分作品显得语词不够简炼,口语化和散文化气息较浓。自然这也包含着我们对寓真诗词更高的期盼。

附 录

评论作者及评语出处简介

（以本书所引评论目次为序）

罗连双 曾任山西体改研究会秘书长，长治市委副秘书长。诗词家，著诗集《君山集》。撰文《留将文字带铜声——寓真格律诗赏析》，载《难老泉声》2008 年第 1 期；《寓真〈晚籁集〉选评》，收录于寓真《集外存稿·附录》。

李 杜 曾任《山西日报》文化部主任，高级编辑，著诗集《生为弱者》等。撰文《读寓真论诗绝句》，载 2005 年 11 月 29 日《山西日报》。

朱先树 诗歌评论家，曾任《诗刊》编辑部主任，有专著《诗的基础理论与技巧》等。撰文《叙感情历史，写诗性人生——谈寓真的诗词创作》，载《文化月刊》2006 年第 10 期。

蔡淑萍 曾任《中华诗词》副主编、主持编务，四川诗词学会副会长。撰文《读寓真抒情诗选〈四季人生〉感言》，见李旦初、魏红编《豪华落尽见真淳——关于寓真作品的评论》（山西人民出版 2010 年 8 月出版）。

马作楫 文学教授，曾任山西大学中文系主任，山西诗人协会主席。著《马作楫诗选》等。撰文《读寓真的诗》，载 2004 年 11 月 2 日《山西晚报》。

姚　莹　曾任辽宁省诗词学会副会长兼秘书长,《辽海诗词》主编,著诗词集《性灵草》等。与汤梓顺编著《寓真诗词选评》一书,作家出版社 2000 年月 10 月出版。

汤梓顺　曾任辽宁航空学院文学教授,辽宁诗词学会副会长,著有诗词与学术论文合集《拾穗集》。

屠　岸　曾任人民文学出版社总编辑,著有《萱荫阁诗抄》等,译《济慈诗选》获鲁迅文学奖翻译奖。撰文《法官诗人的深情吟唱—寓真诗词读后》,见人民文学出版社《诗论、文论、剧论——屠岸文艺评论集》。

江　岚　《诗刊》编辑部副主任,著有《听雨楼诗稿》等。撰文《寓真诗词的艺术特色》,载 2004 年 6 月《九州诗文》。

张　炯　曾任中国社会科学院文学研究所所长,《文学评论》主编,中国作家协会副主席,著《新中国文学五十年》等。撰文《情真意挚，体旧境新——读寓真诗词》，载 2001 年 8 月 1 日《光明日报》。

马斗全　山西社会科学院研究员,中镇诗社社长,著《南窗吟稿》《南窗杂考》等。撰文《寓真诗词新作简评》,载《难老泉声》2000 年第 3 期;《从寓真七律看对仗的得失》,刊 2006 年 2 月 16 日《山西日报》。

潞　潞　曾任山西作家协会副主席、文学院院长,著有诗集及影视作品。撰文《偷取唐诗写我心——读〈寓真绝句二百首〉》,刊 2005 年 11 月 29 日《山西日报》。

高　峰　供职于山西党政机关,擅长诗词、书画。撰文《"年光"与"杜哀"——读〈寓真先生诗三首随笔〉》,载《黄河》2011 年第 2 期,收录于苏华编《诗文需有大境界——寓真著述论评集》(三晋出版社 2016 年 1 月出版）。

刘　征　曾任中华诗词学会副会长，《中华诗词》主编，有《刘征文集》。为《寓真诗词选评》撰《题词》，另文《诗寓真情，朴而味永》，见《豪华落尽见真淳——关于寓真作品的评论》。

马晋乾　曾任山西诗人协会副主席，《人间方圆》副主编，著诗论集《一得诗话》。撰有《警句如火照眼明》一文评论寓真诗词，笔名左思乙，载《山西文学》1997 年第 11 期。

韩玉峰　曾任山西省文联常务副主席，著《山西文谭百篇》等。撰文评论《四季人生——寓真抒情诗选》，题曰《四季人生皆是情》，载 2005 年 2 月 24 日《人民法院报》副刊、《火花》2005 年第 3 期。

林　岫　北京文史馆研究员，北京书法家协会主席，曾任中国新闻学院古典文学教授，主编《全球汉诗三百家》。为《寓真诗词选评》作序：《真情新意趣，平淡本自然》。

张　结　曾任新华社副总编辑、对外新闻部主任，《中华诗词》主编。出席 2005 年 3 月 15 日在京举行的"寓真诗集《四季人生》及诗词创作有关问题研讨会"发言，见研讨会"纪要"，载《豪华落尽见真淳——关于寓真作品的评论》。

何西来　文艺理论家，曾任中国社会科学院文学研究所副所长、研究生院文学系主任，《文学评论》主编，著《论艺术风格》等。撰文《豪华落尽见真淳——读寓真诗词》，载 2002 年 2 月 21 日《人民日报》；《寓真诗情的承传与创意》，载 2005 年 1 月 29 日《文艺报》。

介子平　供职于山西出版传媒集团，《编辑之友》副主编，著《民国文事》等。有评论寓真诗词两文：《写诗未必今人读，留得后人当古诗》《倚声谢尘缘》，均见《豪华落尽见真淳——关于寓真作品的评论》。

阎凤梧 文学教授,曾任山西大学中文系主任,古典文学研究所所长。撰文《沃土育芳林——略谈寓真律诗成就的几个基本原因》,载 2009 年 2 月 16 日《山西日报》。

董耀章 曾任山西省文联副主席,《九州诗文》主编,著诗集《彩色的原野》等。撰文《寓真抒情诗的审美价值初探》,载《黄河》2003 年第 5 期、《新乐府》2004 年第 2 期。

张继红 曾任三晋出版社社长,编辑整理古籍及文史研究卓有成就,现为《山西地域文化通览》执行主编。专文《寓真诗评笺》撰于 2023 年 6 月。

张希田 诗词家,中华诗词学会会员,中镇诗社秘书长,著有《南北行吟稿》。曾任轩岗矿务局副局长等职。专文《试评寓真先生五律》撰于 2023 年 2 月。

张厚余 曾任《太原日报》副刊部主任,高级编辑,著文学评论集《寻芳屐痕》等。撰有《风骨犹存新韵间》一文评论寓真诗词,笔名杜宇,载 1996 年 6 月 10 日《太原日报》。

徐 放 曾任《人民日报》文艺编辑、群工部主任。早年创办《东北文化周刊》,任主编。曾与严辰主编诗歌丛书《现实诗丛》,著《徐放集》。为寓真诗集《漂萍集》作序:《发展旧体诗词的探索与尝试》,载 1991 年 2 月 4 日《人民日报·海外版》。

张同吾 诗歌评论家,曾任中国诗歌学会秘书长,有《张同吾文集》。撰有《寓真诗词选评》序文:《云月八千里,春晖一百年》,并见北方文艺出版社《放牧灵魂——张同吾文学随笔集》。

降大任 曾任山西社会科学院研究员,《晋阳学刊》主编,著《元遗山新论》等。撰文《古韵新声,情真意切——读寓真诗一得》,见《豪华落尽见真淳——关于寓真作品的评论》。

王玉祥　曾供职于《承德日报》社,资深报人,擅长诗词,著《天雨花集》等。点评寓真诗《重逢》,见北岳文艺出版社 1994 年 9 月版《〈难老泉声〉诗词选评》。

周笃文　曾任中国新闻学院教授,中华诗词学会副会长兼秘书长,中华诗词编著中心总编辑,主编《全宋词评注》等。撰文《奇气清才见真淳——读寓真词有感》,及出席“寓真诗集《四季人生》及诗词创作有关问题研讨会”发言,均见《豪华落尽见真淳——关于寓真作品的评论》。

王乾荣　曾任《法制日报》主任编辑,《金剑》杂志执行主编,著杂文集《法律不是无情物》等。撰有《法从公正道,诗自肺腑出》一文评论寓真诗词,载 1995 年 3 月 15 日《法制日报》。

杨光治　曾任花城出版社副总编、副社长,广东岭南诗社副社长兼《岭南诗歌报》主编,有诗歌论著《诗艺·诗美·诗魂》等。1997 年 10 月撰文:《序寓真〈秋粟集〉》。

张欣如　山西省高级人民法院高级法官。撰文《寓真寓情寓精神》,载 2001 年 7 月 29 日《法制日报》,《玩味寓真律诗中的联偶句》,载 2022 年 2 月 24 日《山西市场导报》。

张不代　曾任山西作家协会副书记、副会长、文学院院长,著文学评论集《呓语诗心》等。与张承信、马晋乾的《寓真诗词三人谈》,载《山西文学》1998 年第 4 期;撰文《寓真诗歌与民本意识》,载《九州岛诗文》2004 年第 6 期。

时　新　曾任山西省社科联秘书长,山西诗词学会会长,《难老泉声》主编,著诗集《柳溪集》等。撰文《〈寓真律诗小集〉读后——兼论当代律诗若干特点》,见《豪华落尽见真淳——关于寓真作品的评论》。

韩石山 曾任山西作家协会副主席,《山西文学》主编,有《徐志摩传》等多种著作名世。撰文《寓真律诗中牵出的感情线索》,载《文学自由谈》2007 年第 6 期;出席《寓真歌行集》座谈会发言,见《黄河》2009 年第 2 期综述文:《歌行体、政治诗与底层关注》。

闻　山 文艺评论家,曾任《文艺研究》编辑部主任,著评论集《诗与美》等。出席"寓真诗集《四季人生》及诗词创作有关问题研讨会"发言,见《豪华落尽见真淳——关于寓真作品的评论》。

蔡润田 曾任山西作家协会副主席,《批评家》副主编,有《蔡润田文集》。撰文《晚节渐于诗律细——寓真〈晚籁集〉略赏》,载《黄河》2012 年第 2 期,收录于苏华编《诗文需有大境界——寓真著述论评集》。

王　亚 任职于山西省直部门,擅长诗书艺文,以书法著名。董寿平书画研究会副会长,山西大学书法客座教授。撰文《寓真于诗,以心为文——品读寓真诗集〈晚籁集〉》,载 2013 年 3 月 29 日《山西晚报》。

姚奠中 文学教授,曾任山西大学中文系主任,古典文学研究所所长,山西省政协副主席。获"中国书法兰亭奖终身成就奖"。撰寓真诗集《漂萍集》序文:《从诗歌的发展说起》,载《火花》1992 年第 3 期,收录于《姚奠中讲习文集》。

王春林 文学评论家,山西大学文学院教授,著《不知天集·王春林文学批评编年》。出席《寓真歌行集》座谈会发言,见《黄河》2009 年第 2 期综述文:《歌行体、政治诗与底层关注》。

珍　尔 本名李建华,山西省女作家协会常务副会长,著有诗集《爱的花环》、专著《村甫集解评》等。曾任北岳文艺出版社副总编、编审,《北岳风》主编。所撰《诗的形式与诗的魅力——从寓真

〈老年湾传说〉谈诗体的重建》一文,见作家出版社《论田园诗》。

孙轶青　曾任国家文物局局长,第六届全国政协秘书长,中华诗词学会会长,著有《孙轶青诗词集》。《孙轶青、郑伯农谈寓真诗词创作》见 2005 年 3 月《中国作家网》。

郑伯农　文艺评论家,曾任中国作家协会党组成员、《文艺报》主编,中华诗词学会常务副会长、代会长,有专著《在文艺论争中》。撰《赏读寓真,兼为旧体诗词鸣不平》载《九州诗文》2001 年 8 期。

李　瑛　当代诗人,曾任解放军总政文化部部长,中国文联副主席,中国诗歌学会副会长。出席"寓真诗词研讨会"发言见《豪华落尽见真淳——关于寓真作品的评论》。

吉迪马加　当代诗人,曾任青海省副省长、省委常委、宣传部部长,中国作家协会书记处书记、副主席、诗歌委员会主任。出席"寓真诗词研讨讨会",及"寓真诗集《四季人生》首发式暨研讨会》发言,均见《豪华落尽见真淳——关于寓真作品的评论》。

丁国成　诗歌评论家,曾任《诗刊》常务副主编,《中华诗词》常务副主编。《淡化格律,强化诗魂》《佳作法如何——寓真〈水调歌头·雁栖湖有怀〉赏析》,均载青海人民出版社《诗词琐议》。

杨金亭　中华诗词学会顾问,曾任《诗刊》副主编,著有《杨金亭诗选／中华诗词存稿》。主持《中华诗词》编辑部举行的"寓真诗集《四季人生》座谈会",发言纪要《从〈非诗〉〈死诗〉中突围》刊《中华诗词》2005 年第 4 期。

高　昌　中华诗词学会副会长,《中华诗词》主编,著有《百年中国的感情气候——20 世纪诗词赏鉴》。撰寓真诗词研讨的专文《旧体诗不能满足于创造假古董》,刊 2005 年 3 月 17 日《中国文化报》。

李旦初 曾任山西大学副校长,山西古典文学研究会副会长,著有诗词集《嘤鸣斋诗稿》。撰文《寓真律诗为我们提供了什么》,刊2009年2月16日《山西日报》。

苏利海 文学博士,西南民族大学学副教授,硕士生导师。撰文《求通、求真、求韵的诗人——读〈寓真词选·寓真新诗〉》,载《中华诗词》2010年12期、《诗词月刊》2010年11期。

后 记

去年春天某日，在一次文友闲聊中，提起了"澎湃网"记者报道的一则消息：一首寓真的诗被误认作李商隐的诗，在社会上流传多年云云。又说到寓真的诗已出版了好几个版本，且有选评本，怎么会弄错作者？于是，我就想看看那个选评本。随后友人就把《寓真诗词选评》拿给了我，诗和词都选得很精。但这个选评本可能评语过于精到，且常引用古代"诗话"之语，反而会使一般读者较难理解寓真诗中所蕴含的文化内涵，尤其是对旧体诗的作法较少阐释，这对于现代人所作的优秀旧体诗在一般读者中流传有碍，对于弘扬优秀的传统文化亦无帮助。于是萌发了对寓真诗作"笺注"的妄想。目的是留住当代人的评论，作为旧体诗"复活"的佐证，同时是为了给喜爱旧体诗的读者提供一个新的读本。

今年四月，与旧体诗作手高峰君商量，得到了他的赞同，这"妄想"就在心中发酵了。于是乎拟了一个"体例"，于是乎请人搜集以往对寓真诗的评论，开始了笺注工作。原来打算只是搜集以往的评论，对一些难懂的字词做点批注，却因为感到以往的评论"意犹未尽"，需要增写几句自己的看法，然后是对以往没有评论的诗更需要作一些评述。开端部分请卫洪平先生和高峰君看了，都以为可以算"一种当代的看法"，这就形成了每首诗都有"介然叟曰"的笺注。

每一卷完了,则请洪平先生、高峰审评,主要是对"介然叟曰"那部分仔细批阅,提了很多有价值的意见。尤其是对某些诗句旨趣的理解,他们两位的意见非常中肯,可以说没有他们两位的贡献,笺注的最终成果就不会像现在这样"自感良好"。所以,我说,这本书其实是"集体创作"的结果。

顺便说明这本书的题目,何以取名"三百首"? 其初,关于确定选多少首诗的问题,颇费了一番周折,太少不足以显现寓真诗的特点,太多也没必要,忽然想到"唐诗三百首""宋词三百首"的名目,都是学孔子编辑《诗三百》的榜样,不多不少,而且有"思无邪"的"大防"。但孔子明白,《诗》具有"兴观群怨"的无限解读性,就是后来董仲舒说的"《诗》无达诂",所以他绝不对一首诗作"解题""注释"一类的解说,这是圣人的聪明处。不过后来的汉唐因为要"大一统",所以,还是要对各首诗做一个统一的"主题说明",也便于考官评判参加科考者试卷的高下。这就把天下读书人的脑子禁锢了,想有点新的说法,用时下的话说是"创新",那是万万不可能的。我觉得这是对孔子的背叛,其中最大的叛逆是朱熹,他把孔子认为"皆合于礼乐""思无邪"的《诗三百》中所有的男女相思之作,全都贴上了"淫诗"的标签。因此,我这里要声明:此"三百首"非彼"三百首",绝不敢有"僭越"之"邪思";而这本书里面的解说并不是想要立什么唯一的"确论",相反,是要通过对其文化内涵的理解,引导读者作"多向"思考。

还有一点,关于两个称呼的改变。一个是自称,即书内"评笺"部分,每一首诗最后的"介然叟曰",原本是"介然僧曰",高峰君大概不想让我当假和尚,说"还是改成介然叟吧",没说为什么,我也觉得自己够不上"和尚"之称,于是就还了俗,做了"介然叟"。另一个称呼,是说评笺中对寓真先生本来尊称"玉公",写到第四卷的时候,有一回大家在一起聊天,偶尔说到在严肃的学术著作里"还是不要称'玉公'的好",大约是不想让有些读者有别扭之感,于是也就从了俗,直呼"寓真"了。说这两件事的意思是,我和诸君间平日交往的状态,是随意的,是淡如水的。

寅年九月廿一日记于龙城介然斋